CAROL MARINELLI

Passion dans le désert

Traduction française de
ANNE BUSNEL

HARLEQUIN

Titre original :
HEART OF THE DESERT

Ce roman a déjà été publié en 2018

HARPERCOLLINS FRANCE
83-85, boulevard Vincent-Auriol, 75646 PARIS CEDEX 13
Service Lectrices — Tél. : 01 45 82 47 47 - www.harlequin.fr
ISBN 978-2-2804-8657-6

Composé et édité par HarperCollins France.
Imprimé en décembre 2022 par CPI Black Print (Barcelone)
en utilisant 100% d'électricité renouvelable.
Dépôt légal : janvier 2023.

FSC
www.fsc.org
MIXTE
Papier issu de sources responsables
FSC® C159065

Pour limiter l'empreinte environnementale de ses livres, HarperCollins France s'engage à n'utiliser que du papier fabriqué à partir de bois provenant de forêts gérées durablement et de manière responsable.

1

— Allons ailleurs, proposa Georgie.

Elle se doutait qu'Abby et elle se feraient refouler de ce club londonien très select. Elle aurait préféré être chez elle, au lit, mais c'était l'anniversaire de son amie. Le reste de leur petite bande s'était dissous au fil de la soirée et Abby ne voulait pas rentrer si tôt.

— Non, c'est amusant, protesta cette dernière.

A l'évidence, cela ne la dérangeait pas de faire la queue devant cet établissement où les célébrités étaient admises les unes après les autres, tandis que toutes deux poireautaient derrière le cordon rouge, au milieu d'une foule d'anonymes.

Soudain, Abby désigna une jet-setteuse connue, qui venait de sortir d'une limousine.

— Regarde un peu cette robe ! Je vais prendre des photos.

Abby sortit son téléphone portable, les paparazzi brandirent leurs appareils ; la jeune beauté prit la pose, bientôt rejointe par un acteur sur le retour. Georgie, qui ne portait qu'une petite robe à bretelles et des sandales, réprima un frisson. Le fond de l'air était frais et cette attente commençait vraiment à la lasser.

Tandis que son amie rangeait son téléphone dans son sac à main, elle nota que le physionomiste les fixait. Il se dirigea alors vers elles. Allait-il leur dire une fois pour toutes qu'il ne fallait pas espérer entrer ce soir ? Ou bien… Machinalement, elle porta une main à ses cheveux blonds.

Avait-il quelque chose à leur reprocher ? Etait-il interdit aux clients de prendre des photos ?

L'homme décrocha le cordon à leur hauteur.

— Venez, mesdemoiselles. Je vous présente mes excuses, je ne m'étais pas rendu compte que vous attendiez.

Georgie échangea un regard interloqué avec son amie qui lui donna un coup de coude dans les côtes.

— Avance ! lui chuchota-t-elle d'une voix impérieuse.

A présent, tout le monde les regardait. Les gens se demandaient qui étaient ces personnalités non identifiées. Quelques flashes crépitèrent dans la nuit, comme si les paparazzi supposaient qu'Abby et elle étaient des personnalités, puisque le physionomiste leur donnait accès à la discothèque.

— Quel anniversaire de folie ! chuchota Abby, visiblement excitée et ravie de concentrer l'attention sur elle — contrairement à Georgie.

Elles furent conduites vers une salle plongée dans la pénombre. Au milieu, des danseurs se pressaient sur la piste. Sur le pourtour, des alcôves accueillaient des tables et banquettes de forme arrondie. Le trio poursuivit son chemin jusque dans un salon plus petit, manifestement réservé aux VIP.

Georgie sentit un malaise diffus l'envahir. Et si le physionomiste n'avait pas commis d'erreur, finalement ? Or, à sa connaissance, il n'existait qu'une personne au monde susceptible de se trouver là et de les avoir invitées. Une personne devant qui toutes les portes s'ouvraient, un homme qu'elle s'efforçait d'oublier depuis des mois et qu'elle voulait à tout prix éviter…

Dès qu'Abby et elle furent installées, une bouteille de champagne se matérialisa comme par magie sur la table.

— Avec toutes nos excuses, une fois encore, mademoiselle Anderson, murmura le serveur. Compliment de son Altesse royale.

Cette fois, le doute n'était plus permis…

Les joues en feu, ignorant la salve de questions qu'Abby lui posait, Georgie baissa la tête, de peur de voir approcher la silhouette familière. Elle savait déjà quel effet lui ferait cette vision.

En dépit des battements précipités de son cœur, elle tâcha de conserver une expression neutre. Peut-être parviendrait-elle à le saluer froidement, sans trahir d'émotion ? Mais c'était illusoire, admit-elle quand, osant enfin lever les yeux, elle ressentit un frisson lui parcourir tout le corps à la vue de son magnifique visage.

— Bonsoir, Georgie.

Il avait toujours la même voix, profonde, veloutée, qui lui donnait la chair de poule. Avec ce soupçon d'accent qui persistait, malgré ses années passées en Occident. L'espace d'un instant Georgie se retrouva à Zaraq, dans ses bras.

Manifestement il s'apprêtait à partir. La blonde pendue à son bras la fusillait d'un regard qui signifiait sans équivoque : « chasse gardée ! »

— Bonsoir, Ibrahim. Comment vas-tu ?

— Très bien.

Effectivement, il avait l'air en pleine forme, en dépit de ce que racontaient les tabloïds et des excès que supposait son mode de vie. Il était plus grand que dans son souvenir — ou avait-il juste minci ? Ses cheveux de jais semblaient légèrement plus longs ; ses prunelles d'onyx flamboyaient. Comme ce soir-là, à la fois si proche et si lointain, elle se retrouva captive de leur éclat. Abby émit un râclement de gorge à côté d'elle, mais Georgie ne pouvait détourner son regard du visage d'Ibrahim.

Il avait une bouche pareille à nulle autre, sensuelle, renflée, en contraste total avec ses traits durs, comme ciselés dans la pierre. Georgie savait que son sourire révélait des dents très blanches et régulières. Mais ce soir, il n'y aurait pas de sourire.

En cet instant, alors qu'il se tenait devant elle, une autre femme à son bras, à échanger des banalités pénibles, elle n'avait qu'une pensée en tête même après tout ce temps : l'embrasser.

— Et toi, comment vas-tu ? s'enquit-il avec politesse. Ton institut marche bien, j'espère. Tu as beaucoup de clients ?

Ainsi, il se rappelait les détails de leur conversation, durant laquelle elle avait mentionné sa pratique du reiki et son petit commerce d'huiles essentielles.

— Oui, tout va bien.

— Tu as vu ta nièce dernièrement ?

Il s'exprimait d'un ton guindé. Où était le vrai Ibrahim, qui l'aurait prise par la main pour l'entraîner hors de ce lieu, dans sa voiture, dans son lit, dans une ruelle voisine, n'importe où pourvu qu'ils soient seuls ?

Elle secoua la tête.

— Non, je ne suis pas retournée là-bas depuis…

Georgie s'interrompit. Dans sa vie, il y avait un avant et un après ce baiser qui avait tout changé. Et leur violente dispute.

— … depuis le mariage, acheva-t-elle.

— J'étais à Zaraq le mois dernier. Azizah va très bien. Et elle aura bientôt un petit frère.

— Felicity et Karim ont fait un passage éclair à Londres juste après la naissance de la petite, pour la présenter à la famille. Ce n'était qu'un nourrisson : elle a dû bien changer, j'imagine.

La blonde qui accompagnait Ibrahim étouffa ostensiblement un bâillement d'ennui. Georgie le remercia de les avoir fait entrer dans la discothèque, Abby et elle, et de leur avoir offert cette bouteille de champagne. En réponse, il leur souhaita une bonne fin de soirée. Puis il y eut un temps de flottement. La politesse aurait voulu qu'ils s'embrassent sur la joue avant de se séparer. Tous deux eurent un imperceptible mouvement, avant de se figer par consentement tacite. Même dans cette atmosphère saturée de parfums capiteux, Georgie avait instinctivement reconnu cette fragrance subtile, véritable élixir aphrodisiaque capable de lui faire perdre la tête.

Elle le regarda s'éloigner sous l'œil curieux des autres clients, qui l'observaient maintenant avec perplexité, se demandant probablement qui était cette inconnue avec laquelle venait de s'entretenir le prince Ibrahim de Zaraq.

Soudain, sur le pas de la porte, elle le vit s'arrêter, dégager son bras de l'étreinte de sa compagne et revenir sur ses pas. Georgie resta immobile, comme hypnotisée. Il n'aurait pas fallu grand-chose pour qu'elle se lève d'un bond et coure à sa rencontre…

Parvenu devant elle, il s'inclina et chuchota à son oreille :

— Je te demande pardon. Je n'aurais pas dû dire ce que je t'ai dit ce soir-là. Tu n'es pas une…

Sa voix rauque s'éteignit. Il n'avait pas besoin d'en dire plus : le mot résonnait dans la tête de Georgie depuis des mois.

— Je te présente mes excuses, ajouta-t-il.

— Moi aussi, je regrette, lâcha-t-elle, juste avant qu'il ne tourne de nouveau les talons.

C'était un euphémisme. Les regrets la taraudaient chaque jour, chaque heure.

— Mais… qui est-ce ? demanda Abby, éberluée.

Plutôt que de répondre, Georgie but une gorgée de champagne. Son regard restait aimanté au dos d'Ibrahim jusqu'à ce qu'il disparaisse hors de son champ de vision.

— Georgie, explique-moi ! s'impatienta son amie.

— Tu connais ma sœur Felicity, qui habite au royaume de Zaraq ? Eh bien, c'était son beau-frère, Ibrahim.

— Il est prince ?

— Oui, tout autant que Karim.

— Tu ne m'avais pas dit qu'il était si… si…

Abby ne termina pas sa phrase, mais Georgie savait parfaitement ce qu'elle voulait dire.

Sa sœur Felicity était partie à Zaraq pour travailler ; elle avait fini par y épouser un prince. Georgie en parlait toujours comme d'une chose anecdotique, sans s'attarder sur le sujet, comme si Zaraq n'était qu'un point minuscule sur la carte. Elle n'avait décrit à personne la beauté inouïe de ce pays, du désert infini qu'elle avait survolé, des souks multicolores, des traditions millénaires qui contrastaient avec la capitale ultramoderne, hérissée d'immeubles de verre et acier abritant des palaces, des complexes touristiques d'un luxe incroyable et des boutiques des plus grands noms de la mode.

Surtout, elle n'avait pas soufflé mot de ce qu'elle avait vécu avec Ibrahim, même à ses plus proches amis.

— Que s'est-il passé durant ton séjour là-bas ? insista Abby.

— Que veux-tu dire ?

— Tu étais différente à ton retour, je m'en souviens très bien. Et tu n'as pas été très loquace.

— C'était un mariage comme tant d'autres.

— Voyons Georgie ! Ce type est à tomber par terre ! Et je ne l'ai même pas vu sur les photos que tu as prises là-bas.

— Il ne s'est rien passé, trancha-t-elle.

Car même si elle y pensait chaque jour, elle ne tenait pas à partager ces moments avec quiconque. Soudain, un flot de souvenirs la submergea.

— Chez nous, à Londres, il y a une vieille plaisanterie qui circule : si l'on est trois fois demoiselle d'honneur, on ne se mariera jamais !

Georgie retint un soupir las, agacée par le babil de sa mère qui paradait parmi les invités en attendant le début de la cérémonie. Heureusement, papoter n'intéressait guère les Zaraqi le jour du mariage de leur prince ; finalement sa mère renonça à leur expliquer les finesses de l'humour anglais.

Le décor était si fastueux que n'importe qui aurait pu croire qu'il s'agissait de la cérémonie officielle ; pourtant, celle-ci avait eu lieu quelques semaines plus tôt, devant un juge. A présent que le roi s'était remis d'une grave opération, on organisait enfin une grande fête traditionnelle, avant que la grossesse de Felicity ne devienne trop évidente aux yeux de tous.

« Pourvu que maman continue de se taire ! » pria Georgie en fermant les yeux.

Lorsqu'elle les rouvrit, elle tressaillit en croisant le regard pénétrant d'un homme qui se tenait parmi les membres de la famille royale. Comme les autres, il était vêtu d'un uniforme militaire qui lui donnait une incroyable prestance. Ibrahim, le frère du marié.

Georgie s'attendait à le voir détourner les yeux, gêné d'avoir ainsi été pris en flagrant délit, mais il continua de la fixer sans vergogne ; ce fut elle qui, en définitive, se troubla et rougit.

Elle n'avait pas eu voix au chapitre en ce qui concernait sa tenue, une robe en mousseline dont la teinte abricot ne la flattait pas vraiment. Son épaisse chevelure blonde avait été tressée en une longue natte qui lui retombait sur l'épaule, et son maquillage était bien trop appuyé pour une personne au teint clair. Bref, elle n'était pas vraiment à son avantage et malgré tout, elle put percevoir le regard et l'intérêt que lui portait cet homme sublime, tout le temps que dura la cérémonie.

Ensuite, il y eut les discours, les formalités, l'interminable séance de photos. Lorsqu'on marqua enfin une pause, le roi et ses fils se retirèrent. Ils revinrent quelques instants plus tard, vêtus de costumes occidentaux. De la musique s'éleva, la foule se mit à taper des mains et des pieds pour accompagner le prince Karim et sa nouvelle épouse dans la salle de bal du palais. Georgie fut un instant subjuguée par les centaines de chandelles qui l'illuminaient et qui lui conféraient une atmosphère magique.

Voir sa sœur, de nature si réservée et pudique, se mettre à danser devant son époux avec une sensualité qu'elle ne lui connaissait pas, lui arracha un sourire. Les invités firent cercle autour du jeune couple et bientôt, une ronde joyeuse se forma. Mais Georgie, elle, n'osait se mêler à eux. Elle sursauta, quand une main ferme se posa sur son bras.

— Il faut rejoindre la *zeffa*, c'est la coutume, chuchota à son oreille la voix veloutée d'Ibrahim qui l'entraînait déjà au milieu des danseurs.

Elle aurait voulu protester, mais n'en fit rien. Les vibrations des instruments à percussion se propageaient dans son corps, provoquant comme des décharges électriques dans ses jambes, jusque dans ses orteils. Elle s'enhardit. Une énergie surgie de nulle part la galvanisait. On aurait dit que l'amour que partageaient les jeunes époux imprégnait la fête et étourdissait les convives.

Ibrahim ne la quittait pas. Lorsque la musique changea pour se faire plus langoureuse, elle se retrouva dans ses bras. Elle se disait bien qu'il n'accomplissait que son devoir en faisant danser la demoiselle d'honneur et pourtant, quelque chose de spécial semblait s'instaurer entre eux. Ibrahim avait une aura impressionnante. Il était fort, ouvertement dominateur, protecteur. C'était à la fois excitant et déroutant pour la Londonienne qu'elle était. Sous le feu de son regard, Georgie se laissa, au fil de la soirée, peu à peu envoûter.

Après avoir reçu les ultimes félicitations et vœux de bonheur de la foule, les jeunes mariés se retirèrent dans leurs appartements. Georgie alla demander un verre d'eau à une serveuse et se glissa sur la terrasse pour le boire dans la fraîcheur bienfaisante du soir.

— Est-ce que tout va bien ?

Encore une fois, la voix basse d'Ibrahim la fit frissonner. Elle se tourna vers lui.

— Je suis juste un peu fatiguée, admit-elle. A cause de la fête et des journées trépidantes qui ont précédé. Je ne m'étais pas rendu compte qu'un mariage princier nécessitait autant de préparatifs ! Je pensais passer plus de temps avec ma sœur. J'aurais tellement aimé qu'elle m'emmène voir le désert, par exemple…

— Elle avait bien trop à faire. Mais moi, je peux vous le montrer, le désert. Venez, suivez-moi.

Le cœur battant, Georgie lui emboîta le pas. Ils gravirent l'escalier qui menait aux étages du palais, longèrent un couloir plongé dans la pénombre et dépassèrent la porte de sa chambre. Un peu plus loin, Ibrahim poussa un battant, traversa une pièce obscure pour aller ouvrir la porte-fenêtre donnant sur le balcon.

Soudain, le désert, que le crépuscule parait de couleurs inhabituelles, étendait sa majesté devant elle.

— Voilà. Maintenant, vous l'avez vu.

Georgie se mit à rire. Karim lui avait parlé du benjamin de la fratrie, au tempérament dissident, qui détestait ce morne paysage de dunes ocre. « Il préfère l'ambiance enfumée des bars surpeuplés », avait ironisé son beau-frère.

— Vous êtes un vrai citadin, n'est-ce pas ? dit-elle d'un ton léger, avant de reporter son attention sur le panorama. On dirait un peu un océan.

— La mer était là, jadis. Et elle reviendra — c'est du moins ce qu'on dit dans les contes.

— Quels contes ?

— Les histoires qu'on nous enseigne dès l'enfance. Pour ma part, je préfère la rationalité de la science. Le désert n'est pas un lieu où je me sens bien.

— Il est pourtant fascinant. Et redoutable.

Elle laissa passer quelques secondes, avant d'avouer :

— Je m'inquiète pour Felicity.

— Votre sœur est heureuse.

Certes, Felicity nageait dans le bonheur. Elle était tombée amoureuse d'un chirurgien beau comme un dieu, avant d'apprendre qu'il était l'héritier d'un royaume du Proche-Orient. Bientôt naîtrait leur enfant. Pourtant, Georgie savait que sa sœur avait le mal du pays, et qu'elle avait parfois du mal à s'adapter aux mœurs de sa nouvelle famille.

— Elle m'a demandé de venir vivre ici, au palais, pour l'aider avec le bébé.

— Elle a pourtant les moyens de s'offrir les services d'une nounou, fit remarquer Ibrahim avec un petit rire.

— Oui, mais ce n'est pas la seule raison. Elle aimerait aussi pouvoir…

Georgie s'interrompit. Parler avec Ibrahim lui semblait si naturel ; néanmoins, certaines choses étaient moins faciles à admettre, par exemple que sa sœur aurait voulu pouvoir garder un œil sur elle.

— Elle aimerait vous surveiller, acheva Ibrahim à sa place.

Il avait entendu parler de Georgie Anderson et de son cortège de problèmes. Karim l'avait mis en garde : « C'est une écorchée vive. Elle a fait plusieurs fugues à l'adolescence et a été internée plusieurs fois en clinique pour soigner son anorexie ».

Mais Ibrahim avait toujours préféré juger les gens sur pièces.

— Felicity se fait du souci pour vous, c'est vrai, ajouta-t-il.

— Il n'y a aucune raison, se défendit Georgie, les joues en feu.

— Peut-être plus maintenant, mais… Vous avez été très malade, aussi est-il normal qu'elle se tracasse.

Il s'exprimait sans détours ni périphrases, de manière directe, presque brutale. L'espace d'un instant, Georgie se sentit embarrassée, mais elle comprit vite qu'il ne la jugeait pas. Il n'y avait aucun mépris, aucune réprobation dans sa voix. Et c'était rare…

— Je suis guérie maintenant, affirma-t-elle. Mais j'ai du mal à en persuader ma sœur. Vous savez, dès que vous avez un problème, les gens s'attendent à ce qu'il refasse surface. Quand on a servi cette soupe froide tout à l'heure, à la table du banquet…

— *Jalik*, la coupa Ibrahim. C'est de la soupe de concombre à la menthe. Un délice local.

— C'est sûrement délicieux… quand on a l'habitude. J'ai goûté et vraiment, ça ne passait pas. Je n'ai pas pu la finir, même pour faire plaisir à Felicity le jour de son mariage. Eh bien, j'ai vu qu'elle comptait le nombre de cuillerées, comme ma mère. Pourtant, cela n'avait rien à voir avec l'anorexie. Je n'aime pas la soupe froide, c'est tout.

— C'est votre droit.

— De même, j'ai beau être impatiente de devenir tante, je n'ai pas envie de jouer les nounous pour autant !

Pouvoir verbaliser ses angoisses soulageait Georgie, même si elle ne pouvait s'empêcher de culpabiliser.

— Vous avez peut-être d'autres ambitions, des projets personnels que vous aimeriez réaliser…

— Oui. J'ai étudié le reiki, qui est une sorte de massage thérapeutique, ainsi que l'aromathérapie. Il ne me reste que deux unités de valeur à valider à l'université ; ensuite, j'aimerais monter mon propre institut. Et puis… pousser plus loin mes études, poursuivit-elle avec un léger temps de réflexion.

Elle se livra alors en toute confiance, donnant à Ibrahim bien plus de détails qu'à quiconque auparavant. Toutefois, il s'agissait d'un sujet très personnel, puisque ces thérapies l'avaient aidée dans la période la plus noire de sa vie, alors que toutes les autres méthodes avaient échoué. La plupart des gens esquissaient un petit sourire condescendant quand on évoquait les médecines parallèles. Pas lui. Et pourtant, il avait admis être du côté du rationalisme.

Ibrahim se rendit compte qu'il aimait bavarder avec cette belle Anglaise au teint si pâle. Avec elle, il se sentait prêt à aborder des sujets intimes qu'il n'évoquait presque jamais, comme sa haine du désert.

— Le désert a pris la vie de mon frère, déclara-t-il sobrement.

Ahmed, l'aîné de la fratrie, était destiné à monter un jour sur le trône. De nature fragile et angoissée, il n'avait jamais pu se faire à l'idée d'endosser de si écrasantes responsabilités. Plutôt que de les affronter, il s'était enfoncé dans le désert, où il avait péri.

— Felicity m'a raconté, murmura Georgie. Je suis vraiment désolée. Vous avez dû beaucoup souffrir…

Ibrahim acquiesça en silence. Son chagrin restait encore si grand qu'il ne pouvait songer à en explorer les profondeurs. Il ferma les yeux ; mais le vent soufflait toujours sur le sable, et le désert qu'il honnissait était toujours là.

— Il m'a aussi pris ma mère.

— Votre mère ? s'étonna Georgie. Ne vit-elle pas à Londres ?

Il secoua la tête.

— Selon la loi du désert, elle est morte.

Son regard se perdit sur la succession de dunes peu à peu mangées par la pénombre. Cette conversation était irréelle. Il n'arrivait pas à croire qu'il était en train de prononcer ces mots qui, d'ordinaire, résonnaient seulement dans son cerveau. Perturbé, il se tourna vers sa compagne pour murmurer une excuse, prendre congé… Mais, face à son regard bleu, si sérieux, et à son sourire sincère, il perdit pied. Il fut incapable de s'éloigner ; au contraire, il poursuivit :

— Nous formions une famille et puis tout à coup, elle s'est envolée. Elle n'a jamais eu l'autorisation de revenir. Son fils se marie aujourd'hui et elle est en Angleterre.

— Ce doit être terrible pour elle.

— Pas aussi terrible que de ne pas avoir pu assister aux obsèques d'Ahmed. Pour elle, cela a été comme s'il mourait une seconde fois. Une punition atroce. C'est du moins ce qu'elle m'a confié cet après-midi au téléphone.

— Je suis… navrée.

Ibrahim prit une longue inspiration. Il aurait préféré l'entendre dire qu'elle comprenait. Il se serait alors moqué d'elle, ce qui aurait rétabli une distance entre eux. Il ne s'attendait pas à cette main qui se tendait vers son visage, lui effleurait la joue… Il eut envie de s'en saisir pour la retenir, puiser du réconfort dans ce simple geste.

Il n'en fit rien. Néanmoins, un lien invisible semblait s'être tissé entre eux. Or, Karim l'avait prévenu : cette femme était synonyme d'ennuis.

— Vous devriez partir, dit-il subitement.

Georgie plissa les yeux puis, après une seconde d'indécision, tourna les talons. Sa paume la brûlait après leur bref contact. Elle n'osait croire qu'elle en avait pris l'initiative. Ibrahim ne pouvait savoir ce que cet élan avait d'extraordinaire pour elle qui se méfiait par principe de tous les hommes.

— Hou hou ! Georgie, tu m'écoutes ?

Georgie cilla. La voix d'Abby venait de lui faire effectuer, en un temps record, la distance séparant Zaraq de Londres.

— Heu… oui. Qu'est-ce que tu disais ?

Elle essaya de refouler ces souvenirs tristes. Après tout, c'était l'anniversaire de son amie. Elle devait au moins faire l'effort de profiter de la soirée. Et puis, il était plus drôle d'être à l'intérieur du club que dehors, dans la file d'attente.

Seulement, Abby semblait à présent presque plus intéressée par Ibrahim que par la fête. Régulièrement, elle ramenait la conversation sur lui.

— Je sais que tu dois retourner à Zaraq la semaine prochaine. Tu crois que tu le verras, là-bas ?

— C'est peu probable. Il y met les pieds le moins souvent possible et il en revient tout juste. S'il y va pour la naissance du futur roi, je serai repartie depuis belle lurette.

Georgie avala une autre gorgée de champagne.

— Retournons danser, proposa-t-elle, toujours peu désireuse de s'étendre sur le dossier Ibrahim.

Au final, Abby et elle firent la fête jusqu'à 4 heures du matin.

Même si Georgie aurait préféré rester chez elle.

Seule.

Pour se remémorer les baisers d'Ibrahim.

Penser à lui.

Jamais il ne lui serait venu à l'idée qu'il puisse s'excuser…

2

La jeune Anglaise avait quitté le balcon, comme Ibrahim le lui avait demandé. Il était en colère. Il en voulait, absurdement, au désert, qui lui avait pris son frère.

Il devait à tout prix s'interdire de se retourner. Mais il ne put s'en empêcher. Et, en pivotant, il l'avait vue regarder par-dessus son épaule. Alors, il avait entrevu une échappatoire familière à ses tourments.

Il ne devait pas s'approcher d'elle. Or, au lieu de rejoindre ses appartements, décrocher son téléphone et réclamer les plaisirs salvateurs qui lui procureraient l'oubli — prodigués par les seules femmes qu'il était autorisé à fréquenter, lui avait rappelé son père —, il obéit à une pulsion étrange, incongrue.

D'ailleurs, depuis quand se pliait-il aux règles ? Ce soir, le sable du désert lui piquait les yeux et l'ombre dévorait son âme. Il sentait encore la caresse des doigts frais de Georgie Anderson sur sa joue.

Elle s'était immobilisée.

Il marcha vers elle.

Le sentant approcher derrière elle, Georgie se tourna totalement vers lui et retint sa respiration. Elle aurait pu partir. Rien ne l'en empêchait. Sa chambre était toute proche. Mais elle décida de rester, d'affronter sa terreur et la beauté de cet homme. Elle dut même se retenir de courir vers lui. Cela n'avait rien de logique. Seule la folie pouvait expliquer son comportement. Ou l'électricité qui crépitait dans l'air, un courant magnétique les reliant et contre lequel il était vain de lutter.

Lorsqu'il l'enlaça, elle était prête. Elle accepta son baiser, lèvres entrouvertes.

Il ne sentait ni la fumée ni le whisky : il avait un goût légèrement épicé.

Auparavant, elle n'avait jamais pris plaisir à embrasser. Pas plus qu'à faire l'amour. Mais cette fois, c'était différent. La bouche d'Ibrahim était douce, fondante ; sa langue jouait avec la sienne et allumait un feu en elle. Ses mains devaient être aussi habiles que ses lèvres, car sa natte s'était miraculeusement dénouée. Elle s'en rendit compte quand ses cheveux croulèrent sur ses épaules. Il les caressa, comme pour s'assurer qu'ils étaient bien aussi longs, aussi soyeux qu'il les avait imaginés.

Elle aurait voulu que ce baiser ne s'arrête jamais.

A son tour, elle enfouit ses doigts dans les épais cheveux sombres, au moment où Ibrahim la prenait par la taille pour plaquer ses hanches contre les siennes, avec une vigueur qui ne lui laissa aucun doute sur son désir. Georgie se retrouva délicieusement captive entre le mur et l'érection impressionnante plaquée contre son ventre. Elle entrevit toutes les promesses de ce corps athlétique et mince, les jouissances infinies qu'ils pourraient partager s'ils empruntaient cette route…

Ibrahim prit les commandes.

— Viens, fit-il en lui attrapant une main.

Il allait l'emmener dans son lit, lui faire l'amour. Cette fois, Georgie n'avait pas peur. La passion la grisait, elle se sentait en sécurité.

— Ma chambre est à deux pas, murmura-t-elle.

Ibrahim hésita. Il brûlait d'un désir incandescent et était tout aussi impatient qu'elle. Sa chambre était plus éloignée, mais là-bas il avait tout ce qu'il fallait pour un rapport protégé.

— Il nous faut des…

— J'en ai, coupa-t-elle.

Georgie avait pesté lorsque, à l'aéroport d'Heathrow, le distributeur automatique lui avait fourni une boîte de préservatifs au lieu du tube de dentifrice demandé. A présent, elle s'en félicitait.

Ibrahim tiqua. Dans son esprit, deux mondes venaient de s'entrechoquer violemment. S'ils avaient été à Londres, il n'aurait pas été offusqué. Il aurait même vu dans la prévoyance de Georgie une preuve de sagesse, le signe qu'elle avait le sens des responsabilités. Mais ici, à Zaraq…

Inconsciente de son dilemme, elle l'entraînait déjà. Il se laissa faire. Qu'importait, après tout : il n'avait jamais obéi à la loi du désert.

Dès que la porte de la chambre se fut refermée sur eux, il reprit les lèvres de la jeune femme dans un baiser affamé. Même si quelque chose en lui s'était cassé…

Georgie luttait contre les scrupules qui l'assaillaient. Les yeux clos, elle s'efforça de faire le vide dans son esprit, de sombrer dans cet océan de sensations délicieuses, de ne plus penser qu'aux lèvres gourmandes d'Ibrahim, à la caresse audacieuse de sa langue veloutée.

Ils basculèrent sur le lit et Ibrahim tira sur l'épaulette de l'affreuse robe abricot pour dénuder sa poitrine. Puis il la retroussa sur ses jambes. Georgie ne put s'empêcher d'arquer le bassin à sa rencontre. L'urgence de son désir était impossible à contenir. Son corps réagissait comme s'il avait attendu toutes ces années pour s'unir à cet homme. Saisissant sa veste, elle la fit glisser, sans cesser de l'embrasser. Il s'en débarrassa rapidement et elle parcourut de ses mains fébriles le dos musclé. Leurs jambes s'emmêlaient ; les talons de ses escarpins menaçaient de déchirer le pantalon d'Ibrahim.

Elle aurait voulu voir leurs vêtements disparaître comme par miracle pour se retrouver plus vite peau contre peau.

Mais non, décidément, elle n'arrivait pas à oublier. Ses principes reprenaient le dessus. Alors qu'elle s'agenouillait sur le lit pour ôter sa robe, au moment où Ibrahim s'inclinait entre ses cuisses, elle proféra soudain :

— Non ! Il ne faut pas…

Ibrahim s'embrasa devant ce brusque accès de timidité, aussi feint soit-il. Il saisit Georgie aux hanches et fit glisser sa culotte le long de ses jambes. Elle lui agrippa les mains pour l'en empêcher.

— Non, Ibrahim…

Il comprit tout à coup qu'il ne s'agissait pas d'un jeu érotique. Une bouffée de colère l'envahit. Il était dur comme le roc, sa veste chiffonnée gisait sur le sol, la peau de son dos le brûlait là où la fougueuse Anglaise l'avait griffé. Pourtant, il s'obligea à se redresser.

— Je… je suis désolée, balbutia Georgie. Je… je ne peux pas. Je ne suis pas…

— Tu n'es pas une fille facile, c'est ce que tu vas me dire maintenant ? Après m'avoir sauté dessus sur le balcon ?

— Je n'ai pas…

— A moins que tu ne prétendes être vierge. Une vierge avec des préservatifs dans sa valise !

— Non, je ne le suis pas.

Et elle n'allait sûrement pas s'abaisser à lui expliquer ce qui s'était passé à l'aéroport, avec ce fichu distributeur.

— Je ne voulais pas… te mener en bateau, ajouta-t-elle. Je ne suis pas une allumeuse.

— Ah non ? C'est pourtant bien imité !

Ibrahim avait perdu son érection. Il était furieux, surtout contre lui-même. Karim ne l'avait-il pas prévenu qu'il fallait se méfier de cette fille ?

— A quoi joues-tu, Georgie ? demanda-t-il d'une voix sourde, avant qu'une idée lui frappe l'esprit. Tu es jalouse de ta sœur, c'est ça ? Toi aussi tu veux un mari riche ? Alors un conseil pour l'avenir : ce n'est pas du tout comme cela qu'il faut s'y prendre !

Des émotions multiples envahissaient Georgie : l'indignation, la honte, la colère. Un mélange explosif, qui la poussa à répliquer par l'ironie :

— Parce que tu vas prétendre que tu m'aurais épousée demain matin si j'avais passé la nuit avec toi ?

Elle avait joué avec le feu. Ibrahim n'était qu'un play-boy, un enfant gâté qui boudait parce qu'on lui refusait son jouet.

Pourtant, alors qu'ils se défiaient du regard, Georgie perçut nettement qu'un regret subsistait entre eux, l'aperçu de ce qui aurait pu advenir, les contours d'un futur avorté qui s'était volatilisé dans le néant.

— Je ne te toucherais pas même si tu me suppliais à genoux ! lança Ibrahim. Tu n'es qu'une…

Il prononça le mot en arabe, mais Georgie n'avait pas besoin de traduction pour saisir l'insulte.

L'instant d'après, il quittait la chambre. La porte claqua dans le silence de la nuit.

Georgie se recroquevilla sur le lit. Comment aurait-elle pu lui expliquer le léger détail qui l'avait empêchée de se donner à lui ?

Elle ne cherchait pas un mari.

Elle en avait déjà un.

3

Ça ne passait pas…

Ibrahim chevauchait à bride abattue sur les chemins, à travers champs, sautait les haies du bocage anglais, mais rien n'y faisait. Sa respiration saccadée formait de petits nuages de vapeur blanche dans l'air froid du matin. En dépit de l'espace, des kilomètres s'étendant alentour et lui permettant de s'adonner à sa passion du cheval, il n'arrivait pas à se défaire d'un sentiment de claustrophobie qui l'oppressait depuis plusieurs jours.

Londres l'avait libéré. Il s'y était réfugié après avoir fui son pays. Et pourtant, alors qu'il tirait sur les rênes pour mettre sa monture au pas et se penchait pour flatter l'encolure fumante, il n'avait qu'une envie : repartir au triple galop, fuir plus loin encore, plus vite, sans suivre aucune piste tracée.

Ici, dans cette campagne verdoyante, par le matin glacé, il ressentait l'appel du désert — exactement comme son père l'avait prédit.

Un instant, il cessa de lutter et s'abandonna à cet attrait, ce *besoin*. Il mit pied à terre et se dirigea vers les écuries.

— Tu adorerais franchir les dunes les unes après les autres, dit-il en arabe à son étalon. Là-bas, tu trouverais enfin la paix. Seul le désert t'apporterait la sérénité.

L'animal était farouche et rétif ; il décochait de violentes ruades contre les parois de son box et mordait tout étranger assez inconscient pour l'approcher.

Ibrahim eut la vision fugace de ces dunes éternelles et mouvantes. Il crut même sentir le sable lui gifler les joues, la chaleur de l'écharpe autour de sa tête et la puissance de sa monture entre ses cuisses, prête à bondir vers un horizon sans limites…

Pourtant sa vie était à Londres. Une vie qu'il avait orchestrée selon ses propres règles, près d'une mère qui n'avait plus le droit de remettre le pied à Zaraq, après avoir jadis enfreint la loi du désert.

— Je m'en charge, Ibrahim, lui dit la fille d'écurie en tendant la main vers les rênes.

Il les lui confia sans hésiter. Dans le regard souriant de la jeune femme, il lut une invite à peine dissimulée. Cela l'aurait peut-être aidé à soulager la brûlure qui rongeait son corps. Une solution plaisante. Mais qui ne fonctionnerait pas plus aujourd'hui que l'autre soir, quand il avait quitté le night-club pour raccompagner Deborah. Qui n'avait pas masqué son dépit lorsqu'il l'avait abandonnée au bas de son immeuble.

Cette fille-ci avait beau être brune comme la nuit, son corps mince et sa natte épaisse lui auraient trop rappelé Georgie.

Georgie…

Pour ne pas être de nouveau hanté par son souvenir, il se concentra sur le désert. Mais à peine avait-il traversé la cour à longues enjambées nerveuses que ses pensées dérivaient de nouveau. Il lui tardait de rentrer à Londres. Dès lundi, il téléphonerait à Georgie. Il n'aimait pas les affaires en suspens. Il ne supportait pas qu'on lui dise non. Et la revoir dans cette discothèque avait ravivé la flamme de son désir.

D'un autre côté, la dernière chose qu'il voulait était se retrouver en conflit avec sa famille.

Son royal père n'avait pas formulé d'objection lorsque Ibrahim avait manifesté son intention de partir faire des études d'ingénieur à l'étranger. Il était sûr alors que son fils reviendrait en temps voulu.

— Bien sûr que je reviendrai, avait fanfaronné Ibrahim. Pour vous rendre visite !

— Tu reviendras en tant que prince de ce pays, riche des connaissances acquises, qui te seront utiles pour mieux le servir, avait rétorqué son père.

— Non, s'était-il entêté. J'assisterai aux cérémonies officielles et, bien entendu, je viendrai voir ma famille. Mais ma vie est à Londres.

Le roi s'était contenté de sourire.

— Ibrahim, tu vas devenir ingénieur. Souviens-toi des grands projets que tu bâtissais, enfant. Bientôt tu pourras les réaliser pour ton peuple.

— Je n'étais qu'un gamin !

— Et aujourd'hui, te voilà un homme capable de concrétiser ses rêves. Quand le temps sera venu, tu reviendras là où est ta place. C'est dans ton sang, dans tes gènes. Pour l'heure, tu ne veux peut-être pas écouter ton père ; mais l'appel du désert, lui, ne peut être ignoré.

L'appel du désert... Tout juste si Ibrahim n'avait pas éclaté de rire au nez de son père. Ces vieilles croyances lui paraissaient alors ridicules. Mais depuis qu'il avait assisté au mariage de Karim, tout avait changé. Ibrahim avait compris que cet appel du désert, il n'avait pas voulu l'entendre. Des années durant, il avait fermé ses oreilles et son cœur.

Le dimanche soir, il quitta sa maison de campagne au volant de sa voiture de sport pour rouler vers Londres. Bien décidé à reprendre contact avec une certaine Mlle Anderson.

4

Le cœur léger, Georgie défit sa queue-de-cheval et entreprit de peigner ses longs cheveux blonds. Alors qu'elle appliquait un peu de baume hydratant sur ses lèvres, elle ne put s'empêcher de sourire. La perspective du long vol à venir n'arrivait pas à amoindrir son euphorie : elle avait reçu, au courrier du matin, les papiers qui officialisaient son divorce.

Enfin ! Le monde avait désormais de plus belles couleurs.

La plupart des gens ne se seraient pas réjouis d'un tel événement. Mais Georgie avait su tirer la leçon de ce mariage raté, qui n'avait duré en réalité que quelques semaines. Une erreur de jeunesse. Hélas, les formalités judiciaires s'étaient éternisées.

Désormais, elle était libre. Vraiment libre. Car même si son ex-mari ne s'était pas gêné pour reprendre depuis longtemps une vie de patachon, elle-même avait eu des scrupules tant que le lien matrimonial, qui les unissait, n'était pas rompu aux yeux de la loi. Voilà pourquoi elle s'était refusée à Ibrahim quelques mois plus tôt.

Au souvenir de son regard chargé de mépris, elle ferma les yeux. Non, elle ne devait pas songer à son anorexie, à la violence de son père, à un mariage qui lui était apparu comme une solution miracle : elle avait choisi d'emprunter cette voie, elle assumerait… Il aurait été si facile de regarder en arrière le cœur plein de regrets, en se fustigeant pour sa bêtise, de culpabiliser, de s'enfermer dans l'amertume. Pourtant elle avait tiré des enseignements de son passé difficile. Elle avait mûri, était devenue plus forte, avait pris confiance en elle. Aujourd'hui elle se connaissait bien mieux, parce qu'elle avait décidé de positiver ces expériences douloureuses. Le chemin n'avait pas été facile, mais elle était certaine d'avoir pris le bon.

Durant les années noires, Felicity l'avait toujours soutenue. Georgie lui en serait éternellement reconnaissante. Néanmoins, elle n'avait jamais osé lui parler de son mariage avec Mike. Cette fois, elle trouverait le courage, se promit-elle. Pour mieux tirer un trait sur le passé et se tourner vers l'avenir.

Les excuses d'Ibrahim l'avaient aidée également. Bien que troublée par leurs brèves retrouvailles londoniennes, elle avait voulu y voir là le signe que ce chapitre était clos, et qu'il était temps d'avancer.

Grâce au billet d'avion envoyé par sa sœur, qui lui permettrait de voler sur une petite compagnie affrétant de luxueux jets pour clients privilégiés, elle échappa aux interminables files d'attente à l'aéroport. Un peu mal à l'aise au début, elle s'installa dans le salon de première classe de l'appareil. Aidée par une coupe de champagne, elle ne tarda pas à se détendre et consulta ses e-mails.

Comme le décollage tardait, on lui apporta quelques douceurs, dont elle se régala. Un sourire lui échappa comme elle mesurait le travail accompli : il n'était plus question de négocier des calories contre des heures de jogging sur tapis roulant, de compenser un plaisir par une punition auto-infligée ! Non, il n'y avait plus que le goût délicieux du macaron à la pistache lui fondant sur la langue. Les jours sombres étaient finis. Les longues heures d'introspection, de repli sur soi, l'angoisse, la peur de la rechute, tout cela était derrière elle maintenant.

N'ayant jamais été très à l'aise en avion, elle s'autorisa juste à déposer quelques gouttes d'huile essentielle de mélisse sur le bout de ses doigts pour se masser les tempes. L'hôtesse lui proposa une autre coupe de champagne, qu'elle déclina.

— Nous sommes désolés pour le léger retard, mais nous attendons un passager qui n'était pas prévu à l'origine, lui expliqua l'hôtesse avec un sourire affable. Il ne devrait pas tarder à arriver… Oh ! Je crois que le voici.

Elle se redressa et sourit à l'homme qui venait de pénétrer dans la carlingue.

— Bienvenue à bord, Altesse.

Georgie tressaillit et suivit la direction de son regard. Elle se figea. Non, impossible !

Ibrahim.

Il portait un jodhpur souillé de boue et une veste de cavalier noire. On avait l'impression que sa personne irradiait une énergie à peine contrôlée, qui le laissait tendu comme la corde d'un arc. Il ne répondit pas au salut de l'hôtesse, ne tourna même pas la tête en direction de Georgie et remonta l'allée d'un pas si déterminé qu'on aurait pu croire qu'il se préparait à prendre lui-même les commandes de l'appareil. Finalement, il disparut derrière une porte — sans doute celle d'un salon privé, supputa Georgie.

Quelques instants plus tard, un steward franchit cette même porte, avec un plateau sur lequel reposait une bouteille de whisky.

Georgie sortit enfin de sa léthargie. Pour un peu, elle aurait attrapé son sac et demandé qu'on stoppe l'avion pour la laisser descendre ! Mais celui-ci était déjà en train de se positionner en bout de piste. Il était trop tard. D'ailleurs, Felicity ne lui pardonnerait pas de lui faire faux bond.

Très perturbée, elle demeura perdue dans ses pensées chaotiques, tressaillant au moindre bruit. Elle s'aperçut que le dîner avait été servi seulement quand l'hôtesse vint lui demander si elle pouvait débarrasser son assiette, intacte. Georgie se contenta de hocher distraitement la tête.

La perspective de se retrouver au palais royal en même temps qu'Ibrahim l'emplissait d'appréhension.

Elle s'était pourtant assurée qu'il serait absent, en allant jusqu'à poser directement la question à sa sœur — d'un ton qu'elle avait voulu détaché. Et lorsqu'elle l'avait croisé en discothèque, il n'avait pas fait allusion à un prochain séjour.

Mais elle non plus.

Y avait-il eu une urgence ? Son père, le roi, avait été récemment malade. Peut-être avait-il eu une rechute ? Sinon, pourquoi Ibrahim aurait-il embarqué dans une telle précipitation, sans même prendre le temps de se changer ?

A moins qu'il ne s'agisse d'un caprice de riche ? Qui prenait l'avion avec des bottes d'équitation ?

Une hôtesse sortit du salon privé au moment où elle se rendait aux toilettes. Avant que la porte se referme, elle eut le temps d'entrevoir Ibrahim étendu sur un canapé. Il avait ôté ses bottes, mais était toujours dans la même tenue. Une barbe naissante ombrait ses joues. Il dormait.

La porte se referma presque aussitôt. Cette vision fugace demeura pourtant gravée dans l'esprit de Georgie, qui en garda l'impression d'une tension persistante ; même dans le sommeil, les traits d'Ibrahim demeuraient crispés, sa bouche pincée.

Quelles pensées terribles se bousculaient ainsi dans son esprit ?

Elle retourna à sa place, enfila une nuisette confortable et mit son fauteuil en position couchette. Hélas, elle se rendit vite compte que la proximité d'Ibrahim l'empêcherait de fermer l'œil.

— Désirez-vous quelque chose ?

L'hôtesse lui posa cette question à plusieurs reprises durant le reste du voyage. Chaque fois, Georgie dut ravaler la réponse qu'elle aurait aimé formuler : « Oui, emmenez-moi auprès d'Ibrahim ». Au lieu de cela, elle secouait la tête et se replongeait dans ses réflexions, se demandant ce qu'elle allait dire et faire lorsqu'ils se retrouveraient face à face, après l'atterrissage.

L'appareil fit escale à Abu Dhabi. Georgie en profita pour se dégourdir les jambes quelques instants. Ibrahim, en revanche, ne quitta pas son refuge.

Elle se divertit ensuite en regardant le personnel navigant monter à bord avec des sacs arborant les logos des grands noms du luxe. Une hôtesse apparut même avec un gros ours en peluche rose dans les bras.

Quand ils décolèrent, elle réussit enfin à s'endormir, sans connaître de répit pour autant : Ibrahim hantait encore ses rêves.

Ce fut l'hôtesse qui la réveilla :

— Mademoiselle Anderson, nous allons bientôt atterrir. Voulez-vous prendre le petit déjeuner ?

Encore ensommeillée, Georgie acquiesça, non sans éprouver une pointe de culpabilité en s'entendant appeler « mademoiselle ». Elle avait gardé son nom de jeune fille mais à Londres, elle se faisait appeler « madame ». Bien sûr, Felicity n'en savait rien et avait fait établir un billet au nom de « mademoiselle Anderson ».

Elle reporta son attention sur le hublot et le ciel d'un bleu idéal. Comme l'avion virait sur la droite, elle eut un premier aperçu de Zaraq : les vagues blondes du désert laissaient place à des villages aux maisons ocre, aux édifices surmontés de coupoles étincelantes. L'avion suivit la côte un moment et, alors que la luminosité augmentait, les lumières intérieures s'estompèrent dans l'appareil.

Ce ne fut pas la silhouette blanche et majestueuse du palais royal qui attira son attention en premier, mais les gratte-ciel aux façades miroitantes de la capitale, Zaraqa. Certains étaient reliés par des passerelles de verre et d'acier suspendues dans les airs et donnant une sensation d'irréalité. On apercevait aussi des piscines en plein air sur les terrasses.

Georgie se focalisa sur ce spectacle pour ne pas penser à Ibrahim ; elle se refusait à anticiper sa réaction lorsqu'il émergerait de l'alcôve, d'ici quelques minutes.

Or, à sa grande surprise, Ibrahim demeura invisible une fois l'atterrissage effectué.

L'espace d'un instant, Georgie se demanda si elle n'avait pas rêvé !

Sa sœur l'accueillit à sa descente d'avion. Felicity paraissait en pleine forme, superbe dans un tailleur en lin crème. Elle avait laissé pousser ses cheveux et respirait le bonheur. Mais Georgie fut surtout fascinée par sa jeune nièce, Azizah, qui n'avait que quelques mois. Ses yeux s'assombrissaient déjà et promettaient d'être aussi bruns que ceux de son père. En revanche, elle avait la chevelure dorée de sa mère. Elle avait bien changé depuis que Georgie avait fait sa connaissance, seulement deux semaines après sa naissance, lors du bref séjour que Felicity et Karim avaient effectué à Londres. Azizah était désormais une petite personne à part entière, avec un tempérament bien affiché. Georgie tomba instantanément sous le charme. Elle la prit dans ses bras et la couvrit de baisers.

— Elle est adorable ! s'exclama-t-elle. Où est Karim ?

— Nous avons reçu un coup de fil de l'avion, il y a quelques heures. Apparemment, son frère a pris le même vol que toi. Karim est parti à sa rencontre.

— Oui, je pensais bien avoir reconnu Ibrahim, admit Georgie. Lui ne m'a pas vue. Est-ce que tout va bien, à Zaraq ?

— Oui, pourquoi cette question ?

— J'ai pensé qu'il y avait peut-être une situation de crise quelconque en apercevant Ibrahim sauter dans l'avion au débotté. Ton beau-frère m'a semblé…

Elle laissa sa phrase en suspens. Autant ne pas alarmer

inutilement sa sœur, après tout. Felicity jugerait bientôt par elle-même et se forgerait sa propre opinion.

— Karim va devoir s'en aller très vite, dès que nous serons de retour au palais, expliqua celle-ci. Il y a un problème d'épidémie chez les Bédouins. Tu sais qu'il s'occupe beaucoup de cette partie de la population.

— Il finance toujours ces unités médicales mobiles dont tu me parlais ?

— Chut ! Je te demande d'être discrète sur le sujet, car personne ne sait quel est l'investissement personnel de Karim auprès des peuplades locales ; pas même le roi. Nous en discuterons plus tard. Je voulais juste que tu ne t'étonnes pas de son brusque départ tout à l'heure. Il ne faudrait pas que tu t'imagines que ta venue le fait fuir ! conclut Felicity en souriant.

Georgie lui rendit son sourire, le cœur battant. Si elle savait…

— Ah, les voilà !

Karim et Ibrahim venaient en effet de faire leur entrée dans la salle d'attente où elles patientaient. Georgie se félicita aussitôt de n'avoir pas exprimé ses inquiétudes devant sa sœur. Elle serait passée pour une menteuse, car Ibrahim avait l'air tout à fait détendu à présent, rasé de près, vêtu d'un pantalon en lin clair et d'une veste impeccable. Il tenait l'ours en peluche rose que Georgie avait aperçu un peu plus tôt dans les bras de l'hôtesse.

En la voyant, il se raidit de manière notable.

— Merci Ibrahim, dit Felicity en le débarrassant de l'ours. Il est un peu gros pour l'instant mais d'ici quelque temps, Azizah sera ravie !

— Bonjour, Georgie ! lança Karim en l'embrassant sur la joue. Tu te souviens d'Ibrahim, n'est-ce pas ?

— Oui, bien sûr.

Elle dessina sur ses lèvres un sourire poli, qu'Ibrahim ne lui rendit pas tout de suite. Il portait des lunettes de soleil très chic, style aviateur, si bien qu'elle ne pouvait déchiffrer son regard.

— Je ne savais pas que tu étais là, dit-il enfin avec un sourire contraint. C'est gentil de venir m'accueillir à l'aéroport, mais…

— A dire vrai nous sommes aussi ici pour accueillir Georgie, coupa Felicity. Vous avez pris le même avion.

Cette fois, Georgie le vit distinctement pâlir sous son hâle. Malgré les verres sombres, elle était certaine qu'une lueur de contrariété avait traversé son regard.

— Vraiment ? Et tu n'es pas venue me dire bonjour ? lui demanda-t-il.

— Je n'étais pas sûre de t'avoir reconnu. Tu es passé si vite… Et tu t'es tout de suite enfermé dans le salon privé. Désolée, je ne voulais pas être impolie.

— Ne t'excuse pas, tu es toute pardonnée.

Il eut un sourire un peu plus spontané cette fois.

— Qu'attendons-nous ? demanda Felicity en regardant son époux.

— Les bagages de Georgie ont été récupérés, mais ceux d'Ibrahim se font attendre.

Ibrahim murmura quelques mots en arabe. Felicity, qui avait dû se familiariser avec la langue de sa belle-famille, s'étonna dans un froncement de sourcils :

— Tu n'as pas de valise ?

— Juste un petit baluchon.

Il montra un bagage à main, que Georgie ne se souvenait pas lui avoir vu lorsqu'il était monté à bord, elle en aurait mis sa main au feu.

Le trajet en voiture fut de courte durée. L'ambiance était sympathique et décontractée ; toutefois Georgie nota que sa sœur et elle étaient les seules à alimenter la conversation.

Une fois au palais, Ibrahim alla saluer les membres de sa famille, puis disparut sous un prétexte qui sonna faux aux oreilles de tout le monde :

— Je n'ai pas pu dormir durant le vol.

Après son départ, Georgie se détendit un peu. Elle assista au repas d'Azizah, puis eut droit à un vrai câlin de la part de la petite fille.

— Elle est trop mignonne !

— Je ne sais pas si les habitants du palais seront d'accord avec toi. Elle a réveillé tout le monde à 4 heures du matin en poussant des braillements qui ont dû s'entendre à l'autre bout du désert ! plaisanta Karim.

— Et bientôt, elle ne sera plus la seule, ajouta Felicity en riant.

Une fois de plus, Georgie s'émerveilla du changement qui s'était opéré chez elle. Sa sœur, qui avait toujours été si réservée, presque guindée, avait aujourd'hui acquis une vraie légèreté. Son visage rayonnait alors qu'elle souriait à son mari.

— Quand Jamal doit-elle accoucher ? s'enquit Georgie.

— D'ici un bon mois. J'ai tellement hâte !

— Est-ce la belle-sœur qui parle ? Ou la sage-femme ?

— Les deux, avoua Felicity.

La conversation se poursuivit sur le même ton. Même si Felicity était désormais une princesse qui vivait dans un palais, très loin de Londres, elle était toujours sa grande sœur, et la personne que Georgie aimait le plus au monde.

Lorsque Karim s'éclipsa à son tour, elle le remarqua à peine tant elle était absorbée par leurs échanges.

Tard dans la nuit, longtemps après le dîner, alors que tout le monde était au lit, Georgie, installée dans un délicieux salon oriental, meublé d'ottomanes aux couleurs chatoyantes, savourait un thé, devant les portes-fenêtres ouvertes où pénétrait l'air parfumé de la nuit. Au milieu d'une multitude de coussins, sa sœur et elle discutaient encore, aussi heureuses l'une que l'autre, lui semblait-il, de rattraper le temps qu'elles n'avaient pu passer ensemble. Le *baby phone* était posé sur un guéridon et Felicity était parfaitement relaxée.

Dans ces conditions optimales, Georgie trouva le courage d'évoquer ce mariage qui avait eu lieu trois ans plus tôt, et dont sa sœur n'avait jamais eu vent.

— Tu es déçue ? demanda-t-elle d'une voix timide à la fin de son récit.

La mine grave, Felicity secoua la tête :

— Non. Enfin... je ne sais pas. Je comprends que tu aies eu besoin de fuir loin de la maison, de changer d'air. Mais je suis triste que tu ne m'en aies pas parlé plus tôt.

— Je ne pouvais en parler à personne. Aucun de mes amis n'est au courant. Dans un premier temps, Mike m'est apparu comme quelqu'un de solide et mature. Très vite, je me suis aperçue qu'il était juste une brute, comme papa, même s'il portait de beaux costumes cravates et buvait du whisky hors d'âge et non de la bière bon marché. Au bout de quelques semaines, j'avais déjà compris mon erreur. J'ai eu de la chance...

— De la chance ? se récria Felicity dans un petit sursaut.

— De nombreuses femmes n'ont pas le cran de partir. Je m'en suis sortie très vite. Ensuite, hélas, impossible de m'entendre avec Mike pour que la procédure s'accélère. Il ne répondait ni aux lettres ni au téléphone. Il a fallu tout ce temps pour faire prononcer une séparation de corps et obtenir enfin le divorce. Mais ça y est, je suis libre !

— Tu l'étais déjà, observa Felicity. A partir du moment où tu avais quitté le domicile conjugal...

Georgie ne tenta pas de lui expliquer pourquoi ses principes l'avaient empêchée de considérer la situation sous cet angle réducteur. Tant que les papiers officiels n'étaient pas signés, il lui avait été impossible de sortir avec un homme. Et, d'une certaine façon, cette période de solitude avait été salutaire. Elle lui avait appris qu'elle pouvait tenir debout toute seule, qu'elle n'était pas obligée de courir se réfugier dans les bras d'un homme.

— Tu ne le diras pas à maman, n'est-ce pas ?

— Mon Dieu, non ! assura Felicity. Et ici non plus, je ne risque pas d'aborder le sujet. La famille de Karim aurait du mal à comprendre.

Leur conversation intime fut interrompue par le bruit d'une voiture qui se garait dans la cour, devant la porte-fenêtre. Une portière claqua et des pas précipités retentirent sur les marches du perron de pierre. L'instant d'après, une voix grave résonna dans le hall, à laquelle répondit le murmure étouffé d'une domestique.

Felicity pinça les lèvres dans une mimique excédée :

— Il ne fait jamais attention ! C'était exactement pareil lors de son dernier séjour.

Dans le *baby phone*, des pleurs ne tardèrent pas à se faire entendre. Felicity poussa un soupir et se leva pour ouvrir la porte du salon. Elle prit Ibrahim à partie, qui, d'une voix sonore, continuait de parler à la servante.

— Ibrahim, tu viens de réveiller Azizah !

— Qui te dit que c'est moi ? rétorqua-t-il en passant avec aisance de l'arabe à l'anglais. Il me semble que les bébés ont l'habitude de se réveiller en pleine nuit pour enquiquiner leur entourage.

Le sarcasme lui allait bien, tellement que Georgie dut retenir un sourire.

— Je suis désolé si c'est vraiment ma faute, reprit-il. J'oublie tout le temps qu'il y a un bébé ici.

— Et bientôt, il y en aura deux, alors tu ferais bien de t'accoutumer à cette idée.

— Inutile, je rentre à Londres dans deux jours. Je fuis ce palais qui est en train de se transformer en pouponnière !

Avec un soupir outrancier, Felicity se dirigea vers l'escalier pour rejoindre la nursery et tâcher de rendormir sa fille. Ibrahim parut enfin remarquer la présence de Georgie.

— J'ai été surpris de te trouver ici. Tu n'avais pas parlé d'un séjour à Zaraq.

— Toi non plus.

— Tu as fait un agréable voyage ?

Le ton détaché ne trompa pas Georgie. Il était inquiet à l'idée qu'elle l'ait vu à son insu. Il ne voulait sans doute pas qu'on sache que l'apparente décontraction qu'il affichait était en réalité une façade. Mais après tout c'était son droit.

— Très, opina-t-elle.

Elle ne développa pas son propos et le silence retomba. Ibrahim pénétra dans le salon, fit quelques pas, avant d'aller s'asseoir sur l'ottomane opposée. La domestique revint avec la boisson qu'il lui avait demandée. Georgie fut soulagée quand la voix de sa sœur retentit dans la cage d'escalier.

— Sœurette ! Peux-tu monter un instant s'il te plaît pour me donner un coup de main ?

Elle se leva aussitôt.

— Bonne nuit, dit-elle à Ibrahim.

Il ne répondit pas. Mais, comme elle se dirigeait vers la porte, il lui saisit le poignet au passage. Elle sursauta.

— Felicity n'a qu'à déranger une domestique. Elles sont payées pour ça. Dis à ta sœur que tu ne peux pas, que tu prends un verre avec moi.

— Mais je suis contente de l'aider ! protesta Georgie.

— A 1 heure du matin ? Tu es de garde toute la nuit alors, si je comprends bien ? ironisa-t-il.

Sous ses doigts, Ibrahim sentait palpiter la veine du poignet de Georgie. En cet instant, il aurait presque pu lui pardonner de l'avoir repoussé, autrefois. Il avait envie de la faire basculer sur ses genoux et de l'enlacer.

— Reste avec moi.

Ce n'était pas une prière, mais un défi qu'il lui lançait, Georgie en avait parfaitement conscience.

— Je suis venue passer du temps avec ma sœur et ma nièce, objecta-t-elle d'un ton ferme.

Il la lâcha. Sans rien ajouter, elle quitta la pièce et gravit l'immense escalier pour rejoindre la nursery.

— Pourquoi as-tu été si longue ? demanda Felicity en la voyant refermer doucement la porte derrière elle.

— Je discutais avec Ibrahim.

— De quoi donc ?

Il y avait aussi une note de défi dans la voix de sa sœur. Georgie refusa l'escarmouche, si infime soit-elle, et s'en tira par une pirouette :

— Peu importe. J'ai le choix entre bavarder avec un homme hyperséduisant ou regarder ma sœur allaiter. Tu crois que c'est un dilemme ?

Felicity consentit à sourire, mais reprit d'un ton sérieux :

— Surtout, ne va pas fricoter avec lui. Il ne t'apportera rien de bon. J'ai vu comment il traitait les femmes. Il les mange toutes crues avant de recracher les pépins !

— Ne t'inquiète pas, nous nous disions juste bonsoir.

— Il est si arrogant, reprit sa sœur. Il débarque sans prévenir, il ne fait pas attention aux autres… Il a l'habitude que tout le monde se plie à ses caprices. Mais ça ne va pas durer.

— Que veux-tu dire ?

— Non. J'en ai déjà trop dit…

— Oh ! je t'en prie ! Je suis ta sœur, et étant donné les confidences que je viens de te faire…

— Très bien, capitula Felicity dans un soupir.

Elle prit soin de fermer le *baby phone* avant de poursuivre :

— Le roi en a assez. D'après Karim, il compte profiter de ce séjour pour avoir une bonne discussion avec Ibrahim. Il est fatigué de le voir mener cette vie de play-boy à Londres, et va exiger qu'il rentre à Zaraq une bonne fois pour toutes. Après tout, ses études sont finies depuis longtemps.

— Comment compte-t-il s'y prendre pour le persuader ? Il va lui couper les vivres ?

— Apparemment, il a déjà essayé cette technique il y a

quelques années. Ibrahim s'est alors associé avec un grand cabinet d'architectes zaraqi. C'est en partie grâce à lui qu'est sortie de terre cette forêt d'immeubles futuristes construits tout récemment. De fait, il n'a plus besoin du soutien pécuniaire de son père. Sur ce plan, il est indépendant.

— Alors s'il refuse de revenir vivre ici, comment son père va-t-il le convaincre ?

— C'est le roi. Il détient l'autorité suprême, ici. Et Ibrahim est un prince ; ses privilèges lui confèrent également des devoirs.

— Oh là là, tu commences à parler comme eux ! s'esclaffa Georgie.

Elle voulait détendre l'atmosphère, mais sa sœur demeura grave.

— Regarde tout le mal que se donne Karim pour son peuple. En ce moment même, il est en plein désert pour tenter d'éradiquer une épidémie avec une équipe mobile composée de médecins et d'infirmières. Pendant ce temps, Ibrahim écume les bars et les casinos, comme un touriste ! Mais il est prince lui aussi, et il va bientôt devoir se comporter comme tel.

Felicity parlait déjà à mi-voix, mais elle baissa encore d'un ton pour conclure :

— Le roi va lui choisir une fiancée, que cela lui plaise ou non. Et bientôt, Ibrahim devra revenir vivre ici pour de bon.

5

Georgie s'éveilla avant le lever du soleil, ouvrit les volets et jeta un regard sur la ville endormie, avant de retourner se blottir dans le lit.

Comme le lui avait suggéré Felicity, elle décrocha le téléphone posé sur sa table de chevet. Quelqu'un répondit avant même que la première sonnerie se soit éteinte ; elle commanda un plateau de petit déjeuner composé de café, de jus d'orange et d'une assiette de fruits frais.

Une domestique vint le lui apporter et entreprit de regonfler les oreillers par quelques tapes énergiques. Georgie se sentit un peu honteuse d'être ainsi dorlotée. Elle n'avait pas l'habitude.

Le café était trop fort, trop sucré, avec une saveur presque fumée. Elle le but lentement, puis décida d'emporter le plateau sur le balcon pour profiter du soleil qui se levait sur la mer.

Le ciel pâlissant était strié de rose pâle et de corail. L'air se réchauffait déjà. Georgie regretta de ne pas être dans le désert. Elle aurait voulu voir la lumière caresser le flanc des dunes, animer peu à peu cet océan ocre et en révéler toutes les surprises. Il était peu probable qu'elle puisse contempler cette splendeur de sitôt, tant Felicity était accaparée par sa fille et ses responsabilités.

Un jour, se promit-elle. Elle devait se montrer patiente, même si elle était irrésistiblement attirée par cette magie qu'Ibrahim fuyait. Les contes et légendes du désert la fascinaient, elle voulait se griser de ses parfums et de ses saveurs, voir autre chose que les artères modernes de la capitale zaraqie.

Soudain, elle l'aperçut. Cet homme à cheval aurait pu être n'importe lequel des princes — à cette distance elle ne pouvait discerner ses traits. Cela aurait même pu être le roi. Mais son cœur lui disait qu'il s'agissait d'Ibrahim et de nul autre.

Il n'avait pas l'air de quelqu'un qui récupère d'une nuit d'excès ; une fois encore, Georgie se demanda si Felicity ne jugeait pas un peu vite son beau-frère, à qui elle attribuait de nombreux vices. A sa façon de chevaucher, penché sur l'encolure de sa monture qui filait le long de la plage, il témoignait d'une vigueur et d'une concentration indéniables.

Il tira sur les guides et mit son cheval au pas dans les vagues qui léchaient le rivage. Un reflet du soleil dans les vitres du palais dut attirer son attention car tout à coup, il releva la tête et surprit Georgie en train de le regarder.

Il ne leva pas la main, ne lui adressa aucun signe de reconnaissance. D'un bref coup de talon, il remit son étalon au galop, laissant une trace blanche et mousseuse dans les flots. Georgie réalisa qu'il venait juste de la snober. Après l'affront qu'elle lui avait infligé le soir du mariage, il ne fallait pas s'attendre à un joyeux bonjour de sa part…

Qu'était-il venu faire à Zaraq ? Cette question la tarabusta tandis qu'elle prenait sa douche, puis s'habillait. Pourquoi ce retour impromptu ? Il était descendu d'avion tout sourire, les bras pleins de cadeaux, mais quelques heures plus tôt, elle avait vu son visage tourmenté. Et cela, personne ne le savait ; même pas lui.

— Ma tenue te paraît acceptable ? demanda-t-elle à sa sœur qui prenait son petit déjeuner dans le patio.

Elle posait souvent cette question lorsqu'elle séjournait

à Zaraq. Ce jour-là, elle avait enfilé une robe trapèze en lin bleu pâle, dont la longueur lui semblait tout à fait correcte. Cependant elle ne voulait choquer personne.

— Détends-toi, sœurette ! Tu es parfaite. Il faudrait te couvrir les bras et les jambes si tu m'accompagnais lors d'une visite officielle, ce qui ne risque pas d'arriver, s'empressa d'ajouter Felicity, riant de la mine horrifiée qu'elle affichait.

Lorsque le roi fit son apparition, la mine renfrognée, Georgie ne put s'empêcher d'éprouver une pointe d'appréhension. Le souverain était un homme intimidant, d'une très grande prestance naturelle. Felicity, elle, ne parut pas le moins du monde troublée.

— Avez-vous vu Ibrahim ? demanda-t-il d'un ton rogue, avant de marmonner : Je suppose qu'il dort encore. Et où sont tous les autres ?

Georgie se garda de le détromper et de lui expliquer que son fils était parti faire de l'équitation sur la plage. Elle savait que ce n'était pas son rôle.

— Karim assiste à une réunion avec le ministre de la Santé publique, répondit Felicity avec calme. Je n'ai vu personne d'autre.

— Eh bien, si vous voyez Ibrahim, soyez gentille de le prier de venir dans mon bureau avant d'entreprendre quoi que ce soit d'autre ou de disparaître une fois de plus dans la nature.

Felicity attendit que le roi se soit éloigné pour souffler à sa sœur :

— Dans ses rêves ! Je ne vais sûrement pas me coincer entre l'arbre et l'écorce. Toi et moi, nous allons passer la matinée au spa.

L'entreprise se révéla beaucoup moins simple qu'il n'y paraissait au premier abord. Felicity n'avait encore jamais confié Azizah plusieurs heures d'affilée à Rina, la nounou. Elle passa un temps fou à lui expliquer comment réchauffer le lait, comment tenir le biberon et quel débit utiliser avec la tétine. Et dès que les deux sœurs furent montées dans la limousine, elle commença à se trémousser sur la banquette avec une extrême nervosité.

— Tout se passera bien, lui assura Georgie. Rina m'a l'air très compétente.

— Elle l'est, confirma Felicity. Il faut juste que je m'habitue à lui laisser Azizah. J'ai de nombreuses responsabilités maintenant, et puis je songe à reprendre le travail.

Georgie ouvrit de grands yeux, surprise par cette confidence.

— A mi-temps seulement, précisa Felicity. J'adore mon métier, je ne veux pas le perdre. Rina est très douce, mais Azizah s'énerve dès que je m'éloigne. Pour elle, sa nounou est une étrangère…

Georgie savait déjà ce qui se profilait. Elles avaient déjà eu cette conversation de nombreuses fois. Elle tenta d'y échapper :

— Accorde-leur un peu de temps. Elles doivent s'adapter l'une à l'autre. C'est excellent que tu prennes ta matinée pour t'occuper un peu de toi. Pendant ce temps, elles vont lier connaissance.

— Je veux qu'Azizah grandisse entourée des siens, insista pourtant sa sœur. Et moi aussi je veux être près de ma famille. Maman est en train d'y réfléchir, mais elle n'hésiterait pas une seconde si elle savait que tu t'installes ici. Alors je t'en prie, réfléchis-y, toi aussi.

Georgie soupira. Il était si tentant d'accepter… De retour à Londres, Felicity lui manquerait, et Azizah aussi, à présent. Oui, il serait facile de renoncer à son petit institut pour venir mener la belle vie au palais, comme le lui offrait sa sœur.

Trop facile.

Son aînée l'avait toujours protégée, soutenue. Si elle était partie à Zaraq, c'était en premier lieu pour travailler et gagner de quoi payer le séjour en clinique de Georgie. Comment lui refuser aujourd'hui le renvoi d'ascenseur ? Mais la proposition avait beau être tentante, elle avait besoin de faire ses preuves seule.

— Nous en reparlerons une autre fois, déclara-t-elle, au moment où les grilles du palais s'ouvraient pour livrer passage à la limousine.

Comme elle tendait le cou, Felicity demanda :

— Que regardes-tu ?

— Juste les alentours. C'est si dépaysant ici. Je n'ai pas encore eu le temps de m'acclimater.

En réalité elle cherchait la silhouette d'Ibrahim — ce qu'elle n'allait pas avouer à sa sœur…

Un peu plus tard, un ascenseur de verre, extérieur au gratte-ciel, les propulsait au quarante-deuxième étage, au grand émoi de Georgie qui avait le vertige.

— Le fruit du travail d'Ibrahim, lui apprit Felicity. C'est lui qui a conçu cette cabine futuriste.

— Rappelle-moi de lui dire que je le hais, haleta Georgie, le cœur au bord des lèvres. Et préviens-moi quand je pourrai rouvrir les yeux !

— Tu peux. Nous sommes arrivées.

Elles entrèrent dans le spa, petit paradis illuminé de bougies. Un parfum floral discret flottait dans l'air. On les conduisit dans un vestiaire deux fois plus grand que l'appartement londonien de Georgie. Celle-ci notait chaque détail, avide d'idées pour son propre institut.

— Je veux tout essayer, décréta-t-elle après avoir enfilé un peignoir douillet. Y a-t-il une sorte de carte des soins proposés ?

— J'ai déjà réservé deux soins rituels au hammam, lui expliqua Felicity. Tu n'as qu'à te laisser faire sans te poser de questions, c'est divin !

Elles longèrent d'abord un couloir plongé dans la pénombre, éclairé seulement de bougies parfumées disposées dans de petites niches. Puis elles pénétrèrent dans le hammam proprement dit, avec ses murs en tadelakt et ses ornementations de mosaïque bleue.

— Mon Dieu, il fait si chaud ! se plaignit Georgie.

— Tu vas t'habituer.

Georgie s'immergea dans un bassin, puis s'abandonna au rituel, dispensé par des employées aux mains expertes. On la lava d'abord avec du savon noir. Ensuite, elle fut conduite dans une autre salle pour que chaque centimètre carré de peau soit exfolié. Enfin, elle retourna dans le bassin, avant de subir une épilation au caramel.

Deux heures plus tard, les deux sœurs, enveloppées dans leurs peignoirs, partageaient un thé à la menthe au son d'une musique traditionnelle zaraqie.

— Tu reviens de loin ! murmura Felicity, un sourire aux lèvres.

— Je sais.

Georgie ferma les yeux et savoura la sensation de bien-être qui imprégnait chaque cellule de son corps. Seulement deux ans plus tôt, la seule pensée de recevoir des soins corporels l'aurait rendue hystérique. Aujourd'hui, elle était capable de se détendre, de prendre plaisir aux séances de gommage, de modelage. Elle avait hâte de maîtriser ces techniques et de les appliquer dans son travail. Elle voulait aider les autres, tout comme on l'avait aidée.

Une employée s'approcha d'elles :

— Pardonnez-moi, Altesse…

Georgie tressaillit. Elle oubliait toujours que sa sœur faisait désormais partie de la famille royale.

— Je suis navrée de vous interrompre, reprit la jeune femme, mais le palais vient d'appeler.

— Ce n'est pas grave, assura Felicity en s'emparant du téléphone portable que la réceptionniste lui tendait.

Elle attendit que cette dernière se soit retirée pour prendre la communication.

— Allô ! Oui, Jamal… Non, ne t'inquiète pas, tu ne me

déranges pas du tout… Oui, je vais venir… Tu as eu raison de m'appeler.

— Que se passe-t-il ? demanda Georgie quand sa sœur eut raccroché.

— C'est Jamal. Hassan est absent et elle est un peu inquiète. Elle pense avoir des contractions, mais elle n'en est pas sûre.

— Il y a sûrement un million de médecins qu'elle peut appeler pour se rassurer, non ?

— C'est bien le problème, soupira Felicity en levant les yeux au ciel. Tout le pays est en alerte à cause de cette naissance providentielle qui s'est tant fait attendre. Le médecin officiel du palais ne veut prendre aucun risque. Ainsi, la semaine dernière, Jamal a échoué à la clinique pour être mise sous monitoring. La presse est arrivée avant elle et elle a été accueillie par un parterre de paparazzi, qui l'a mitraillée. Elle n'a pas envie que cela se reproduise !

— La pauvre. Je comprends.

— Tu n'as qu'à rester ici un moment. Si nous écourtons la séance pour nous précipiter toutes deux au palais, cela va éveiller les soupçons. Je vais dire qu'Azizah me réclame.

Felicity partie, Georgie demanda qu'on lui tatoue les pieds au henné pour passer le temps. Mais toute seule, ce n'était plus si drôle et, au bout d'une heure, elle décida de rentrer elle aussi.

Lorsque la voiture franchit les grilles du palais, Georgie eut un pincement au cœur à la vue de cet édifice majestueux que sa sœur appelait maintenant « la maison ». Rien ne ressemblait moins au petit pavillon banal dans lequel elles avaient grandi, dans le nord de l'Angleterre. Un endroit où Georgie ne s'était jamais sentie chez elle et qu'elle avait fui à la première occasion.

Comme elle gravissait les marches du perron, la lourde

porte de bois sculptée s'ouvrit comme par magie sur la haute silhouette d'Ibrahim.

Il s'effaça pour lui livrer passage et elle jeta un coup d'œil dans le hall.

— Où est Felicity ?

— A la clinique, répondit-il.

A cet instant, deux servantes traversèrent le hall en toute hâte, sans prendre le temps de saluer Ibrahim de leur courbette habituelle.

— Jamal est en train d'accoucher, reprit-il. Tout le monde se prépare à la venue du bébé, et c'est un peu le chaos. Nous essayons de joindre Hassan pour qu'il rentre au plus tôt.

— Je croyais qu'il s'agissait d'une fausse alerte, s'alarma Georgie. C'est trop tôt pour l'accouchement, non ?

— Un peu, mais ça n'a pas l'air bien grave. Mon père vient de partir pour la clinique. Felicity voulait te laisser un message, mais les choses se sont précipitées et elle n'a pas eu le temps. Sinon, je suis bien certain que jamais on ne nous aurait laissés en tête à tête au palais, ajouta-t-il, sarcastique.

Ce petit commentaire laissait entendre qu'il avait été mis en garde contre elle. Néanmoins, il n'extrapola pas et retomba dans le silence. Un groupe d'hommes vêtus des traditionnelles robes blanches du pays passa en chuchotant, la mine affairée.

— Et Azizah ? s'enquit Georgie.

— Sa nounou est en train de la préparer. Elle l'habille et va l'installer dans la voiture. Toi aussi, il faut que tu te prépares. Nous allons bientôt partir.

— Mais… pour où ?

— Pour la clinique.

— *Moi* ?

— Tu fais partie de la famille. Le futur roi est sur le point de naître. Il n'y a aucune raison pour que tu restes à l'écart de cet événement majeur.

— Mais… je ne suis que la sœur de Felicity ! J'ai à peine échangé plus de trois mots avec Jamal !

Face au visage figé d'Ibrahim, elle se demanda si elle avait été trop loin. Felicity lui avait recommandé de faire attention, de tourner sept fois sa langue dans sa bouche quand elle parlait avec les membres de sa belle-famille. Mais un sourire inattendu dérida soudain Ibrahim. Loin de l'offusquer, sa franchise semblait l'amuser.

Ce sourire établit une certaine complicité entre eux. Il fut cependant bref et, très vite, Ibrahim reprit son masque impavide.

— Je crois que nous sommes aussi enthousiastes l'un que l'autre. Mais nous n'avons pas le choix, dit-il.

A cet instant, Rina fit son apparition avec la petite Azizah enveloppée dans un châle de cachemire rose vif, prête à rencontrer son futur cousin.

Georgie prit enfin la mesure de l'événement. Le cœur serré d'angoisse, elle tenta une dernière fois de se défiler :

— Personne ne remarquera mon absence, si…

— Ça m'étonnerait, coupa Ibrahim. C'est *toi* qui as la responsabilité d'amener Azizah.

— Je… je ne suis pas prête !

Elle désigna d'un geste sa robe en lin chiffonnée, ses cheveux imprégnés d'huile cosmétique après le hammam. Elle n'avait pas une once de maquillage sur elle. Et elle allait se retrouver au milieu de la famille royale ! La perspective de participer à cette réunion solennelle lui donnait le vertige.

Une domestique s'approcha pour lui glisser par-dessus la tête une longue tunique brodée. Puis elle lui noua un voile sur les cheveux. Curieusement Georgie se sentit soulagée, comme protégée par tout ce tissu qui formait une sorte de rempart autour d'elle.

Ils gagnèrent la cour, où les attendait leur véhicule. La limousine couleur argent aux vitres teintées avait laissé place à une berline noire dont on distinguait parfaitement l'intérieur. Un petit drapeau flottait sur le capot avant. Un escadron de policiers en uniforme devait les escorter à moto.

A ce spectacle, Georgie tenta une plaisanterie :

— On dirait une parade royale !

— Mais c'est exactement cela, confirma Ibrahim.

Elle resta bouche bée. Tout à l'heure elle profitait du spa en compagnie de sa sœur, et voilà qu'elle était bombardée membre à part entière de la famille royale de Zaraq ! Et c'est à elle que revenait l'insigne honneur de veiller sur la petite princesse…

Rina lui tendit l'enfant, qu'elle cala avec précaution dans ses bras.

— Les vitres ne sont pas teintées, tout le monde va nous voir, remarqua-t-elle.

— C'est exprès. Un jour comme celui-ci, il n'est pas question de se cacher du peuple.

Ibrahim dut se méprendre sur la lueur paniquée de son regard, car il ajouta :

— Nous pouvons utiliser deux véhicules différents, si tu préfères.

En réalité ce n'était pas sa présence qui gênait Georgie, mais bien le fait de devoir gérer la situation sans sa sœur à ses côtés.

— Non, non… Allons-y, bredouilla-t-elle.

Ibrahim s'installa sur la banquette arrière. Cette fille était décidément bien compliquée ! En apparence, elle était sûre d'elle, voire frondeuse, et cependant… Il détectait en elle une fragilité qui semblait échapper aux autres. Elle regardait droit devant elle sans ciller, et il l'entendait prendre de grandes inspirations, comme si elle cherchait à dominer une appréhension paralysante. Il n'allait pas la laisser se débrouiller un jour comme celui-ci.

Alors que la voiture s'enfonçait dans le centre-ville de Zaraqa, il lui expliqua à quoi elle devait s'attendre.

— Maintenant que le roi est officiellement arrivé à la clinique, on sait la naissance imminente. L'excitation va s'emparer de la population et les gens vont commencer à se regrouper devant l'établissement.

En effet, Georgie nota qu'il y avait beaucoup de monde dans les rues. Sur leur passage, les gens agitaient la main en souriant avec bienveillance. A mesure qu'ils approchaient de la clinique, la cohue se fit plus dense. Finalement, lorsque le véhicule se gara devant l'entrée, une foule joyeuse les salua avec des clameurs de joie.

En dépit de cet accueil sympathique, elle sentit l'angoisse lui étreindre la poitrine. Elle descendit avec précaution de voiture, tenant la petite Azizah serrée contre son cœur. Jamais elle ne s'était sentie investie d'une plus grande responsabilité.

Doucement, elle remonta le bord du châle pour protéger les yeux de sa nièce des rayons du soleil. Ibrahim l'attendit, puis l'accompagna jusque dans le hall de réception, tout en répondant aux vivats qui fusaient derrière le cordon de policiers.

Rapidement, il se fit expliquer la situation par la direction de la clinique, puis revint informer Georgie :

— Ce ne devrait plus être long maintenant. Heureusement, Hassan vient juste d'arriver.

Ils passèrent dans une salle d'attente qui ne ressemblait à aucune autre. On leur offrit des rafraîchissements et Rina, qui les avait suivis à bord d'une autre voiture, proposa de reprendre Azizah. Georgie refusa :

— Je préfère la garder. Mais où est ma sœur ?

Ibrahim alla une fois de plus se renseigner ; il revint quelques minutes plus tard.

— Felicity va demeurer auprès de Jamal durant la délivrance. Je comprends que tu te sentes un peu… déstabilisée, ajouta-t-il en la voyant fermer les yeux.

— *Un peu* ?

— Ne t'inquiète pas, je vais rester avec toi. Tu ne vas pas affronter seule cette journée.

Ibrahim comptait bien demeurer à ses côtés, même s'il enfreignait la consigne que lui avait donnée son frère le matin même, juste avant qu'il ne parte faire du cheval sur la plage. Pourquoi se serait-il tenu à distance de Georgie ? Après tout, lui-même se sentait parfois écrasé par le poids des traditions et des responsabilités familiales. Il comprenait la panique de la jeune femme qui, de surcroît, se trouvait coupée de sa sœur.

Elle poussa un long soupir.

— Je ne sais pas comment Felicity parvient à résister à toute cette pression…

— Elle a choisi cette vie. Mais je te rassure, ce n'est pas tout le temps comme ça.

— Moi, je ne pourrais pas.

— Elle s'en sort très bien.

Tout en prenant garde à ne pas déranger Azizah, qui somnolait dans ses bras, Georgie pivota vers lui, surprise par le ton admiratif qu'il avait employé.

— Je croyais que tu ne l'appréciais pas ?

— C'est faux, je l'aime beaucoup. Même si elle te fait du chantage affectif, glissa-t-il avec un sourire moqueur.

— Non, pas du tout !

— Bien sûr que si. Et c'est normal. Felicity est isolée dans un pays étranger, elle a envie de rassembler sa famille autour d'elle. Elle voudrait également que tu profites de la vie facile qu'elle mène ici, parce qu'elle t'aime. Mais tu aurais l'impression d'étouffer, n'est-ce pas ?

Elle ferma les yeux sans répondre.

— Tu dois te préserver, insista-t-il.

— Comme tu te préserves, *toi* ?

Il ouvrit la bouche, ravala de justesse les paroles sarcastiques qu'il était sur le point de prononcer. Son regard tomba sur le minois innocent de sa nièce. Il tendit la main, laissa glisser son index sur la joue duveteuse, puis répondit en toute honnêteté :

— Comme *j'essaie* de me préserver. Mais nous avons tous nos chaînes.

Pour l'heure, les circonstances exigeaient qu'il soit là au moment de la naissance du futur roi. C'était son devoir, certes, et pourtant, il ne pouvait se défendre contre un curieux sentiment d'exaltation. Il avait été touché par la joie des gens dans la rue. Peut-être était-il tout simplement soulagé que Hassan et Jamal aient enfin engendré un fils, qui, dans la hiérarchie royale, l'éloignait de l'accession au trône.

Oui, c'était sûrement ça, se persuada-t-il, au moment même où, quelque part dans la clinique, retentissait le vagissement d'un nouveau-né qui assurait l'avenir dynastique de Zaraq.

Le roi ne tarda pas à réapparaître.

— C'est bien un fils ! lança-t-il avec jovialité, comme s'il avait toujours douté des échographies. Le futur roi est né ! Il est un peu faible en raison de sa prématurité, mais les médecins assurent qu'il est en bonne santé ; quelques jours de couveuse suffiront à lui rendre sa vigueur.

Ibrahim hocha la tête. Tout à coup, son père s'approcha et l'étreignit, dans un rare élan d'effusions.

— C'est bon de te voir en cet instant, fils !

Oui, c'était bon et réconfortant d'être là, admit Ibrahim en son for intérieur.

— Viens, nous allons sortir sur le balcon pour partager cette bonne nouvelle avec le peuple, annonça le roi. Vous aussi, Georgie !

C'était une belle journée, pleine de promesses, une journée miraculeuse. Le regard d'Ibrahim se porta sur Georgie. Il lut la terreur dans ses yeux bleus. Comme promis, il se tint près d'elle tandis qu'ils s'avançaient tous trois vers le balcon.

— Nous allons faire l'annonce de la naissance, lui expliqua-t-il à voix basse. Il faut rassurer le peuple, lui dire que tout s'est bien passé. Quand le premier fils de Hassan et Jamal est mort-né, il n'y a eu qu'un bref communiqué de presse et aucun commentaire ultérieur. Aujourd'hui, le peuple zaraqi a de quoi se réjouir.

Il lui pressa gentiment le bras. Tenant toujours Azizah précieusement serrée contre elle, Georgie s'avança sur le balcon. Eblouie par les rayons du soleil, elle plissa les paupières. Des cris et acclamations s'élevèrent de la place en contrebas.

— Tout va bien, lui chuchota Ibrahim.

— Je… merci, bafouilla-t-elle.

Encouragée, elle releva la tête, s'efforça de sourire, et trouva même le courage au bout d'un moment d'agiter la main en direction de la foule en délire.

— Heureusement, c'est la première et la dernière fois ! chuchota-t-elle à Ibrahim.

Il ne répondit pas. Pour lui c'était différent. Ces fonctions officielles lui incombaient. Tout le monde s'attendait à le voir revenir un beau jour pour poser ses valises et endosser ses responsabilités de prince. Et c'était sans doute son avenir qu'il avait devant lui, songea-t-il face à la foule de ses fidèles sujets.

6

— Je suis obligée de porter ça ?

Georgie n'était pas venue à Zaraq pour participer aux dîners royaux en grande pompe. Elle était juste venue voir sa sœur et sa nièce. Mais apparemment, il n'y avait pas moyen d'y couper.

— L'héritier du royaume est né aujourd'hui, répliqua sa sœur, une pointe d'exaspération dans la voix. Georgie, nous passerons du temps ensemble, je te le promets, mais je n'y peux rien si le fils de Jamal est né avec un peu d'avance. Je te demande juste de faire un petit effort pendant deux, trois jours.

Cela s'était avéré encore pire que pour le mariage de sa sœur. Deux servantes s'étaient présentées afin de la préparer ; pendant que l'une tressait sa longue chevelure, la seconde lui maquillait les yeux de khôl. Enfin, on avait déposé sur son lit une longue et ample robe de soie jaune citron, ornée de broderies et de perles. La tenue n'était pas affreuse mais… mais jamais Georgie n'aurait choisi de porter une telle robe si elle avait eu le choix !

— Tu es superbe, assura Felicity une fois qu'elle l'eut enfilée.

C'était un mensonge éhonté et toutes deux le savaient. Ce jaune éclatant aurait convenu à une peau mate et des cheveux noirs, mais il jurait avec le teint clair et les cheveux dorés de Georgie.

— J'ai l'air d'une tarte au citron meringuée ! soupira-t-elle.

Face au miroir, elle se força à sourire. Elle percevait le sentiment de culpabilité sous l'irritation de Felicity, et elle ne voulait pas accabler sa sœur.

— Dis-moi au moins que tu seras assise à côté de moi à table…

— Normalement, oui ; il faudra quand même que je m'absente pour allaiter Azizah. Elle s'est endormie tout de suite après son bain, elle ne tiendra pas tout le repas.

— Tu ne vas pas me laisser seule à table avec tous ces gens ! se récria Georgie. Enfin, Felicity, je… je ne les connais presque pas !

— Je sais, mais qui pouvait prévoir que le fils de Jamal naîtrait si vite ? gémit Felicity. Et comment aurais-je pu prévoir qu'une réception se déroulerait le jour même de sa naissance !

— Une… une réception ? s'étrangla Georgie.

— Ne t'affole pas, ce n'est qu'une réunion de famille, s'empressa de préciser sa sœur en la voyant pâlir. Même si en de telles circonstances le cercle familial s'agrandit. Il y aura des cousins, des oncles et des tantes éloignés. Et puis la famille de Jamal est conviée, elle aussi, et… ce sont des gens très conservateurs. Ecoute, je sais que le repas représente une épreuve pour toi, mais…

Georgie se redressa outrée.

— Felicity, j'aimerais que tu cesses de tout relier à l'anorexie ! Je suis guérie. L'anxiété que je ressens n'a rien à voir avec ça. N'importe qui éprouverait de l'appréhension à l'idée de participer à un banquet formel avec de quasi-inconnus.

— Je comprends. Je suis désolée que tout cela se produise alors que tu viens tout juste d'arriver à Zaraq. En temps ordinaire, Karim et moi dînons dans nos appartements, en toute simplicité. Or, là, pas moyen d'échapper à cette soirée. Bon, tu connais un peu le roi, Hassan et Jamal. Et Karim bien sûr. Ibrahim sera là aussi ; du moins j'espère.

— Comment cela… *tu espères* ? Tu viens de dire que cette soirée était incontournable.

— Avec Ibrahim, on ne sait jamais. Il faut toujours s'attendre au pire, rétorqua Felicity, fataliste. Au fait, tu es arrivée à la clinique en sa compagnie. Comment a-t-il réagi ?

— Il avait l'air très heureux pour son frère.

— D'après Karim, vous passez beaucoup de temps ensemble.

— Ibrahim parle anglais, répondit Georgie sur la défensive.

Elle se demanda pourquoi elle se justifiait ainsi. Elle n'avait rien fait de mal, pas vrai ?

Elle changea de sujet :

— Et la reine ?

— Tu sais bien qu'elle ne vit pas ici.

— Alors quand verra-t-elle son petit-fils ?

— Quand Hassan et Jamal iront lui rendre visite. Exactement comme je l'ai fait à la naissance d'Azizah. Mais comme le bébé est un peu prématuré, il ne va pas voyager de sitôt.

— Alors elle va devoir attendre des mois ?

— Georgie… s'il te plaît.

Le regard nerveux de sa sœur irrita Georgie.

— Toi et moi avons quand même le droit d'en parler dans l'intimité de ma chambre, non ? s'exclama-t-elle, incrédule. Franchement Felicity, je ne sais pas comment tu peux vivre dans de telles conditions !

— J'ai une vie fantastique. Et bien sûr que nous pouvons aborder la question. Mais pas au dîner. Certains sujets sont…

— … tabous ?

— Disons délicats. Le roi n'a toujours pas fait son deuil de ce mariage. Sa femme lui manque toujours, même si c'est lui qui l'a chassée après son infidélité.

— Son *deuil* ? Elle n'est tout de même pas morte ! s'insurgea Georgie. Si elle lui manque, il n'a qu'à décrocher son téléphone, ce n'est pas compliqué. Mais bon, j'ai compris. Ne t'inquiète pas, je ne vais pas te faire honte à table pendant que tu auras le dos tourné. Je tiendrai ma langue.

Georgie tint parole, mais pas vraiment à cause des mises en garde de sa sœur. Elle fut tellement impressionnée par l'immense table, les convives sur leur trente et un, les présentations cérémonieuses et le cadre — grandiose —, qu'elle en perdit presque l'usage de la parole.

Ibrahim n'était nulle part en vue. A plusieurs reprises, elle entendit le roi prononcer son nom en discutant avec Karim en arabe.

— Quand le banquet va-t-il commencer ? demanda Georgie à sa sœur, alors qu'elles étaient assises à table depuis, lui semblait-il, une éternité.

— Quand le fils prodigue daignera se montrer. Est-ce que ça va ?

— Oui, oui…

Même si elle affichait un calme olympien, en son for intérieur, Georgie redoutait le moment où elle se retrouverait seule. D'autant que Felicity l'avait prévenue : les parents de Jamal ne comprenaient pas l'anglais et, par respect pour eux, on ne parlerait qu'arabe à table.

— Ils sont en train de discuter pour savoir quand sera publiée la photo officielle du nouveau-né, expliqua Felicity.

Celle-ci faisait de son mieux pour suivre la conversation et la retranscrire à Georgie, mais cette bouée de sauvetage disparut bientôt : une domestique s'approcha pour glisser quelques mots à l'oreille de sa sœur. Celle-ci tourna la tête vers le roi, assis en bout de table. Il capta son regard interrogateur, puis hocha la tête. Après avoir murmuré un mot d'excuse, Felicity quitta la table.

Ensuite, les minutes s'écoulèrent, interminables. Georgie s'efforçait de rester souriante et détendue alors qu'elle ne comprenait rien à ce qui se disait autour d'elle. Et l'entrée n'avait toujours pas été servie ! Au moins, manger lui aurait donné une contenance.

Enfin, telle une averse d'été salvatrice par une journée de canicule, Ibrahim fit son apparition, vêtu à l'occidentale — costume sombre, chemise blanche ajustée.

Pourquoi arrivait-il si tard ? s'interrogea Georgie. Avait-il été faire du cheval ? Ses cheveux étaient légèrement embroussaillés et il ne s'était pas embêté à raser le soupçon de barbe qui lui assombrissait les joues.

— Tu es en retard, commenta le roi, la mine sévère.

Il s'était exprimé en anglais cette fois, sans doute pour ne pas embarrasser ses hôtes arabophones.

— J'ai dû passer un coup de fil, répliqua Ibrahim sans présenter ses excuses.

— A l'heure du dîner ?

— C'est un repas de famille. On ne va quand même pas rester collet monté par une si belle journée, si ? dit-il avec un sourire acide.

Puis il se glissa sur le siège vacant à côté de Georgie.

— C'est la place de Felicity, objecta aussitôt Karim.

— Où est-elle ?

— Partie allaiter Azizah.

Ibrahim se tourna vers Georgie :

— Elle t'a laissée toute seule ? Bon, je vais te tenir compagnie ; au moins jusqu'à son retour.

Ignorant les sourcils froncés de son frère, il enveloppa la jeune femme d'un regard insistant, avant de remarquer à mi-voix :

— Tu es exactement comme le jour où nous avons fait connaissance.

— Ah oui ! marmonna Georgie, au souvenir de la robe abricot. Je crois que les domestiques n'ont pas l'habitude d'habiller les blondes.

Il sourit et elle l'imita spontanément. Le charme d'Ibrahim

agissait. Déjà, elle sentait sa nervosité s'évaporer. Avec lui au moins, elle pouvait rester elle-même.

— Ils ne vont pas tarder à servir le dîner maintenant que tu es arrivé. Je commence à avoir faim ! avoua-t-elle.

— Oui, ça ne devrait plus être long. Mais c'est ainsi que se déroulent les repas ici. On lie connaissance et on discute avant de manger. Et une fois le café servi, la soirée est terminée.

— J'espère que les plats ne seront pas trop exotiques pour mon estomac occidental. J'ai lu quelque part qu'il était très malpoli de ne pas finir son assiette…

Cette perspective, bien anodine pour d'autres, était pour elle très angoissante. Elle mangeait désormais de tout, dans des quantités raisonnables. Mais jamais elle ne serait une ogresse. Et la pensée de dîner ce soir en compagnie de tous ces étrangers, dans un environnement qui ne lui était pas familier, et de se voir servir des mets inconnus, avait de quoi réveiller ses vieilles angoisses.

Les domestiques arrivèrent avec de grands plateaux, qu'ils déposèrent sur la table.

— Voici le *mezze*. C'est un assortiment de plats, expliqua Ibrahim. De l'houmous, des fallafels, des feuilles de vigne farcies, de la salade de légumes épicés, du caviar d'aubergines… Il faut goûter un peu à tout. Et n'hésite pas à te resservir si cela te plaît.

Il se tourna vers son père, qui cherchait depuis un moment à attirer son attention. Les deux hommes se mirent à discuter en arabe. Pendant ce temps, Georgie se lança dans la découverte du *mezze*. Elle fut agréablement surprise par ces saveurs nouvelles, qui enchantaient le palais. Et cet usage qui consistait à picorer dans les plats lui plaisait beaucoup.

Ibrahim reporta son attention sur elle et ils reprirent leur conversation. Georgie ne vit pas le temps passer et se rendit à peine compte du retour de Felicity. Après un petit moment de gêne, Ibrahim libéra la place et alla s'installer de l'autre côté de la table.

— Désolée d'avoir tant tardé, chuchota Felicity.

— Ce n'est pas grave. Vraiment. J'ai passé un très bon moment avec Ibrahim.

Voyant sa sœur pincer les lèvres et glisser un coup d'œil entendu à Karim, elle s'étonna :

— Quoi ? Qu'y a-t-il ?

— Rien, rien…

Felicity fit dévier la conversation, mais Georgie avait bien vu qu'elle était contrariée. Ibrahim se comportait pourtant de manière impeccable. Tout en sachant distraire ses voisins de gauche et de droite, il ne laissait pas tomber Georgie et parvenait presque à créer de vraies conversations, malgré la barrière de la langue.

Au moment du dessert, alors qu'Ibrahim se penchait pour commenter le contenu de leurs assiettes — du *mahlabia*, une sorte de flan à la rose et à la framboise —, Georgie perçut la crispation de sa sœur à ses côtés. Cette réaction provoqua sa colère. Même si ce n'était pas exprès, Felicity l'avait laissée se débrouiller seule lors d'une soirée importante dont elle ne maîtrisait pas les codes. Sans Ibrahim, qui l'avait guidée et rassurée, elle aurait pu commettre des impairs et se serait mortellement ennuyée. Et voilà que Felicity semblait prendre ombrage de leur bonne entente !

Un peu plus tard, comme Georgie éclatait de rire à une plaisanterie d'Ibrahim, sa sœur lui décocha un discret coup de coude dans les côtes.

— Quoi ? Qu'y a-t-il encore ? se rebiffa-t-elle à voix basse.

— Il faudra que nous parlions tout à l'heure, se borna à dire Felicity.

« Et tu ne perds rien pour attendre ! » songea Georgie, qui avait bien l'intention de déballer ce qu'elle avait sur le cœur, elle aussi.

On apporta le café. Comme l'avait annoncé Ibrahim, la

plupart des convives prirent congé dans la foulée. La famille de Jamal remercia ses hôtes avant de s'en aller. Hassan déclara qu'il retournait à la clinique passer sa première nuit en compagnie de son épouse et de son fils. Mais apparemment, la soirée n'était pas tout à fait terminée car le roi demanda un autre café, accompagné de petits gâteaux.

Alors que tout le monde semblait vouloir profiter de ce véritable moment de détente, le téléphone portable d'Ibrahim se mit à sonner dans sa poche. Le roi se renfrogna immédiatement. Ibrahim se leva.

— Excusez-moi, je suis obligé de répondre, dit-il à la cantonade, avant de sortir.

La conversation reprit autour de la table, dans une atmosphère de tension perceptible. Ibrahim prenait son temps ; son attitude était de toute évidence considérée comme une impolitesse flagrante. Le visage du roi s'assombrissait de minute en minute, et même Georgie commençait à redouter qu'il n'explose.

Une demi-heure plus tard, Ibrahim refit son apparition, très décontracté. Il se heurta à un silence consterné.

— Quoi ? lança-t-il d'un air de défi.

— Nous parlerons tout à l'heure, décréta son père.

— Pourquoi ? Si tu as quelque chose à me dire, autant le faire maintenant.

— C'est la deuxième fois ce soir que tu fais attendre tout le monde.

— Je vous ai dit de ne pas vous soucier de moi.

— C'est une soirée de réjouissances *en famille*.

— Pas tout à fait, rétorqua froidement Ibrahim. Il manque quelqu'un.

Georgie songea aux malheureux impairs qu'elle avait tant redouté de commettre. Ils lui apparaissaient tout à coup bien insignifiants comparés aux bravades d'Ibrahim.

Celui-ci venait de reprendre sa place. Il claqua des doigts.

— J'aimerais une coupe de champagne pour célébrer la naissance du futur roi de Zaraq.

Tous les convives retinrent leur souffle. C'était là une provocation délibérée : pas une goutte d'alcool n'avait été servie au cours du banquet.

Hésitants, les domestiques se tournèrent vers le roi. Au bout d'un moment, celui-ci donna son assentiment avec raideur.

— Quelqu'un désire trinquer avec moi ? s'enquit Ibrahim.

Ses yeux se posèrent sur Georgie, dont le cœur se mit à battre la chamade.

— Non, merci, répondit-elle.

Le soupir de soulagement que poussa sa sœur lui parut résonner dans le silence sépulcral qui alourdissait l'atmosphère. Ibrahim attendit qu'on lui apporte une coupe pour reprendre :

— Non, la famille n'est pas au grand complet. Il manque notre mère. Personne n'a pensé à l'appeler ? Moi, je l'ai fait. C'est la raison de mon retard, tout à l'heure. J'ai appelé ma mère et je pensais, naturellement, qu'elle serait déjà au courant de la naissance de son petit-fils…

— Ibrahim, pas ici ! tenta de s'interposer Karim. Pas maintenant !

— Ah non ? Et quand alors ? Nous sommes tous réunis, c'est justement le moment idéal, non ?

— C'est une fête, grinça le roi entre ses dents. Ton intervention est inappropriée. Pour ta gouverne, sache que j'allais demander à mon secrétaire d'appeler…

— Ton *secrétaire* ? coupa Ibrahim, sardonique. Le même que celui qui lui a appris la mort de son fils ? Ou celui qui l'a prévenue que le premier enfant de Hassan et Jamal était mort-né ? Combien de fois a-t-elle eu le cœur brisé au téléphone avec ton *secrétaire* ?

— A l'époque, je n'avais pas parlé à ta mère depuis des années…

— Mais ce n'est pas le cas aujourd'hui. Tu lui parles. Tu

fais même beaucoup plus. Tu vas la voir à Londres. Tu y étais encore il y a deux semaines, soi-disant pour *affaires*…

— Ça suffit ! tonna le roi.

— Tu n'aurais pas pu faire un geste ? Pour lui faire plaisir ?

— Toi non plus, tu n'avais pas appelé au moment de… de la fausse couche de Jamal.

— Parce que je pensais que tu l'avais fait ! C'est elle qui vient de me téléphoner à l'instant. Ma mère. Notre reine. Elle s'est à peine remise du choc que je lui ai infligé en début de soirée. Elle venait de réaliser qu'elle ne verrait pas son petit-fils prématuré avant des semaines. Elle pleurait et m'a demandé de porter un toast à sa place et de donner dès demain au bébé un baiser de sa grand-mère. Une grand-mère qui n'a pas le droit de tenir son petit-fils dans ses bras.

Une douleur infinie vibrait dans la voix d'Ibrahim. Georgie en fut toute retournée. Mais le roi n'entendait pas plier devant son fils. Il se leva. Aussitôt, Karim et Felicity l'imitèrent. Sur un signe de sa sœur, Georgie fit de même.

— Sois demain matin dans mon bureau à 8 heures, Ibrahim. J'ai à te parler. Et tu m'écouteras, cette fois.

La tension ne retomba pas une fois la porte refermée sur la silhouette du souverain. Karim foudroya son frère du regard.

— Pourquoi as-tu gâché cette soirée, Ibrahim ?

— J'ai seulement dit la vérité.

— Tu crées des problèmes partout où tu passes ! Tu n'avais aucune raison de mettre les pieds dans le plat de la sorte.

— Tu trouves ? Imagine, Felicity, poursuivit Ibrahim en s'adressant à sa belle-sœur, que dans une vingtaine d'années, Azizah accouche alors que tu es à l'autre bout du monde et que Karim ne daigne même pas te prévenir. Quelle serait ta réaction ?

Sur ces mots, il s'empara de la bouteille de champagne et quitta la salle.

Georgie, encore sous le choc de la scène à laquelle elle venait d'assister, résista avec difficulté à l'envie de courir après Ibrahim.

Le silence s'instaura.

— Il n'a pas tort, murmura enfin Felicity. Karim, tu aurais pu appeler ta mère.

Ce dernier s'éloigna en soupirant.

— Pour l'heure, je vais parler à mon père, s'il n'est pas d'humeur trop massacrante.

Georgie suivit sa sœur dans les appartements du couple. Sa sœur était furieuse.

— Maudit Ibrahim ! Il recommence chaque fois qu'il séjourne ici. Il ne peut pas s'en empêcher.

— Mais tu disais qu'il n'avait pas tort…

— Toi, évidemment, tu te ranges de son côté ! s'exclama son aînée, qui s'était mise à arpenter la chambre. Tu ne peux donc pas te tenir à l'écart ? Tu n'as rien à faire avec lui.

— C'est un peu fort ! Je ne suis pas censée lui parler, alors qu'il a été le seul à m'apporter son aide tout au long de la journée ?

— Tu peux lui parler, bien sûr. Ce qui me gêne, ce sont vos petits apartés, vos rires complices… On aurait dit que vous flirtiez toute la soirée !

— C'est faux ! s'insurgea Georgie. Nous… nous discutions, tout simplement.

« Mensonge ! » lui chuchota une petite voix intérieure. Elle n'avait cessé de chercher son regard sombre, s'était délectée de son sourire charmeur, du velouté de sa voix, qui lui donnait la chair de poule. Comment s'étonner que Felicity s'en soit rendu compte ?

— C'était pareil au mariage, reprit sa sœur. Je sais bien qu'il est séduisant, et que toutes les femmes craquent quand il commence son petit numéro de charmeur. Mais pas ici Georgie ; pas à Zaraq, dans ma belle-famille. Tu ne peux pas agir ici comme tu le ferais à Londres.

— Que veux-tu dire ?

Mais Georgie savait pertinemment ce que sous-entendait sa sœur, à savoir qu'elle n'était qu'une éternelle adolescente à problèmes, quelqu'un qu'il fallait remettre dans le droit chemin dès qu'elle s'en écartait, incapable de prendre seule les bonnes décisions.

Felicity se passa la main dans les cheveux d'un air exaspéré :

— C'est juste que… Oh ! restons-en là, Georgie. Je ne veux pas me disputer avec toi. Je réagis sans doute de manière un peu épidermique. La journée a été longue, et pas seulement à cause de la naissance. Karim s'inquiète au sujet des Bédouins ; il essaie de régler la situation au mieux, mais l'épidémie se propage. J'ai culpabilisé toute la journée parce que je savais que je te ferais défaut ce soir. En fait, je suis vraiment reconnaissante à Ibrahim de t'avoir prise sous son aile. Je suis juste… fatiguée.

— Va te coucher, conseilla Georgie, radoucie. Azizah va se réveiller d'ici quelques heures. D'ailleurs, pour une fois, tu devrais laisser Rina s'en occuper et lui donner le biberon.

— Ne t'y mets pas, toi aussi ! se récria sa sœur, au bord des larmes. Je ne veux pas que Rina s'occupe de ma fille.

— Je peux me lever, si tu préfères. Tu as l'air épuisée.

— Tu n'es pas obligée…

— Ça ne me dérange pas. Et je suis au courant de toutes les consignes. Je vais prendre le *baby phone* et tu vas pouvoir dormir sur tes deux oreilles. Tu te réveilleras en pleine forme demain matin ; ainsi, nous pourrons profiter de la journée.

Felicity se mordilla la lèvre. Manifestement, elle avait des obligations pour le lendemain. Georgie enchaîna :

— … ou après-demain. Ou dès que tu le pourras. Tu es occupée et ce n'est pas ta faute si l'héritier est né plus tôt que prévu. Je comprends.

— Vraiment ? fit Felicity, entre espoir et reconnaissance.

— Mais oui.

Georgie mentait à demi. Elle ne voyait pas du tout

comment sa sœur avait pu embrasser de son plein gré une telle existence, régie par des règles tacites et rigides. Pour sa part, quoi qu'elle fasse, elle semblait braver les conventions.

Alors qu'elle regagnait sa chambre, elle aperçut Ibrahim qui prenait l'air sur la terrasse surplombant ce désert qu'il détestait tant.

Il ne se tourna pas mais, à la vue de ses larges épaules qui se raidissaient, elle sut qu'il l'avait entendue. Elle ralentit le pas. Allait-il lui faire signe ? Lui demander de trinquer en sa compagnie peut-être ?

Mais il l'ignora et se servit un autre verre.

— Je vais me débrouiller, je vous assure, dit Georgie à la domestique venue dans sa chambre pour l'aider à se déshabiller.

Enfin seule, elle poussa un soupir de soulagement. Mais ce fut pour être aussitôt assaillie de remords. Elle aurait dû soutenir Ibrahim ce soir.

Elle avait un bon millier de raisons pour ne pas l'avoir fait. En premier lieu, elle n'avait pas à se mêler de cette querelle familiale. Elle était venue voir sa sœur, c'est tout. Elle n'avait pas à manquer de respect au roi.

Elle se débarrassa de ses chaussures, déboutonna sa robe, puis ôta à l'aide d'une lingette démaquillante toute trace de khôl sur son visage. Ensuite, elle appliqua une crème hydratante puis se frotta les tempes avec un peu d'huile essentielle de mélisse.

Certes, elle s'était comportée *comme il le fallait* ; et pourtant, son cœur n'était pas d'accord avec sa raison.

N'y tenant plus, elle saisit le *baby phone* et quitta sa chambre. Elle longea le couloir jusqu'au balcon. Comme elle s'y attendait, Ibrahim ne se tourna même pas pour saluer sa présence.

— Je suis désolée. Je suis venue m'excuser. J'aurais dû accepter de boire cette coupe de champagne avec toi.

Il pivota lentement en secouant la tête.

— Rien ne t'y obligeait. Je n'aurais pas dû te mettre dans une telle situation. Tu ne me dois rien. Mais…

Il s'interrompit, le regard posé sur l'appareil qu'elle tenait en main.

— … tu ne dois rien à ta sœur non plus, acheva-t-il.

— Je lui ai juste proposé de m'occuper d'Azizah quand elle se réveillera cette nuit.

— Je ne parle pas seulement de cela. Il existe une tension latente entre vous.

— Nous nous adorons.

— Je le sais bien, mais… On dirait que vous marchez toujours sur des œufs. Il faut crever l'abcès. Parfois, rien ne vaut une bonne dispute pour assainir une relation. As-tu l'impression de lui être redevable ?

Georgie détecta dans la voix d'Ibrahim une tendresse qui la prit au dépourvu. Sa gorge se serra et elle hocha la tête en silence. C'était la première fois qu'elle se montrait aussi honnête sur le sujet. Elle pleurait rarement, la plupart du temps sous le coup d'une douleur physique, et cela faisait une éternité qu'elle ne s'était pas effondrée. Pourtant, comme le soir où ils s'étaient croisés dans la discothèque, quelques mots d'Ibrahim avaient suffi pour la mettre au bord des larmes.

— Ce n'est pas sain, commenta-t-il.

On aurait dit qu'il connaissait ses démons, qu'il les faisait ressortir pour mieux l'aider à les chasser.

— Elle m'a beaucoup aidée, autrefois.

— Tu l'as remerciée ?

— Bien sûr.

— En toute sincérité ?

— Oui.

— Alors le chapitre est clos. Débarrasse-toi de cette

culpabilité, Georgie… et viens plutôt me rejoindre au lit, acheva-t-il avec un sourire.

Derrière son sourire badin qui disait « je plaisante », Georgie décela une vraie frustration, un appel. Ses yeux avaient pris un éclat particulier et elle comprit qu'il se remémorait leurs baisers. Ses narines palpitèrent soudain. Il se rapprocha dans un mouvement félin, baissa la tête et inspira profondément, les lèvres à quelques centimètres de son front.

Georgie retint son souffle. Allait-il l'embrasser ?

— *Bals-min*, murmura-t-il.

— En Occident, nous appelons cela de la mélisse…

Elle ne put en dire plus car la sensation de son haleine brûlante sur sa joue l'étourdit. Elle mourait d'envie qu'il la prenne dans ses bras. Elle voulait de nouveau goûter la saveur épicée de sa langue, mélanger son souffle au sien, sentir ses muscles durs sous ses doigts. Mais il ne faisait que la tourmenter en l'effleurant à peine. Il aurait pu la toucher, la caresser, la prendre ici même, sur le balcon, sans qu'elle lui oppose un mot de protestation… ce qui était une excellente raison pour lui souhaiter bonne nuit et se sauver ! songea-t-elle en battant en retraite.

— Il faut que je m'en aille…

— Alors pars maintenant, n'attends pas.

Le *baby phone* dans sa main crispée, elle tourna les talons, luttant pour ne pas courir, mais aussi, pour ne pas se retourner et lui lancer un dernier regard.

De retour dans sa chambre, Georgie ne trouva pas la paix. S'étant dévêtue, elle se glissa entre les draps, nue, incapable de s'endormir. Elle savait qu'Ibrahim dormait dans la chambre voisine. Et que s'il venait la rejoindre, elle ne lui opposerait aucune résistance.

Mais il ne se montra pas.

Il la laissa brûlant de désir, le corps torturé, exactement comme elle l'avait laissé des mois plus tôt. Etait-ce volontaire de sa part ? Lui rendait-il la monnaie de sa pièce ? Peut-être voulait-il la voir supplier, se traîner à ses pieds… Il se vengeait de l'affront qu'elle lui avait fait subir.

Dieu merci elle avait le *baby phone* !

Le petit appareil qui clignotait doucement dans la nuit était comme une ceinture de chasteté électronique. Il la rappelait à ses responsabilités, qu'elle avait librement endossées, et qui l'empêchaient de se relever pour aller frapper à la porte d'Ibrahim.

7

Ibrahim pénétra dans le bureau de son père avec dix minutes d'avance.

— Tu voulais me voir ?

Le sursis de la veille l'avait plus irrité que soulagé. Il n'avait pas l'habitude d'atermoyer et aimait affronter les problèmes de face dès qu'ils se posaient. Il allait défendre son point de vue et tourner la page.

— Assieds-toi.

Il perçut de la lassitude dans la voix de son père, ce qui était inhabituel chez lui. Et les mots qui sortirent de sa bouche le stupéfièrent bien plus encore :

— Tu avais raison, hier soir.

— C'est un postulat de base, non ? plaisanta Ibrahim avec un sourire.

Il était le seul des fils du roi à oser parfois se moquer de son père.

— Oui, j'aurais dû prévenir ta mère.

Le sourire d'Ibrahim s'effaça tandis que son père poursuivait :

— Elle ne mérite pas d'apprendre la nouvelle de la bouche de son fils ou de mon secrétaire.

« En effet, elle mérite tellement mieux ! » aurait aimé répondre Ibrahim. Il savait toutefois qu'il ne devait pas pousser le bouchon trop loin.

— Ce matin, elle a refusé de me prendre au téléphone

alors que je voulais lui présenter mes excuses. Alors je vais partir pour Londres afin de le faire de vive voix.

— Tu quittes Zaraq ? s'étonna Ibrahim.

C'était presque inconcevable en une telle période de liesse.

— Je vais aller prendre des nouvelles du bébé à la clinique, puis je me rendrai à l'aéroport. Je compte être de retour avant sa sortie de couveuse. Le peuple ne doit pas nécessairement être mis au courant. Et s'il l'apprend… ma foi, tant pis, fit son père avec un haussement d'épaules. J'ai bien le droit d'aller voir ma femme pour partager ce joyeux événement.

Il dévisagea son fils, le plus jeune mais le plus secret, celui qui demeurait pour lui une énigme vivante.

— Tu n'as pas l'air très content, remarqua-t-il.

— Pourquoi le serais-je ?

— Depuis ma maladie, je vais plus souvent à Londres. Tes frères sont heureux de me voir renouer avec ta mère, mais… pas toi, on dirait.

— Non. Je n'aime pas qu'on traite ma mère comme une moins-que-rien.

— Ibrahim ! Je t'interdis de parler d'elle en ces termes !

— C'est toi le coupable. Pendant des années, tu l'as purement et simplement ignorée.

— Je lui ai fourni un logement de luxe et une rente confortable.

— Et aujourd'hui, tu la couvres de cadeaux et tu files à Londres à la moindre occasion…

Il leva les mains et les remua en l'air tel un marionnettiste. Le visage écarlate, son père se planta devant lui et leva le bras. Ibrahim ne cilla même pas.

— Vas-y, frappe-moi. Tu ne me feras pas taire pour autant. Personne n'y parviendra.

Comme son père laissait retomber sa main, il reprit :

— Tu trouves normal qu'elle soit là à t'attendre, qu'elle lâche tout lorsque tu daignes venir lui rendre visite ; pourtant, lors d'un épisode familial important, elle n'a pas le droit d'être présente. Cela en dit long sur la considération que tu lui portes.

— Je n'ai que faire de ton approbation !

— Tant mieux, parce que tu ne l'auras pas.

Il fit mine de se lever.

— Cet entretien n'est pas terminé ! tonna son père.

— Peut-être, mais je préfère être debout.

— J'ai été patient. Mais ma patience est à bout maintenant. Tu dois revenir t'installer à Zaraq. Ta place est ici. Ton pays a besoin de toi.

— Et surtout, tu ne supportes pas que je sois près d'elle, à Londres, hein ? Ta vengeance ne sera complète que lorsqu'elle sera vraiment isolée et tous ses enfants revenus au bercail.

— Cela ne concerne pas ta mère ; seulement toi et tes devoirs envers Zaraq. Tu peux te dérober, le désert te rappellera à lui. Je sais que son appel résonne déjà en toi.

Ibrahim lui rit au nez.

— Je ne supporte pas le désert !

— Tu le crains. Mais il t'attire. C'est normal. En tout cas, j'ai décidé d'agir et de te trouver une fiancée qui…

— Je suis capable de faire mes propres choix ! s'insurgea Ibrahim.

— Tu ne fais jamais les bons !

Il serra les poings. Il se détourna et, à pas lents, se dirigea vers la porte. Son père ne le rappela pas.

Cette fois, il était bel et bien décidé à partir au plus vite. Il ne voulait plus entendre parler de ce pays, de ses lois stupides et d'une fiancée qui serait choisie par un autre.

Il avait eu bien raison de venir, se félicita-t-il en marchant à grands pas dans les couloirs. Il savait désormais à quel point cet endroit ne lui convenait pas.

Puis il la vit.

Un choix tellement déraisonnable…

Assise sur le canapé, son ordinateur portable sur les genoux, Georgie Anderson tenait une carte bancaire à la main. Sa chevelure blonde était réunie en une queue-de-cheval haute. Elle ne leva pas la tête à son entrée, mais il vit ses joues s'empourprer légèrement.

Georgie s'efforça de ne pas trahir son trouble. Ibrahim n'avait pas besoin d'être là pour la faire rougir : les pensées torrides qui l'avaient tenue éveillée la veille suffisaient à la faire brûler de honte. Il aurait pu la prendre sur le balcon s'il l'avait voulu. Il aurait pu la rejoindre dans sa chambre, elle ne l'aurait pas repoussé. Quel genre de baby-sitter était-elle donc ?

Elle devait fuir le palais aujourd'hui même, se sortir cet homme de l'esprit avant qu'il ne soit trop tard.

— Que fais-tu ? s'enquit-il en la voyant pianoter sur le clavier.

— Je réserve un circuit touristique.

— Où veux-tu aller ?

— Dans le désert.

— Montre-moi ça.

Georgie en resta coite. Ibrahim s'était penché au-dessus d'elle et regardait sans vergogne l'écran de l'ordinateur. Ayant parcouru la page, il n'hésita pas à appuyer sur une touche pour faire défiler le texte.

— Mais enfin, de quoi je me…

Elle s'interrompit : Ibrahim ne l'écoutait pas.

— *Une expérience authentique… des émotions inoubliables*, lut-il d'un ton sarcastique. Quelle fumisterie ! Tu résides dans un palais, ta sœur est princesse, et tu envisages de faire un circuit touristique dans le désert ?

— Felicity n'a pas le temps de m'accompagner.

— A cause de Jamal ?

— Non. Karim se rend dans l'ouest du pays aujourd'hui pour… je ne sais pas pourquoi, se rattrapa-t-elle.

Elle s'était souvenue *in extremis* que sa sœur lui avait

demandé d'être discrète sur les activités sanitaires de Karim en faveur des Bédouins. Elle avait failli vendre la mèche !

— Il a demandé à Felicity de venir avec lui, conclut-elle.

— Tiens donc ! Et tu n'as pas été intronisée nounou jusqu'à son retour ? ironisa-t-il.

— Elle a essayé, mais… j'ai refusé, admit Georgie en rougissant. Quand j'ai compris qu'elle serait occupée les jours prochains, je lui ai dit que j'avais des projets de mon côté.

— Tu es une bien mauvaise tante, s'amusa Ibrahim.

— Très bonne, au contraire. Je suis sa tante justement, pas sa nounou. Mais j'ai un peu mis la charrue avant les bœufs et du coup, je dois concrétiser ce voyage, maintenant, conclut-elle avec une petite grimace.

— Tu ne peux pas faire une telle excursion. Ce serait comme si je t'invitais à dîner et que je commandais une pizza. Je vais t'emmener.

Il frémissait encore de colère après l'altercation avec son père ; il avait la bougeotte et se sentait déjà à l'étroit dans le palais. L'idée de quitter les lieux le séduisait.

— Je ne sais pas si c'est une bonne idée, objecta Georgie, qui pensait à la réaction probable de Felicity.

— Mais si, elle est excellente au contraire ! Tu as envie de voir le désert, et moi aussi je dois m'y rendre. Cela tombe bien.

Deux jours passés à Zaraq lui avaient suffi pour comprendre que sa place était ailleurs. Il allait procéder de même avec le désert, se confronter à ses démons en quelque sorte, pour se prouver qu'il ne le craignait pas. Ensuite, il mettrait la plus grande distance possible entre ce maudit pays et lui.

— Je vais demander qu'on nous prépare deux montures, décréta-t-il.

— Non merci ! répliqua Georgie dans un sursaut. J'ai pris une seule leçon d'équitation dans ma vie, et c'était il y a dix ans. Je préfère mon minibus climatisé.

— Bon… Je conduirai, dans ce cas.

— Ecoute, je ne pense pas que ma sœur…

— Tu vas devoir me promettre une chose, poursuivit-il sans tenir compte de son objection. Interdiction de me toucher. Sinon, nos âmes seront liées pour l'éternité. C'est la loi du désert.

Comme elle lui jetait un regard interloqué, il ajouta :

— Je plaisante, bien sûr. Qui peut croire à ces sornettes ? Et regarde mes parents : le désert les a unis et cinq mille kilomètres les séparent.

— Tu te crois irrésistible à ce point ? rétorqua-t-elle, piquée au vif. Je pense pouvoir me contenir.

— Menteuse. De toute façon, je te réserve pour Londres.

Georgie resta bouche bée face à tant d'arrogance. L'attitude d'Ibrahim aurait dû l'exaspérer mais son cœur, le traître, s'était mis à battre plus vite. Elle s'humecta les lèvres.

— Tu peux tout de suite appeler ta sœur pour lui annoncer que tu vas te rendre dans le désert, poursuivit-il. Avec le plus expérimenté des guides.

Elle ne protesta pas. Elle se savait déjà vaincue. Comment refuser pareille opportunité ? Néanmoins, elle se sentait un peu coupable…

— Et si Felicity apprend que je suis partie avec *toi* ?

— Il n'y a aucune raison.

— Les domestiques…

— Tu vas grimper ni vu ni connu dans ma voiture. Je vais demander à ce qu'on me prépare un pique-nique. Les cuisiniers prévoient toujours pour six personnes, ce sera bien suffisant.

— Tu es sûr ?

Ibrahim prit une longue inspiration. Il n'était plus sûr de rien.

Il s'apprêtait à partir en compagnie de cette femme, contre laquelle son frère l'avait mis en garde à plusieurs reprises ; une femme versatile, instable, qui ne s'attirait que des ennuis.

Et dans le désert, ils ne pourraient même pas conclure

cette affaire qu'il considérait toujours en suspens. Même s'il prétendait se moquer des rites ancestraux, il ne voulait pas franchir certaines limites. Il ne se l'expliquait pas, mais c'était ainsi.

— J'aimerais passer la journée avec toi, dit-il simplement.

C'était la seule chose dont il était sûr.

8

Ibrahim fronça les sourcils en voyant la tenue que Georgie avait prévue pour leur excursion dans le désert : pantacourt, t-shirt, sandales.

— Va plutôt emprunter une djellaba dans les affaires de ta sœur.

— Pourquoi ? Sur le site de l'agence de voyages, ils disaient…

— Je ne t'emmène pas faire une virée touristique, coupa-t-il Tu vas découvrir le vrai désert. Et il brûle.

— Ne t'inquiète pas, je suis couverte d'écran total.

Il capitula dans un soupir :

— Bon… Ne viens pas te plaindre à 3 heures du matin. Ou plutôt si, je t'accueillerai à bras ouverts ! se reprit-il avec une mimique cocasse. Mais n'espère pas de la compassion.

Georgie retint un sourire. N'étaient-ils pas en train de flirter ? se demanda-t-elle. Elle allait passer toute une journée avec lui dans le désert. Elle n'aurait même pas osé en rêver, ni surtout l'imaginer vêtu de la sorte…

Avec sa longue robe blanche aux pans amples et le keffieh noir et blanc qui lui ceignait la tête, il était sublime et… très sexy. Elle n'avait encore jamais vu cet Ibrahim-là. Et il faisait tambouriner son cœur dans sa poitrine.

— Quoi ? demanda-t-il alors qu'elle le fixait, incapable de cacher l'attrait qu'il exerçait sur elle.

— Cette tenue… il faudra la ramener à Londres.

— D'accord, ce sera la première chose que je mettrai dans ma valise.

Ils échangèrent un nouveau sourire. Cette fois, plus personne n'aurait pu nier qu'ils flirtaient.

Ils roulèrent une bonne centaine de kilomètres avant que la route devienne piste, qui elle-même disparut totalement. Ibrahim conduisit la Jeep à travers les dunes, tel un surfeur qui affronte les vagues, les unes après les autres.

Il se gara enfin près d'un grand canyon aux parois duquel s'accrochaient quelques broussailles.

— Prends la couverture, j'amène le panier de pique-nique, dit-il à Georgie avant de descendre.

Elle regardait autour d'elle, un peu déçue. Peut-être était-elle trop exigeante ? Il ne fallait pas s'attendre à trouver des danseuses du ventre dans les parages ! Néanmoins, elle avait rêvé d'une atmosphère moins aride, plus sensuelle et majestueuse. Ici, il n'y avait… rien. La chaleur était caniculaire. On ne voyait que du sable à perte de vue.

— Dans quelle direction est le palais ?

— Par là, répondit Ibrahim en lui montrant l'horizon.

Après avoir étendu la couverture à l'ombre de la Jeep, il tira du panier une Thermos qui contenait du thé glacé à la menthe. Georgie en accepta un verre. C'était délicieux et rafraîchissant, mais elle ne s'habituait pas à la désolation environnante.

— Tu aurais voulu des chameaux ? se moqua Ibrahim quand elle se fut ouverte à lui.

— Pourquoi pas ? Et j'aimerais rencontrer des habitants du désert.

— Nous en croiserons peut-être, mais la plupart vivent encore plus loin dans les terres.

— Quelle est cette épidémie qui s'est propagée chez les Bédouins ?

— Un virus. Une fois traité, le malade guérit rapidement. La plupart des Zaraqi ont été vaccinés mais hors de la ville, ce n'est pas si simple. A l'Ouest, on ne trouve quasiment rien. Cette zone est accessible seulement par hélicoptère. Il n'y a pas de routes, pas de point de réapprovisionnement en carburant…

— Les conditions de vie doivent être très dures, non ?

— Oui. Voici une dizaine d'années, nous avons rencontré les chefs de tribu pour leur proposer de construire des routes, des dispensaires… Ils ont refusé cette modernité. Ils veulent à tout prix préserver leur mode de vie. Alors nous concentrons nos efforts sur les villes.

Il remarqua qu'elle changeait de position sur la couverture. Son pantacourt, qui collait à sa peau moite, ne devait pas être très confortable. Ses bras et ses pommettes rosissaient déjà. Plutôt que de triompher d'un « je te l'avais bien dit ! » il alla chercher dans la voiture une longue étole en cotonnade, qu'il noua autour de la tête de Georgie, en prenant soin de laisser pendre les pans sur ses épaules.

— Merci. La prochaine fois je t'écouterai, soupira-t-elle, contrite.

Elle le regarda étaler sur du pain du fromage frais, épais, mais secoua la tête lorsqu'il lui tendit la tartine.

— Désolée, je n'aime pas le fromage de chèvre.

— Tu connais celui qu'on vend dans les grands magasins, pas celui-ci. Fais-moi confiance.

Il plaça la tartine devant sa bouche. Un geste que Georgie ne tolérait de personne. Même si elle était guérie, certaines limites demeuraient : personne ne la forçait à manger quoi que ce soit.

Mais les yeux noirs d'Ibrahim la caressaient et, sans même s'en rendre compte, elle mordit dans le pain. Elle découvrit alors sur sa langue la saveur à la fois corsée et subtile du fromage, qui ne ressemblait en effet en rien à ce qu'elle connaissait.

— C'est délicieux, reconnut-elle.

— Les chèvres se nourrissent presque exclusivement de

thym, ce qui donne un parfum unique au fromage. Celui-ci est une rareté.

Enhardie, Georgie goûta plein de choses inconnues, en particulier des fruits dont elle n'avait jamais entendu parler, séchés au soleil du désert. Protégée par l'étole, elle souffrait moins de la chaleur. En compagnie d'Ibrahim, elle ne se sentait plus effrayée par l'immensité du désert.

— Tu comprendrais encore mieux ce qu'est le désert si je te laissais seule ici, dit-il en souriant.

— Quelle idée ! Je périrais de peur ; ou d'ennui…

— Quand j'avais quatre ou cinq ans, mon père m'a emmené ici faire un pique-nique. J'étais comme toi, je m'ennuyais à mourir…

— Non, je ne m'ennuie pas avec toi, protesta-t-elle.

— Je trouvais que l'endroit n'avait rien de bien intéressant, poursuivit Ibrahim. Puis mon père est remonté dans la Jeep et son chauffeur a démarré. Ils sont partis. J'ai cru qu'ils m'avaient oublié, que c'était une erreur, mais non. En réalité, il a fait vivre cette expérience à chacun de ses fils.

— Ils t'ont abandonné dans le désert ? s'écria Georgie, outrée.

— J'étais surveillé à distance, mais je n'en savais rien. Cette épreuve est destinée à aguerrir les enfants. On se retrouve en tête à tête avec le désert. On apprend à le craindre.

— Et alors ? Cela t'a rendu plus fort ?

— Non, dit-il en riant. J'ai pleuré, je me suis assis et j'ai pleuré plus fort encore, jusqu'à me faire vomir. Et j'ai appelé ma mère de toutes mes forces. Plus tard, j'ai encore pleuré quand mon père m'a fouetté en me reprochant ma faiblesse.

— C'est terrible ! murmura Georgie. On ne fera pas subir ça à Azizah, j'espère ?

— Non.

— Et s'ils ont un garçon un jour ?

— Non plus. Tu imagines la réaction de ta sœur ?

Ils éclatèrent de rire simultanément.

— Mais si tu veux, je peux reprendre la Jeep et te laisser ici toute seule savourer la puissance du désert, ajouta-t-il.

— Merci bien ! J'aimerais juste voir le coucher du soleil. Est-ce possible ?

Il secoua la tête.

— Il faudrait attendre plusieurs heures, en pleine chaleur. Tu n'es pas équipée pour ça. Mais… nous pouvons rejoindre la tente royale, dit-il soudain, comme l'idée lui traversait le cerveau. Là-bas, nous pourrons attendre le coucher du soleil. Je referai le plein d'essence et nous repartirons ensuite.

— Il y a des gens là-bas ?

— Bedra et son mari, qui s'occupent de tenir l'endroit toujours prêt à recevoir le roi ou les princes.

Ibrahim n'avait pas mis les pieds là-bas depuis des années. Et l'idée de retrouver cette tente ne lui plaisait qu'à moitié, pour des raisons qu'il ne tentait même pas d'analyser. En lançant cette proposition, il avait juste voulu faire plaisir à Georgie.

— Mais si Felicity…

— Quoi ? Tu as besoin de sa permission ? s'agaça-t-il.

A présent, il était fâché contre lui-même d'avoir cédé à cette impulsion subite. Il ne savait pas ce qui lui avait pris.

— Alors, tu veux y aller ou non ? lança-t-il, en espérant presque qu'elle allait refuser.

— Oui, bien sûr.

Ils rangèrent leurs affaires et remontèrent en voiture.

Ibrahim était visiblement de mauvaise humeur, sans que Georgie comprenne pourquoi. Ils roulèrent dans un silence tendu et elle finit par s'endormir, bercée par les cahots et le bruit du moteur, le front contre la vitre.

Lorsqu'elle s'éveilla, il faisait presque nuit. Le vent s'était levé et soulevait des gerbes de sable qui venaient cingler le pare-brise. Le ciel se confondait presque avec le terrain. Georgie constata qu'Ibrahim avait branché le GPS.

— C'est une tempête de sable ?

— Oui, nous sommes dedans depuis une heure environ. Désolé, tu vas louper le coucher du soleil.

La visibilité était si mauvaise qu'il avait dû ralentir considérablement l'allure. Jamais il n'aurait emmené Georgie dans le désert s'il avait su qu'une tempête se préparait, mais il n'en avait été fait nulle mention au bulletin météo du matin.

— Pourquoi nous arrêtons-nous ? s'étonna Georgie en le voyant couper le contact après avoir immobilisé la Jeep.

— Parce que nous sommes arrivés.

Elle plissa les paupières pour essayer de voir au-delà des volutes tourbillonnantes de sable. Enfin, elle crut discerner une masse sombre à une dizaine de mètres sur la droite.

— Attends-moi là, je vais venir te chercher, lui dit Ibrahim, qui avait débouclé sa ceinture.

— Non, je viens avec toi.

Sans attendre, elle l'imita, ouvrit la portière et sortit…

Une bourrasque la cueillit en pleine face et faillit la faire tomber. Le vent hurlait à ses oreilles. Elle voulut crier mais se retrouva la bouche pleine de sable. Incapable d'ouvrir les yeux, elle tourna sur elle-même, les mains tendues en avant et, totalement désorientée, chercha à tâtons la portière, qui avait été rabattue par les rafales. Ses mains ne rencontraient que le vide. La Jeep n'était pourtant pas loin. Et la tente… Elle ne la voyait plus. Elle ne voyait plus rien d'ailleurs, et commençait à suffoquer.

Allait-elle mourir ici, à quelques mètres d'abris potentiels, tout près d'Ibrahim ? C'était trop bête…

Soudain, son nez heurta quelque chose de dur. Elle comprit qu'il s'agissait du torse d'Ibrahim quand il referma ses bras solides sur elle, l'enveloppant dans les plis de sa dishdasha pour la protéger des assauts du vent.

Pas à pas, il la guida en direction de la tente, ce qui parut prendre une éternité. Puis il souleva un pan de toile et tout à coup, ils se retrouvèrent à l'abri, tandis que les mugissements de la tempête s'étouffaient brutalement.

Ibrahim se détourna le temps d'allumer une lampe à huile. Encore étourdie, Georgie toussa, s'essuya le visage. Elle se figea lorsque le visage furieux de son guide lui apparut dans la lueur dorée grandissante.

— Quand je te dis d'attendre, tu obéis !

— Mais je voulais…

Elle s'interrompit. Qu'avait-elle voulu prouver au juste en n'obtempérant pas à sa consigne ? Qu'elle n'avait pas besoin qu'on lui ouvre la portière ? Qu'elle était une femme libre et indépendante ? Au milieu d'une tempête de sable, elle avait eu une réaction puérile et idiote.

— Es-tu stupide ou juste naïve ? Tu aurais pu mourir ! Le temps que je contourne la voiture, tu aurais pu te perdre ! Tu serais morte étouffée et je n'aurais rien pu faire, même à seulement quelques mètres de toi. *Tu comprends* ?

— Je suis… désolée, bredouilla-t-elle.

Il balaya l'air d'un ample geste de la main, comme s'il cherchait à chasser un insecte nuisible, et se détourna d'elle.

— Bedra ! Bedra ? Mais où sont-ils donc tous ?

S'étant muni d'une autre lampe, il s'enfonça dans les profondeurs de la tente, qui avait l'air vaste. Au passage, il alluma d'autres lampes, qui révélèrent peu à peu la beauté d'un lieu hors du temps.

Le sol était jonché d'épais tapis multicolores. Différentes pièces étaient cloisonnées par de grands pans de toile. Georgie repéra des tables, des guéridons, des coffres niellés et divers instruments de musique qu'elle ne connaissait pas.

C'était là le désert dont elle avait rêvé.

Tandis qu'Ibrahim visitait les pièces les unes après les autres, le regard de Georgie tomba sur une feuille de papier posée sur une commode.

— Regarde, il y a un mot. Du moins… je crois, dit-elle.

Il revint vers elle, se saisit du feuillet, puis parcourut

rapidement le message écrit en arabe. L'incrédulité se peignit sur son visage.

— Bedra et son mari sont partis aider l'équipe itinérante de médecins ? Je ne comprends pas pourquoi : ils ne sont pas censés quitter la tente royale.

— Dans la mesure où Bedra est médecin, il me semble logique que Karim l'ait recrutée dans son équipe, objecta Georgie.

A la mine abasourdie d'Ibrahim, elle comprit qu'il n'était pas au courant et regretta d'avoir parlé de manière inconsidérée.

Sous le sceau du secret, Felicity lui avait parlé du travail quasi clandestin que Karim effectuait au service des Bédouins. Elle lui avait expliqué le fonctionnement de la clinique itinérante et avait vitupéré que Bedra, diplômée en médecine, avait bien mieux à faire que de garder la tente royale.

Georgie était partie du principe qu'Ibrahim était au courant, contrairement au roi. N'était-il pas le frère de Karim ? Manifestement elle s'était trompée.

— Tu racontes n'importe quoi, dit finalement Ibrahim dans un ricanement. Bedra n'est pas médecin, elle s'occupe de l'intendance.

Mais, au-delà des quartiers réservés aux domestiques et dans lesquels les membres de la famille royale ne mettaient jamais les pieds, ils tombèrent sur une infirmerie aussi bien équipée que n'importe quelle salle d'opération moderne.

Georgie ne put résister à la tentation :

— Es-tu stupide ou juste incroyablement naïf ?

Aussitôt, elle se demanda si elle n'était pas allée un peu trop loin. Ibrahim allait-il se fâcher ? Non. Avec un haussement d'épaules, il concéda :

— Visiblement, certaines choses m'ont échappé. Bedra est donc médecin ?

— Je n'aurais pas dû te le dire. J'espère que je ne vais pas créer d'ennuis à Karim.

— Comme si j'allais le trahir ! Ainsi, c'est pour cette raison qu'il est tout le temps dans le désert en ce moment ? Je me demandais s'il n'abusait pas un peu de la contemplation méditative.

Elle éclata de rire, mais se mit vite à tousser, la gorge irritée.

Ibrahim se rembrunit.

— Si j'avais su qu'une tempête de sable menaçait, jamais je ne t'aurais amenée ici.

— Cela arrive souvent ?

— Oui, mais celle-ci est particulièrement sévère.

— La tente pourrait-elle être arrachée ?

— Non. Elle est conçue pour résister à ce genre de phénomènes.

Georgie pensait à Karim et Felicity, qui se trouvaient en ce moment même quelque part dans le désert. Elle exprima son inquiétude à leur sujet.

— Tout ira bien, la rassura-t-il. Karim sait exactement quoi faire en de telles circonstances. Ils vont attendre que la tempête se calme, tout simplement, avant de reprendre l'hélico.

— J'aurais dû rester au palais pour m'occuper d'Azizah. Felicity va être aux cent coups.

— Comment pouvais-tu prévoir que sa mère serait retardée par une tempête ? Tu ne peux pas raisonner ainsi, Georgie.

Une bourrasque plus forte que les autres ébranla la tente. Les cordes grincèrent mais tinrent bon. Ibrahim savait qu'elles ne risquaient pas de craquer.

— Nous sommes bons pour passer la nuit ici, soupira-t-il.

Il n'avait pas prévu cette intimité forcée. Son regard passa sur Georgie. Elle avait un léger coup de soleil sur les joues, les cheveux pleins de sable et des habits tout chiffonnés. Cependant, elle lui plaisait plus que jamais. Il allait devoir faire preuve d'une absolue maîtrise pour ne pas céder à la tentation. Il ne connaissait pas le plaisir de la chasse, juste l'euphorie de la capture. Aucune femme ne lui avait jamais dit non. Sauf une.

Celle qui était là, face à lui.

Alors, la décision s'imposa à son esprit.

Ibrahim plissa les yeux, excité. Oui, ce soir, il connaîtrait l'ivresse de la poursuite. Il ferait la cour à Georgie dans les formes, lui offrirait un dîner, ferait son grand numéro de charme. Mais sans conclure. Le désert avait sa loi, qu'il respecterait. Demain matin, ils assisteraient au lever du soleil, puis il emmènerait Georgie dans un hôtel pour cueillir les fruits délicieux de son entreprise de séduction. Il n'aurait même pas à tendre la main. Elle lui tomberait tout droit dans le bec.

Et peut-être même le supplierait-elle, songea-t-il sans pouvoir réprimer un sourire.

— Qu'y a-t-il ? demanda-t-elle.

— Rien. Je réfléchissais juste. Tu voulais connaître le désert, je vais te faire vivre une expérience authentique. Bedra a certainement laissé de la nourriture. Nous allons festoyer et demain, tu verras le lever du soleil. Viens, je vais te montrer la chambre d'amis.

Ils débouchèrent dans une zone protégée par de lourdes tentures. Le lit était si haut et profond qu'il aurait presque fallu un escabeau pour s'y jeter. Il était tendu de plaids douillets et jonché de coussins de satin aux couleurs vives. Un parfum riche et musqué flottait dans l'air, provenant sans doute d'huiles exotiques destinées à exciter délicieusement les sens.

— C'est magnifique ! s'extasia Georgie.

Ibrahim alla soulever un pan de soierie pour découvrir une sorte de dressing, où des serviettes de toilette et des vêtements étaient soigneusement rangés.

— Sers-toi de tout ce dont tu as besoin. Ce sont des affaires prévues pour les invités qui auraient été pris au dépourvu. La salle de bains est à côté, je te laisse te rafraîchir. Pendant ce temps, je vais m'occuper du repas.

Restée seule, Georgie découvrit la salle de bains parfaitement équipée, presque déplacée dans ce décor suranné. Avec un soulagement indicible, elle se débarrassa du sable qui semblait s'être infiltré partout dans ses habits, puis resta un bon moment dans l'eau du bain.

Ce fut la faim qui finalement la poussa à sortir.

Elle alla ensuite inspecter le contenu des étagères, où elle choisit une jolie tunique de soie bleu turquoise, dont le col en V s'ornait de fines broderies en fil argenté. Elle compléta la tenue d'un pantalon bouffant de soie banche.

Le miroir lui renvoya l'image d'une danseuse orientale, sensuelle, beaucoup plus sûre d'elle que la fille en queue-de-cheval et pantacourt qui avait quitté le palais.

Le désert avait-il la propriété de modifier la personnalité ? se demanda-t-elle, satisfaite par le reflet que lui rendait le miroir.

Sur le plateau de la coiffeuse, elle trouva des flacons de parfum, des produits cosmétiques, des crayons de khôl. Elle décida soudain de sortir le grand jeu. Elle voulait se faire belle pour Ibrahim.

Finalement, elle allait l'avoir, sa nuit dans le désert.

Dans la vie de tous les jours, les talents culinaires d'Ibrahim se limitaient à appeler son restaurant préféré pour énoncer les plats qu'il voulait se faire livrer et spécifier le nombre de ses invités.

A Londres, son frigo était approvisionné par sa gouvernante. Au palais, de temps en temps, il s'aventurait la nuit dans les cuisines pour discuter avec le chef cuisinier, pendant que celui-ci lui préparait un en-cas. Mais ici, au beau milieu du désert, il ne pouvait compter que sur lui-même.

Heureusement, Bedra était prévoyante et organisée. Dans le congélateur, il trouva des plats maison qu'il suffisait de réchauffer. Il eut donc tout loisir de se concentrer sur la table. Il s'appliqua à dresser le couvert avec une belle nappe, de jolies assiettes et des verres en cristal. Il n'oublia pas les bougies et l'encens, avant de gagner sa chambre pour se laver et se changer. Il se rasa également, ce qui lui arrivait rarement dans le désert. En son for intérieur, il s'avoua qu'il le faisait pour Georgie. Il se reprit aussitôt : non, il se préparait pour le lendemain.

Il n'était pas question de lui faire l'amour ici, dans cette tente où traditionnellement les princes de la famille royale amenaient leurs promises pour y sceller leur union.

Il rejoignit la pièce de vie.

Pourquoi Georgie mettait-elle tant de temps ? s'impatienta-t-il au bout d'un moment. Il avait faim et... Mais un peu d'impatience pimentait l'affaire, pas vrai ? Cela faisait justement partie du plaisir de la conquête.

Il ne fut pas déçu lorsqu'elle se présenta enfin, vêtue d'un ensemble qui alliait élégance et féminité, dans un style tout oriental. Il adorait la façon dont ce turquoise rappelait le bleu de ses yeux soulignés d'un trait de khôl noir. Sur ses paupières, une touche de gris argent la rendait mystérieuse. Sa longue chevelure laissée en liberté sur ses épaules avait formé des boucles naturelles. Sa peau avait rosi après le bain. Elle avait l'air d'une créature du désert, sensuelle, séductrice.

Soudain, il eut peur de ne pas pouvoir s'en tenir à ses belles résolutions. Jusqu'où pourrait-il aller sans céder lui-même à la tentation ?

La bouche rose de Georgie était comme un fruit mûr dans lequel il rêvait de mordre. Comment aurait-il le courage d'attendre jusqu'au lendemain ?

Elle s'assit en tailleur à même le tapis devant la table basse. Ibrahim l'imita. D'ordinaire, elle semblait toujours un peu sur la réserve au moment de se mettre à table, *a fortiori* à Zaraq, où elle ne savait pas en général ce qu'elle allait trouver dans son assiette. Mais ce soir, son regard bleu ne reflétait que de la curiosité. Si une petite veine palpitait sur sa gorge blanche, ce n'était pas par nervosité, mais pour une tout autre raison, devina-t-il.

Il était sûr désormais que son désir était partagé…

Dans la corbeille, Ibrahim prit un fruit : hybride entre une pomme et une pêche. Après une hésitation, Georgie fit de même. Elle s'apprêtait à mordre dedans lorsqu'il secoua la tête :

— Non, c'est le fruit du marula, cela se boit.

Il ôta la moitié de l'enveloppe extérieure, assez épaisse, qui révéla une chair blanchâtre, translucide. Puis, après avoir pressé la chair, il piqua dedans une paille et aspira une gorgée. Elle essaya à son tour. Le goût était suave, succulent.

Ils s'attaquèrent ensuite au plat, qui se révéla plein de saveurs, délicatement épicé, à peine pimenté : un ragoût d'agneau au riz basmati et aux amandes.

Georgie ne pouvait s'empêcher de fixer la bouche d'Ibrahim tandis qu'il mangeait. Ces lèvres pleines, charnues, elle aurait voulu les sentir glisser sur son corps. Et quand elle le vit mordre à belles dents dans les grains juteux d'une grenade et qu'un peu de jus rose coula sur son menton carré, elle frissonna.

Pour la première fois de sa vie, elle aurait voulu ne jamais quitter la table.

Lorsque le repas se termina, sa chair était brûlante. Elle se réfugia sur le canapé. Elle accepta un café en se disant que le breuvage corsé et amer l'arracherait peut-être à sa transe voluptueuse.

— Le problème avec les antiquités, dit Ibrahim en la resservant à l'aide du pot en émail qu'il connaissait depuis l'enfance, c'est qu'on ne les jette jamais. Du coup, rien ne change. Tout est immuable.

— Tu n'aimes pas cet endroit ?

— Si. Non. Enfin, ça dépend…

Elle lui jeta un regard perplexe.

— Je connais chaque recoin de cette tente, expliqua-t-il. Enfants, nous y venions souvent, à l'époque où la famille était unie et heureuse.

Il n'avait pas prévu de discuter, seulement de la séduire, la rendre folle de désir pour n'avoir plus qu'à conclure le lendemain. Or, il réalisa que Georgie, l'air de ne pas y touché, avait obtenu plus de lui. A mesure que la soirée se prolongeait, il s'était confié.

Au lieu de s'engager dans un bavardage mutin, truffé d'allusions et de phrases à double sens, il s'était retrouvé à aborder des sujets très sérieux, et même à raconter des choses qu'il n'avait jamais dites à quiconque.

Georgie ne se contentait pas de l'écouter, comme tant d'autres l'auraient fait. Elle s'impliquait et n'hésitait pas à donner son avis, même quand ils n'étaient pas d'accord.

— Tout a changé au départ de ta mère, c'est cela ? s'enquit-elle avec douceur, comme si elle ne voulait pas le brusquer sur ce thème douloureux.

Il hocha la tête et ferma brièvement les paupières. La question restait en suspens dans son esprit, le faisant réfléchir. Oui, quand sa mère était là, tout était différent. Leur père riait, les enfants jouaient, passaient la journée à chercher une rare fleur du désert pour que la domestique puisse la déposer sur le plateau de petit déjeuner de leur mère. Ahmed et lui avaient repéré une grotte qui se trouvait à deux heures de marche de la tente. Parfois, ils s'échappaient et couraient s'y réfugier. Les gardes royaux les retrouvaient au crépuscule et leur passaient un savon dont ils se moquaient éperdument.

A cette époque, en compagnie de son frère, il arpentait le désert sans peur. Tous deux avaient la témérité de la jeunesse et l'arrogance des princes.

— En fait, tout a changé à la mort d'Ahmed, laissa-t-il enfin tomber dans le silence de la tente.

Georgie l'avait emmené dans une zone périlleuse que lui-même ne se risquait jamais à explorer. Il ferma de nouveau les yeux et poursuivit d'une voix frémissant de colère :

— Pour lui, je serais monté sur le trône ; si seulement il me l'avait demandé ! S'il avait osé me confier ses peurs ! Au lieu de cela…

Sa voix s'éteignit. Il était incapable de pardonner à Ahmed ; son abandon avait tué une part de lui-même. C'était si intolérable qu'il s'empressa de dévier le cours de la conversation :

— Longtemps, cette tente a été un terrain de jeux pour enfants. Puis, à dix-sept ans, les princes doivent passer un mois de solitude et de recueillement avant de faire leur service militaire dans l'armée royale. C'est une période de transition. Pendant trente jours, j'ai erré aux alentours de ce lieu. Seul, sans domestiques. Et cette fois, personne n'était dans les parages pour me surveiller de loin. On médite, on essaie de mieux se connaître, pour puiser en soi le courage nécessaire à l'ultime épreuve, au terme de ces trente journées : rejoindre le palais à pied.

— A pied ? s'indigna Georgie. A dix-sept ans ? Et tout cela pour intégrer l'armée, au bout du compte ? Eh bien, belle récompense !

— Entre-temps, on devient un homme. Et la récompense, c'est une femme aux yeux de biche qui vous attend au palais pour parfaire votre éducation dans… dans un tout autre domaine.

Georgie rougit et cilla, outrée :

— Oh… C'est révoltant !

Il eut un sourire amusé.

— Pourquoi ? Tout prince se doit d'épouser une vierge. Il est donc de son devoir de devenir un amant expérimenté. Mais avant d'être un maître, il faut bien être soi-même élève.

— Mais ça ne *s'apprend* pas ! protesta-t-elle. Je veux dire… il n'y a pas que le côté technique. L'amour, c'est surtout des émotions, une peau qui en reconnaît une autre, des choses intangibles, indéfinissables…

Elle s'interrompit. Ce qu'elle disait faisait affleurer dans sa mémoire des souvenirs brûlants. Les mains d'Ibrahim sur son corps, le goût de ses baisers, ses caresses étourdissantes. En quelques trop courtes minutes, elle en avait tellement appris sur elle-même ! Mais ce n'était pas son habileté qu'elle réclamait, c'était… *lui* !

Elle prit une profonde inspiration.

— Quand nous avons… Quand je t'ai empêché de continuer, le soir du mariage, ce n'était pas parce que…

— Je ne tiens pas à en parler, coupa-t-il.

— Mais je…

— Ne m'oblige pas à me répéter !

Georgie faillit répliquer tout aussi vertement, mais elle se contint. Irritée, elle reporta son attention sur un panier posé sur un coffre. Il contenait toute une collection de fioles et flacons de verre coloré. Ibrahim nota l'intérêt qu'elle leur portait et, radouci, expliqua :

— Ce sont des huiles médicinales. Elles n'ont rien de cosmétique, leurs vertus sont puissantes et…

— Je sais, c'est mon métier, lui rappela-t-elle.

— Il faut des années et des années de pratique pour maîtriser la sagesse de cette médecine ancestrale…

— … et sûrement pas un module de cours de quatre semaines, c'est cela ? le coupa-t-elle.

Elle se sentit triste tout à coup, car elle-même s'était posé la question et se demandait, face à ses clients, si elle était réellement compétente. Ses connaissances étaient superficielles, elle en avait conscience. Mais elle ne demandait qu'à apprendre.

— Tu crois à ce que tu fais ? demanda-t-il à mi-voix.

— Bien sûr ! Je suis passionnée. Je sais bien que je suis encore une béotienne, mais j'essaie d'apporter du bien-être aux gens dans la mesure de mes moyens.

— C'est déjà ça. Et cela mérite le respect. Je ne me moquais pas de toi. Je voulais juste dire qu'on peut toujours se former et s'améliorer. Heureusement ! Ces massages bienfaisants ne sont pas seulement une technique. Il y a une dimension spirituelle indéniable.

— C'est exactement mon avis, opina-t-elle. Lorsque je m'occupe d'un patient, je ne me sers pas seulement de mes mains et de mes huiles. Mon esprit tout entier est concentré sur les points d'énergie, les blocages, les douleurs…

— Montre-moi !

Georgie tressaillit. Il lui souriait, une lueur de défi dans ses yeux noirs.

Ibrahim retenait son souffle. Oserait-elle ? Bien sûr, c'était un jeu qui faisait partie de son entreprise de séduction. Mais il n'y avait pas que cela. Il avait l'habitude, à Londres, de se faire masser quand ses muscles endoloris le réclamaient, par exemple après une séance d'équitation particulièrement intense. Toutefois, même si son corps parvenait à se relaxer ainsi, son âme, elle, n'atteignait jamais la sérénité à laquelle il aspirait. Son esprit était en proie à des pensées trop confuses et contradictoires, qui lui interdisaient une vraie relaxation.

Or, il pressentait que, de ses mains douces et menues, Georgie pourrait lui procurer un réel soulagement. Il fit passer sa dishdasha par-dessus sa tête puis s'étendit sur le tapis, un coussin sous la nuque.

Georgie, la bouche sèche, reporta son attention sur le panier et entreprit de sélectionner les huiles dont elle avait besoin.

Il lui serait difficile de rester strictement professionnelle face à cet homme d'une beauté farouche, qui hantait ses rêves depuis si longtemps. Comment ne pas être troublée par ces larges épaules, ces pectoraux saillant sous la peau mate, ces abdominaux noueux, ces cuisses puissantes…

Dieu merci, il avait gardé son boxer, mais elle n'était pas sûre d'empêcher son regard de dévier…

Le souffle court, elle emporta plusieurs flacons et s'agenouilla près de lui.

Doucement, elle fit couler un peu d'huile au creux de ses mains, qu'elle frotta afin de la réchauffer. Lorsqu'elle saisit le pied d'Ibrahim, elle perçut une légère résistance, comme s'il se cabrait par réflexe. Puis, alors que ses doigts lui pétrissaient doucement la plante des pieds, elle le sentit se détendre peu à peu, comme s'il se rendait enfin, sans qu'elle soit vraiment sûre de mériter sa confiance.

Elle se galvanisa mentalement. Elle avait peut-être une courte expérience, sa formation était certainement incomplète, mais dans la communion charnelle qu'elle tentait d'instaurer, elle était sûre de pouvoir lui apporter un apaisement, aussi fugace soit-il.

Elle sut qu'elle avait raison lorsqu'il poussa soudain un profond soupir, jailli du tréfonds de sa poitrine.

Ses mains remontèrent sur son mollet. Concentrée, elle détectait les tensions, s'activait à les traiter, sentait vibrer au bout de ses doigts l'énergie guérisseuse qu'elle voulait lui transmettre.

Le désert qui s'étendait autour d'eux la guidait, l'inspirait.

Elle utilisa de l'huile de lavande et de cyprès pour le travail sur les jambes, puis de l'huile de néroli et de géranium pour le ventre. Ses gestes étaient précis, assurés.

Finalement, elle se servit d'huile de mélisse — celle qu'il avait sentie sur elle cette nuit-là, sur le balcon et qu'il avait appelée *bals-min* — pour lui masser la nuque et les épaules.

Cette fois, elle le sentit se détendre entièrement, s'abandonner. C'était presque plus intime qu'une étreinte sexuelle.

Lorsque, enfin, elle laissa retomber ses mains sur ses genoux. Ibrahim rouvrit les yeux. Ils se dévisagèrent en silence.

Un instant, elle crut qu'il allait se redresser, chercher sa bouche, l'entraîner avec lui sur le tapis.

— Va te coucher, Georgie, lui dit-il dans un souffle. Bonne nuit.

9

Ce fut la nuit la plus longue de toute son existence.

L'air épais semblait surchauffé et lui desséchait la gorge. Sa gourde d'eau fut bientôt vide. Georgie aurait voulu aller la remplir dans l'espace qui servait de cuisine, mais elle avait peur de quitter son lit.

Il lui semblait entendre une voix l'appeler : « Georgie. Georgie… »

Etait-ce Ibrahim ? Ou la voix trompeuse du désert ? Etait-elle en train de devenir folle ? se désespéra-t-elle en entendant soudain la voix se muer en gémissements furieux sur les flancs des dunes.

Ibrahim connaissait le désert, ses ruses, sa voix sournoise qui résonnait dans les crânes. Dents serrées, il résistait avec vaillance, alors même que l'image du visage de Georgie restait imprimée dans son esprit, que persistait la sensation de ses petites mains glissant sur son corps — cela le rendait fou…

Le lever du jour aurait dû lui apporter le soulagement après cette nuit blanche, mais les vents furieux continuaient de tournoyer autour de la tente, faisant tourbillonner le sable, masquant la clarté du soleil. Au petit matin, il faisait presque nuit.

Georgie se résolut à quitter sa chambre sur la pointe des pieds, comme si elle craignait que les éléments se déchaînent contre elle. D'une voix étouffée, elle appela Ibrahim. Il lui répondit aussitôt, preuve qu'il ne dormait pas lui non plus.

— Allons-nous partir bientôt ? demanda-t-elle à travers la cloison de toile.

— C'est impossible pour le moment. Il faut attendre une accalmie. Habille-toi et nous prendrons le petit déjeuner.

— Je n'ai pas faim.

— Alors retourne te reposer.

— J'ai peur, avoua-t-elle dans un élan, en dépit de la honte qui la taraudait. Ce bruit…

— Ce n'est que le vent.

— J'ai l'impression que le désert se moque de nous. Qu'il nous en veut. Tu as raison, je déteste cet endroit, moi aussi ! s'exclama-t-elle en frissonnant.

— Tu ne vas pas laisser de vieilles légendes te terroriser ?

Elle perçut la pointe d'humour dans sa voix. Après une hésitation, elle souleva le pan de toile. Ibrahim gisait sur son lit, un bras replié sous la nuque. Il lui fit signe d'approcher.

— Viens.

Elle se sentait trop mal pour refuser et courut se glisser sous les couvertures, dans la chaleur de ses bras. Sa chaleur rassurante l'environna.

— Tes parents ne te racontaient pas de légendes quand tu étais petite ?

Elle eut un petit rire.

— Non ! Ils n'étaient pas vraiment du genre à venir nous border le soir ni à nous raconter des histoires.

— Ils n'étaient pas très affectueux, on dirait… C'est pour ça que tu as fait des fugues ?

Il la sentit se raidir et poursuivit :

— C'est Karim qui m'en a parlé. Il ne m'a pas dit grand-chose de plus. Il a surtout évoqué l'enfance de Felicity, qui l'a rendue très méfiante vis-à-vis des gens. Ton père…

— … était un alcoolique, l'interrompit-elle. Il terrifiait ma mère. Même après sa mort, il a laissé son empreinte sur elle. Aujourd'hui encore elle est obligée de prendre des anxiolytiques et elle a peur de son ombre.

— Et toi ?

— Je ne le craignais pas. Je voulais juste m'échapper de la maison, mais on m'y a toujours ramenée, articula-t-elle avec un ressentiment qui était toujours aussi vif. Mon père n'a jamais levé la main sur nous, donc les autorités ne trouvaient rien à redire à son comportement, apparemment. Sa cruauté était mentale. Nous vivions au rythme de ses colères et de ses exigences paradoxales, perverses. C'était le chaos…

Georgie ne put continuer, la gorge serrée. Elle ne voulait pas parler de cette époque cruelle, durant laquelle la seule chose qu'elle semblait un tant soit peu contrôler était la nourriture qu'elle portait à sa bouche.

Mais Ibrahim paraissait comprendre sans qu'elle ait besoin de s'appesantir. Sa main descendait le long de son bras, puis remontait doucement vers son épaule, dans un mouvement lénifiant.

Il allait l'embrasser maintenant…

Il tourna la tête et sa bouche s'immobilisa à quelques millimètres de la sienne.

— Qu'est-ce qui nous en empêche ? murmura-t-elle.

— Rien. La loi du désert n'est qu'une vieille légende. On dit qu'il unit jusqu'à la mort les couples qui s'aiment dans ses dunes, et regarde ce qu'il est advenu de mes parents…

— Mais leur amour n'est pas éteint…

— Ce sont des sornettes de vieilles bonnes femmes ! Je peux bien amener une fille dans le désert et lui faire l'amour, sans que nos destins soient irrémédiablement liés. Ce n'est que de la superstition !

C'est alors que sa bouche fondit sur la sienne.

Ibrahim sentit une immense paix l'envahir. Leur baiser n'avait rien de fébrile ou d'urgent, c'était un baiser qui prenait son temps, un baiser de découverte, plein de tendresse.

Avec un bonheur ineffable, Georgie retrouva la douceur

de ces lèvres dont elle rêvait depuis des mois. Elle s'ouvrit à lui, lui permettant d'explorer sa bouche, de la savourer. Au bout d'un moment, il en voulut plus et glissa la main sous l'ourlet de la chemise qu'elle avait enfilée pour la nuit ; il cueillit alors un sein au creux de sa paume. Mais, empêtré dans le vêtement, il n'avait pas la liberté voulue et, avec un soupir impatient, il déchira le tissu.

Il inclina la tête pour prendre dans sa bouche un téton durci. Georgie retint un cri de plaisir. Elle faisait courir ses doigts sur les épaules et le dos d'Ibrahim, retrouvait avec bonheur la dureté de ses muscles qu'elle avait si longuement massés la veille. Sa main glissa le long de ses abdominaux et eut un temps d'hésitation. Ce fut lui qui lui prit la main pour la guider.

Elle referma les doigts sur son membre raide et il poussa un grommèlement. Il glissa alors les mains sous ses aisselles et roula sur le dos, l'entraînant avec lui. Elle se retrouva à califourchon sur lui. Il reprit la pointe d'un sein dans sa bouche et la suça, tandis que les mains descendaient sur ses fesses. Les paumes calées sur son large torse, Georgie crut qu'elle allait s'évanouir tellement c'était bon. L'extrémité de l'érection d'Ibrahim titillait son clitoris ; elle se mordit la lèvre pour ne pas le supplier de la pénétrer.

Ibrahim se mordit la lèvre, fou de désir. Il attendait que le désert l'interpelle et lui ordonne de stopper, ou bien que Georgie se dérobe de nouveau. Mais le désert restait silencieux cette fois, et Georgie pressait sa féminité moite contre son membre en une invite explicite.

Il entra en elle, juste un peu.

Elle gémit et il sut qu'elle ne lui dirait plus jamais non.

A présent, les seules règles à suivre étaient celles de la nature.

Il s'enfonça plus loin, centimètre par centimètre. Il aurait voulu lui ôter cette chemise déchirée, mais ne pouvait se résoudre à lui lâcher les hanches. Ce fut elle qui se redressa pour se débarrasser du vêtement et le lancer au pied du lit. Alors, d'un profond coup de reins, il plongea en elle jusqu'à la garde.

Georgie poussa un cri, surprise par l'intensité de l'invasion. Son fourreau intime palpitait, enserrait son amant comme pour le retenir à jamais. Le plaisir montait déjà, intense, étourdissant, alors qu'ils ne bougeaient même pas.

Ibrahim la saisit soudain par la nuque pour attirer sa tête vers la sienne. Elle explosa au moment où leurs bouches se soudaient. L'orgasme déferla dans un éblouissement et, sentant Ibrahim s'arc-bouter sous elle, elle comprit que lui aussi atteignait l'extase.

Elle retomba sur lui, haletante ; ils demeurèrent un long moment ainsi, à reprendre leur souffle. Enfin, il la fit rouler sur le côté et elle put se blottir contre lui.

— Tout à l'heure, dit-il en lui embrassant l'épaule, je te ramènerai au palais. Puis je m'envolerai pour Londres.

— Tu pars ?

— Il le faut. Je dois parler à mon père au plus tôt. Il a pris l'avion hier pour l'Angleterre.

— Il est parti voir ta mère ? A cause de ce que tu lui as dit ?

— *En dépit* de ce que je lui ai dit, corrigea-t-il avec un rire amer, qui détonait dans leur étreinte complice.

— C'est toujours comme ça entre vous deux ?

— Oui. Il voudrait que je sois un fils respectueux, mais comment le pourrais-je ? Pourquoi ne lui rend-il pas sa liberté ?

— Je ne comprends pas… Elle vit à Londres depuis des années déjà.

— Peut-être, mais elle est toujours sa femme aux yeux de la loi. Elle lui a été infidèle, mais elle le regrette tant que depuis toutes ces années, elle n'a connu aucun autre homme.

— Mais… cela fait une éternité !

— Et cela va durer encore. Longtemps, il l'a complètement ignorée. Maintenant, il débarque chez elle à l'improviste, quand bon lui semble. Qui peut dire s'il aura le temps de passer le mois prochain, ou l'année prochaine ? Et elle serait censée l'attendre ?

— Pourquoi ne divorce-t-elle pas ?

— La notion de divorce n'existe pas à Zaraq. Aux yeux de la loi et du peuple, ma mère sera toujours sa femme, la reine. Rien ne peut séparer deux époux.

Il remarqua à peine que Georgie pâlissait tout à coup.

— Rien ne peut les séparer ? répéta-t-elle.

— Non, rien. On ne défait pas ce qui a été uni. C'est la loi du désert.

10

La voix du désert s'était tue, et Ibrahim trouva enfin le sommeil.

Tendue, désorientée, Georgie se battait contre de sombres pensées. Même si la mentalité de ce pays lui échappait souvent, elle avait compris qu'aux yeux des habitants de Zaraq, elle était et serait toujours mariée.

Ibrahim y attacherait-il de l'importance ? Elle voulait se convaincre qu'il comprendrait. Pourtant, lovée dans ses bras, elle était incapable de le regarder en face. La honte l'envahissait. Elle avait l'impression d'être une menteuse.

A quel stade de leur histoire aurait-elle dû lui dire ? La veille ? Ou le jour du mariage de sa sœur ?

On ne confiait pas ce genre de détails à quelqu'un qu'on venait de rencontrer. Cependant, elle avait eu d'autres occasions, lui soufflait sa conscience, impitoyable.

La veille, elle avait essayé de le lui dire mais il n'avait pas voulu l'écouter. En définitive, elle en avait été soulagée, car elle redoutait ce qu'elle lirait sur son visage quand il saurait la vérité.

Le bras qu'il avait passé autour d'elle était à la fois tendre et possessif. Ses paroles avaient semblé promettre un avenir à leur relation. Pourtant, avec ce qu'il venait de lui révéler sur la loi du désert, ce futur ne se réaliserait jamais, elle le savait.

Elle sombra dans un sommeil peuplé de rêves chaotiques,

de fioles d'huiles sacrées, de vents furieux et de rugissements de moteurs.

— Habille-toi !

La voix pressante d'Ibrahim la réveilla en sursaut.

— Quelqu'un arrive, reprit-il. J'ai entendu un hélicoptère.

Le bruit de moteur appartenait donc bien à la réalité ! Elle distinguait à présent le son caractéristique des pales. Tout proche. D'un bond, elle jaillit hors du lit, mit un temps fou à trouver sa chemise, l'enfila à la hâte avant de se précipiter vers sa chambre.

Alors qu'elle émergeait de derrière le pan de toile, elle se figea face à Karim et Felicity, qui venaient de pénétrer dans la pièce de vie.

Manifestement elle n'avait pas été assez rapide…

Georgie sentit ses joues s'enflammer et tourna un regard suppliant vers sa sœur. Felicity était blanche comme un linge.

— Tu profites bien de ta petite excursion ? grinça-t-elle. Où est donc ce guide expérimenté dont tu m'as parlé ?

Elle fut soulagée de voir Ibrahim — Dieu merci habillé de pied en cap — apparaître à son tour, l'air détaché et naturel.

— Ta sœur et moi comptions rentrer hier soir, Felicity. Mais avec la tempête…

— Assez ! coupa Karim, visiblement hors de lui.

Sans se démonter, Ibrahim reprit :

— Va t'habiller, Georgie, je vais te ramener au palais.

— Je t'avais prévenu ! s'écria Karim. Je t'avais dit de te tenir éloigné d'elle !

— Et j'ai décidé de ne pas t'écouter. Comment osez-vous arborer ces mines accusatrices et mettre ainsi Georgie dans l'embarras ? Karim, tu as oublié dans quelles circonstances tu as rencontré ta femme ?

Cette fois ce fut au tour de Felicity de rougir : les paroles d'Ibrahim lui avaient rappelé que c'est lors de sa première nuit de passion avec Karim qu'Azizah avait été conçue… Elle suivit cependant sa sœur dans sa chambre et ne se retint pas d'exploser :

— Comment as-tu pu, Georgie ? Ibrahim est mon beau-frère ! Tu es ici depuis quelques jours seulement et tu sautes dans son lit !

— Ça ne s'est pas passé comme ça…

— Oh ! je t'en prie !

— Dois-je te rappeler que tu n'as pas agi autrement avec Karim ?

— Nous n'étions pas à Zaraq ! Ici, il faut se conformer aux règles.

Georgie fulminait. Cette fois, elle en avait vraiment assez et ne put se retenir :

— Tu sais quoi ? Tu commences vraiment à leur ressembler ! Qu'est-il arrivé à ma sœur ?

— Elle a grandi ! cria Felicity. Je me conduis en adulte responsable, moi. Mais tu n'as jamais été très douée pour ça, pas vrai ? J'ai fait tout mon possible pour t'aider, et comment me remercies-tu ?

Georgie se souvint des paroles d'Ibrahim. Elle prit une profonde inspiration. Non, elle ne craquerait pas, ne s'effondrerait pas. Ce n'était qu'une dispute, une simple confrontation, dont elle ne devait pas avoir peur — et qui pouvait même se révéler salutaire.

— Je te suis très reconnaissante de ce que tu as fait pour moi. Je t'ai remerciée, je ne peux rien faire de plus. J'ai changé ; je ne suis plus la même personne. Ibrahim et moi, nous…

— Tu ne comprends donc pas que tout ça n'est qu'un divertissement pour lui ? Une façon de passer le temps pendant qu'il s'ennuie à Zaraq ?

— Je n'ai pas à me justifier, Felicity. Je suis adulte.

— Ecoute, je n'ai pas le temps de discuter de ça, s'exclama

Felicity. Je dois me laver et me changer avant de repartir. Ils font le plein de l'hélico.

— S'il te plaît... J'ai besoin de te parler.

— Seigneur, tu as toujours *besoin* de quelque chose, Georgie, mais tu ne rends jamais rien. Je te dis que je n'ai pas le temps. Il y a des gens malades ; Karim et moi devons retourner les voir. Ce que tu peux être égoïste ! Essaie de ne pas penser qu'à toi pour une fois !

Sur ce, Felicity sortit en coup de vent de la chambre, laissant Georgie ruminer sa colère et sa frustration. Comment sa sœur osait-elle débarquer pour la critiquer et lui adresser ces violents reproches ? Elle en avait marre de Zaraq et de ses coutumes soi-disant mystérieuses, qui s'appliquaient seulement quand cela arrangeait les gens.

— C'est la loi ! cria Karim. Seul le roi a le pouvoir de la changer. Si tu l'aimes, alors reste à Londres. Le monde entier t'appartient. Mais ici, dans ce pays, tu dois obéir aux règles !

— Alors je m'en vais, décréta Ibrahim, qui ne voulait pas entendre une énième fois le même sermon.

— Ce n'est pas si simple. Tu es un prince de sang. Une partie de ton peuple est malade ; Hassan est auprès de son fils. Le bébé a contracté une fièvre. Rien de grave, s'empressa d'ajouter Karim en voyant l'expression atterrée d'Ibrahim, mais il est très surveillé en raison de sa prématurité. La place de Hassan est à son chevet. Notre père est à Londres et moi, ma présence est réclamée dans le désert. Vas-tu vraiment te défiler alors que tout le monde attend que tu endosses le rôle de dirigeant, celui pour lequel tu es né ?

— Je ne me dérobe jamais, contra Ibrahim d'une voix rauque. Si tu me dis que tu as besoin de moi, je ferai mon devoir, jusqu'à ce que notre père revienne prendre les rênes du pays en main.

— Cela prendra peut-être du temps. J'ai parlé avec des

conseillers, ils me suggèrent de fermer l'aéroport en raison de l'épidémie.

— Très bien. J'accepte de diriger le pays temporairement. Mais à une condition : que Georgie soit à mes côtés.

— Impossible ! se récria Karim.

— Elle est à moi désormais : le désert nous a unis. C'est la loi, n'est-ce pas ?

Karim s'exclama :

— Elle ne sera jamais tienne. Elle est mariée !

Il n'avait ressenti aucune jubilation à jeter cette nouvelle au visage de son frère, qui le fixait maintenant d'un air stupéfait et incrédule.

— En réalité, poursuivit Karim, elle est divorcée. Mais tu sais que cela n'a aucune valeur ici. Jamais tu ne pourras l'épouser.

Ibrahim gardait le silence. Chaque mot était comme un coup de couteau dans sa chair. Mais son esprit s'était mis en branle. Fébrile, il cherchait une solution.

— Elle pourra m'attendre à Londres, dit-il enfin.

— Comme notre mère attend notre père ? ricana Karim. Est-ce vraiment ce que tu souhaites pour elle ?

Lentement, Ibrahim secoua la tête.

— Alors, tu n'as qu'une seule chose à faire, conclut son frère. Rompre, et le plus vite possible. Ce n'est pas la peine de lui donner des espoirs qui ne se réaliseront jamais.

11

— Tu t'occuperas d'Azizah, n'est-ce pas ?

Georgie fixa longuement sa sœur — le couple s'apprêtait à remonter dans l'hélicoptère.

— Tu la confies à une égoïste de mon acabit ? Tu n'as pas peur, ironisa-t-elle.

— Je suis désolée de t'avoir dit…, commença Felicity.

— C'est d'accord, la coupa Georgie. Tout ira bien.

Elle étreignit sa sœur, scellant leur réconciliation. Pour la première fois, Georgie eut l'impression d'être l'aînée.

— Toutes ces années, pendant que j'étais malade, je t'ai fait du mal, reprit-elle. Et j'étais trop fragile pour que tu puisses me le dire. A présent, je vais bien. Et il vaut mieux que les choses sortent.

Karim appela sa femme pour la presser. A regret, Felicity s'écarta.

— Ne t'inquiète pas pour moi, et ne t'inquiète pas non plus pour Azizah. Je m'occupe d'elle.

Felicity hocha la tête. Pourtant, à la vue de son mari qui serrait les mâchoires face à son frère silencieux, elle comprit que les ennuis n'étaient pas terminés. De toute évidence, Ibrahim *savait*…

Georgie regarda l'hélicoptère décoller, debout à côté d'Ibrahim. Elle agita la main en signe d'au revoir.

Enfin il murmura :

— Un appareil va venir nous chercher. Je dois retourner

au plus vite à Zaraqa pour prendre la tête du pays en l'absence de mon père. La propagation de l'épidémie exige la prise de mesures drastiques. Il faut rassurer la population. Ce sont de lourdes responsabilités.

Elle lui effleura le bras.

— Tu vas très bien t'en sortir, j'en suis certaine. Et je t'aiderai de mon mieux.

— Toi ? fit-il d'un ton surpris, qui n'était pas exempt d'ironie.

— Oui.

— Quatre semaines de cours, et te voilà experte en gestion de crise ?

— Je ne postule pas à un emploi de conseillère technique ! répliqua-t-elle, piquée au vif. Alors tu veux bien coucher avec moi, mais pas me laisser t'épauler ?

— Le peuple n'acceptera pas ta présence.

Georgie leva les yeux au ciel.

— Je t'en prie ! Le peuple a parfaitement accepté Felicity. Evidemment, elle portait un enfant, un roi potentiel.

Comme Ibrahim fermait brièvement les yeux, elle précisa :

— Ne t'inquiète pas, ça ne risque pas de m'arriver : je prends la pilule.

C'était bien ce qui chagrinait Ibrahim. Cette fille glissait des préservatifs dans sa valise, au cas où. Elle faisait la queue devant les discothèques la nuit. Elle était divorcée.

Elle ne pourrait jamais être sa princesse.

Cela le mettait en rage et il était incapable de le cacher.

— Et laisse-moi deviner : tu prends la pilule pour raisons médicales ? articula-t-il, sardonique.

Georgie serra les dents. Elle aurait voulu le gifler. Où était passé l'homme qui l'avait tenue si tendrement dans ses bras ? Un sale type pétri d'arrogance et de cynisme l'avait remplacé.

Pourquoi ? Que s'était-il passé ?

Le trajet en hélicoptère jusqu'à la capitale ne prit guère de temps. Heureusement, car il s'effectua dans un silence chargé de rancœur.

Dès qu'ils pénétrèrent dans l'enceinte du palais, une nuée de ministres et de conseillers, qui attendaient Ibrahim, l'encerclèrent. Apparemment, un conseil était sur le point de débuter.

Rina fit son apparition et s'adressa à Georgie en arabe. Indécise, celle-ci jeta un regard à Ibrahim, qui daigna lui traduire la question :

— Elle demande si tu souhaites dormir dans la chambre adjacente à la nursery et s'il faut y déménager tes affaires personnelles.

— Oui, ce serait mieux, acquiesça-t-elle. Peux-tu le lui dire de ma part ?

Rapidement, il donna des instructions à la nounou et à la servante qui l'accompagnait.

— Voilà, tout est arrangé. Je leur ai demandé de transférer les affaires de Mme Anderson, dit-il d'une voix sifflante.

Georgie tressaillit. Cette fois le doute était levé : il savait qu'elle avait été mariée. Cela expliquait son brusque changement d'humeur. Un instant, elle éprouva une bouffée de colère envers sa sœur, qui avait mis Karim au courant. Puis elle se rendit compte qu'en réalité, sa colère était dirigée contre elle-même.

— Finalement, est-ce « madame » ou « mademoiselle » ? demanda Ibrahim, qui se raccrochait encore à l'espoir que son frère se soit trompé.

— C'est « madame », articula-t-elle.

Elle eut le temps de lire le mépris dans ses yeux avant de détourner la tête.

C'était elle qui aurait dû le lui annoncer. Au moins elle aurait pu s'expliquer, clarifier la situation. A présent, elle doutait d'en avoir jamais l'occasion.

— Ibrahim…

Elle s'interrompit. Il y avait trop de gens autour d'eux, elle ne pouvait pas discuter librement d'un sujet aussi intime.

— Pouvons-nous parler ? reprit-elle à voix basse. Juste un instant. S'il te plaît.

Il ricana.

— Parler ? Je n'ai rien à te dire, Georgie.

12

Georgie aurait voulu se rouler en boule sur son lit et pleurer toutes les larmes de son corps, mais elle devait avant tout penser à Azizah.

Sa nièce n'aimait pas boire au biberon, n'avait pas l'habitude des bras maigres de sa tante et pleura une bonne partie de l'après-midi — et de la soirée aussi.

La petite était enfin en train de s'assoupir, alors que Georgie tentait depuis des heures de l'endormir en la berçant et en arpentant le salon familial, quand Ibrahim revint d'une visite de la caserne.

A sa vue, elle sentit son cœur s'emballer. Elle n'eut pas le temps de s'éclipser : Hassan déboula pour se porter à la rencontre de son frère.

— Pourquoi as-tu fermé l'aéroport ? Tu aurais dû m'en parler au préalable ! s'écria-t-il, furieux.

Georgie se réfugia sur un canapé, le plus loin possible des deux hommes.

— Tu étais auprès de ta femme et de ton fils, rétorqua posément Ibrahim. Ta place est avec eux en ce moment. Quant à moi, je suis tout à fait capable de gérer les problèmes en cours.

Il n'était sans doute pas convenable d'interrompre deux princes quand leur pays traversait une crise majeure, mais le palais était quand même bien assez vaste pour qu'ils aillent se quereller loin des oreilles sensibles de leur jeune nièce.

Georgie rassembla donc son courage et apostropha doucement les deux hommes en montrant Azizah, qu'elle tenait dans ses bras :

— Excusez-moi... elle est en train de s'endormir.

— Eh bien emmène-la dans la nursery ! suggéra Ibrahim d'un ton excédé.

Une domestique à la mine soucieuse entra alors et tendit un téléphone à Hassan, qui prit la communication. Georgie décida de ne pas fuir. Elle se planta devant Ibrahim et chercha son regard.

— Tu as eu une dure journée de travail, *chéri* ? demanda-t-elle, en accentuant le dernier mot de manière sarcastique. Tu veux que je fasse disparaître les enfants ?

Ibrahim vivait un véritable enfer. C'était insupportable de voir Georgie si proche et de ne pouvoir poser les mains sur elle. Il s'était presque laissé aller à tomber amoureux... juste avant d'apprendre quel genre de femme elle était.

— Je préférerais que *tu* disparaisses ! riposta-t-il avec hargne.

Hassan tendit le téléphone à son frère :

— C'est notre père, il voudrait te parler.

Georgie hésita un quart de seconde. C'était le moment de tourner les talons, de s'évaporer comme le souhaitait Ibrahim. Sauf qu'elle voulait savoir ce qui se passait et être à ses côtés pour l'affronter, même s'il s'y refusait.

Elle perçut la voix furibonde du roi, sans discerner ses propos. Ibrahim lui répondit avec calme, tandis que Hassan faisait nerveusement les cent pas dans le couloir.

— J'ai pris conseil auprès des anciens et des ministres, père. Apparemment tu étais au courant depuis un moment et tu n'as rien fait... C'est le peuple, la priorité. Sûrement pas tes horaires de vol, pas plus que l'ego de Hassan. Il est préoccupé par son enfant qui vient de naître et c'est normal... Non, je suis capable de prendre la relève et d'assumer ses fonctions dans l'intervalle. Je rentre tout juste de la caserne.

L'armée va monter un hôpital mobile dans la zone ouest du pays. L'aéroport ne rouvrira pas tant que l'épidémie ne sera pas jugulée… Ecoute, si tu estimes que je ne suis pas à la hauteur de la tâche, si ton jet se pose quand même sur la piste au mépris de mes consignes, je te rendrai volontiers le pouvoir. Et je quitterai Zaraq dans la foulée, conclut-il, en posant le regard sur Georgie.

Ibrahim raccrocha et se tourna vers Hassan :

— Et toi, c'est la même chose. Soit tu t'en remets à moi, soit tu reprends les rênes. Je ne vais pas appeler la clinique chaque fois que j'ai une décision à prendre. Alors, que décides-tu ?

— Le peuple a besoin…

— … d'un dirigeant qui sait ce qu'il fait. Si tu penses être irremplaçable, téléphone tout de suite à Jamal pour lui dire que tu pars séance tenante dans l'ouest, comme je m'apprête à le faire, afin d'analyser la situation et prendre les mesures qui s'imposent. Et tant que tu y es, appelle un bon pédiatre. Nous avons tous été vaccinés, mais je ne suis pas certain qu'on te laisserait côtoyer un prématuré.

Hassan pâlit.

— Alors ? insista Ibrahim, impitoyable. Décide-toi. Parce que si quelqu'un me relève de mes responsabilités, je vais de ce pas au casino.

Georgie ne doutait pas une seconde qu'il le ferait ; par la même occasion, il se jetterait dans les bras d'une autre femme, n'importe laquelle. Il était furieux, et elle était responsable de son état.

Hassan avait recouvré son sang-froid. Manifestement les paroles de son frère avaient fait mouche.

— Tu as toute ma confiance, dit-il. Je te remercie de prendre les choses en main avec une telle fermeté. Je retourne voir ma femme et mon fils.

Il souhaita bonsoir à Georgie d'un signe de tête avant de se retirer.

— C'était un coup bas, murmura Georgie pour ne pas réveiller Azizah qui dormait dans ses bras.

— Non, c'était du bon sens, rétorqua Ibrahim. Un nouveau-né ne doit pas être mis en contact avec un virus, *a fortiori* s'il est prématuré.

La vue de la petite dans les bras de Georgie avivait sa douleur. Ce matin encore, il caressait l'espoir d'un nouvel avenir ; l'espace d'un instant, la perspective de céder à l'appel du désert et de tenir son rôle de prince lui avait paru envisageable, du moment que Georgie était à ses côtés.

— J'ai du travail, déclara-t-il avec brusquerie.

— Ibrahim, il faut que nous parlions…

— Je n'ai pas le temps.

— Je t'en prie, dit-elle d'un ton suppliant. Mon mariage, c'était il y a longtemps et…

— … et c'est irrémédiable ! coupa-t-il, péremptoire.

— Parce que tu t'estimes parfait, au-dessus de tout reproche ? Personne ne l'est. Et je ne comprends pas pourquoi cette erreur de jeunesse devrait tout changer entre nous.

— C'est ainsi.

— Ce mariage n'a duré que quelques semaines. J'avais dix-neuf ans. Je vivais l'enfer à la maison. J'étais retombée dans l'anorexie et j'avais perdu mon emploi. J'ai rencontré cet homme, il avait l'air gentil…

— Tu l'as épousé parce qu'il était *gentil* ?

— Il y a de pires raisons. Il était plus âgé, je le trouvais rassurant, attentionné. J'ai vite découvert qu'il était alcoolique et manipulateur, comme mon père. En fait, j'ai reproduit exactement le même schéma à mon insu.

— Tu crois que cela va me soulager de savoir que tu as fichu en l'air notre possible histoire pour un ivrogne ?

— Mais cette histoire remonte à plusieurs années ! Je sais que le divorce n'existe pas à Zaraq ; mais à Londres, je ne suis qu'une divorcée parmi tant d'autres…

— Et moi je suis prince ! chuchota Ibrahim, furieux.

— Pas là-bas.

Il eut un geste qui traduisait sa frustration. Elle ne comprenait pas qu'il la sauvait d'elle-même. Bien sûr, elle pouvait être sa compagne, à Londres. Mais il songeait à sa mère, assise des heures devant le téléphone, à attendre vainement qu'il sonne. Une famille devait être réunie, sinon à quoi rimait la vie quand un mari passait son temps loin de son épouse et qu'il avait des enfants éparpillés aux quatre coins du monde, déchirés entre leurs deux parents ?

Non, il ne pouvait pas infliger cela à Georgie.

Alors, il fit ce que lui avait recommandé son frère et prononça les mots qui lèveraient toute ambiguïté dans son esprit :

— Je suis prince, je ne me satisfais pas d'article de seconde main. La fiancée qu'on me choisira saura exactement ce qu'on attend d'elle. Elle saura se tenir. Elle ne hantera pas les discothèques, n'aura pas de préservatifs dans ses valises et ne sera pas divorcée.

Si elle n'avait pas tenu Azizah dans ses bras, Georgie aurait giflé le sale mufle qui lui faisait face. Elle tremblait de chagrin et de fureur. Elle soutint le regard flamboyant d'Ibrahim en retenant ses larmes de toutes ses forces.

— En revanche, reprit-il, si jamais tu t'ennuies un soir à Londres, tu n'auras qu'à me passer un petit coup de fil et…

— Jamais !

— Dans ce cas, tout est fini.

— Tu es le dernier des salauds, articula-t-elle.

— Quand je le veux, oui, convint-il avec un haussement d'épaules. Maintenant, peux-tu faire ce que je suggérais tout à l'heure : emporter cette gamine dans son lit et disparaître de ma vue ? J'ai un pays à diriger.

13

Ibrahim n'avait pas une minute à lui.

On le réclamait partout, il fallait réfléchir, vite et bien, prendre les bonnes décisions, répondre aux questions, rassurer, encourager.

Après un bref séjour dans le désert, où il avait été témoin de la souffrance de la population bédouine, il dut organiser une conférence de presse et affronter les journalistes avides de réponses. On lui fit remarquer que le tourisme risquait de pâtir de la fermeture de l'aéroport. Il rétorqua que les vacanciers étrangers n'avaient aucune envie de visiter des campements fantômes.

Sa prestation réduisit ses détracteurs au silence. Pour autant, il ne connaissait pas de répit car, chaque nuit, il dormait seul. Il n'était pas tenté de chercher l'apaisement dans les bras d'une femme de passage. Une seule lui manquait.

Celle qu'il ne pourrait jamais avoir.

Georgie et lui se croisaient parfois dans les couloirs du palais. Ils se saluaient alors d'un signe de tête, mais ne s'étaient pas reparlé depuis leur altercation.

Un matin cependant, Jamal et Hassan s'étaient échappés de la clinique pour venir prendre le petit déjeuner en leur compagnie ; ils furent bien obligés de se mettre à table ensemble.

— Karim a appelé. La situation s'améliore et il a annoncé

le retour prochain de Felicity, dit Ibrahim en prenant une mangue dans la corbeille de fruits.

— Et l'aéroport ? demanda vivement Georgie.

— Je dois rencontrer les experts médicaux aujourd'hui. Ils ont proposé d'imposer la vaccination à tous les visiteurs.

Il laissa exprès sa phrase en suspens, en se disant que Georgie allait peut-être donner son avis sur la question. Elle ne réagit pas.

— Dès que les nouvelles directives auront été mises en place, le trafic aérien pourra reprendre, continua-t-il. Peut-être même dès demain, mais rien n'est sûr.

Le regard de Georgie se posa sur une grenade dans la corbeille. Elle aurait pu s'en saisir pour tourmenter Ibrahim, lui rappeler leur dîner dans le désert et d'autres souvenirs brûlants qu'il préférait visiblement oublier ; toutefois, elle était encore trop ulcérée et malheureuse pour jouer à ce genre de petit jeu. Elle voulait juste rentrer chez elle le plus vite possible.

— Tu vas au moins rester jusqu'à ce que je ramène le bébé à la maison, Georgie, plaida Jamal. Ce sera un jour de fête.

Elle lui sourit gentiment, sans toutefois rien lui promettre.

Ils achevèrent leur petit déjeuner, puis Jamal et son mari repartirent pour la clinique. Ibrahim se retrouva seul à table avec Georgie.

— Tu ne vas pas partir au moment où Felicity revient ? lui demanda-t-il.

— Nous nous verrons une autre fois. Ce n'est manifestement pas la bonne période, rétorqua-t-elle avec un haussement d'épaules.

— Mais nous sommes en train de vaincre la maladie, et de grandes réjouissances vont être organisées.

— Je ne suis pas d'humeur à faire la fête.

Il soupira.

— Georgie, nous devrions… parler.

— De quoi ?

Il n'en savait rien. Il savait juste qu'elle lui manquait.

— Pourquoi pas ce soir ? insista-t-il. Quand tout sera calme, si tu veux venir…

— *Jamais* ! protesta-t-elle entre ses dents. Tu n'as donc pas compris ce que je t'ai dit l'autre jour ?

Elle n'en revenait pas. Ainsi, il pensait pouvoir la traîner dans la boue, la traiter comme une moins-que-rien, la sommer de disparaître puis claquer des doigts pour qu'elle accoure et saute dans son lit ?

Et le pire, c'est que cette idée provoquait quand même chez elle un frisson de désir.

Jetant sa serviette sur la table, elle se leva et ébaucha un mouvement vers la sortie.

— Georgie ! la rappela Ibrahim. Je n'ai pas fini.

— Oh ! le prince n'entend pas libérer son sujet, c'est ça ? ironisa-t-elle, furibonde néanmoins. Et, peut-être faudrait-il en plus que je fasse la révérence ? Tu l'as dit toi-même, Ibrahim : tout est fini entre nous, puisque je suis une divorcée. Quelle était l'image que tu as employée, rappelle-moi ? Ah oui, un *article de seconde main*.

— Que cela te plaise ou non, nous sommes ensemble ici, argua-t-il.

Ibrahim voulait juste discuter, mais la jeune femme était trop en colère pour le comprendre.

— Pas pour longtemps, lança-t-elle. Felicity rentre demain.

— Il n'est pas certain que l'aéroport rouvre d'ici là.

— Tant pis, je nagerai s'il le faut !

Georgie passa le reste de la journée à faire sa valise, entre deux réveils d'Azizah. Elle essayait de ne pas penser à Ibrahim. Le soir venu, la curiosité l'emporta et elle ne put s'empêcher d'allumer la télévision pour zapper de chaîne en chaîne à la recherche des bulletins d'informations sous-titrés.

Même si elle ne comprit pas tout, elle vit que le calme était revenu depuis que le plus jeune des princes de la fratrie était aux commandes. Sa voix profonde rassurait la population troublée. Il prenait sans faiblir les décisions qui s'imposaient. Elle nota qu'il en payait le prix en contrepartie : traits tirés et cernes sous ses yeux. De fines ridules étaient apparues au coin de ses paupières et il maigrissait à vue d'œil.

Ses ministres et conseillers s'en étaient-ils rendu compte ? Ou seul l'amour rendait-il évidents ces détails ? Georgie ferma les yeux. Peine perdue : le visage d'Ibrahim restait imprimé dans son esprit.

Oui, hélas, elle l'aimait.

De tout son cœur.

Comme magiquement attiré par cet aveu silencieux qu'elle se faisait à elle-même, Ibrahim fit son entrée dans le petit salon où elle s'était installée. Prise au dépourvu, Georgie sursauta.

— Oh ! c'est toi… Je… j'allais me coucher, annonça-t-elle en éteignant le poste.

— Tu n'es pas obligée de courir te réfugier dans ta chambre.

Sans répondre, elle contourna le canapé. Il la saisit par le poignet pour l'immobiliser.

— Tu as compris ce que disait le reportage ?

— En gros. Il y avait des sous-titres. Les choses ont l'air de s'arranger. Ils ne tarissent pas d'éloges sur ton dévouement et ta manière de gérer la crise. Et ils ont parlé d'une fiancée…

Elle baissa la tête pour ne pas affronter son regard. Malgré ses efforts, deux larmes s'écrasèrent sur le poignet d'Ibrahim.

— On parle toujours de mariage, expliqua-t-il. Je suis prince et si je restais ici définitivement…

— Mais tu vas rester, l'interrompit-elle, c'est évident ! Tu as pris goût au pouvoir et tu vois désormais les choses sous un angle neuf.

— Ce n'est pas si simple. S'il s'agissait seulement de pouvoir… Je suis le prince de mon peuple. Il a attendu avec patience que je mûrisse ; à présent, je dois répondre devant lui de certaines questions. La modernisation est incontournable, mais il faut faire évoluer les mentalités en douceur. Cela exige du temps, de l'investissement à long terme. Sans être un homme rétrograde, mon père a une attitude conservatrice. Il faut l'influencer, l'amener à engager des réformes. C'est compliqué. Et moi, je constitue le lien entre sa génération et celle des enfants de Zaraq. Je suis ingénieur, mais également fils du désert. Je maîtrise la science, mais j'ai le respect de notre terre. Je peux imaginer des ponts qui surplombent des canyons sans les dénaturer, construire des routes qui amèneront l'instruction et la médecine au cœur du pays, tout en préservant les coutumes ancestrales.

Perdu dans ses rêves, Ibrahim garda le silence un moment. Il n'avait toujours pas lâché Georgie.

— Pour l'instant, reprit-il, nous nous attaquons au problème le plus crucial : l'épidémie. Ensuite, nous prendrons des mesures pour qu'une telle crise sanitaire ne se reproduise plus jamais.

Georgie releva la tête. Il avait exactement la même expression qu'elle lui avait vue dans l'avion en arrivant à Zaraq : celle d'un homme torturé, en proie à des angoisses et des tourments pesants.

— Qu'est-ce qui ne va pas, Ibrahim ? Tu étais déjà mal quand tu as quitté l'Angleterre. Je le sais, je l'ai lu sur ton visage pendant que tu dormais. As-tu pris ta décision ? Vas-tu t'installer à Zaraq ?

— Je ne sais pas. En toute honnêteté. Il va bien falloir que je rentre à Londres.

— Ta place est ici.

Elle n'aurait même pas songé à discuter cette évidence, même si elle lui brisait le cœur.

— Georgie, ce que je t'ai dit l'autre soir…

— Je t'en prie, ne t'excuse pas. Parce que je me haïrais si je te pardonnais.

— Je ne te demande rien de tel. Et je ne te demande

pas de comprendre. Sache seulement qu'en tenant de tels propos, j'espérais surtout te détourner de moi, pour ne pas te blesser sur le long terme.

— Eh bien, c'est raté.

Et cette blessure qu'il lui avait infligée, elle devait accepter que peut-être celle-ci mettrait du temps à cicatriser. Elle le devait, oui, pour affronter le reste de sa vie.

14

Ce soir-là, Georgie eut du mal à calmer Azizah, qui réclamait sa mère à cor et à cris.

Quand enfin la petite s'endormit dans son berceau, elle referma la fenêtre et rejoignit sa propre chambre. Elle savait qu'elle n'avait pas besoin de tourner la clé dans la serrure : même si c'était leur dernière chance d'être seuls pour se dire au revoir, Ibrahim ne viendrait pas, quelle que soit la puissance de son désir.

Il restait une longue nuit avant le retour à la normalité, à Londres. Ibrahim choisirait son destin de prince…

Après de longues minutes passées à se torturer l'esprit, elle prit sa décision…

Lorsque Ibrahim découvrit Georgie dans son lit, il ne s'embarrassa pas de questions. Il fit pleuvoir des baisers dans son cou, sur ses joues, son épaule.

Puis ils parlèrent de ce qui était si douloureux et se dressait entre eux.

— J'aurais aimé que tu me le dises, avoua Ibrahim.

— Qu'est-ce que cela aurait changé ? Tu m'aurais évitée et il ne se serait rien passé entre nous. Et nous ne pourrions pas vivre un moment comme celui-là…

Elle savourait le contact des lèvres d'Ibrahim sur sa peau, son corps lourd pesant sur le sien. C'était si bon…

— Mais tu imagines les années à venir ? insista-t-il. La prochaine fois que tu viendras voir ta sœur, je serai peut-être marié.

— Nous nous arrangerons pour ne pas nous croiser.

— Les mariages, les naissances, les enterrements : il y aura plein d'occasions pour se retrouver, auxquelles nous ne pourrons pas nous dérober. Nous serons réunis, mais irrémédiablement séparés. Nous ne pourrons plus avoir… cela !

Le souffle d'Ibrahim lui brûlait la peau ; son érection était pressée contre son ventre. La voix frémissante de colère, il poursuivit :

— Je serai obligé de serrer la main de ton mari, d'admirer tes enfants… Ou allons-nous passer les cinquante prochaines années à nous éclipser en fin de repas pour nous retrouver en catimini dans un recoin sombre ?

— Non, je ne pourrais pas vivre comme ça, affirma-t-elle. C'est pour cette raison que je t'ai arrêté, le soir de notre rencontre : mon divorce n'était pas encore finalisé. Cela me semblait… mal.

— Donc, si tu as une conscience, cela exclut que tu te cantonnes au rôle de maîtresse, dit-il dans un soupir.

C'était donc leur dernière fois, réalisa-t-il, le cœur serré.

Il se releva pour allumer toutes les lampes de la pièce, disposées dans les angles et sur la commode. Cela baigna la pièce d'un éclairage doux, tamisé. Puis il revint vers le lit et tira sur le drap. Par réflexe, Georgie voulut le retenir ; elle capitula finalement. Le regard d'Ibrahim glissa le long de son corps dénudé et offert. Elle se mit à trembler, mais ce n'était pas de honte…

Ibrahim contempla les pieds de Georgie, ornés d'arabesques au henné pâlissantes, puis remonta sur ses chevilles, ses genoux, ses cuisses ; il s'attarda sur l'entrée bouclée du temple secret, qui demain ne lui appartiendrait plus, sur son ventre, sur ses seins dont il connaissait le goût.

Sous le regard de son amant, Georgie s'enflammait. Elle

ferma les yeux. La bouche d'Ibrahim s'écrasa sur son ventre, puis glissa plus bas, encore plus bas…

Elle le laissa faire et ses lèvres, ses dents, sa langue firent miracle, taquinèrent, cajolèrent, faisant monter en elle un orgasme si intense qu'elle eut peur de s'y abandonner. Mais il lui fut impossible de lutter contre la vague qui déferla et balaya tout sur son passage.

Elle cria son prénom dans un sanglot.

Ibrahim se redressa alors et la pénétra d'un profond coup de reins, les yeux grands ouverts, son regard plongé dans le sien.

Georgie n'osait cligner des paupières : elle voulait se souvenir à tout prix de ces instants précieux, en conserver chaque seconde dans sa mémoire pour toujours. Elle voulait garder à jamais l'image du regard adorateur d'Ibrahim tandis qu'il plongeait en elle, encore et encore, l'image de sa peau mate contre la sienne, l'odeur de leurs deux corps gouvernés par la passion…

Le stress, la fatigue, l'anxiété : Ibrahim avait tout oublié. Il aurait pu se contenter de posséder Georgie, et tout aurait été plus simple. Il avait envie de jouir, mais il ne voulait pas que cela finisse, aussi luttait-il contre son propre corps, presque dans la douleur.

— Je t'en prie, je t'en prie…, haleta Georgie, au bord de l'orgasme.

Elle voulait qu'ils s'envolent ensemble. Elle pressa les lèvres contre l'épaule de son amant, pour cesser de le supplier. Son corps palpitait autour du membre d'Ibrahim, dont les coups de boutoir s'accélérèrent. Chaque seconde les rapprochait de l'explosion finale.

Puis le monde sembla se dissoudre dans un océan de plaisir…

Alors qu'elle reposait dans ses bras, encore étourdie et haletante, Ibrahim se mit à lui caresser doucement le ventre, songeur.

— Serait-il possible de… de faire annuler ce mariage ? demanda-t-il au bout d'un moment.

— C'est une réalité qui s'est produite. Tu as dit toi-même que rien ne pouvait l'effacer, répondit-elle d'une voix atone.

— Mais vous n'avez pas eu d'enfants ; et cette union a duré si peu de temps ! S'il s'agit d'une erreur que tu regrettes…

Georgie prit une grande inspiration. Il lui fallait du courage pour être franche, sans doute plus qu'elle n'en avait jamais eu dans sa vie.

— Je ne regrette rien, Ibrahim. J'ai beaucoup appris de cette expérience. Certes, c'était une erreur, mais j'en ai tiré la leçon. J'ai perdu en naïveté, gagné en sagesse et en assurance. La Georgie d'avant t'aurait dit ce que tu souhaitais entendre ; mais c'est impossible, j'ai changé.

— Alors à cause de ton passé, nous n'aurons pas d'avenir ?

— Mon passé a fait de moi une personne plus riche, plus équilibrée. Il m'a appris à dire non, à n'accepter que le meilleur. Je n'en ai pas honte.

Elle se leva, enfila rapidement sa robe, puis s'éloigna du lit avant d'être tentée de s'y glisser de nouveau pour retrouver la chaleur des bras d'Ibrahim. Oui, elle aurait pu, en cet instant, décider de se plier à sa volonté pour être celle qu'il aurait voulu qu'elle soit, et non la femme qu'elle était en réalité.

— Si toi, tu en as honte, c'est ton problème, conclut-elle en franchissant le seuil.

Le lendemain, à la minute où Felicity réintégra le palais royal, Georgie lui annonça qu'elle repartait pour Londres.

Sa sœur protesta, tenta de la faire changer d'avis, mais elle tint bon. Elle savait que si elle restait, elle retomberait dans les bras d'Ibrahim, jusqu'au jour où, son père lui ayant trouvé une vierge à épouser, elle serait obligée de céder sa place. Et à ses propres yeux, elle valait mieux que cela.

Ils devaient se séparer pour mieux guérir l'un de l'autre.

Felicity l'accompagna à l'aéroport. Georgie réussit à faire bonne figure jusqu'au moment des dernières embrassades. Là, elle craqua, s'écroulant contre l'épaule de sa sœur, en larmes.

— Ma chérie, tu l'oublieras. D'ici quelque temps, tu iras mieux, tu verras, affirma son aînée.

— Je sais, je sais, hoqueta-t-elle en s'essuyant les yeux.

Lorsque l'avion fut sur le point de décoller, l'hôtesse vint la prier de boucler sa ceinture.

— Avez-vous besoin de quoi que ce soit, mademoiselle Anderson ? lui demanda-t-elle.

— Non merci. Et c'est « madame », la corrigea Georgie.

Car elle était ce qu'elle était, qu'Ibrahim l'accepte ou non.

15

Il était à Londres, Georgie le sentait.

Elle tapa « Zaraq » et « actualités » dans la fenêtre de son moteur de recherche.

L'épidémie était définitivement endiguée, lut-elle. Hassan et Jamal avaient ramené leur petit garçon au palais. Le roi était très satisfait de l'implication de son benjamin durant la crise ; il lui faisait désormais une entière confiance et était d'ailleurs lui-même reparti pour Londres. Pour *affaires*, affirmait le site.

D'Ibrahim, il n'était fait mention nulle part dans les entrées les plus récentes. Felicity était devenue très vague au téléphone, quelques jours auparavant, lorsqu'elle lui avait posé la question. Oui, il se trouvait en Angleterre, Georgie en était certaine ; elle le sentait dans chaque cellule de son corps.

Elle avait beau adorer son métier, elle avait trouvé très difficile de se concentrer sur les problèmes de ses clients cette semaine-là. Entre deux rendez-vous, elle ne cessait de consulter ses e-mails et textos.

Elle leva la tête de son ordinateur et consulta son agenda. La cliente à venir, Sophia Porter, avait pris rendez-vous pour un massage du cuir chevelu. C'était la première fois qu'elle venait à l'institut.

— Je ne suis pas sûre d'avoir le temps, finalement, lui dit-elle dès qu'elle eut poussé la porte. Je dois sortir ce soir.

Un imprévu. Je voudrais donc reporter le massage, mais je suis tout de même venue car j'aimerais vous acheter un remède contre la migraine, si vous avez quelque chose à me proposer. Je souffre tant ! J'ai essayé d'innombrables traitements, qui se sont tous révélés inefficaces…

— Laissez-moi vous masser, offrit Georgie. Juste un moment, si vous êtes pressée. Cadeau de la maison. Ainsi, vous verrez bien si cela vous procure un soulagement.

La cliente hésita, mais la douleur devait être persistante puisqu'elle se laissa persuader et prit place dans le fauteuil de relaxation. Georgie entreprit de préparer ses huiles. Elle procédait toujours aux mélanges au dernier moment, à l'instinct, après s'être fait une impression, instinctive, du client. En l'occurrence, son choix se porta sur la lavande, mais aussi la sauge et la marjolaine, car elle avait perçu beaucoup de stress chez Sophia Porter.

Doucement, elle saisit les mains de sa cliente, fines, magnifiques, manucurées avec soin. Cette dernière demeurait crispée et se mit à discuter. Comme parler aidait parfois les gens à se détendre, Georgie lui confia qu'elle rentrait de vacances.

— Où étiez-vous ?

— Ma sœur aînée vit à Zaraq. C'est un royaume du Proche-Orient.

— Oui, j'en ai entendu parler, dit sa cliente avec un sourire.

Georgie ouvrit une fiole et fit chauffer quelques gouttes d'huile au creux de ses paumes.

— Ah, *bals-min*, murmura Sophia Porter en fermant les yeux. Parlez-moi donc de Zaraq. Est-ce une belle contrée ?

Tout en lui massant les mains, Georgie évoqua le désert, ses dunes infinies, les oasis, les rivages blonds et la mer turquoise. Appliquée, elle tira sur chaque doigt afin d'évacuer la tension, tout en parlant du ciel d'un bleu azur, du soleil ardent, du vent qui pouvait devenir fou en quelques instants.

Lorsqu'elle se tut enfin, sa cliente ne fit pas de commentaire : elle s'était assoupie. Georgie attendit quelques minutes avant de la réveiller gentiment.

— Ma migraine a disparu ! s'étonna-t-elle en se levant. En dépit des protestations de Georgie, elle insista pour payer la séance au tarif normal et acheta également un flacon d'huile essentielle de mélisse.

— Vous avez un don ! affirma-t-elle.

— Merci.

— Puis-je reprendre rendez-vous ?

— Bien sûr.

Georgie ouvrit son ordinateur et entreprit d'enregistrer dans un nouveau dossier les informations que Sophia avait renseignées sur sa fiche d'inscription.

— C'est « madame » ou « mademoiselle » ? lui demanda Georgie. Vous n'avez pas spécifié.

— Parce qu'il n'y avait pas de case « Altesse royale ». Mettez donc « madame », c'est ainsi qu'on m'appelle désormais.

Le cœur de Georgie manqua un battement. Elle releva la tête et son regard croisa celui de son élégante cliente, dans lequel brillait une lueur bienveillante.

— Vous n'êtes pas venue… pour un massage ? balbutia-t-elle.

— Non, reconnut Sophia. Mais soyez sûre que je reviendrai. Enfin, si vous êtes d'accord. Ma migraine était bien réelle ; jamais je n'aurais cru m'en débarrasser de cette façon ! Mais je m'inquiète surtout pour mon fils.

— Vous avez discuté avec Ibrahim ?

— Oui. Il est ici, à Londres. Et vous êtes aussi jolie qu'il le dit.

— Il… il vous a parlé de moi ? s'exclama Georgie, abasourdie.

— Il n'est guère enclin aux confidences, mais oui, il a fini par admettre que vous lui manquiez terriblement.

— Il ne m'a pas appelée…

— Il angoisse à l'idée du traitement que vous réserverait

le peuple zaraqi si vous deveniez ouvertement sa compagne. Il n'a pas oublié comment j'ai été traitée. Quand j'ai quitté le pays, la presse locale s'est déchaînée contre moi. Mon mari m'a pardonné mon infidélité, pas le peuple. Peu importe : je mène une vie heureuse ici, et mon mari vient souvent me rejoindre.

— Zaraq ne vous manque pas ?

— Si, parfois. Mais ici, je peux être moi-même.

Sophia refoulait la douleur qui irradiait son cœur. Elle ne culpabilisait même pas de mentir. Elle voyait en Georgie l'occasion inespérée de garder son fils auprès d'elle, à Londres. Durant des années, ce dernier avait affirmé que sa vie était ici, en Angleterre, mais elle voyait bien que les choses avaient changé récemment. La tentation de s'installer définitivement à Zaraq était là, parce que Ibrahim imaginait pouvoir dessiner un avenir meilleur pour son peuple et qu'il le souhaitait vivement.

Le désert avait gagné…

Puis, il lui avait parlé de Georgie, une femme qu'il aimait et qui ne pourrait jamais vivre là-bas ; du coup, elle avait entrevu l'espoir d'avoir enfin autour d'elle une vraie famille, avec des petits-enfants qu'elle pourrait chérir et qui ne grandiraient pas loin d'elle, en étrangers ; des petits-enfants avec lesquels elle partagerait les Noëls et les anniversaires.

— Tu peux profiter de ces deux mondes, avait-elle dit à Ibrahim. Ne tourne pas le dos à l'amour. Tu trouveras un moyen. Ensemble, nous chercherons une solution.

Ce jour-là, elle répéta la même chose à Georgie :

— Je sais que vous avez traversé une période de fragilité, mais je constate que vous êtes forte, aujourd'hui. Vous ne vous écroulerez pas pour quelques articles fielleux dans la presse. Et Ibrahim vous protégera. Il ne laissera pas votre passé menacer votre avenir.

— Je ne pense pas que nous ayons un futur commun.

— N'en soyez pas si sûre, objecta Sophia en souriant. Je sais ce que vous ressentez. Et si vous voulez une oreille amicale pour exprimer vos peurs, je suis là.

16

Ça ne passait toujours pas.

La voix ne se taisait jamais.

Son cœur était noyé de tristesse et son âme en peine hurlait.

Chaque matin, en nouant sa cravate, Ibrahim avait l'impression d'étouffer. Les rues étaient bondées, sales, la pluie incessante.

Dire qu'il allait peut-être passer là le reste de sa vie…

Il avait écouté ses frères et son père, sans parvenir à tomber d'accord avec eux. Il avait aussi écouté sa mère, qui le pressait de ne pas refermer cette porte et affirmait qu'il avait plusieurs options devant lui.

Finalement, Ibrahim avait décidé que rester à Londres ne l'empêcherait pas d'aider le peuple zaraqi.

Résolument, il gravit le perron qui menait au petit institut de bien-être. Son choix était arrêté. Rien ne pourrait le faire changer d'avis.

Georgie reconnut le pas d'Ibrahim avant d'entrevoir sa silhouette dans l'encadrement de la porte. Aussitôt, elle baissa la tête, pour ne pas garder à la mémoire cette image qu'il serait si difficile d'effacer ensuite. Mais ses yeux, comme aimantés, revinrent se fixer sur le beau visage de l'homme qu'elle… Non ! Elle ne devait pas penser à lui en ces termes.

— J'ai un rendez-vous qui va arriver d'une minute à l'autre, lui dit-elle. Je n'ai pas le temps…

— C'est moi, ton rendez-vous. Ma secrétaire l'a pris à son nom. Il fallait que je te voie.

— Ce n'est pas une bonne idée…

L'intrusion de son parfum familier, ici, dans son petit institut, la bouleversait jusqu'à la moelle. Elle avait envie de le toucher, de lui tomber dans les bras, mais elle avait peur de le perdre.

Une fois de plus.

— Georgie, je serais très honoré si tu voulais bien accepter de devenir ma femme.

Elle resta bouche bée, les bras ballants, la gorge sèche et le cœur battant la chamade. Avait-elle bien entendu ? Sa *femme* ?

— Mais…, bredouilla-t-elle.

— Il n'y a pas de « mais ».

Georgie était bien certaine du contraire, mais elle n'osait pas le questionner ; d'autant qu'elle était encore sous le choc.

— Je ne te demande pas de renoncer à ton travail, bien sûr, poursuivit-il.

Cette fois les mots se précipitèrent tout seuls hors de sa bouche :

— Ibrahim, tu aimes ton pays, tu respires pour lui. Ta place est là-bas. Tu le sais, je le sais, je le *sens*…

— Non.

— Si !

— Nous vivrons à Londres. Je retournerai voir ma famille régulièrement et j'effectuerai des séjours de travail, mais notre foyer sera ici.

Elle aurait voulu accepter, bien sûr, crier : « oui, oui je t'épouserai et je resterai auprès de toi ! » Chaque battement de son cœur la poussait à céder à cet élan joyeux et sauvage. Mais elle n'était plus aussi impulsive qu'avant ; elle devait songer à se préserver.

— Si nous nous marions, je pourrai t'accompagner lors de tes voyages à Zaraq ?

Il secoua la tête.

— C'est impossible. Quand on saura que tu es divorcée, un scandale éclatera. Mais tu te tiendras à distance, je te préserverai.

— Non merci, ce ne sera pas la peine.

Une expression choquée et douloureuse crispa les traits d'Ibrahim.

— Je t'offre de…

— … de devenir une moitié de princesse, coupa-t-elle avec amertume. Eh bien, je m'estime au-dessus de ça, vois-tu.

— Je te donnerai tout ce que tu voudras.

— Mais je ne pourrai pas me rendre chez toi, près des tiens, près de ma sœur.

— C'est un palais que tu veux ? Le luxe ? Les ors de la royauté ?

— Oui, articula Georgie. Si je deviens ta femme, je veux tout cela.

— Tu n'es pas celle que je croyais…

— Je suis bien mieux que cette personne ; et je me bonifie de jour en jour. La semaine dernière encore, j'aurais peut-être accepté ta proposition. Mais désolée, plus maintenant. Je ne veux pas de week-ends à la sauvette. Je ne veux pas manquer les anniversaires et les Noëls. Je ne veux pas d'une belle-famille qui me haïra. Et je ne veux pas être la princesse d'un pays qui me rejettera.

Elle s'interrompit pour reprendre son souffle, et un peu de courage.

— Je n'ai pas besoin d'être protégée, reprit-elle, parce que je ne suis plus fragile. Je sais ce que je veux. Je te veux chaque nuit dans mon lit. Je veux tout. Sans demi-mesures. Parce que je le mérite. Et si tu ne peux pas me l'offrir, je ne me contenterai pas d'une moitié. Je suis mieux seule, libre d'aller et venir, de rendre visite à ma sœur quand bon me semble, plutôt que de mener la vie d'une épouse en exil.

— Alors… tu refuses ?

— Exactement.

— Tout ce que je veux t'offrir…

— … garde-le pour cette fiancée que ton père te choisira. Ta petite vierge docile. Qui ne te rendra jamais heureux, martela-t-elle, impitoyable.

17

— Espèce d'idiot ! jeta Ibrahim.

Il passa en trombe devant sa mère, qui était venue lui ouvrir la porte, et marcha furieusement vers le fauteuil où était assis son père.

Sophia tressaillit et demeura sur le seuil de la pièce, sans oser aller plus loin. Elle ne pouvait pas endiguer ce conflit entre les deux hommes qu'elle aimait le plus.

— Comment oses-tu me parler de la sorte ? rugit son père en se dressant de toute sa hauteur. Je suis ton père ! Je suis le roi !

— Tu n'es plus mon roi, objecta Ibrahim. C'est fini. Tu as tranché notre famille en deux en écartant Sophia, mais c'est terminé. Pas deux fois.

— Je n'avais pas d'autre choix.

— C'est toi le roi ! C'est toi qui fais les lois !

Ibrahim entendit les pleurs étouffés de sa mère dans le couloir, mais rien ne pouvait l'arrêter :

— Elle a le droit d'être à tes côtés, à la maison. Elle ne mérite pas de vivre cachée dans l'anonymat d'une ville étrangère, comme un secret honteux. C'est la mère de tes enfants !

— Elle m'a trompé !

— Et toi ? cria Ibrahim, hors de lui. Tu n'avais pas de maîtresses, peut-être ?

— Ibrahim, je t'en prie ! supplia Sophia depuis le pas de la porte.

Georgie gravit le perron de la maison, à l'adresse que lui avait fournie Sophia. Elle constata que la porte d'entrée était restée entrouverte. Des cris s'échappaient de l'intérieur. Elle jeta un coup d'œil et se figea en apercevant Sophia, prostrée en larmes dans le couloir.

Cette dernière remarqua tout à coup sa présence.

— Georgie, arrêtez-le ! s'écria-t-elle. Faites-le taire, je vous en prie. Il va le tuer !

Mais elle savait qu'après un long conflit larvé, certaines confrontations ne pouvaient être évitées. Il fallait que les mots sortent, comme cela avait fini par se passer entre Felicity et elle. Aussi se dirigea-t-elle vers Sophia pour lui prendre la main, en se gardant d'intervenir dans la discussion entre le père et son fils.

— Tu n'as même pas voulu lui accorder le divorce, ce qui lui aurait permis de s'en sortir avec dignité, renchérit Ibrahim. A présent, il faut en finir avec cette mascarade. Tu dois la ramener à Zaraq.

— Le peuple ne l'acceptera jamais. Et il ne me respectera plus si je pardonne à ta mère.

— Certains ne comprendront pas, c'est vrai. Mais d'autres, au contraire, verront de la grandeur dans ce geste. Tu y gagneras leur estime ; et tu gagneras celle de ton fils.

Le roi dévisagea son benjamin, celui qu'il avait tant de mal à comprendre, celui qu'il avait accusé d'être faible parce qu'il avait hurlé sa révolte dans le désert, pleurant, appelant sa mère, alors que son corps aurait dû accepter l'épreuve, se rouler en boule, capituler. Mais Ibrahim n'avait pas cédé. Il avait tenu bon, sans renoncer à rien de ce en quoi il croyait. Et aujourd'hui, le roi sentait la force qui l'habitait.

— J'aime Georgie, déclara Ibrahim. Elle va m'épouser.

Sache que je ne remettrai jamais les pieds à Zaraq sans elle. Pas plus que nos futurs enfants.

— Tu ne peux pas abandonner ton pays !

— Je viens pourtant de le faire, rétorqua Ibrahim, sans une once de regrets dans la voix.

Georgie ferma les yeux. Son cœur chantait à présent qu'elle avait compris à quel point Ibrahim l'aimait, jusqu'où il était prêt à aller par amour pour elle.

— Tu ne peux pas renoncer au désert ! tonna encore son père.

— Le désert ne m'a jamais appelé. C'était mon cœur que je suivais.

— Je t'interdis de te moquer des vieilles traditions !

— Je ne me moque en aucun cas. C'est le désert qui nous a tous réunis. Je ne le considère pas comme un ennemi. C'est son roi qui est aveugle.

Ibrahim décida qu'il avait tout dit à son père. Maintenant qu'il en avait terminé avec lui, il allait retrouver Georgie. Il fit volte-face pour sortir…

… et se retrouva face à elle, la main dans celle de sa mère.

Elle vint se jeter dans ses bras.

— Jamais je ne te demanderai d'abandonner ton peuple, Ibrahim ! bredouilla-t-elle. Je sais combien tu l'aimes.

— Mais il devra m'aimer, lui aussi. Je suis en mesure d'aider les Zaraqi, et je me dévouerai pour eux, mais seulement s'ils m'acceptent tel que je suis. Et une partie de moi sera toujours avec toi.

Il parlait avec le plus grand sérieux, comprit Georgie dans un éclair de joie. Ses doutes et ses incertitudes s'étaient envolés. Il ne luttait plus contre lui-même.

Il lui prit la main et, d'un pas ferme, l'entraîna hors de la maison.

— Tu as bien conscience de ce que tu es en train de faire ? demanda-t-elle.

— Et toi ? rétorqua-t-il. Tu ne seras même pas une demi-princesse…

Elle le retint pour l'obliger à s'arrêter, puis vrilla son regard au sien :

— Suis-je tienne, Ibrahim ?

— Oui.

— Et toi ? M'appartiens-tu, pour toujours ?

— Bien sûr.

— Alors j'ai tout ce qu'il me faut.

Elle baissa les yeux sur leurs mains jointes, leurs doigts entrecroisés, et sut qu'elle avait trouvé son palais.

Et son prince.

Épilogue

— Le pire est bientôt derrière nous, mon amour.

Ibrahim voulait parler du côté officiel et guindé de la cérémonie de mariage, mais Georgie savait que d'autres épreuves, plus sévères encore, les attendaient. Qu'importait ! Avec l'homme de sa vie à ses côtés, elle se sentait le courage de les affronter.

Ibrahim avait conscience que sa femme n'aimait pas être exposée sous les feux de la rampe, aussi essayait-il de la protéger de son mieux. Heureusement, même s'ils célébraient aujourd'hui leur union, la présence d'un autre couple concentrait une partie de l'attention générale.

Car en ce jour, Zaraq fêtait également les retrouvailles du roi et de la reine.

Sophia était de retour, rayonnante, parmi les sujets qui l'avaient adorée et avaient pleuré son fils mort dans le désert.

Assise à la grande table du banquet, elle écoutait le roi prononcer son discours.

Il était fier de son pays et de son peuple, il les remerciait de partager cette journée avec lui, et il exprimait tout spécialement sa gratitude à son épouse, qui avait fait preuve envers lui d'une infinie patience.

Puis il ajouta qu'il était très fier de son plus jeune fils — le plus rebelle aussi, précisa-t-il avec un sourire — qui, dernièrement, avait su lui ouvrir les yeux.

Enfin, il remercia Georgie d'aimer son fils avec tant de ferveur.

Ainsi prirent fin les formalités ; les festivités proprement dites purent alors commencer.

Ils festoyèrent, puis dansèrent la *zeffa*. Georgie n'aurait jamais cru avoir l'audace de le faire devant tous ces gens, devant Ibrahim, *pour* Ibrahim. Et pourtant…

— Emmène-moi dans le désert, lui demanda-t-elle plus tard, alors que la fête battait son plein.

Ibrahim faillit lui répondre qu'ils avaient des devoirs envers leurs invités. Il se reprit. Ils avaient posé pour la photo, avaient salué la foule au balcon, s'étaient divertis en présence de leurs amis et parents… Désormais, c'est envers Georgie qu'il avait des devoirs.

Il alla informer ses parents.

— Vous ne pouvez pas partir au beau milieu de votre mariage ! protesta Sophia.

— Mais si, elle peut ! s'écria Felicity en embrassant sa sœur avec fougue.

Ils grimpèrent dans un hélicoptère et survolèrent le désert infini qui, de nuit, ressemblait à un océan immuable et millénaire. L'espace d'un moment, les mots n'eurent plus cours ; seulement les baisers.

Le pilote les déposa devant la tente royale.

Georgie s'attendait à ce que Bedra les accueille, avant le rituel du bain et des pétales de roses, mais ce fut Ibrahim qui alluma lui-même les lampes à huile dans ce qui allait être leur cocon pendant les prochaines heures.

— Nous sommes seuls ? s'étonna Georgie.

— Oui, en tête à tête. Et je te jure que personne ne nous surveille, même de loin. Mais nous sommes en sécurité, je te le promets.

Georgie n'en doutait pas une seconde. Elle était en sécurité. Chez elle. Dans le désert. Seule avec Ibrahim.

LUCY GORDON

La favorite du cheikh

Traduction française de
MONIQUE DE FONTENAY

HARLEQUIN

Titre original :
THE SHEIKH'S REWARD

Ce roman a déjà été publié en 2018.

1

Il était assurément prince jusqu'au bout des ongles. Grand, la chevelure sombre, un port de tête altier, la démarche royale, Ali Ben Saleem, cheikh de la principauté de Kamar, attira tous les regards dès son entrée dans la salle de jeu du casino.

Ce n'étaient pas seulement la beauté de ses traits ni son allure royale qui retenaient ainsi l'attention. Il se dégageait de sa personne une impression plus subtile. Cet homme était incontestablement un gagnant, que les représentants de la gent masculine ne pouvaient s'empêcher d'envier et les femmes d'admirer.

Frances Callam joignit son regard à ceux des autres. Mais le sien était plus aiguisé, car Ali Ben Saleem était l'homme qu'elle avait choisi comme objet d'étude.

Journaliste spécialisée en économie, Frances avait acquis un talent redoutable pour disséquer impitoyablement les personnalités en vue, en particulier celles qui comptaient parmi les plus grandes fortunes de ce monde, et dont le prince Ali était sans nul doute l'un des plus beaux fleurons.

— Ainsi, c'est lui ! murmura Joey Baines, visiblement impressionné, tandis que le prince s'avançait vers leur table de jeu.

Joey était un détective privé dont Frances louait parfois les services. Il l'accompagnait pour cette soirée spéciale entre toutes où elle pourrait regarder tout à loisir son objet d'étude dépenser ses millions en frivolités.

— Oui, c'est bien le prince Ali Ben Saleem, fidèle à sa réputation !

— Et que dit cette réputation ?

— Qu'il fait sa propre loi, ne rend de comptes à personne. Nul ne sait d'où vient son immense fortune, ni ce qu'il en fait.

— Nous savons tout de même qu'il possède des puits de pétrole dans le désert et…

— … qu'il vient dépenser une partie de sa fortune ici ! énonça Frances, le regard sombre et réprobateur.

— Souris, que diable ! protesta Joey qui semblait, quant à lui, apprécier de se retrouver dans pareil environnement. Ne pouvons-nous, pour une fois, profiter de la vie ? Nous sommes ici pour la bonne cause !

— Nous sommes ici en mission, Joey, ne l'oublie pas ! Je considère comme un devoir d'épingler cet homme qui fuit les questions des journalistes. Je trouverai ce qu'il a à cacher, même si je dois pour cela le poursuivre jusqu'au bout de la terre !

Joey desserra le nœud de sa cravate, mal à l'aise dans ces vêtements stricts endossés pour la circonstance.

— Euh… tu m'excuseras, Frances, mais j'ai vraiment du mal à me faire à l'idée que tu sois venue ici, habillée comme une déesse, seulement pour travailler ! rétorqua Joey en lançant un regard admiratif vers la jeune femme éblouissante de beauté dans sa robe du soir qui moulait ses formes parfaites.

— Du calme, Joey ! Cette robe est ma tenue de travail. Elle doit donner à penser que je fais partie de ce monde.

Elle avait au moins réussi sur ce point. Le fourreau noir mettait sa poitrine en valeur et une fente sur le côté laissait deviner le haut de sa jambe fuselée. Au moment de louer ce vêtement pour le moins provocant, elle avait hésité, mais elle ne regrettait pas son choix. Au milieu des paillettes du Golden Choice, le luxueux casino de Londres, ce vêtement se révélait le plus approprié.

Pour compléter sa tenue, Frances avait également loué des bijoux. Des pendentifs ornaient ses oreilles, de lourds bracelets ses poignets, et un collier soulignait son décolleté extravagant.

« Seigneur, j'ai l'air d'une femme entretenue ! » avait-elle pensé devant son miroir, avec une moue réprobatrice. Mais désormais, elle était pleinement rassurée : sa tenue ne se distinguait en rien de celles portées par les autres femmes de l'assistance, que l'arrivée du prince semblait avoir soudain électrisées, chacune rivalisant d'ingéniosité pour attirer son regard. Sa Royale Majesté daignait les gratifier d'un sourire ou d'un baiser lancé du bout de ses doigts effilés.

— Quelle suffisance ! s'indigna Frances. Je croyais cette race d'hommes à jamais éteinte.

— Seuls ont disparu ceux qui n'avaient pas les moyens de s'imposer, répliqua Joey, avec son bon sens habituel. Les grands de ce monde par la fortune affichent toujours la même arrogance. Pourquoi s'en priveraient-ils ? Tout le monde leur baise les pieds. Regarde autour de toi, Frances, tous les hommes dans cette salle rêvent d'être à sa place et les femmes de partager sa couche !

— Pas toutes, Joey ! J'ai bien des fantasmes, mais pas celui-là !

Un joueur s'était levé pour laisser Sa Majesté prendre place à la table de jeu. Celui-ci s'installa et misa aussitôt des sommes extravagantes qu'il perdit avec un simple haussement d'épaules.

Révoltée, Frances constata avec quel détachement il traitait l'argent. Elle nota également que la roulette lancée, il perdait tout intérêt pour les femmes qui l'entouraient. Face à l'excitation du jeu, celles-ci n'existaient plus.

— Incroyable ! murmura-t-elle à l'oreille de Joey. Pourquoi ne lui crachent-elles pas au visage ?

— Cracher sur des milliards, tu n'y penses pas ! Pourquoi es-tu donc aussi sévère, Fran ?

— C'est plus fort que moi, reconnut la jeune femme. Sans doute est-ce le résultat de mon éducation. Je ne supporte pas les injustices. Cet homme qui dépense tant d'argent sur le tapis d'une table de jeu alors que d'autres meurent de faim me donne la nausée.

Le monde était, en effet, trop injuste. Il avait suffi au prince Ali de naître pour avoir aussitôt tout ce qu'il désirait. Fils unique du cheikh Saleem, aujourd'hui décédé, il avait hérité de la principauté à l'âge de vingt et un ans. Son premier acte de souverain avait été de résilier l'ensemble des contrats liant son pays aux grandes compagnies pétrolières. Un par un, il les avait renégociés, afin d'assurer à son royaume les plus grands profits possible. Les compagnies avaient commencé par protester mais toutes s'étaient finalement inclinées. Le pétrole issu des puits de Kamar était d'une incomparable pureté et, en dix ans, avait permis de décupler le produit intérieur brut du pays.

Le cheikh Saleem avait épousé une Anglaise, devenue la princesse Elise. Leur fils, le prince Ali, vivait une vie de luxe, partageant son temps entre deux mondes : ses fastueuses résidences de Londres et de New York et le palais des *Mille et Une Nuits* de son pays natal. Il voyageait à bord d'un jet privé et traitait des contrats mirifiques avec les représentants du monde entier.

Fatigué du monde occidental, il lui arrivait parfois de se retirer dans le désert, en un lieu mystérieux nommé Wadi Sita qu'aucun journaliste, jusqu'alors, n'avait été autorisé à visiter. Les rumeurs les plus folles circulaient à son sujet. Le prince n'en démentait aucune.

— Howard sait-il que tu es ici ce soir, Fran ? demanda Joey.

— Non, bien entendu ! Il n'approuverait pas cette initiative. Il serait furieux d'apprendre que je mène une enquête sur le prince de Kamar en vue de la rédaction d'un article. J'ai tenté de lui soutirer des informations, mais il s'est contenté d'affirmer que le prince possédait l'une des plus grosses fortunes de la planète et que son royaume était un pays ami. Comme je lui faisais remarquer que bien des mystères entouraient l'origine de sa fortune, il a pâli et m'a suppliée de ne jamais rien tenter qui puisse offenser Sa Majesté !

— Il connaît ta plume acérée !

Frances laissa échapper un profond soupir.

— Howard réagit comme le banquier prudent qu'il a toujours été !

— Tu vas vraiment l'épouser ?

— Probablement... un jour... euh... peut-être.

— Quel enthousiasme !

Le visage de Frances se ferma soudain.

— Ma vie privée ne te regarde pas, Joey ! dit-elle. Concentre-toi plutôt sur l'objet de notre mission.

— *Faites vos jeux !* lança le croupier.

Le prince poussa une impressionnante pile de jetons sur le numéro vingt-sept rouge et s'adossa au dossier de sa chaise, suivant du regard la boule qui sautait d'un numéro à l'autre. Frances retint sa respiration et, hypnotisée, suivit elle aussi sa course.

— *Vingt-deux noir !* annonça le croupier en récupérant aussitôt l'ensemble des jetons placés sur les autres numéros.

Impassible, le prince prépara sa prochaine mise, puis releva la tête et croisa le regard de Frances fixé sur lui.

Quand il lui sourit, la jeune femme sentit son cœur battre une folle sarabande dans sa poitrine, et ne put s'empêcher de lui sourire à son tour. Etait-ce un hasard si leurs yeux s'étaient croisés ? Certainement pas. Il avait senti son regard sur lui et une force inconnue l'avait poussé à lever les yeux vers elle, elle en était certaine !

Soudain, le prince se pencha vers elle et lui tendit la main, avant de refermer ses doigts sur les siens. Quand il porta lentement sa main à ses lèvres, sans la quitter des yeux, la jeune femme sentit tout son corps s'embraser.

— *Faites vos jeux !* lança de nouveau le croupier.

Sans lâcher la main de Frances, le prince plaça tous ses jetons sur le vingt-deux noir. Puis, contrairement aux fois précédentes, il ignora la course de la boule, gardant ses yeux fixés sur la jeune femme, incapable d'échapper à l'emprise de ce regard.

— *Vingt-deux, noir!*

Le visage d'Ali s'éclaira tandis que le croupier poussait une pile de jetons vers lui. En un seul coup, il venait de récupérer la totalité de ses pertes ! Il eut un sourire satisfait et, d'une légère inclinaison de la tête, invita Frances à prendre place à son côté.

Elle avait l'impression de vivre un rêve, et ne pouvait croire à ce qui lui arrivait. Venue dans ce lieu de perdition pour observer incognito le tout-puissant prince Ali Ben Saleem, voilà que le destin lui donnait l'occasion de l'approcher !

— Vous m'avez porté chance ! énonça ce dernier alors qu'elle s'asseyait près de lui. Vous devez rester auprès de moi afin que je la conserve.

Elle lui sourit.

— Ce qui vient de vous arriver est le fait du hasard. Cela n'a absolument rien à voir avec moi.

— Je suis d'un autre avis. Votre regard a suffi pour que la chance tourne. Vous m'avez regardé, moi, et personne d'autre.

« Quelle suffisance ! pensa de nouveau Frances. Fort heureusement, elle sert mes plans ! Sinon je ne manquerais pas de lui faire connaître ma façon de penser ! »

— *Faites vos jeux!*

Comme le prince, d'un signe de la main, l'enjoignait de jouer pour lui, Frances poussa impulsivement les jetons sur le quinze rouge et retint sa respiration tandis que la boule entamait sa course folle.

Quinze, rouge!

Un murmure parcourut l'assistance. Tous avaient les yeux fixés sur la boule arrêtée sur le chiffre annoncé. Tous, sauf le prince, dont les yeux n'avaient pas quitté le visage de Frances. Lorsque le croupier poussa ses gains vers lui, il se contenta de sourire, comme s'il avait deviné ce qu'il venait de se produire.

— Je n'arrive pas à y croire ! énonça Frances, littéralement sidérée.

— Cela ne fait que confirmer mon intuition : vous me portez chance !

— Non ! Seul le hasard est à l'œuvre. Arrêtez immédiatement de jouer et profitez de vos gains. La chance ne peut vous sourire indéfiniment.

— Jouez pour moi une fois encore. Tous les jetons !

Pourquoi pas ? Après tout, s'il aimait perdre, c'était son problème, pas le sien ! songea Frances en poussant l'ensemble des jetons sur le tapis.

Mais elle s'arrêta, perplexe.

— Je ne sais quel numéro choisir, avoua-t-elle.

— Quel jour du mois êtes-vous née ?

— Le vingt-trois.

— Quelle couleur a votre préférence, le rouge ou le noir ?

— Le noir.

— Alors, misez tout sur le vingt-trois, noir ! ordonna-t-il.

Frances obéit et regarda, fascinée, la boule rebondir d'un numéro à l'autre.

— *Vingt-trois, noir !* annonça le croupier.

Le prince plongea son regard dans le sien et murmura, ébloui :

— Vous êtes une vraie magicienne !

— Non…

— Vous persistez à le nier, mais vous possédez manifestement un pouvoir magique. Un pouvoir auquel je ne puis résister.

Sur ces mots, il porta de nouveau sa main à ses lèvres et déposa un fervent baiser dans le creux de sa paume. Une onde de chaleur parcourut le corps de Frances qui, sur le point de retirer sa main, se ravisa. Elle était en mission et devait jouer la comédie jusqu'au bout. Une femme parée comme elle l'était ne se comportait pas comme une collégienne effarouchée. Elle sourit comme si l'hommage qu'il venait de lui rendre était, pour elle, tout à fait habituel.

Le croupier poussa le montant du gain devant le prince. Un homme, debout derrière lui, compta aussitôt les jetons et inscrivit le montant final sur une feuille de papier qu'il lui tendit.

Ali la montra à Frances qui en eut le souffle coupé.

— Je crois que je peux vous inviter à dîner ! annonça-t-il.

Frances hésita. Sa raison lui dictait de refuser cette invitation d'un homme qu'elle ne connaissait pas une heure plus tôt, tandis que son désir de mener à bien sa mission la poussait à l'accepter. Après tout, que pouvait-il lui arriver dans un restaurant, lieu public par excellence ?

A l'autre bout de la table, Joey l'observait, stupéfait. Frances lui adressa un clin d'œil complice et accepta le bras que lui offrait Sa Majesté.

Une Rolls-Royce attendait le prince devant la porte, qui aida galamment Frances à prendre place sur la banquette arrière. Le chauffeur s'installa au volant et démarra sans attendre de plus amples instructions.

A peine la voiture s'était-elle mise en route que le prince portait la main à sa poche et en sortait deux colliers, l'un de perles rares, l'autre de diamants.

— Lequel préférez-vous ? demanda-t-il.

— Pardon ?

— L'un de ces deux colliers est pour vous. Choisissez celui que vous préférez.

Ainsi, le prince se promenait avec d'inestimables bijoux au fond de ses poches, qu'il offrait à la première venue ! Frances faillit laisser libre cours à sa révolte, mais elle se retint. Si c'était un jeu, elle voulait bien jouer…

— Je prends le collier de diamants ! lança-t-elle.

— Alors, laissez-moi ôter de votre cou le collier que vous

portez. L'homme qui vous a offert cette pacotille ignore votre vraie valeur.

Du bout de ses doigts, il effleura sa peau dénudée et un long frisson parcourut la jeune femme. Ce jeu se révélait plus dangereux qu'elle ne l'avait pensé. Elle s'était préparée à analyser, à disséquer cet homme tout-puissant, à lever le voile de mystère qui l'entourait, à déverser sur lui sa hargne et son mépris. Mais rien ne l'avait préparée à la vague d'émotion qui la submergeait à son contact.

— Ce collier semble avoir été fait pour vous, murmura-t-il tout contre son oreille. Jamais une femme n'a aussi bien porté les diamants.

— Vous parlez, bien entendu, d'expérience…

Il rit, et ne parut ni offensé, ni honteux.

— Plus encore que vous ne pourrez jamais l'imaginer. Mais, ce soir, par votre beauté et votre charme, vous éclipsez toutes les autres femmes. Vous seule existez à mes yeux. Quel est votre nom ?

— Je m'appelle…

Elle eut une soudaine inspiration.

— … Diamond.

Les yeux du prince brillèrent de mille étoiles.

— Vous avez de l'esprit et j'aime ça. Diamond ! Ce nom vous convient à merveille. Vous êtes un pur diamant. Mais, avant la fin de la nuit, vous me révélerez votre autre nom, le vrai, j'en suis certain.

Il prit ses deux mains dans les siennes et les examina.

— Vous ne portez ni bague de fiançailles, ni alliance, observa-t-il. Vous êtes donc une femme libre.

— Je n'appartiens, en effet, à aucun homme. Je suis libre et n'éprouve nul désir de perdre cette liberté.

— C'est que vous n'avez jamais connu l'amour véritable, le don total de soi. Lorsque cela vous arrivera, vous appartiendrez totalement à l'homme que vous aimerez et…

— A qui appartenez-vous ?

Il se mit à rire.

— Mon cas est un peu spécial. Disons que j'appartiens à un million de sujets, qui constituent le peuple de Kamar. Les membres de ma famille ne sont pas libres de disposer de leur cœur. En tout cas, c'est ainsi que je vois les choses. Parlez-moi de cet homme qui vous accompagnait. Qui est-il ? Votre amant ?

— La réponse vous importe-t-elle ?

— Non. Il vous a laissée partir et n'a pas cherché à vous protéger de mes avances. Il est pour moi sans importance.

— Suis-je en danger auprès de vous ?

— Peut-être est-ce moi qui le suis…

— Qui sait ?

Il fronça les sourcils.

— Vous êtes une femme très dangereuse, Diamond. En plus d'être belle, vous avez de l'esprit…

Il paraissait légèrement surpris. Pour cet homme habitué aux conquêtes faciles, toute femme s'achetait avec un collier de diamants. Mais tel serait pris qui croyait prendre…

— Nous nous sommes désirés au premier regard, n'est-ce pas ? murmura-t-il d'une voix rauque en se penchant vers elle pour effleurer ses lèvres d'un baiser.

Ces paroles avaient quelque chose de terriblement choquant mais, hélas, elles reflétaient la stricte vérité ! La raison commanda aussitôt à Frances d'ouvrir la portière et de sortir de la voiture, mais elle n'en fit rien. D'instinct, elle savait qu'il ne laisserait pas échapper aussi facilement sa proie.

Enfin, la somptueuse voiture ralentit et s'arrêta dans l'une des rues les plus huppées de Londres. Aussitôt, le chauffeur se précipita pour leur ouvrir la portière, et le prince lui offrit son bras.

Alors qu'elle posait le pied sur le trottoir, Frances prit

conscience que la voiture ne s'était pas arrêtée devant un restaurant mais devant une majestueuse résidence.

La porte d'entrée tourna lentement sur ses gonds. Un homme immense, en vêtements orientaux et coiffé d'un turban, s'inclina devant eux.

— Soyez la bienvenue dans ma modeste demeure, Diamond, dit le prince Ali Ben Saleem, en l'entraînant à sa suite dans le somptueux vestibule.

2

La porte d'entrée franchie, Frances battit des paupières, éblouie. Elle se trouvait au milieu d'un vaste hall dominé par un escalier majestueux. Les mosaïques ornant le sol et les murs étaient de véritables œuvres d'art. L'espace d'un instant, la jeune femme éprouva l'étrange impression d'être transportée dans un pays de rêve, loin, très loin de Londres.

De nombreuses portes donnaient sur le hall, toutes hermétiquement closes. L'une d'elles s'ouvrit soudain, livrant passage à un homme qui, ignorant Frances, s'avança vers le prince, s'inclina avec déférence, et se mit à converser avec lui en arabe.

A travers la porte restée entrouverte, Frances aperçut un bureau, des ordinateurs, un fax et de nombreux téléphones. Décidément, la chance était avec elle ! Sans doute venait-elle de repérer un des lieux secrets où se négociaient les fameux contrats qui faisaient la richesse du tout-puissant prince Ali Ben Saleem. Hélas, captant son regard, le prince, d'une voix sèche, donna un ordre impérieux à son interlocuteur, qui s'empressa de regagner la pièce d'où il était sorti et de refermer la porte derrière lui.

— Cette pièce est mon bureau, confirma le maître des lieux, un lieu de travail fort ennuyeux qui ne peut vous intéresser.

— Qui sait ? Vous seriez étonné d'apprendre ce qui m'intéresse !

Il rit.

— Une femme aussi belle que vous l'êtes ne peut avoir qu'une seule et unique préoccupation : être plus belle encore afin de plaire à l'homme qu'elle a charmé.

Sidérée, Frances le regarda : comment, à notre époque, pouvait-on encore tenir un tel langage ?

Mais quand, lui entourant les épaules d'un bras protecteur, le prince la conduisit fermement vers une autre porte qu'il ouvrit, elle retint sa respiration. Dans une petite pièce aux proportions harmonieuses, décorée avec un goût exquis, trônait une table préparée pour deux. Les verres étaient du plus pur cristal, les assiettes de la plus délicate porcelaine et les couverts, tout simplement… en or !

— Quelle merveille ! s'exclama spontanément Frances.

— Rien ne saurait être trop beau pour vous, Diamond.

« Ou pour toute autre femme que vous auriez invitée chez vous ce soir ! » pensa Frances avec une pointe d'amertume.

— Votre Majesté est trop bonne !

— Laissons de côté ces mondanités, je vous en prie, et appelez-moi Ali ! dit le prince en la guidant vers la table et en lui présentant une chaise afin qu'elle pût s'asseoir.

« Il joue au parfait chevalier servant », pensa Frances, qui commençait à s'amuser. Cependant, même si elle se comportait comme une femme conquise par le charme de son hôte, elle n'en étudiait pas moins chacun de ses gestes, notant mentalement tous les détails qui l'environnaient. Ali était, indubitablement, l'homme le plus séduisant qu'elle ait jamais rencontré. Au Golden Choice, elle n'avait pu l'observer qu'à une certaine distance mais, alors qu'il se tenait debout à son côté, elle prenait pleinement conscience de son incroyable pouvoir de séduction.

De haute taille, il possédait un corps d'athlète mais se mouvait avec une grâce innée, ou plutôt comme un félin prêt à bondir sur sa proie. Son visage dégageait un charme très particulier. Depuis le début de son enquête, Frances avait lu de nombreux articles sur le cheikh Saleem vantant les qualités physiques et morales d'un homme inspirant tout à la fois la crainte et la dévotion à son peuple. Ali avait incontestablement hérité de son père ses yeux noirs, sa bouche tout à la fois sensuelle et autoritaire et sa prestance. Mais, plus encore que le cheikh Saleem, Ali était charismatique. Il était né pour commander et chacun semblait prêt à lui obéir. Un réel danger pour Frances !

Soudain, il s'inclina devant elle.

— Je vous servirai moi-même, dit-il. J'espère, ainsi, vous être agréable.

— C'est un grand honneur pour moi d'être servie par Votre Majesté.

Il sourit et Frances n'eut aucun mal à deviner ce que signifiait ce sourire. Il croyait qu'elle était tombée sous son charme, comme toutes les autres avant elle… Eh bien, il n'allait pas tarder à déchanter !

Sur une table roulante se tenait un chauffe-plats, et Ali leur servit à tous deux un potage onctueux à souhait, que Frances trouva délicieux.

— C'est une soupe au riz et au potiron, ma préférée, expliqua Ali. Lorsque je réside à Londres, mon cuisinier en tient toujours à ma disposition. Avez-vous déjà eu l'occasion de goûter la cuisine arabe ?

— Oui. Mon plat préféré est le tajine de poulet, aux dattes et au miel, que j'ai souvent l'occasion de déguster dans un restaurant marocain situé tout près de chez moi. Hélas, le décor laisse à désirer ! L'éclairage est au néon et les peintures sur les murs, censées représenter le désert, sont d'une très mauvaise facture.

Le prince fit une grimace de dégoût.

— Le désert est bien différent, croyez-moi.

— Décrivez-le-moi !

— Les mots me manquent. Le désert est le dernier refuge du silence… Depuis des millénaires le vent y efface les traces des caravanes qui le traversent. Même ceux qui y vivent ne peuvent se vanter de l'avoir tout à fait apprivoisé. Il est tout et son contraire. Il est le froid et le feu, l'ombre et la lumière. Qui n'a pas assisté au coucher du soleil embrasant d'un seul coup ses dunes ondoyantes ne connaît rien aux sublimes beautés de la nature. En quelques minutes, la nuit chasse alors le jour et, à la clarté de la lune et des étoiles, le désert devient alors argenté et glacial. Le lever du soleil est un autre éblouissement. A l'aube, le ciel surgit derrière la ligne d'horizon et les muezzins célèbrent la victoire de la lumière sur les ténèbres. Mais à midi, ce soleil dont on a célébré le lever se fait implacable. Aucun être vivant ne peut supporter l'ardeur de ses rayons.

— C'est ainsi que je l'ai toujours rêvé… un lieu où tout est extrême !

Sans qu'elle en ait conscience, les yeux de Frances s'étaient mis à briller de mille étoiles, et Ali scruta son visage avec attention.

— Rêvé… ? répéta-t-il.

— Oui. Il m'arrive souvent de rêver de paysages et de moments tels que ceux que vous venez de me décrire. Enfant, ces rêves m'aidaient à vivre.

Le regard du prince se fit plus intense encore.

— Racontez-moi… Que s'est-il donc passé dans votre enfance ?

— Elle n'était qu'ennui. Aussi loin que je remonte dans mes souvenirs, je ne me rappelle qu'un ciel gris et pluvieux et des gens qui, à mes yeux, avaient la même couleur.

— Les adultes étaient sévères avec vous ?

— Pas vraiment. A la mort de mes parents, j'ai été recueillie par des fermiers qui étaient de lointains cousins. Ils connaissaient plus de choses sur l'élevage des vaches que sur l'éducation des enfants. Ils ont fait de leur mieux, m'encourageant à être une bonne élève. La vie auprès d'eux manquant singulièrement de fantaisie, je me réfugiais dans les rêves.

Elle eut un rire embarrassé.

— Vous allez vous moquer de moi si je vous dis que je lisais et relisais sans cesse *Les Mille et Une Nuits*...

Il joignit son rire au sien, complice.

— Pourquoi me moquerais-je ? Adolescent, ces histoires ont également nourri mon imaginaire.

— Pour se venger de l'infidélité de son épouse, un sultan prend une nouvelle femme chaque soir à qui il fait couper la tête le lendemain matin, raconta Frances.

— Jusqu'à ce qu'il rencontre Shéhérazade ! poursuivit Ali. Cette dernière réussit à le captiver et à avoir la vie sauve en lui contant chaque soir une fabuleuse histoire. L'esprit, l'intelligence de la belle Shéhérazade me fascinaient, lorsque j'étais enfant. J'avais pour habitude de lire ce livre dans le désert...

— Alors que je le lisais, enfermée dans ma chambre, la pluie ruisselant sur les carreaux !

Il était le premier homme à qui elle se livrait ainsi. Pourtant, elle n'avait pas pour habitude de se plaindre. Ceux qui l'avaient élevée lui avaient transmis des valeurs dont elle était fière. Ils lui avaient permis de faire des études universitaires et de décrocher son diplôme de fin d'études en économie. Mais la matière lui ayant paru trop aride, elle avait finalement choisi la carrière de journaliste, et s'était spécialisée dans l'investigation, détail qu'elle ne pouvait révéler au richissime prince Ali Ben Saleem.

Tout comme elle ne pouvait lui révéler que son oncle Dan ne lui offrait jamais de cadeau pour Noël sans faire don d'une somme d'argent équivalente à une institution de charité. Lorsque, à seize ans, Frances s'était mise à rêver de toilettes et de maquillage — comme le font toutes les jeunes filles de cet âge — Dan et Jean, sa femme, lui avaient alors enseigné que soigner son apparence était futile et méprisable.

Tous deux étaient morts depuis longtemps, mais jamais Frances n'avait oublié leur enseignement. Bien qu'elle adorât les belles toilettes, jamais elle ne se permettait de jeter son argent par les fenêtres. C'est pourquoi elle détestait ceux qui en faisaient un principe de vie. Dénoncer les tricheurs, les profiteurs, les grands de ce monde dépourvus de morale était devenu son cheval de bataille.

— J'aime le désert et il me manque, poursuivit son hôte, mais l'Angleterre est aussi mon pays. Ma mère est anglaise, j'ai fait mes études à Oxford et mon service militaire à Sandhurst.

Frances faillit répondre qu'elle connaissait déjà tous ces détails mais se ravisa, car il ne devait à aucun prix apprendre qu'elle avait effectué des recherches sur lui et sa famille.

— Si j'avais connu plus tôt vos goûts, je vous aurais fait préparer un tajine de poulet aux dattes et au miel, lui assura-t-il. Ce plat sera au menu de notre prochain repas, je vous le promets. En attendant, j'espère que vous trouverez quelque chose qui vous plaira parmi ce modeste assortiment proposé par mon chef cuisinier.

« Le modeste assortiment » couvrait entièrement le dessus d'une desserte, et Frances ne savait que choisir.

— Je vous conseille ceci, dit Ali.

Levant les yeux, elle croisa son regard plein de douceur qui la bouleversa jusqu'au plus profond d'elle-même. Qui était vraiment le prince Ali ? Un homme délicat ou un débauché, comme le disait la rumeur ?

— Votre demeure est magnifique, dit-elle avec sincérité.

— Oui, reconnut-il. Hélas, je n'y fais que de bien trop brefs séjours ! Je possède beaucoup d'autres résidences, mais je ne reste jamais longtemps dans chacune d'elles.

Il semblait le regretter.

— Y a-t-il un endroit que vous préférez ? demanda Frances, curieuse.

— La demeure où vit ma mère, la princesse Elise, me

semble toujours la plus accueillante, la plus chaleureuse. Ma mère me manque beaucoup. C'est une femme merveilleuse. Elle vous plairait, j'en suis certain.

— Où vit-elle ? A Kamar ?

— Principalement. Elle n'aime guère prendre l'avion et… n'approuve pas toujours mon style de vie !

— Qui consiste à dépenser votre argent au casino, par exemple ?

— Oui, ainsi que certains autres plaisirs que je m'octroie, avoua-t-il sans honte. Mais le casino est celui qu'elle réprouve le plus. Elle pense qu'un homme devrait faire autre chose de son temps. Mais, ce soir, je n'aurais pu mieux utiliser le mien qu'en vous rencontrant. Vous êtes tout droit sortie de l'univers magique des *Mille et Une Nuits*…

Elle sourit.

— Enfant, je rêvais qu'un tapis volant venait me chercher pour m'emmener dans un pays où les bons génies vivaient dans des lampes et en sortaient afin de réaliser mes vœux les plus fous.

— Comme vous faire rencontrer le prince charmant ?

— Bien entendu ! Il apparaissait dans un nuage de fumée, et disparaissait aussi vite qu'il était venu !

— Un jour, j'en suis persuadé, le tapis volant viendra vous chercher, Diamond.

— Hélas, cela n'arrive que dans les contes de fées !

— Non. Lorsque nos regards se sont croisés, j'ai su aussitôt que vous me porteriez chance. Ce soir, vous m'avez fait gagner beaucoup d'argent. D'ailleurs…

Il s'interrompit pour porter la main à sa poche et en sortir un carnet de chèques. Sur l'un d'eux, il écrivit à la plume la somme de *cent mille livres.*

— Que faites-vous ? demanda-t-elle, sidérée.

— Je vous rends ce qui vous appartient. Faites-en ce que vous voulez, dit-il en apposant sa signature au bas du chèque.

Cela fait, il leva les yeux vers elle.

— Vous allez devoir me révéler votre vrai nom…

— Certainement pas !

— Sans votre nom, je ne peux pas vous donner ce chèque.

Elle leva son verre et lui sourit par-dessus le bord de cristal.

— Je ne suis pas une femme d'argent, prince Ali Ben Saleem. Je ne vous demande rien.

Il haussa les sourcils.

— Vous risquez de perdre gros.

— Je ne perds rien, car je ne joue pas. Je vis heureuse avec peu de moyens.

Le regard du prince se porta sur le collier de diamants qui ornait son cou et qui valait une fortune. Sans une seconde d'hésitation, Frances ôta le bijou et le posa sur la table, à côté de lui.

— Reprenez ceci, afin qu'il n'y ait aucun malentendu entre nous, dit-elle. Je ne veux rien de vous.

Elle mentait. Elle voulait beaucoup, au contraire, mais ce qu'elle voulait serait difficile à obtenir. Elle devrait employer la ruse et s'armer de patience.

Elle soutint son regard, et crut voir naître une lueur de respect au fond de ses yeux sombres.

Haussant les épaules, il poussa le chèque en blanc vers elle. Puis il se leva et s'apprêta à remettre le collier à son cou, mais Frances l'en empêcha.

— Si vous insistez, alors gardez le collier. Je prends le chèque…

Le prince reprit sa place en face d'elle.

— Peu de femmes, jusqu'ici, pouvaient se vanter de m'avoir étonné, déclara-t-il. J'avoue que vous venez de réussir. Contrairement à ce que vous affirmez, vous êtes une joueuse. Tout comme moi, vous aimez prendre des risques. Vous m'intriguez, belle inconnue… Qui êtes-vous exactement ?

— Pour vous, je suis Diamond.

— Ou Shéhérazade ! Tout comme elle, vous avez de

l'esprit. Tellement plus que toutes les femmes que j'ai pu connaître…

— Mais pas autant que les hommes que vous fréquentez, n'est-ce pas ?

— Ça n'est pas la même chose. Vous êtes faite pour l'amour, Diamond-Shéhérazade ! Je l'ai lu dans vos yeux lorsque nos regards se sont croisés, au Golden Choice.

— Pourtant, ce n'est pas à l'amour que vous pensiez alors, mais à l'argent !

— Un seul regard m'a suffi pour oublier le motif de ma venue dans ce lieu. C'est le destin qui nous a mis en présence, j'en suis certain. Il était écrit que je devais vous rencontrer ce soir.

— Et qu'est-il écrit encore ?

— La suite dépend de nous, désormais.

Sur ces mots, il se leva et, s'approchant d'elle, la prit dans ses bras. Frances s'était préparée à un tel geste mais, serrée contre lui, elle en oublia ses plans. L'espace d'une seconde, elle eut une pensée furtive pour Howard, son futur fiancé mais, quand Ali s'empara de ses lèvres, il n'y eut plus aucune place dans ses pensées pour un autre homme que lui…

Avec un art consommé, les lèvres d'Ali semblaient savoir à l'avance ce qu'elle désirait. Elles effleuraient ses joues, ses paupières, s'attardaient dans son cou. Un soupir de plaisir lui échappa.

— Etes-vous toujours en train de jouer ? s'enquit-il d'une voix rauque.

— Plus que jamais.

Elle pria le ciel pour paraître convaincante.

— Qu'espérez-vous gagner ?

— C'est mon secret, murmura-t-elle.

— Je pense le connaître.

— Et si vous vous trompiez ?

Doucement, il la souleva dans ses bras, la porta jusqu'au divan près de la fenêtre, et reprit sans plus attendre ses lèvres tandis que ses mains expertes exploraient les courbes de son corps.

Frances frémit de tout son être. Elle découvrait soudain qu'elle possédait un corps qui répondait aux caresses de son partenaire avec une ardeur dont elle ne se serait jamais cru capable... Soudain, les baisers, les caresses d'Ali se firent plus ardents encore et ce fut comme si le souffle du désert lui brûlait la peau.

C'était dangereux... très dangereux même et, au tréfonds d'elle-même, un reste de raison lui enjoignait de se ressaisir avant qu'il ne soit trop tard...

Elle fut sauvée par une sonnerie, légère mais persistante. Avec un soupir d'impatience, Ali se leva et décrocha un combiné dans lequel il parla sèchement. Mais, presque aussitôt, le ton de sa voix changea. De toute évidence, le message était urgent.

— Je vous prie de bien vouloir m'excuser un instant, dit-il en reposant l'appareil. Une affaire de la plus haute importance réclame ma présence.

Il désigna la table.

— Servez-vous donc un peu de vin. Je serai de retour le plus vite possible.

Quelques secondes plus tard, il était sorti de la pièce. Frances ne comprit tout d'abord pas ce qui se passait. Mais, à mesure que le rythme des battements de son cœur diminuait, sa rage grandissait. Pour qui la prenait-il ? Une femme-objet ? Une poupée avec qui l'on s'amuse et que l'on délaisse pour la reprendre plus tard ? S'il s'attendait à la retrouver à son retour, il se trompait lourdement !

En une seconde, elle fut sur ses pieds, et chaussa ses escarpins. Entrouvrant la porte de la pièce, elle lança un regard précautionneux dans le hall. Un homme, de toute évidence un domestique, faisait le guet devant la porte...

Prenant une profonde inspiration, la jeune femme traversa le hall d'un pas assuré. Le domestique se leva aussitôt, et elle lut sur son visage une profonde perplexité. Comme elle l'avait espéré, il n'avait reçu aucune instruction pour gérer une situation sans doute sans précédent. Son cœur battant à tout rompre, elle fit un geste impérieux de la main. Le domestique s'inclina et lui ouvrit toute grande la porte, qu'elle franchit sans un regard en arrière.

3

Le lendemain, au cours d'une réunion, Frances chercha à convaincre Joey de la laisser poursuivre sa mission.

— Que tu retournes, seule, dans l'antre du lion, tu n'y penses pas ! s'exclama-t-il, effaré.

— J'ai envie de m'amuser ! répliqua Frances, ajoutant une touche finale à son maquillage pourtant déjà parfait.

— Pour l'amour du ciel, réfléchis, Fran ! Tu joues à un jeu extrêmement dangereux. Le prince Ali est un homme puissant qui ne doit guère apprécier d'être ridiculisé, surtout par une femme. Tu as eu de la chance, hier soir, que je sois là pour te secourir.

— Je t'en prie, Joey ! Je me suis libérée des griffes du lion — comme tu l'appelles — par mes propres moyens !

— Mais tu m'as trouvé dans la voiture, devant la porte, à t'attendre. Je n'ai jamais perdu ta trace depuis ton départ du Golden Choice.

— Tu as été parfait, comme toujours, mon cher Joey ! C'est pour cela que je t'emploie. Mais, aujourd'hui, je n'aurai nul besoin d'être secourue. Le prince Ali Ben Saleem a officiellement accepté d'accorder une interview à la journaliste Frances Callam.

— J'aimerais voir sa tête quand il découvrira que la journaliste en question est la femme qui s'est enfuie de chez lui la nuit précédente !

— J'avoue attendre moi-même cet instant avec impatience, déclara Frances, les yeux brillant d'excitation.

Sobre et élégante, la journaliste Frances Callam n'avait vraiment plus rien à voir avec la sirène de la nuit précédente, songeait Frances en contemplant son reflet dans le miroir. Diamond-Shéhérazade n'avait été qu'un mirage…

« Dommage ! » pensa-t-elle, car elle s'était beaucoup amusée à jouer à Diamond-la-magicienne et maintenant, sa vie et son travail de journaliste allaient lui paraître bien ternes et monotones !

— Endosse son chèque avant qu'il ne se fâche !

Le conseil de son collaborateur tira brutalement Frances de sa rêverie. Elle sourit.

— Je ne l'ai pas mis à mon nom mais à celui d'une association internationale pour l'enfance défavorisée. L'association ne manquera pas de lui écrire pour le remercier.

Joey eut un hoquet de surprise.

— Tu as refusé cet argent ?

— Bien évidemment ! Le garder aurait été indigne.

— Je l'aurais gardé, moi ! affirma Joey.

Frances se mit à rire.

— Il ne te l'aurait pas donné.

Joey rit à son tour.

— Tu as raison. Je n'arrive pas à croire qu'il ait accepté cette interview.

— Je n'ai parlé qu'à son secrétaire à qui j'ai annoncé que Frances Callam, de la *Financial Review*, souhaitait interviewer Sa Majesté. Il m'a accordé un rendez-vous sans problème.

— Ton taxi arrive, dit Joey en regardant par la fenêtre. Il serait pourtant plus prudent que je t'accompagne.

— Non ! Je veux entrer dans l'arène seule.

— Il faudrait que je puisse être là lorsqu'il va te jeter dehors !

— Il ne le fera pas.

— Alors que tu t'es moquée de lui ?

— Telle n'était pas mon intention. Je lui ai seulement fait comprendre que je n'étais pas la femme facile qu'il pensait que j'étais. Ne t'inquiète pas, Joey, j'ai la situation bien en main…

Au début, tout alla pour le mieux. A peine avait-elle sonné à la porte que celle-ci s'ouvrait et que le portier s'inclinait devant elle.

— Bonjour, lança Frances. J'ai rendez-vous avec Sa Majesté le prince Ali Ben Saleem.

Sans attendre l'autorisation du domestique, elle passa devant lui et pénétra d'un pas déterminé dans le vaste hall carrelé.

— Soyez assez aimable pour avertir Sa Majesté que son rendez-vous est arrivé ! lui ordonna-t-elle d'un ton impérieux.

C'est alors que la porte du bureau s'ouvrit, livrant passage au maître des lieux. Soulagé, le portier alla reprendre son poste.

Le cœur battant à tout rompre, Frances s'avança vers Ali, le sourire aux lèvres. A sa vue, celui-ci fronça les sourcils, puis son visage s'éclaira et il s'avança vers elle les mains tendues en signe de bienvenue…

— Diamond ! Ma merveilleuse Diamond ! Quel plaisir de vous revoir ! Suivez-moi…

Il ouvrit la porte donnant sur le salon et elle l'y suivit.

— Je devine la raison de votre présence ici, déclara-t-il dès que la porte se fut refermée sur eux. Vous êtes fâchée contre moi, à cause de ce qui s'est passé hier soir ! Hélas, l'affaire pour laquelle j'ai été appelé en urgence m'a indûment retenu. C'est pourquoi je vous ai envoyé mon secrétaire afin qu'il vous reconduise chez vous. J'espère que vous voudrez bien me pardonner. J'aurais tellement aimé vous raccompagner moi-même !

Ainsi, il ne savait même pas qu'elle s'était enfuie ! Craignant sa fureur, son secrétaire et son portier avaient dû lui taire cet incident. L'espace d'un instant, Frances resta muette, puis elle leva les yeux vers le prince qui, le sourire aux lèvres, poursuivit :

— J'espère qu'un jour, nous pourrons reprendre notre conversation là où nous l'avons laissée. Mais pas aujourd'hui, car j'attends un journaliste pour une interview.

— Je pensais que vous n'en accordiez jamais !

— C'est vrai, mais M. Callam travaille pour une revue économique sérieuse.

— M. Callam ?

— Oui. M. Francis Callam. J'ai accepté d'être interviewé par lui car je souhaite mettre fin à certaines rumeurs qui courent sur mon compte dans les pages de son journal. D'ailleurs, je vais devoir vous quitter car il ne devrait pas tarder à arriver.

— J'étais venue vous dire mon vrai prénom. Ne désirez-vous pas le connaître ?

— Si, bien entendu, mais je préférerais le découvrir moi-même. Nous nous reverrons très bientôt, dès que j'aurai un peu de temps à vous consacrer.

— Vous allez pouvoir arrêter votre enquête, Votre Majesté. Je m'appelle Frances Callam. Mlle Frances Callam.

L'expression de totale stupéfaction affichée sur le visage de son interlocuteur — si sûr de lui une seconde auparavant — réjouit Frances.

— Vous ne voulez pas dire que…

— Si ! Je suis la journaliste avec qui vous avez rendez-vous. Frances Callam.

— Vous m'avez trompé ! s'exclama-t-il, blême de rage.

— Pas du tout ! J'ai appelé votre secrétaire pour lui expliquer que Frances Callam souhaitait vous interviewer pour la *Financial Review*, la très sérieuse revue économique pour laquelle je travaille. Ce qui est la stricte vérité. Mais, de toute évidence, victime de vos préjugés, vous en avez déduit qu'un journaliste ne pouvait être qu'un homme. Vous ne pouvez donc vous en prendre qu'à vous-même.

— Et la nuit dernière ? Est-ce le pur hasard qui vous a conduite au Golden Choice ?

— Absolument pas ! J'étais là pour vous observer.

— Et après ? Vous vous êtes bien jouée de moi !

— Reconnaissez que vous m'avez beaucoup aidée !

— Savez-vous ce qui arrive dans mon pays aux femmes qui se conduisent comme vous l'avez fait ?

— Non, mais vous allez m'éclairer sur ce point très intéressant. Attendez !

Elle fouilla dans son sac et en sortit son carnet de notes.

— Je vous écoute ! annonça-t-elle.

Furieux, Ali lui arracha le carnet des mains et le jeta sur la table.

— Je vous interdis d'écrire quoi que ce soit sur ce qui s'est passé entre nous la nuit dernière !

— Telle n'était pas mon intention ! Je travaille pour un journal sérieux.

— Désolé, mais je refuse de parler affaires avec vous. Le sujet est clos ! Vous pouvez rentrer chez vous. Je ne vous accorderai aucune interview.

— Vous étiez beaucoup plus coopératif lorsque je ne représentais pour vous qu'un objet pouvant vous procurer du plaisir…

— Un objet ! Je vous ai sentie vibrer dans mes bras, comme une femme plus vraie que nature ! Ne me dites pas que vous avez oublié.

Elle le défia du regard.

— Je suis très bonne comédienne, vous savez.

Il sourit.

— Vous mentez ! Je suis capable de savoir lorsqu'une femme joue la comédie. Ce n'était pas votre cas. Quelque chose s'est passé entre nous hier soir. La magie était vraiment là, et ni vous ni moi n'y pouvions rien.

— Désolée, je n'occupe pas un emploi de magicienne mais de journaliste.

— Journaliste ! L'engeance que je déteste le plus au monde ! Sachez que je vous préférais mille fois en Shéhérazade. Depuis notre rencontre, je rêve de caresser vos cheveux qui ont pour moi la blondeur du sable du désert, d'enfouir mon visage dans leur masse voluptueuse et de les orner des bijoux les plus somptueux. Je rêve de caresser votre peau fine et délicate, me demandant chaque seconde ce que j'éprouverai lorsque je vous tiendrai nue entre mes bras, pressée contre moi…

— Jamais cela n'arrivera ! dit-elle, le souffle court.

— *Jamais !* répéta-t-il, le visage crispé. Ce mot fait également partie de mon vocabulaire, et vous n'en avez pas l'exclusivité. *Jamais* je n'accueillerai dans mon lit une femme qui nie sa féminité et, par conséquent, ma virilité. Cette créature ne mérite qu'une chose : que je la jette dehors !

Son regard se fit soudain aussi brûlant que le vent du désert et il poursuivit à mi-voix :

— Mais j'ignore quelle force obscure m'attire irrésistiblement vers elle ! Sans doute *le destin*. Celui qui finit par réunir, un jour, un homme et une femme faits l'un pour l'autre. Désormais, je le sens, je le sais, ma vie, la sienne, ne seront plus jamais les mêmes. Quel sublime plaisir je vais éprouver à lui apprendre à se donner à moi et à recevoir ce que, de toute évidence, aucun homme avant moi ne lui a encore fait découvrir !

Bien qu'il ne la touchât pas, ses mots allumaient en Frances un feu qui la consumait tout entière, qui sentait son cœur entamer une folle sarabande dans sa poitrine. Elle avait soudain l'impression d'être nue devant lui, et il lui semblait sentir le bout de ses doigts l'effleurer, ses lèvres, sa langue, tracer un sillon de feu sur sa gorge… Soudain, les pointes de ses seins se dressèrent, gorgées de désir, et elle sut qu'aucun autre homme au monde ne lui procurerait jamais pareille sensation.

Elle aurait voulu s'enfuir, refuser de voir ces folles promesses inscrites au fond de ses yeux sombres. Mais elle soutint courageusement son regard.

— Ces choses-là échappent à votre volonté, Majesté !

— C'est vous qui venez à moi et non l'inverse. Vous m'avez avoué être venue au Golden Choice afin de m'étudier, de m'observer à mon insu. Aujourd'hui vous vous introduisez dans ma maison pour m'interroger. Comment appelle-t-on cela chez vous ? Du harcèlement, je crois ? Il est désormais trop tard pour arrêter la machine que vous avez vous-même lancée…

Comme il s'avançait vers elle, elle se laissa tomber sur le sofa, et il prit place à son côté.

— Vous semblez avoir peur, dit-il. De qui ? De vous ou de moi ?

S'il s'avisait de la prendre dans ses bras, elle était perdue ! Il ne le fit pas, se contentant de lever la main vers son visage et de suivre le dessin de ses lèvres du bout du doigt. L'effet de ce simple geste eut sur elle un effet dévastateur. Elle aurait voulu protester, s'écarter de lui, mais son corps réclamait ses caresses. Sans même s'en rendre compte, elle rejeta sa tête en arrière et offrit ses lèvres à son baiser.

Comme s'il n'attendait que ce signal, Ali s'empara de sa bouche tel un conquérant qui prend une place forte assiégée et Frances, sous les baisers brûlants dont il couvrait désormais sa gorge, sentit la tête qui lui tournait. Elle ne s'appartenait plus. Elle n'était plus que désir…

Alors qu'il la libérait pour reprendre son souffle, leurs yeux se rencontrèrent.

— Il est temps que vous partiez, maintenant, dit-il d'un ton impérieux. Lorsque je serai disposé à vous revoir, je vous ferai signe.

Son arrogance mit de nouveau Frances en rage.

— Ah non ! s'exclama-t-elle. Vous avez accepté d'être interviewé par Frances Callam et vous allez respecter votre engagement !

— J'ignorais qu'il s'agissait de vous !

— Votre secrétaire — celui qui m'a raccompagnée chez moi l'autre soir — ne vous a donc pas dit comment je m'appelais ? Il lui suffisait de lire mon nom sur ma porte.

— J'avais trouvé un bien meilleur moyen de le connaître… grâce au chèque que je vous ai donné. Ma banque a reçu l'ordre de ne pas le payer mais de me communiquer le nom du porteur. Si vous n'étiez pas venue jusque dans ma demeure, j'aurais aujourd'hui même, appris comment vous vous appeliez.

— Cela m'étonnerait. J'ai remis le chèque à une organisation caritative de votre part.

Il se mit à rire.

— Très belle histoire, mais pas très convaincante ! Personne ne peut refuser pareille somme.

— C'est pourtant ce que j'ai fait. Vous ne tarderez d'ailleurs pas à le découvrir. Un chèque signé de votre main, refusé par la banque, quelle publicité néfaste pour votre image ! Avec un peu de chance, cette affaire peut faire les gros titres des journaux.

— Rentrez chez vous, Frances Callam ! Je ne suis pas assez naïf pour vous croire, mais c'était bien pensé, je l'avoue.

Il la raccompagnait à la porte lorsque son secrétaire surgit du bureau.

— Majesté, j'ai la responsable de l'association Enfants du Monde en ligne. Elle vous remercie pour votre extraordinaire générosité mais il semble qu'il y ait un problème avec la banque…

Ali jura entre ses dents et se précipita dans le bureau. Il s'empara du combiné et usa de tout son charme pour expliquer qu'il ne pouvait s'agir que d'un malentendu, et que le chèque serait bien crédité dans les heures qui suivaient.

Son interlocutrice se confondit en remerciements, mais Sa Toute-Puissante Majesté ne souriait plus. Pour la première fois de sa vie, une femme venait de le battre sur son propre terrain !

4

Le prince Ali Ben Saleem s'étant rendu à New York pour quelques jours, sa résidence fut particulièrement calme et tranquille. Dès son retour, il s'enferma dans son bureau et, à part son secrétaire particulier qui le quittait rarement, le personnel à son service n'eut que peu de chances de le rencontrer. C'est en tout cas ce qu'espérait la nouvelle domestique entrée à son service pendant son absence.

Le plan de Frances avait fonctionné avec une facilité déconcertante. Après l'échec de son rendez-vous officiel avec le prince, elle était plus que jamais décidée à rassembler les informations nécessaires à la rédaction de son article, et à s'introduire dans la place !

Joey s'était alors mis en quête d'une agence de placement située dans le quartier de la demeure princière. L'appât du gain et la persuasion avaient eu raison de la réticence de son directeur à proposer à tous les propriétaires des riches demeures des environs les services d'une domestique hors pair. Le responsable du personnel de la maison princière avait mordu à l'hameçon. Il avait reçu et engagé sur-le-champ cette perle rare à condition qu'elle loge sur place, ce que Frances — devenue Jane, pour l'occasion — affublée d'une perruque et d'une paire de lunettes, avait accepté avec empressement.

Engagée le jour même du départ d'Ali, la jeune femme travaillait surtout au rez-de-chaussée, mais n'avait pu, jusque-là, s'approcher du bureau, sans cesse occupé par le secrétaire ou fermé à clé. Un jour, la chance sembla enfin lui sourire : on l'autorisa à monter au premier étage pour ranger la chambre du maître sous les directives de son valet de chambre.

A son grand étonnement, Frances découvrit alors une chambre plutôt austère, fort différente des luxueuses pièces du rez-de-chaussée dans lesquelles le maître des lieux recevait les femmes qu'il séduisait. Les murs de la chambre qu'il s'était réservée étaient tout simplement peints en blanc. Un tapis de laine recouvrait le plancher de bois vernis et un large lit d'acajou occupait une grande partie de la pièce. Seules trois photos représentant des chevaux ornaient les murs.

Frances allait devoir travailler seule désormais, Joey ayant été appelé sur une affaire le tenant éloigné de Londres. Elle avait informé Howard qu'elle partait en mission pour quelques semaines, mais personne ne savait où elle se trouvait. C'était mieux ainsi, mais son enquête stagnait, et elle commençait à s'impatienter !

Lorsque le prince revint de son voyage d'affaires, elle s'ingénia à l'éviter, ce qui fut aisé car, de toute évidence, il ne s'intéressait pas aux domestiques. Un soir, il commit enfin une maladresse, et, appelé par un visiteur tardif, quitta sa chambre sans la fermer à clé...

Le moment d'agir était enfin arrivé ! A peine la porte du bureau s'était-elle refermée, au rez-de-chaussée, que Frances se glissait silencieusement dans la chambre princière. Les dossiers étaient étalés sur le lit. Hélas, un seul d'entre eux était en anglais. Le parcourant des yeux, Frances faillit s'étrangler de rage. Le document concernait le Golden Choice et stipulait — sans qu'aucun doute fût possible — que le casino appartenait au prince Ali Ben Saleem...

Frances était totalement absorbée par la lecture du

document quand, derrière son dos, le bruit sec d'une porte qui se referme la fit sursauter. Levant les yeux, elle trouva Ali debout devant elle, qui l'observait, les bras croisés.

— J'avoue, qu'une fois encore, vous m'étonnez ! dit-il d'un ton calme. Vous n'abandonnez donc jamais !

Nullement impressionnée, Frances se redressa et le toisa d'un air digne.

— Jamais, en effet ! Vous auriez dû le savoir.

— Mais je le savais ! Il me restait seulement à découvrir jusqu'où vous seriez capable d'aller, très chère Diamond-Frances-Jane. Pensiez-vous vraiment que j'étais aussi facile à berner ?

— Vous… vous saviez…

— Evidemment ! Mes principaux collaborateurs étaient sur leurs gardes. Mais vous avez bien failli réussir. Eux ne vous ont pas reconnue. Moi, si !

— Ainsi, dès le premier instant, vous avez su…

— Oui.

Frances sut d'instinct que le sourire qu'il affichait n'était que de façade, ce que confirma la suite des événements car, se dirigeant vers la porte, il la ferma à clé et mit celle-ci dans sa poche.

— Mais que faites-vous ? s'exclama-t-elle. Laissez-moi sortir !

— Vous voulez partir ! Après tout le mal que vous vous êtes donné pour entrer, cela m'étonne !

Désignant d'un geste de la main le dossier qu'elle était en train de lire à son arrivée, il poursuivit :

— J'espère que les informations que vous avez trouvées valaient les risques que vous avez pris pour les obtenir.

Elle se rappela brusquement sa découverte.

— Vous m'avez trompée !

Il éclata d'un rire sonore.

— Sous un déguisement et un faux nom, vous vous

introduisez dans ma maison et vous osez m'accuser de vous avoir trompée ! Avouez que vous ne manquez pas de toupet !

— Le Golden Choice vous appartient ! Peu vous importait de perdre puisque, de toute façon, l'argent vous revenait ! Vous avez triché, me laissant penser que je vous avais porté chance !

Les yeux de son interlocuteur lancèrent des éclairs.

— Le Golden Choice m'appartient effectivement mais je n'ai pas triché ! Tricher est indigne et ne m'intéresse pas. Les jeux se sont déroulés sans trucage, et vous m'avez vraiment porté chance.

Tout en parlant, il s'était approché d'un placard d'acajou qui cachait un réfrigérateur et une bouteille de champagne. Après avoir rempli deux coupes, il lui en tendit une.

— Je vous propose d'enterrer la hache de guerre et de trinquer à notre réconciliation. A moins que vous ne préfériez une tasse de thé ?

— Une telle circonstance mérite mieux qu'une tasse de thé ! affirma-t-elle en s'emparant de la coupe qu'il lui tendait. J'ai lu dans la presse que les journalistes ne tarissaient pas d'éloges au sujet de votre… extrême générosité !

Une lueur apparut au fond des yeux sombres de son interlocuteur, qui répliqua dans un sourire :

— Je vous dois une expérience intéressante, car on ne rencontre pas tous les jours quelqu'un qui refuse une telle somme. Au fait, qu'est devenu le petit homme replet qui vous accompagnait au Golden Choice ? Il vous attend devant la porte ?

Quand leurs yeux se rencontrèrent, Frances comprit qu'il savait comment elle avait quitté sa villa, la première fois. Elle sourit.

— Non. Joey s'occupe d'une autre affaire. Désormais, j'agis seule. Personne ne sait que je me trouve chez vous sous un déguisement et un faux nom. J'avoue qu'il n'est pas dans mes habitudes d'agir ainsi, mais votre mépris affiché pour les femmes journalistes était si insupportable que…

— J'implore votre pardon ! Il semblerait que j'aie exagéré, moi aussi. Votre persévérance mérite une récompense. Finalement, je vais vous accorder cette interview…

Les yeux de Frances brillèrent de mille étoiles.

— C'est vrai ?

— Oui. Hélas, je dois partir pour Kamar, mais vous pourrez m'interroger tout à loisir à mon retour.

— A votre retour ! s'exclama Frances, désappointée. Vous aurez oublié votre promesse, je le crains.

— C'est un risque, en effet. Dans ce cas, vous pourriez peut-être… m'accompagner !

— Vous… vous êtes sérieux ?

Les yeux sombres se mirent à briller d'un éclat particulier.

— Tout à fait. Je vous invite dans mon royaume de Kamar. Aucune femme, avant vous, ne m'y a jamais accompagné. Vous allez vivre une expérience unique que vous n'oublierez jamais.

— Quand partons-nous ?

— Dans une heure.

— Mais… je n'ai pas mon passeport !

— Ce n'est pas un problème. Dépêchez-vous, car si vous n'êtes pas prête à temps, je serai obligé de partir sans vous !

Sans plus réfléchir, Frances se précipita vers la porte, qu'Ali venait d'ouvrir, tout à la joie d'avoir enfin obtenu ce qu'elle désirait.

Parvenue dans sa chambre, elle rassembla en hâte ses quelques vêtements dans sa valise. Elle venait de la boucler lorsque l'on frappa à sa porte. Une jeune et jolie jeune femme s'inclina devant elle en lui tendant des vêtements orientaux.

— Vous porterez ceci, expliqua-t-elle, et on vous prendra pour moi.

Dans un anglais approximatif, elle lui expliqua alors qu'elle faisait partie de la suite de Sa Majesté et le suivait dans tous ses déplacements. Frances prendrait sa place et son passeport pour effectuer le voyage. L'aidant à se vêtir, la jeune femme lui montra comment cacher son visage à l'aide du voile.

— Vous devrez toujours baisser les yeux, dit-elle, et ne jamais affronter le regard du maître.

— Vraiment ! s'exclama Frances, amusée.

Quelques minutes plus tard, elle rejoignait le prince dans la limousine qui l'attendait devant le perron. Il était assis sur la banquette arrière et Frances ne put s'empêcher de l'admirer. Il avait troqué ses vêtements occidentaux pour une djellaba et un turban d'un blanc immaculé. Il était superbe et ressemblait plus que jamais à un prince du désert…

Moins d'une demi-heure plus tard, ils atteignaient l'aéroport, et la limousine se dirigea directement vers la zone réservée aux jets privés. A travers la vitre, Frances vit le chauffeur descendre de voiture et présenter les passeports à un officier de police. Ce dernier lança un regard vers la Rolls arborant le drapeau indiquant que le prince de Kamar se trouvait à bord et fit un salut respectueux. Ils purent alors repartir sans autre formalité. La scène n'avait pas duré plus de deux minutes.

La voiture s'approcha alors d'un jet aux couleurs du royaume de Kamar. Le chauffeur s'empressa de descendre et d'ouvrir la portière du côté du prince. Sans perdre une seconde, ce dernier grimpa les marches de la passerelle. Frances le suivit, le visage caché sous le voile et les yeux baissés, comme le lui avait indiqué la jeune femme. Pour une fois, les traditions orientales servaient son plan.

Le faste de l'intérieur de l'avion la surprit. Avec ses larges fauteuils de cuir, ses rideaux soyeux, et son épais tapis de laine, le jet ressemblait au salon d'une luxueuse villa.

— Je vais passer la plupart de mon temps au téléphone, l'avertit le prince. Il est plus de minuit et vous devez tomber de sommeil. On va vous conduire dans un lieu où vous pourrez vous reposer.

Il fit un signe de la main et un steward la guida aussitôt vers un compartiment séparé. Le souffle coupé, Frances découvrit alors le lit tendu de satin qui l'occupait. Jamais jusqu'à ce jour elle n'avait eu l'occasion de voir pareil luxe !

Trop excitée pour pouvoir dormir, elle resta assise près du hublot à regarder l'avion glisser, silencieux, dans la nuit étoilée, jusqu'à ce que les premières lueurs de l'aube viennent rosir le ciel. Frances s'aperçut alors qu'ils survolaient le désert, immense, infini, mystérieux. Aussi loin que portait son regard s'étendait la mer de sable aux vagues façonnées par le vent. La jeune femme demeura immobile, fascinée, subjuguée, par ce paysage à nul autre pareil, dans son dépouillement et sa beauté.

Une étrange fièvre la saisit comme, songea-t-elle, elle avait saisi de nombreux voyageurs avant elle. Elle voulait se perdre dans cette immensité, se fondre en elle. Ce paysage avait hanté son enfance alors qu'autour d'elle tout n'était que grisaille. Elle comprit alors que sa vie ne serait plus jamais la même, désormais.

Le bruit d'une porte qui s'ouvrait interrompit sa rêverie. Se retournant, elle découvrit Ali, qui vint s'asseoir à son côté.

— Ceci est la terre à laquelle j'appartiens, énonça-t-il, et vous y êtes la bienvenue.

— C'est magnifique ! dit la jeune femme, d'une voix nouée par l'émotion. Plus magnifique encore que tout ce que j'aurais pu imaginer. Bien que totalement nu, on a l'impression que le désert se suffit à lui-même.

Il la regarda avec un intérêt accru.

— Vous avez raison. J'ai souvent ressenti la même chose. Le désert n'a besoin de personne. Que vous ayez compris cela aussi vite me surprend, car beaucoup de ceux qui y sont nés sont morts sans l'avoir compris.

Elle lui sourit, heureuse de cette complicité, qui augurait bien des jours à venir. Soudain, le soleil surgit à l'horizon et devant ses yeux ébahis, le sable prit la couleur de l'or, et se mit à scintiller sous un ciel devenu bleu azur.

— Merci ! murmura-t-elle, les larmes aux yeux. Merci de m'avoir permis de contempler un tel spectacle.

— Rejoignons la cabine, ordonna Ali, car nous n'allons pas tarder à atterrir.

Attachée à son siège par la ceinture de sécurité, Frances continua à regarder par le hublot. Sous les ailes de l'avion, le désert disparut bientôt, faisant place aux bâtiments de l'aéroport de Kamar.

Une Rolls aux vitres teintées les attendait au pied de la passerelle. Frances ajusta en hâte son voile, baissa les yeux, et suivit à quelque distance le prince jusqu'à la voiture, qui démarra aussitôt.

A travers les vitres fumées, Frances ne vit défiler que des raffineries. Alors qu'ils atteignaient la ville, elle se fit plus attentive et vit, de chaque côté de la rue, les gens sourire et agiter leurs mains au passage de l'escorte royale. Les habitants semblaient heureux de voir leur souverain de retour parmi eux. A moins que…

— Font-ils cela de leur plein gré ? demanda-t-elle tout de go.

— De quoi parlez-vous ?

— De l'accueil de vos sujets. Sont-ils spontanément souriants ou…

Il leva les yeux au ciel.

— Non, bien entendu ! J'ai promulgué un décret qui stipule que tous ceux qui ne se montreront pas heureux de me revoir auront la gorge tranchée en place publique !

— Euh, je… je suis désolée.

Il laissa échapper un soupir résigné.

— Taisez-vous et couvrez votre visage, nous arrivons !

Quelques minutes plus tard, la voiture s'engouffrait sous un porche et s'arrêtait devant un immense escalier où attendaient des hommes en vêtements orientaux. L'un d'eux ouvrit la portière au prince.

— Surtout, ne bougez pas ! ordonna-t-il à mi-voix.

Comme il s'éloignait, une femme voilée prit sa place dans la voiture qui redémarra aussitôt.

— Je m'appelle Rasheeda, annonça-t-elle en ôtant son voile, et j'ai l'ordre de vous conduire à vos appartements.

Levant la main, elle ôta le voile de Frances et examina attentivement son visage. Une moue crispa bientôt ses lèvres, comme si elle n'appréciait guère ce qu'elle voyait.

Quand la voiture, après avoir contourné le palais, s'arrêta, Rasheeda remit son voile et, d'un signe, enjoignit à Frances de faire de même.

— Suivez-moi ! ordonna-t-elle.

Elles montèrent les marches d'un grand escalier puis suivirent un long corridor délicieusement frais. En sortant de la voiture, la chaleur du jour naissant avait failli suffoquer Frances, ce qui n'avait pas échappé à Rasheeda.

— Dans votre appartement, vous serez plus à l'aise, avait-elle déclaré. Et vous aurez des domestiques pour s'occuper de vous.

— Vous... vous m'attendiez ! s'étonna Frances.

Rasheeda haussa les épaules.

— Nous sommes toujours prêtes à accueillir une nouvelle invitée...

Frances fronça les sourcils, intriguée par la façon dont Rasheeda s'était exprimée mais, trop occupée à contempler le fabuleux décor de son nouvel environnement, elle ne s'en formalisa pas. Le palais ressemblait en tout point à ce qu'elle avait imaginé...

Bientôt, Rasheeda s'arrêta devant un ascenseur ultramoderne qui les emporta vers les étages supérieurs. De nouveau, elles longèrent un corridor interminable avant de s'arrêter devant une porte portant le numéro trente-sept. Elles pénétrèrent alors dans un luxueux appartement donnant sur un balcon.

Comme Rasheeda lui faisait visiter la salle de bains avec sa robinetterie en or, elle lui lança, les lèvres pincées :

— Vous êtes une privilégiée… Sa Majesté vous a fait attribuer le plus bel appartement. Je vais donner des ordres pour que l'on vous prépare un bain. Vous devez être fatiguée, après ce long voyage…

— Je ne vois ni mon sac, ni ma valise. Pouvez-vous me les faire apporter ?

— Vous n'en aurez pas besoin.

— Mais ils contiennent toutes mes affaires ! protesta-t-elle.

— Vous n'en aurez pas besoin, répéta Rasheeda. Cet endroit a été conçu pour satisfaire le moindre de vos désirs. Sa Majesté aime que ses concubines ne manquent de rien.

— Ses concubines ! s'exclama Frances, manquant de s'étrangler. Madame, vous avez été fort mal renseignée. Je ne suis pas une *concubine*, mais une journaliste.

— J'ignore le terme que vous utilisez en Occident pour désigner les…

— Mais Ali vous a certainement dit…

— *Sa Majesté* — elle souligna avec emphase son titre — m'a téléphoné de l'avion afin de me donner des instructions très précises pour votre accueil, que j'ai respectées à la lettre. Le sujet est clos !

— Certainement pas ! Je ne puis croire qu'il me traite comme une… une de ses…

— C'est un grand honneur qu'il vous fait et il sera très fâché de votre ingratitude.

— Ce qui est le dernier de mes soucis ! Je vais d'ailleurs lui dire de ce pas ma façon de penser !

Elle se précipita vers la porte, essaya de l'ouvrir sans y parvenir.

— Ouvrez cette porte ! hurla-t-elle.

— Les ordres de Sa Majesté sont formels. Vous devez rester ici jusqu'à ce qu'il trouve un instant à vous consacrer.

— Ah, oui ? Et combien de temps cela prendra-t-il ?

— Une semaine, un mois ? Nul ne le sait. Il a des choses bien plus importantes à régler auparavant.

— Mais il ne peut pas me séquestrer ! tempêta Frances. C'est un crime puni par la loi.

— Dans son pays, Sa Majesté fait la loi et agit selon son bon plaisir. Il semble que vous l'ayez accompagné jusqu'ici de votre plein gré, non ?

Frances lui lança un regard furibond et courut jusqu'au balcon.

— Au secours ! s'époumona-t-elle.

En contrebas, dans l'immense jardin qui entourait le palais, deux jardiniers penchés vers des massifs de fleurs levèrent la tête, se lancèrent un regard perplexe puis haussèrent les épaules avant de reprendre leur travail, indifférents. Il était clair que les secours ne viendraient pas d'eux.

Elle revint dans la chambre, qu'elle trouva vide. Rasheeda avait disparu. Se précipitant vers la porte, elle tenta de nouveau de l'ouvrir. En vain. Elle était bel et bien captive ! Frénétiquement, elle se mit à donner des coups de poing et de pied contre la porte de bois massif.

— Laissez-moi sortir ! hurla-t-elle. Vous n'avez pas le droit de me garder prisonnière !

Mais seul le silence répondit à ses cris.

Elle se retrouvait seule, dans un pays inconnu, et forcée d'obéir aveuglément à son souverain tout-puissant ! Ce dernier n'avait jamais eu l'intention de lui accorder la moindre interview. Elle l'avait provoqué, s'était moquée de lui, et il voulait se venger. Sans qu'il ait beaucoup d'efforts à fournir, elle s'était précipitée dans le piège qu'il lui avait tendu. Avec un enthousiasme non dissimulé, elle l'avait suivi dans un pays où il régnait en maître et où les femmes ne pouvaient être que des domestiques ou des concubines, et personne ne savait où elle était !

5

Le temps passa et la rage de Frances finit par s'apaiser. La colère ne servait à rien, et mieux valait chercher un moyen de s'évader. De toute évidence, à moins d'être un alpiniste chevronné — ce qui n'était pas son cas ! — on ne pouvait fuir par le balcon. Mais, peut-être existait-il une autre possibilité ?

Aucune issue de secours ne se trouvait dans la salle de bains qui, en toute autre circonstance, aurait émerveillé Frances avec sa baignoire creusée à même le sol et pavée de marbre, une splendeur ! La pièce principale, tout aussi somptueuse, avec ses riches tentures en tissu damassé, n'offrait quant à elle pas d'autre issue que la lourde porte d'entrée fermée à clé !

Frances prit place sur le sofa et laissa échapper un soupir de découragement. Comment avait-elle pu se laisser entraîner dans pareille aventure, elle qui se targuait d'avoir la situation bien en main ? Malgré les sages recommandations de Joey, elle n'en avait fait qu'à sa tête, comme toujours !

Soudain, le bruit d'une clé tournant dans la serrure la fit bondir. Pris de remords, Ali venait la délivrer ! songea Frances, pleine d'espoir. Hélas, ce n'était pas lui, mais deux jeunes femmes qui apparurent, sans doute les domestiques évoquées par Rasheeda.

Elles s'inclinèrent respectueusement devant elle et sans perdre une seconde, l'une d'elles se dirigea vers la salle de bains tandis que l'autre restait devant la porte qu'elle referma à clé. En proie à une immense fatigue, Frances perdit tout désir de se rebeller, car l'idée de s'immerger dans un bain chaud était des plus tentantes.

Comme elle l'avait espéré, l'eau était délicieusement parfumée et elle s'y plongea avec délices. Fermant les yeux, elle commença à fomenter des plans d'évasion et à songer à la conversation qu'elle ne manquerait pas d'avoir avec son geôlier lors de leur prochaine rencontre. Le problème est qu'elle ignorait quand celle-ci aurait lieu… « Dans des semaines ou même des mois, *selon le bon plaisir de Sa Majesté* ! » avait déclaré Rasheeda.

Lorsqu'elle fut prête à sortir de la baignoire, les deux domestiques s'approchèrent avec une serviette qu'elles drapèrent autour d'elle. Frances chercha les vêtements qu'elle avait portés pendant le voyage mais ils semblaient avoir disparu. Avec un sourire, une des jeunes femmes lui indiqua une superbe tunique brodée étendue sur le lit.

— Elle est pour vous, dit-elle.

Dieu soit loué, celle-ci parlait anglais !

— Où est ma valise ? lui demanda Frances. Elle contient mes vêtements et…

— Le Maître désire que vous portiez ceux-ci.

— Si *Votre* Maître s'imagine qu'il peut me donner des ordres, il se trompe ! Je m'habille comme je veux. Je veux mes vêtements et rien d'autre !

La jeune femme leva les mains, horrifiée.

— Vous ne devez pas parler ainsi ! Vous devez respecter…

— Rien du tout ! J'exige qu'on m'apporte ma valise !

Les deux jeunes femmes la fixaient, effarées. Leur tournant le dos, Frances s'installa sur le sofa et resserra les pans de la serviette autour d'elle regrettant qu'elle ne soit pas plus grande. Elle perçut alors des chuchotements apeurés derrière elle. Les deux servantes devaient se demander comment venir à bout de sa rébellion.

— Je veux ma valise et n'accepte aucun ordre de qui que ce soit ! répéta Frances, plus déterminée que jamais.

— Je reconnais bien là ma Diamond ! dit une voix amusée.

Se dressant aussitôt sur ses pieds, Frances se retourna. Ali se tenait devant elle, les bras croisés et un sourire moqueur aux lèvres. Les domestiques avaient disparu.

— Vous ! s'écria-t-elle. Comment osez-vous… ?

— Qu'ai-je donc encore fait ?

Frances frémit. Pourquoi fallait-il que chaque fois qu'elle se retrouvait devant lui, son cœur se mette ainsi à battre la chamade ? Ce n'était vraiment pas le moment de manifester quelque faiblesse que ce soit.

— Si c'est une plaisanterie, elle est de fort mauvais goût ! dit-elle en le fusillant du regard.

Plus que jamais, elle regrettait que la serviette laissât voir son corps, exposant à son regard ses longues jambes fuselées et une partie de sa poitrine. Il y avait pire encore. Mal ajustée, la serviette semblait glisser chaque fois qu'elle respirait !

— Quelque chose ne va pas ? demanda de nouveau le prince.

— Non, tout va bien, au contraire ! Vous m'invitez à vous suivre dans votre pays sous prétexte de m'accorder une interview et je m'y retrouve prisonnière et traitée comme une de vos nombreuses concubines. La trente-septième !

Il éclata de rire.

— Elles ne sont pas aussi nombreuses, j'en ai peur ! Je vous ai attribué l'appartement trente-sept parce que c'est le seul qui ferme à clé. Mes concubines laissent leur porte ouverte. Elles ne sont que trop heureuses de l'honneur qui leur est fait.

— Vous n'avez jamais eu l'intention de m'accorder cette interview, n'est-ce pas ? l'accusa-t-elle, rageuse.

— Jamais, en effet ! Parler affaires avec une femme m'ennuie prodigieusement. Les femmes sont faites pour un autre type de conversation. Connaissant mon opinion sur le sujet, jamais vous n'auriez dû m'accompagner.

— Vous m'avez tendu un piège !

— Dans lequel vous vous êtes précipitée !

— Vous n'aviez pas le droit…

— Vous osez parler de droit alors que vous vous êtes introduite chez moi pour m'espionner ! Sachez que personne ne peut indûment se permettre de ridiculiser le prince de Kamar. Vous vous êtes cru au-dessus des lois, n'est-ce pas ? Il était temps que je vous prouve que le seul maître, ici, c'est moi.

— Vous avez perdu la tête ! On va s'apercevoir de ma disparition et…

— Qui ? Votre collaborateur est sur une autre mission. Vous n'avez plus de famille. Je vous ai introduite dans mon pays avec le passeport d'une autre. Personne ne viendra vous chercher ici.

— Ainsi, toutes ces questions que vous me posiez, hier soir…

— … avaient pour seul et unique objectif de savoir si je pouvais vous kidnapper en toute sécurité. On ne se lance pas dans un tel projet sans prendre certaines précautions.

— Ali, cette plaisanterie a assez duré ! Rendez-moi mon sac et ma valise et laissez-moi partir !

De nouveau, il éclata de rire.

— Très chère Diamond, vous êtes ici dans mon pays et totalement à ma merci. Comprenez que vous ne pouvez me donner des ordres ! Vous ne sortirez d'ici que lorsque je le déciderai.

Tout en parlant, il s'était approché et effleurait du bout de ses doigts son bras nu, remontant lentement vers son épaule et sa gorge. La caresse, à peine perceptible, fit frémir Frances de tout son être. Lorsqu'il s'arrêta, elle faillit crier de frustration. Elle comprit alors que l'attirance qu'il exerçait sur elle était toujours aussi forte…

— J'exige que vous me laissiez partir ! dit-elle, le défiant du regard.

— Magnifique ! murmura Ali. J'avoue que je vous admire…

— Avez-vous entendu ce que j'ai dit ?

— Je vous entends, mais je ne vous écoute pas. J'ai à votre encontre une patience infinie. On dit que le plaisir vient de la difficulté rencontrée à le satisfaire. Lorsque vous accepterez enfin d'être à moi, très chère Diamond, le mien sera exceptionnel, j'en suis certain. Quand ce moment arrivera, nous vivrons ce qu'aucun homme et aucune femme n'auront encore vécu avant nous.

— Jamais ce moment n'arrivera ! Je m'y refuse absolument.

Combien de temps encore allait-elle pouvoir résister ? Dans un élan désespéré, elle se précipita vers la porte pour essayer, une fois encore, de l'ouvrir. En un éclair, il fut à son côté pour la prendre dans ses bras et s'emparer sauvagement de sa bouche. La violence de ce baiser n'avait plus rien à voir avec une caresse, et cherchait à la soumettre.

De toutes ses forces, elle repoussa le prince et, dans son effort, fit tomber la serviette de bain. Voici qu'elle se retrouvait nue dans ses bras !

Comme elle continuait à se débattre, il murmura dans un souffle :

— Calmez-vous, ma Diamond ! Ne comprenez-vous pas que vous pouvez me convaincre sans utiliser la force ? Vous possédez des armes bien plus subtiles…

Se penchant, il la souleva dans ses bras pour la porter jusqu'au lit. L'allongeant au milieu des coussins moelleux, il reprit sa bouche avec fièvre. Puis il se fit plus tendre, plus caressant, et Frances sentit sa résistance faiblir. N'avait-elle jamais désiré autre chose qu'être nue dans ses bras ? Comme il couvrait son corps de baisers, il dut entendre les battements désordonnés de son cœur car il s'arrêta brusquement pour demander :

— Qu'est-ce qui fait battre votre cœur si vite, Diamond ? L'amour ou la haine ?

— Devinez !

Il lui prit alors la main et la posa sur son propre cœur, qui battait aussi fort que le sien.

— Et qu'est-ce qui fait battre le mien ? s'enquit-il.

— Le désir de me posséder.

— Peut-être. J'avoue ne jamais avoir désiré une femme comme je vous désire, Diamond, ni pris autant de risques pour l'obtenir. Demandez-moi ce que vous voulez...

— Laissez-moi partir !

Ces mots lui firent l'effet d'une douche froide, et il se redressa, le visage crispé.

— Hélas, vous demandez la seule chose que je ne puis vous accorder !

— Vous ne pouvez me garder prisonnière !

— Cela prendra le temps qu'il faudra mais, un jour, vous serez mienne. Un jour, vous vous donnerez à moi de votre plein gré et vous n'aurez alors plus aucune envie de me quitter !

Il se dirigea vers la porte.

— Je ne resterai pas enfermée ! cria-t-elle en le voyant s'éloigner. Je trouverai un moyen de m'enfuir et vous dénoncerai au monde entier !

Si elle avait perdu une bataille, Frances n'avait pas pour autant perdu la guerre. Pour l'instant, elle était épuisée, après une première nuit blanche passée au palais, et il lui fallait impérativement retrouver ses forces. Elle se glissa voluptueusement entre les draps de satin et s'endormit sur-le-champ.

Lorsqu'elle se réveilla, il était midi et ses deux suivantes se tenaient à son chevet, souriantes. Elles s'inclinèrent puis lui désignèrent le repas qui l'attendait, mais Frances ne vit que son sac et sa valise au pied de son lit. Pendant son sommeil, on les lui avait rapportés !

Elle fouilla fébrilement dans son sac à main, et ne tarda pas à découvrir que son carnet de notes, son Dictaphone et son téléphone portable manquaient. On avait pris soin de lui enlever tout moyen de communiquer avec l'extérieur ! Leena — celle qui parlait anglais — lui expliqua que le reste de l'après-midi serait consacré à recevoir un marchand de tissus.

— Pour quoi faire ? demanda Frances, intriguée.

— Pour qu'il vous confectionne une nouvelle garde-robe, selon vos goûts.

Frances s'apprêtait à lui dire qu'elle ne resterait pas suffisamment longtemps à Kamar pour avoir besoin de vêtements mais se ravisa. Recevoir ce marchand lui occuperait l'esprit.

Rien ne l'avait préparée à la magnificence de ce qu'elle allait voir. Le marchand lui montra des tissus tous plus somptueux les uns que les autres, et elle ne sut bientôt plus lequel choisir.

— Que... que décider ? balbutia-t-elle, éblouie malgré elle.

— Le Maître a dit que vous pouviez prendre tout ce que vous désirez, l'informa Leena avec un sourire engageant.

Frances se reprocha mentalement sa faiblesse. Il n'était pas question pour elle de se laisser acheter avec quelques bouts de tissu, fussent-ils les plus beaux qu'elle eût jamais vus !

Cependant, la tentation était telle qu'elle tendit impulsivement la main afin de caresser les soies, les satins, les velours... Soudain, elle redevenait cette adolescente qui, le nez collé à la fenêtre, dans la grisaille environnante, rêvait d'habits de princesse... Elle se fit la promesse de ne prendre que le strict minimum.

Deux heures plus tard, le marchand repartait, satisfait d'avoir, en poche, la plus importante commande qu'on lui ait jamais passée. Frances, pour sa part, était atterrée. Elle n'avait pas seulement commandé les robes dans les tissus les plus somptueux, mais également les pierres précieuses qui y seraient incrustées. « Tels sont les ordres du Maître ! » avait précisé Leena.

Agitée, Frances sortit sur le balcon pour profiter des dernières lueurs du jour avant que la nuit tombe. Le passage de la lumière aux ténèbres se faisait si rapidement qu'on avait l'impression qu'un peintre noircissait tout à coup toute chose d'un seul coup de pinceau.

En dépit de sa colère, Frances fut instantanément sous le charme de cet instant magique. A ses pieds s'étendaient les jardins, éclairés par une myriade de lampes. Plus loin, elle apercevait les lumières de la ville. De la musique douce montait vers elle. Baissant les yeux, elle put voir les allées du jardin et les silhouettes des promeneurs venus chercher la bienfaisante fraîcheur du soir.

Croyant reconnaître Ali, elle concentra son attention sur un promeneur à la haute stature, tout de blanc vêtu. Elle ne pouvait voir son visage mais son port de tête, la grâce avec laquelle il se mouvait, ne pouvaient qu'appartenir au seigneur du lieu. Il parlait avec une femme... Sa favorite, peut-être !

Rentrant précipitamment dans sa chambre, elle referma la porte-fenêtre derrière elle, puis alla prendre un livre dans la bibliothèque près de son lit. L'ouvrage était écrit en anglais, et parlait de Kamar. Elle s'était déjà beaucoup documentée sur ce pays en devenir, mais ces livres décrivaient les hommes qui l'avaient construit et lui avaient donné son âme.

Le royaume de Kamar n'existait que depuis une soixantaine d'années. Un jour, apprit-elle, un homme déterminé du nom de Najeeb s'était assis avec sa tribu autour du premier puits de pétrole et avait refusé de bouger, obligeant ainsi les compagnies pétrolières occidentales à négocier avec lui. « Le désert appartient à ceux qui y vivent ! » avait-il déclaré. Ensuite, il s'était autoproclamé souverain du royaume. Cet homme était le grand-père d'Ali...

Son fils, Najeeb le second, à la tête d'une immense fortune, l'avait dépensée sans compter. Ses deux fils s'étaient ensuite disputé le trône. Le plus jeune, Saleem, avait triomphé. Saleem était un sage. Il avait propulsé Kamar vers l'avenir en l'ouvrant aux nouvelles technologies. Tous s'accordaient à le décrire comme un dirigeant éclairé.

Un frisson parcourut Frances. Soudain, elle n'eut plus envie de lire, comme si elle comprenait enfin qu'elle s'était montrée inconséquente en osant défier le tout-puissant souverain de ce pays.

6

Le lendemain matin, Leena fit à Frances une très agréable surprise.

— Nous pouvons nous rendre au bazar et faire des achats, si vous le désirez, suggéra-t-elle.

Le cœur de Frances bondit de joie. Ainsi, elle n'allait pas rester cloîtrée dans ses appartements ! Avec un peu de chance, elle pourrait même trouver un moyen d'entrer en contact avec l'ambassade de son pays.

Leena l'aida à revêtir un somptueux vêtement oriental accompagné d'un turban et d'un voile qui dissimulait entièrement son visage. Lorsqu'elle franchit la porte de son appartement, elle vit quatre colosses, les bras croisés sur la poitrine.

— Votre garde d'honneur, expliqua Leena.

Un honneur dont Frances se serait bien passée ! Une longue limousine aux vitres fumées les attendait devant les marches du palais, et l'un des gardes se mit au volant. Les trois autres s'installèrent dans un premier compartiment tandis que Frances et Leena prenaient place dans le second.

La voiture commençait à rouler lorsque, soudain, l'une des portières du second compartiment s'ouvrit brutalement. Avant que quiconque pût intervenir, un homme bondissait dans le véhicule et prenait place en face de Frances, refermant la porte derrière lui.

— Sortez d'ici ! hurla Leena.

Puis, portant la main à sa bouche, elle murmura, en s'inclinant :

— Excusez-moi, Altesse !

Il ne s'agissait pas d'Ali, mais d'un jeune homme qui lui ressemblait étrangement.

— Je n'ai pu résister au désir de voir à quoi ressemblait la nouvelle concubine de mon cousin, déclara-t-il, les yeux brillant d'excitation.

— Votre voile ! ordonna aussitôt Leena à Frances.

— Trop tard ! lança le jeune homme. J'ai déjà vu son visage.

A l'intention de Frances, il précisa :

— Je suis le prince Yasir, le cousin d'Ali. L'histoire que l'on raconte est-elle vraie ? Ali a-t-il vraiment payé cent mille livres pour vous ?

— De quoi parlez-vous ? s'exclama Frances, effarée.

— De ce qu'affirme la rumeur. Jamais, dans l'histoire, une telle somme d'argent n'a été offerte pour une femme. Moi-même, je n'ai jamais proposé plus de trente mille livres pour une compagne. Mais mon cousin possède un goût très sûr, et je suis d'ailleurs forcé de constater que vous n'êtes pas ordinaire.

— Sortez d'ici immédiatement ! cria Frances, indignée. Sortez ou je vous jette dehors !

Leena poussa un cri horrifié tandis que Yasir éclatait de rire.

— Une vraie tigresse ! énonça-t-il. Vous valez amplement chaque sou que mon cousin a déboursé pour vous obtenir. Je compte vous revoir bien vite !

Sur cette promesse, il fit arrêter la voiture et sortit.

— Vous avez menacé un prince ! gémit Leena.

— Il m'avait insultée ! Comment ose-t-il insinuer que j'ai été achetée ?

— Mais nul n'ignore que vous avez coûté cent mille livres à notre souverain ! protesta Leena.

Frances jugea alors utile d'expliquer :

— C'est en effet le don qu'il a fait à une organisation caritative pour… euh… pour me faire plaisir.

L'explication eut sur Leena l'effet contraire à celui qu'avait escompté Frances, car la jeune Arabe ouvrit de grands yeux et la regarda comme si elle était une déesse descendue sur terre.

— Vous devez compter beaucoup pour lui ! dit-elle, admirative.

Frances se mordit la lèvre. Ainsi, telle était l'opinion qu'avaient d'elle les sujets de Sa Majesté le prince Ali Ben Saleem : elle était une acquisition somptueuse, au même titre qu'un bijou ou qu'un cheval de course. Sans doute ne représentait-elle pas autre chose pour lui. Mais, gagnée par l'excitation de la visite du bazar, elle en oublia provisoirement son indignation.

Quand la voiture finit par s'arrêter, Leena ajusta le voile de Frances afin de dissimuler son visage aux regards de la foule, puis elles descendirent du véhicule.

Sous le coup de la chaleur qui, brusquement, s'abattit sur ses épaules, Frances vacilla. Fort heureusement, après quelques minutes d'adaptation, elle finit par apprécier la chaleur, la lumière, les couleurs. En vacances, elle aurait pris un plaisir évident à découvrir ce monde nouveau qui, déjà, la fascinait, l'éblouissait. Mais la présence constante de ses gardes du corps à son côté lui rappelait sans cesse qu'elle était prisonnière.

Attirée par le délicieux roucoulement d'un couple de tourterelles, Frances décida impulsivement de l'acheter. Par l'intermédiaire de Leena, le vendeur lui assura qu'elle n'avait nul besoin d'une cage.

— Gagnez leur amour et jamais elles ne vous quitteront, affirma-t-il.

— Il ment ! s'indigna Leena. Sans cage, elles reviendront vers lui et il pourra les revendre. Nous allons en acheter une.

— Non ! refusa fermement Frances. Pas de cage !

A la place, elle acheta un sac des graines préférées des volatiles et s'en servit pour les attirer jusque dans la voiture. A peine fut-elle installée à bord que le chauffeur sortit son téléphone portable. Elle comprit pourquoi lorsque, à son arrivée, elle trouva un colombier installé sur son balcon…

Pour son plus grand bonheur, les tourterelles semblèrent se plaire dans leur nouvelle demeure et ne manifestèrent aucune intention de lui fausser compagnie.

A sa demande, Leena servit à Frances un repas léger, puis insista pour qu'elle prît un peu de repos…

Lorsqu'elle se réveilla, en fin d'après-midi, Leena lui avait préparé un bain dans lequel elle versa un flacon d'huile odorante. Les yeux fermés, Frances inhala longuement les senteurs voluptueuses qui parvenaient à ses narines. Aussitôt, d'étranges pensées envahirent son esprit. Des pensées lascives et érotiques. Elle s'y abandonnait avec délices lorsque, brusquement, elle ouvrit les yeux, soupçonneuse.

— Cela suffit ! déclara-t-elle d'une voix ferme en se dressant sur ses pieds et en enjambant le rebord de la baignoire. Dès que j'aurai dîné, je me remettrai au lit pour dormir.

— Mais… j'ai reçu des ordres ! protesta Leena. Je dois vous préparer pour le Maître. Il vous a choisie parmi toutes ses concubines pour passer la nuit en sa compagnie.

Frances faillit s'étrangler de rage.

— Si *le Maître* s'imagine que je vais me laisser préparer comme une dinde de Noël pour être servie ce soir à sa table, il se trompe !

— Mais c'est la coutume ! gémit Leena. Etre choisie par Sa Majesté, parmi toutes ses concubines, est un grand honneur.

— *Je ne suis pas une de ses concubines* ! tempêta Frances.

— Il vous couvrira des cadeaux les plus somptueux !

— Je n'ai que faire de ses cadeaux ! Croyez-moi, je vais lui dire, droit dans les yeux, ce que je pense de ses manières !

— Laissez-moi vous préparer, je vous en supplie, sinon je risque les pires ennuis !

Leena avait raison. Elle ne méritait pas d'être punie.

— Très bien. Dans ce cas, faites votre travail !

La couturière avait dû travailler toute la nuit car le premier des vêtements commandés par Frances était prêt. C'était une pure merveille faite de satin et de brocart, couleur crème, qui se portait avec une ceinture rebrodée de perles fines. Une tunique en voile arachnéen complétait l'ensemble. Lorsque Leena plaça sur ses cheveux le turban de même couleur, Frances contempla avec stupeur la beauté orientale qui lui faisait face dans le miroir. Elle imagina sans peine le sourire qu'Ali ne manquerait pas d'avoir à sa vue. D'un coup de baguette magique, la journaliste venait de se transformer en princesse des *Mille et Une Nuits* et… elle trouvait cela très excitant !

La porte s'ouvrit, livrant passage à Rasheeda. Cette dernière l'examina d'un œil critique de la tête aux pieds et finit par hocher la tête en signe d'approbation. Comme Leena poussait un soupir de soulagement, le son étrange d'un cor leur parvint.

— Votre chaise à porteurs est avancée ! annonça Rasheeda en ajustant le voile devant le visage de Frances. Vous allez voyager ainsi jusqu'aux appartements de Sa Majesté. Je marcherai devant, annonçant à tous votre arrivée. Lorsque vous vous retrouverez en présence du Maître, rappelez-vous que vous devez vous incliner, baisser les yeux et dire : « Votre humble servante vous salue, Majesté. » Ne vous relevez pas avant qu'il ne vous en ait donné l'ordre. Manquer à cette règle serait une grave offense. Est-ce clair ?

— Très clair ! dit Frances, la rage au cœur.

Quand Rasheeda ouvrit la porte, quatre hommes à la stature imposante s'inclinèrent pour déposer devant Frances une splendide chaise à porteurs fermée par des rideaux. Frances y prit place, et les porteurs se mirent en marche.

Protégée des regards par les rideaux, Frances ne pouvait que deviner ce qui se passait à l'extérieur. Le son du cor la précédait, accompagné par la voix de Rasheeda qui criait en arabe des mots qu'elle ne comprenait pas.

Elle s'efforça de se concentrer sur ce qu'elle allait dire à Ali, lorsqu'elle l'entendit donner un ordre aux porteurs qui déposèrent la chaise.

Des pas s'éloignèrent, et une porte se referma.

— Vous pouvez sortir ! ordonna Ali.

Frances jaillit de son abri, prête à lui arracher les yeux, mais il avait pris la précaution de s'éloigner et l'observait de loin. Frances écarta rageusement son voile et se posta devant lui.

— Vous croyez peut-être que j'allais m'incliner et dire : « Votre humble servante… »

— Non, je savais que vous ne le feriez pas ! dit-il en éclatant de rire. C'est pourquoi j'ai attendu que nous soyons seuls pour vous demander de sortir. Si mes serviteurs vous avaient entendue me manquer de respect, j'aurais été obligé de vous jeter dans la fosse aux serpents, ce qui n'aurait pas manqué de nous gâcher la soirée.

— Mais vous pouvez ainsi m'envoyer quérir et je n'ai qu'à obéir !

— Oui. Ainsi le veut la coutume de mon pays. C'est ce qui s'appelle « le bon vouloir du prince ». Vous verrez, vous finirez par vous y habituer.

— Jamais ! Même si vous me gardiez prisonnière pendant des millions d'années !

— Quelle merveilleuse perspective !

Il lui sourit et elle faillit oublier sa colère.

— Les vêtements orientaux rehaussent encore votre beauté, ma chère Diamond !

— Ne changez pas de sujet !

— Désolé, mais votre beauté sera toujours pour moi un sujet inépuisable.

D'un geste impulsif, il lui ôta son turban, libérant ainsi la masse de ses cheveux blonds qui tombèrent alors en cascade sur ses épaules.

— Chaque instant du jour et de la nuit, je rêve de vos cheveux, cette rivière d'or…, dit-il en la serrant contre lui pour s'emparer de ses lèvres avec fièvre.

Frances avait préparé tout un argumentaire qu'elle oublia sur-le-champ sous son baiser de feu. Secrètement, elle avait attendu cet instant de toute son âme et de tout son corps.

— Avouez que, vous aussi, vous avez rêvé de cet instant…, murmura-t-il.

— Oui…

Des milliers d'étoiles s'allumèrent au fond des yeux sombres du prince. Non, elle ne pouvait lui laisser remporter aussi facilement la victoire !

— Oui, répéta-t-elle alors. J'ai rêvé de cet instant où je pourrais enfin vous dire ce que je pense de votre comportement d'un autre âge !

Il lui ferma aussitôt la bouche d'un nouveau baiser plus ardent encore, la laissant pantelante.

— J'aime ce combat qui nous oppose, murmura Ali en délaissant un instant sa bouche pour lui mordiller le lobe de l'oreille. Vous n'en êtes que plus attirante et la victoire finale n'en sera que plus enivrante.

— La victoire de qui ?

— La nôtre. Lorsque, dans une fusion totale de nos deux corps, nous serons allongés dans les bras l'un de l'autre, la victoire nous appartiendra à tous deux. Il n'y a de vrai plaisir que lorsqu'il est partagé. La nuit qui nous attend sera magique.

Comme elle allait protester, il l'arrêta d'un geste.

— Ne dites rien. Nous avons tout notre temps…

Afin de recouvrer son calme, elle reporta son attention

sur le décor qui l'environnait. Stupéfiant ! L'appartement princier était une splendeur avec ses voûtes en arcs de cercle et ses colonnes de marbre. Les murs étaient recouverts d'une mosaïque où se mêlaient l'or et de subtils dégradés de bleu, le tout en parfaite harmonie. Ils marchaient sur d'épais tapis de laine, les plus beaux qu'elle eût jamais vus. Au fond de la pièce, une grande table avait été dressée, couverte des mets les plus appétissants.

— Vous êtes choquée ! lança-t-il en voyant l'expression de son visage.

— Personne n'a le droit de vivre ainsi alors que des gens meurent de faim !

Elle regarda autour d'elle.

— De plus, ce palais semble avoir été construit récemment !

— Le palais érigé par mon grand-père, Najeeb, était trop petit. Mon père s'est trouvé dans l'obligation d'en construire un deuxième, plus adapté aux problèmes de notre temps.

— Un deuxième palais ! s'exclama Frances, de plus en plus indignée.

Il sourit, lui prit la main et l'entraîna vers l'une des portes-fenêtres qui donnaient sur un balcon dominant la ville.

— Voici le Sahar Palace…

Regardant dans la direction qu'il indiquait, Frances aperçut les grandes tours d'un palais se dressant dans la nuit.

— Sahar signifie l'aube en arabe, expliqua Ali. L'architecte a conçu ce palais afin que ses tours soient les premières à capter la lumière de l'aube.

Deux palais ! pensa Frances, qui regretta de ne pouvoir noter sur son carnet la manière éhontée dont on gaspillait l'argent dans ce pays !

Mais déjà, Ali lui prenait de nouveau la main et l'entraînait vers la table ornée de fleurs toutes plus extraordinaires les unes que les autres.

— J'espère que vous aimerez ce plat, dit-il en montrant l'un d'eux du doigt.

— Un tajine de poulet aux dattes et au miel ! s'exclama Frances, émue malgré elle.

— Je vous avais promis que votre plat préféré vous serait servi la prochaine fois que nous dînerions ensemble.

Comme lors de leur première rencontre, il voulut la servir lui-même.

— Servir une femme est indigne de votre rang, Votre Majesté ! lui fit-elle alors remarquer.

— Mmm… disons que vous n'êtes pas n'importe quelle femme, ma Diamond.

— Effectivement ! Vous m'avez achetée très cher, cent mille livres ! Alors que le cours du marché est beaucoup plus bas. Trente mille livres, non ?

— Oh… Vous avez rencontré mon cousin, m'a-t-on rapporté. Un jeune homme plein de fantaisie mais totalement irresponsable. Son vœu le plus cher est que je partage avec lui la gestion des affaires du pays. Mais il devra tout d'abord me prouver qu'il en est capable, ce qui est loin d'être le cas. Ce qu'il a fait ce matin est intolérable ! Pénétrer de force dans votre voiture et…

— … me voir sans mon voile !

Il se mit à rire.

— Cela a dû être une épreuve particulièrement éprouvante !

— La véritable épreuve a été d'apprendre que vous aviez laissé croire à tous que vous m'aviez achetée cent mille livres. Je ne suis pas un cheval de course, vous savez !

— Certainement pas ! protesta-t-il avec véhémence. Un cheval de course vaut beaucoup plus que cela !

Frances leva les yeux au ciel.

— J'abandonne !

Comme il riait en remplissant son verre de vin, Frances renonça provisoirement à se battre. Après tout, la nourriture était appétissante, elle ne s'était jamais sentie aussi belle et elle allait dîner en compagnie d'un des hommes les plus séduisants de la planète ! Et puis, comment pouvait-elle continuer à considérer comme un ennemi cet homme qui la regardait comme si elle était la huitième merveille du monde ?

Au milieu du repas, il se leva pour aller prendre un coffret dans un meuble près de la fenêtre. Le déposant devant elle, il l'ouvrit. Elle poussa une exclamation de surprise à la vue du trésor qui s'offrait à ses yeux : des diamants, des émeraudes, des rubis… Se penchant, Ali prit dans ses mains un collier d'or serti d'émeraudes.

— Vous êtes faite pour porter des bijoux, ma Diamond. Ce soir, ce sera des émeraudes, mais demain…

— … rien ! dit-elle en repoussant le collier d'un geste déterminé. Ni demain, ni les jours suivants. Je ne puis rien accepter de vous, Ali, car je n'ai rien à vous offrir en échange.

Il laissa échapper un profond soupir.

— Pourquoi persistez-vous à nier ce qu'il y a entre nous ? demanda-t-il.

— Parce que vous m'avez amenée ici contrainte et forcée. Aussi longtemps que vous me retiendrez prisonnière, rien ne pourra se passer entre nous.

— Vous êtes une femme dure et insensible…

— Je suis une femme libre ! Personne ne pourra jamais m'acheter. Pas même le tout-puissant prince de…

Avant qu'elle pût terminer sa phrase, la porte s'ouvrit avec violence, et Yasir fit irruption dans la pièce. Le visage rouge, les yeux brillants, il semblait surexcité.

Ali se dressa devant lui, le visage de marbre et les poings serrés.

— Que veux-tu ? s'enquit-il d'une voix glaciale.

Yasir pointa son doigt vers Frances et leva deux doigts de son autre main, puis trois. Horrifiée, la jeune femme comprit alors qu'elle était devenue un objet de marchandage. Comme Ali secouait énergiquement la tête, Yasir leva quatre doigts.

— Si vous osez accepter, je vous tue ! annonça Frances.

— Lorsque je serai disposé à vous vendre, j'exigerai beaucoup plus que quatre fois le prix que vous m'avez coûté !

répliqua Ali, d'une voix aussi tranchante que la lame d'un couteau.

— Combien ? demanda aussitôt Yasir en s'avançant vers Frances.

La jeune femme se prépara à le gifler, mais Ali fut plus rapide. Saisissant son cousin par le col de sa chemise, il le souleva de terre comme s'il était aussi léger qu'une plume, traversa la pièce et le jeta dehors.

— Ne recommence jamais cela ! lui cria-t-il avant de fermer la porte et de tourner la clé dans la serrure.

Lorsqu'il revint vers elle, Frances sentit un frisson de peur courir le long de sa colonne vertébrale. Ali avait le visage d'un homme prêt à tuer. Mais, contre toute attente, il la prit tendrement dans ses bras.

— Il a osé me proposer de l'argent pour vous avoir à lui !

— Personne ne pourra jamais m'acheter. Ni lui, ni vous !

Elle aurait pu tout aussi bien parler à un mur. Il la regardait comme un homme à qui on avait tenté de voler la chose la plus précieuse qui soit. Il était en état de choc. Lorsqu'il parla, sa voix tremblait.

— Dès le premier instant où j'ai posé mes yeux sur vous, j'ai su qu'il fallait que vous soyez à moi, dit-il dans un souffle. Je ne puis plus attendre.

Elle se raidit.

— Ali, je vous en prie, laissez-moi partir !

— Jamais ! Vous êtes à moi et vous serez à moi pour toujours !

L'espace d'un instant, la volonté de Frances vacilla. Se donner à lui aurait été son vœu le plus cher si seulement…

Rassemblant ses dernières forces, elle le repoussa.

— Non ! cria-t-elle. C'est impossible !

Les yeux sombres lancèrent des éclairs. Comme il tentait de la reprendre dans ses bras, elle le gifla de toutes ses forces. Il demeura tout d'abord immobile, comme pétrifié, puis il porta la main à sa joue.

— Vous… vous m'avez giflé, moi, le prince de Kamar !

— Si vous êtes un prince, conduisez-vous comme tel ! Un gentleman n'abuse pas d'une femme qui se refuse à lui. Qu'allez-vous faire maintenant ? Me jeter dans la fosse aux serpents ? M'enfermer au sommet d'un donjon jusqu'à la fin de mes jours ?

— Ne me tentez pas !

— Libérez-moi, je vous en supplie !

— Impossible ! Par contre, je vais devoir vous faire changer d'appartement.

Elle ouvrit de grands yeux.

— Mais… pourquoi ?

— Aux yeux de tous, ce soir, vous êtes devenue officiellement ma favorite. En conséquence de quoi, je me dois de vous attribuer un appartement plus luxueux et plus confortable. Désormais, vous aurez huit domestiques attachés à votre service, prêts à satisfaire le moindre de vos caprices. Partout où vous irez, les gens s'inclineront devant vous. Je vous couvrirai des plus beaux bijoux que vous exhiberez en toute occasion.

— Si vous espérez me faire ainsi changer d'avis, vous…

— Je n'espère rien. Je respecte seulement les traditions. Vous allez tout naturellement bénéficier du traitement de faveur réservé à celle qui s'est appliquée à me satisfaire.

— Mais je n'ai pas…

— Mes sujets doivent l'ignorer !

Frances porta la main à sa bouche.

— Oh… Vous voilà pris au piège ! Personne ne doit apprendre que la femme que vous avez achetée si cher n'était finalement pas un bon choix !

— En voilà assez ! Imaginez un instant que je me passe de votre consentement. Qui, pensez-vous, viendra alors à votre secours ?

Elle affronta son regard sans ciller.

— Vous ne le ferez pas ! Ce serait admettre votre défaite,

admettre que seule la force a pu me soumettre à votre bon vouloir. Personne d'autre ne le saura sauf vous et moi, mais vous ne pourrez vivre avec cette pensée.

— Quelle ingrate vous faites ! Quand je pense que je…

Il s'arrêta, comme effrayé par les mots qu'il allait prononcer.

— Poursuivez !

— Non, c'est sans importance.

— Alors, appelez les porteurs et faites-moi reconduire.

— Vous n'y pensez pas ! Ce serait avouer que nous n'avons pas…

Elle pouffa de rire.

— Ce serait, en effet, très mauvais pour la réputation de Votre Majesté !

— Vous avez conscience que vous nous condamnez à faire la conversation toute la nuit ?

— Vous pourriez m'accorder cette interview !

— Jamais !

— Alors, vous avez raison. Nous voilà condamnés à parler de la pluie et du beau temps. Dommage !

7

— Parlez-moi de Yasir, suggéra Frances.

— Son père était le frère aîné de mon père, et Yasir reste persuadé que c'est son père qui aurait dû monter sur le trône et non le mien.

— La coutume ne veut-elle pas que le frère aîné soit automatiquement investi du pouvoir de gouverner le pays ?

— Ailleurs, peut-être, mais pas ici. Cette partie du monde est particulièrement difficile à gouverner. Des deux frères, mon père était indubitablement celui qui était le plus apte à prendre les rênes du pays. Ce qu'il a fait, pour le plus grand bien de son peuple. Mais Yasir pense que j'ai pris injustement sa place. Cela donne lieu à des scènes comme celle à laquelle vous avez assisté et pour laquelle je vous présente mes excuses. Il n'avait pas le droit de s'introduire chez moi comme il l'a fait et je ferai en sorte que cela ne se reproduise plus.

— Etait-il prudent de le chasser ainsi ? Ne va-t-il pas chercher à se venger ?

— Il n'est pas rancunier. Il oubliera…

Frances fit une moue dubitative. Elle avait vu le regard plein de haine de Yasir. Il n'oublierait pas l'incident aussi facilement que le pensait Ali.

— Pourquoi ne pas reprendre la conversation là où nous l'avions laissée, lors de notre première rencontre ? suggéra-t-elle. Nous parlions de notre intérêt pour les *Mille et Une Nuits*…

Il eut un rire amer.

— … et pour le désert ! Que n'auriez-vous pas inventé, ce soir-là, pour m'inciter à vous livrer des confidences dont vous vous seriez servie sans vergogne dans votre article !

— Oh ! non ! se défendit-elle avec fougue. Tout ce que je vous ai dit était la stricte vérité. Je vous ai fait ce soir-là des confidences que je n'avais encore faites à nul autre avant vous. Croyez-moi, Votre Majesté, je vous en conjure !

Il sourit.

— Nous avons dépassé le stade de « Votre Majesté » me semble-t-il, dit-il en frottant la joue qu'elle avait giflée.

L'espace d'une seconde, son visage exprima une telle tristesse que Frances faillit presque oublier ses griefs, et dut lutter contre le désir impulsif de le prendre dans ses bras.

— Je vous ai fait ces confidences parce que je pressentais que vous pouviez me comprendre, poursuivit-elle. Jusque-là, je n'avais jamais confié mes rêves à personne. Surtout pas à mon oncle Dan et à ma tante Jean. Pour eux, seul le monde réel comptait vraiment. Ils n'avaient pas le temps pour les rêves. A l'école, ils m'ont poussée à étudier les matières sérieuses comme les mathématiques et l'économie. Sans que je comprenne vraiment pourquoi, j'ai fini par leur trouver de l'intérêt et par décider d'en faire ma carrière. J'ai alors enfoui mes rêves au plus profond de moi-même. Ce soir-là, tel un magicien, vous les avez libérés…

— Peut-être…

N'avait-il pas, lui aussi, ressenti la magie de cette soirée ? N'avait-il pas eu la certitude, ce soir-là, d'avoir enfin rencontré quelqu'un qui le comprenait sans même qu'il ait besoin de parler ? A son contact, son sentiment d'extrême solitude — la solitude de celui qui possède tout, sauf ce qu'il désire vraiment — n'avait-il pas cessé soudain de lui étreindre le cœur ?

Ils n'avaient échangé que quelques phrases, mais elles avaient suffi pour que naisse entre eux une totale complicité. La grande beauté de cette femme ainsi que le désir qu'elle lui inspirait n'avaient fait que renforcer la magie. Il avait rêvé de lui faire partager sa couche mais aussi ses rêves. Pour cette femme-là, il y avait une place dans son lit, mais aussi dans son cœur.

Hélas, un problème à régler de toute urgence l'avait arrachée à ses bras ! Maudissant l'importun, il avait expédié l'affaire aussi vite qu'il l'avait pu. Pas une seule seconde, il n'avait douté que cette femme dont l'âme s'apparentait si bien à la sienne attendrait sagement son retour, pénétrée comme lui de la magie de leur entente.

Mais, à son retour, sa couche était vide. Elle était partie ! Il avait ressenti son départ comme un coup de poignard en plein cœur. Jamais, jusqu'alors, il n'avait subi pareil affront. C'était comme si, tout à coup, il perdait ses repères. Il avait dû se faire violence et cacher ses sentiments. Personne — surtout pas son personnel — ne devait deviner que Sa Majesté le prince de Kamar venait d'être humilié par une femme.

Plus tard, lorsqu'elle était réapparue en tant que journaliste, il avait compris que tout cela n'avait été pour elle qu'un jeu destiné à lui soutirer des informations. C'est alors qu'il avait décidé de lui tendre un piège…

Inconsciente du type de pensées qui le tourmentaient, Frances poursuivit :

— Jamais je n'aurais pu imaginer que suivre les cours de la Bourse pouvait se révéler aussi excitant et passionnant.

— Vraiment ! répondit-il, glacial. Je vous sers un peu de vin ?

— Non, merci ! Je connais les cotes boursières de toutes vos compagnies.

— Mon ordinateur aussi.

— Je sais beaucoup plus de choses que votre ordinateur…

— Je vous le répète, je ne suis pas intéressé.

— Vous avez tort !

Elle s'approcha de lui. Ses yeux brillaient de mille étoiles et il sentit son souffle caresser sa joue.

— Si vous refusez de m'écouter, murmura-t-elle à son oreille, j'appelle au secours.

— Personne ne répondra à votre appel.

— Mais tout le monde l'entendra ! Tous vos sujets, demain, sauront que vous avez dépensé cent mille livres pour rien.

Ali luttait contre deux désirs contradictoires : la prendre dans ses bras, lui faire l'amour comme il ne l'avait jamais fait encore à aucune autre femme, ou appeler sa garde et la faire jeter au cachot. Comment osait-elle ainsi se moquer de lui ?

— Vous êtes le diable en personne ! lança-t-il, furieux.

— Et, vous, bien naïf de faire confiance à Lemford Securities. L'entreprise court au désastre. Son responsable est forcé d'emprunter à des taux exorbitants. Comme vous le savez, en économie…

— J'ai, en effet, quelques bases dans ce domaine !

— C'est heureux car vous pourrez ainsi mieux comprendre ce que j'ai à vous dire.

— Je vous avertis…

— Et, moi, je vous avertis que l'homme qui s'occupe de votre portefeuille n'est pas à la hauteur. Il prend de gros risques avec votre argent afin de s'enrichir.

— Je paye des collaborateurs pour surveiller ce genre de choses.

— Renvoyez-les ! Ils vous trompent.

Elle lui tendit une fiche qu'elle avait préparée à son intention.

— Consultez ces sites sur l'internet. Vous y apprendrez tout ce qu'il faut que vous sachiez. Mais, surtout, faites-le vous-même. Ne faites confiance à personne. Il y a urgence…

Sans qu'elle s'en rende compte, elle avait repris sa voix de femme d'affaires.

— Avez-vous encore beaucoup d'ordres à me donner ainsi ? demanda Ali d'une voix aussi glaciale qu'un iceberg.

— Suivez mes conseils et vous éviterez de perdre beaucoup d'argent. Beaucoup plus que ce que vous avez dépensé pour… m'acheter !

— Cessez de répéter que je vous ai achetée comme un objet de luxe !

— N'est-ce pas ce que vous avez laissé entendre à vos sujets ?

Agacé, il lui arracha la fiche des mains. Frances crut qu'il allait la froisser et la jeter à la poubelle, mais il la mit dans sa poche.

— Il se fait tard et vous devez être fatiguée ! lança-t-il en la guidant vers le grand lit de la pièce attenante.

Leurs yeux se rencontrèrent.

— Personne ne viendra vous déranger, promit-il.

Sur ces mots, il la quitta pour pénétrer dans une autre pièce. Frances eut juste le temps d'apercevoir une rangée d'ordinateurs avant que la porte ne se referme sur lui, puis elle se retrouva seule.

Le lit, immense, lui sembla terriblement vide lorsqu'elle s'y allongea. C'était un lit fait pour des étreintes passionnées où, enlacés, deux êtres pouvaient oublier le monde alentour. Elle sut alors que c'était ce que son cœur désirait ardemment : passer une nuit et des milliers d'autres dans les bras de cet homme qui la fascinait. Un jour, peut-être…, se prit-elle à rêver. Ou peut-être jamais ! Cette pensée l'obséda jusqu'à ce que, épuisée, elle finisse par s'endormir.

Ali la réveilla au lever du soleil. Il avait l'air fatigué de quelqu'un qui a passé la nuit devant l'écran d'un ordinateur. Il se garda de tout commentaire, mais elle crut déceler une lueur de respect au fond du regard sombre.

— Vos porteurs vont venir vous chercher, lui annonça-t-il. Ils vous conduiront vers votre ancien appartement pour la dernière fois. Plus tard dans la journée, vous serez escortée vers vos nouveaux quartiers.

Il s'empara de sa main et la guida vers les porteurs.

— Ne croyez surtout pas que les choses vont se terminer ainsi, murmura-t-il à son oreille. Derrière la froideur de la journaliste se cache une vraie femme. Une femme passionnée. Avant longtemps, vous me supplierez à genoux de vous faire l'amour.

— Vous rêvez !

Les porteurs arrivèrent et l'emportèrent avant qu'il pût répondre.

Durant toute la journée, le palais fut en effervescence. La nouvelle courait sur toutes les lèvres. Sa Majesté avait fait venir sa dernière concubine dans sa suite et, en sa compagnie, avait passé une nuit comme jamais encore aucun homme avant lui n'avait eu le bonheur d'en vivre. La rumeur affirmait que cette Occidentale possédait un art consommé de l'amour, et avait conquis le cœur et l'âme du souverain. Aucune récompense ne serait jamais à la hauteur de ses talents. Que l'on ignorât sa véritable identité n'avait aucune importance, la favorite du souverain n'ayant d'autre mission que celle de veiller à son plaisir. Ali avait décrété qu'elle s'appellerait désormais Lady Almas Faiza.

Leena expliqua à Frances qu'Alma signifiait diamant et Faiza victoire. De quelle victoire s'agissait-il ? se demanda Frances. De celle annoncée par Ali, remportée à deux, lorsqu'ils feraient enfin l'amour ? A cette pensée, elle sentit un frisson la parcourir.

Avec une crainte mêlée d'admiration et de respect, les domestiques attachées désormais à son service s'affairèrent pour préparer ses nouveaux quartiers. Puis vint la cérémonie sans laquelle son statut n'aurait pas été vraiment officiel. Une chaise à porteurs vint l'attendre à sa porte, différente de la première, sans rideaux. Cette fois, elle devait être vue de tous !

Somptueusement parée, Frances prit place, et tendit la

main afin que les deux gracieuses tourterelles puissent s'y poser. Rasheeda prit la tête du cortège, criant une phrase en arabe, puis tous se mirent en mouvement.

Ils traversèrent le palais, déambulant le long d'immenses corridors voûtés et ornés de splendides mosaïques. Les murs se dressaient à des hauteurs impressionnantes, avec des fenêtres à leur sommet, permettant à l'air de rester agréablement frais.

Ils traversèrent une première cour, totalement close, mais aussi spacieuse qu'un jardin et remplie de fleurs et d'arbres exotiques. Des enfants y jouaient — sans doute ceux des dignitaires du royaume — surveillés par leurs nurses, qui s'inclinaient respectueusement à son passage.

Ils entrèrent de nouveau dans le palais où une rangée d'officiels les saluèrent, tous porteurs de cadeaux que ses domestiques recueillaient pour elle. Coupe en or, flacon de parfum incrusté de rubis, les présents témoignaient du respect des dignitaires pour leur souverain.

La procession traversa une deuxième cour, ornée d'une fontaine. Comme Frances levait les yeux, elle aperçut des centaines de spectateurs massés aux fenêtres. Puis, ce fut de nouveau le palais et, partout, des sujets qui s'inclinaient sur son passage.

Le cortège parvint enfin à son appartement, situé en face de celui du prince. Il l'attendait et, devant ses sujets rassemblés, s'inclina devant elle.

Il lui tendit ensuite la main afin de l'aider à descendre et, à son tour, elle lui fit la révérence. Les yeux encore remplis des splendeurs qu'elle venait de contempler, Frances eut du mal à retenir un cri d'admiration en découvrant ce qui serait désormais son cadre de vie. Les mosaïques, les tapis, dépassaient en finesse et en beauté tout ce qu'elle avait vu jusqu'alors…

— Permettez-moi de vous montrer votre jardin personnel, dit Ali en la conduisant vers une immense porte-fenêtre.

Eblouie par tant de beauté, Frances le suivit le long des allées, contournant les quatre fontaines, s'exclamant devant les paons et les gazelles qui circulaient librement.

— Vous vous êtes inclinée devant moi, murmura Ali. C'est un acte de soumission, vous savez.

— Pas du tout ! Vous vous étiez incliné le premier. Je n'ai fait que vous rendre la politesse.

— Le prince ne s'incline pas devant une femme.

L'espace d'une seconde, leurs yeux se rencontrèrent, se défièrent. Frances vit les lèvres du prince se plisser mais, très vite, il regarda de nouveau droit devant lui, hautain.

Parmi les spectateurs, nombreux étaient ceux qui, intrigués, se demandaient comment la favorite allait réagir à la vue du cadeau de bienvenue de leur Seigneur et Maître. En effet, au lieu de la rivière de diamants à laquelle chacun s'attendait, il avait choisi de lui offrir un *tapis*. C'était un très beau tapis, certes, mais c'était pour le moins un bien étrange cadeau ! Serait-elle déçue ?

Quand Frances le découvrit, elle éclata de rire et noua ses bras autour du cou du prince, qui joignit son rire au sien, faisant naître dans la foule un murmure de surprise.

— Je me demandais si vous alliez apprécier cet hommage, murmura-t-il, serrant un instant la jeune femme contre lui.

Seule dans ses appartements, ce soir-là, Frances contempla longuement son tapis. Il ne volait pas, certes, mais ressemblait en tout point à celui de ses rêves. Ali n'aurait pu lui faire plus beau présent. Elle sourit malgré elle, mais son sourire s'estompa aussitôt. Elle n'allait tout de même pas se laisser acheter avec un tapis !

Elle en était là de ses pensées lorsque Leena apparut à la porte.

— Le prince Yasir vous supplie de lui accorder une audience, dit-elle.

Frances fronça les sourcils mais donna l'ordre de faire entrer son visiteur.

— Je viens déposer mon cadeau à vos pieds, déclara Yasir en s'inclinant devant elle. Si, dans votre colère justifiée, vous le refusez, je me retirerai jusqu'au plus profond du désert et plus jamais vous ne me reverrez.

— Ne soyez pas ridicule, voyons !

— Accordez-moi votre pardon, je vous en supplie !

— Mmm... je ne devrais pas !

— Je sais. Ma conduite a été inqualifiable et je la regrette sincèrement. Veuillez accepter mon humble présent, dit-il en déposant à ses pieds une ceinture incrustée de pierres précieuses.

C'était un cadeau somptueux. Beaucoup trop somptueux. Mais — Frances ne pouvait désormais l'ignorer — ce pays était le pays des excès. Sans doute Yasir n'avait-il pas trouvé manière plus subtile de se faire pardonner sa conduite détestable !

Lorsqu'elle le remercia, il sembla soulagé. Elle ordonna alors à Leena de leur servir le thé et, bientôt, ils bavardaient amicalement.

— N'attachez pas trop d'importance aux querelles qui nous opposent, Ali et moi, dit Yasir. J'ai beaucoup de respect pour la manière dont mon cousin conduit les affaires du pays. Depuis notre enfance, nous ne cessons de nous affronter. Parfois avec nos poings, souvent par l'intermédiaire de nos chevaux de course. Ceux d'Ali son excellents, mais les miens sont meilleurs.

— On dit que les chevaux arabes sont les meilleurs du monde.

— C'est une réputation méritée. Vous savez monter ?

— J'ai appris dans une ferme lorsque j'étais enfant. J'adorais ça.

— Ali devrait vous permettre de monter une de ses juments. S'il refuse, je vous laisserai monter l'une des miennes.

Sur cette promesse, il prit congé, la laissant perplexe. Yazir était-il aussi peu rancunier qu'il le disait ? Elle n'eut guère le temps de s'appesantir sur la question, car Leena lui rappela qu'il lui incombait désormais d'ordonner le repas du soir, qui devait plaire au Maître. Fort heureusement, son chef connaissait les goûts de ce dernier et elle put s'en remettre à lui.

Le soir venu, Ali apprécia le repas, la remercia d'avoir choisi les plats qu'il préférait. Mais il semblait préoccupé, et Frances crut deviner pourquoi.

— Yasir m'a rendu visite, cet après-midi, dit-elle. Il tenait à me présenter ses excuses et à m'offrir un cadeau.

Elle lui montra la ceinture, qu'il examina d'un œil critique.

— Elle vous plaît ?

— Non. Mes goûts vont naturellement vers des choses plus discrètes, mais je l'aurais blessé en la refusant.

— Il est dans la nature de Yasir de se montrer excessif en toute chose, mais je suis heureux qu'il vous montre enfin le respect qu'il vous doit.

— Avez-vous fait la paix avec lui ?

— Vous devriez plutôt vous demander s'il a fait la paix avec moi.

— L'a-t-il fait ?

— Il m'a présenté ses excuses et a promis de mieux se conduire à l'avenir. Il m'a demandé la permission de vous rendre visite et je la lui ai accordée.

— Il s'est parfaitement comporté, le rassura-t-elle.

— A l'époque de nos parents, il aurait eu la tête coupée pour ce qu'il a fait. Mais puisqu'il a présenté ses excuses, vous avez désormais ma permission de le recevoir.

— Merci. Il m'a parlé de ses chevaux et m'a même proposé de me laisser monter une de ses juments si vous refusiez de me laisser monter l'une des vôtres.

Il arqua ses sourcils.

— J'ignorais que vous saviez monter. Mes chevaux sont

à votre disposition. Nous pouvons nous rendre à Wadi Sita quand vous le désirez.

— Wadi Sita ! répéta-t-elle, s'efforçant de cacher l'excitation qui la gagnait.

Wadi Sita ! La fameuse oasis secrète que nul journaliste n'avait jamais été autorisé à visiter ! C'était là que le Maître du royaume était supposé se livrer aux pires turpitudes, à l'abri des regards du monde. Et voilà qu'il l'invitait à s'y rendre !

— Wadi Sita, la sixième vallée, en arabe, lui expliqua Ali. Nous avons six oasis importantes à Kamar mais celle-ci est, de loin, ma préférée. Elle est, pour moi, ce qui se rapproche le plus du paradis terrestre. Vous monterez Safiya. Elle est ma plus belle jument, blanche comme la neige, rapide comme le vent mais d'une extraordinaire douceur.

— Quand partons-nous ?

— Demain !

Il se leva.

— Je vais donner des ordres en ce sens. Je ne vous reverrai pas avant notre départ. Des affaires de la plus haute importance requièrent ma présence.

Devant son regard interrogateur, il acquiesça d'un signe de tête.

— J'ai suivi votre conseil, avoua-t-il.

— N'avais-je pas raison ?

Il eut un sourire amer.

— Si. J'ai découvert un véritable complot pour me dépouiller. Ces infâmes voleurs ont été arrêtés et je vais les interroger. Je veux savoir combien ils m'ont volé, où est l'argent et à quoi il devait servir. Cela va m'occuper pour les heures à venir.

— Et s'ils ne parlent pas ?

Ses yeux devinrent aussi froids que le métal.

— Oh… ils vont parler !

L'espace d'un instant, Frances éprouva de la pitié pour ceux qui avaient osé trahir la confiance du prince Ali Ben

Saleem. Il fit une pause et la jeune femme devina que les mots qu'il allait prononcer lui coûtaient.

— Je vous suis infiniment redevable de m'avoir fait découvrir leur malhonnêteté.

Frances lui sourit mais eut le tact de se taire.

— Merci ! lança-t-il avant de disparaître.

8

Ils partirent pour Wadi Sita, le lendemain, en fin d'après-midi, alors que le soleil descendait sur l'horizon. Un hélicoptère les conduisit directement jusqu'à l'oasis.

Frances s'installa près du hublot pour ne rien manquer du spectacle. Enfin, comme par magie, l'oasis surgit au milieu du désert aride, avec ses palmiers et son jardin aux plantes luxuriantes entourant un immense point d'eau aux reflets dorés. Frances aperçut également un impressionnant bâtiment d'un blanc immaculé, qui contrastait étonnamment avec les tentes dressées à ses pieds. Ali pointa son doigt dans leur direction.

— Ici, au milieu du désert, j'aime vivre comme le font beaucoup de mes sujets, sous la tente, expliqua-t-il.

A leur descente d'hélicoptère, une escorte les attendait avec un étalon noir et une élégante jument blanche. Cette dernière séduisit immédiatement Frances en venant frotter sa tête contre elle, quémandant une caresse.

— Elle se nomme Safiya et n'est que douceur, dit Ali. Elle semble, d'ailleurs, vous avoir déjà adoptée.

Sur le dos de la jument, Frances se sentit immédiatement en sécurité, et ils se mirent en route. Il faisait encore chaud, mais on était loin de la fournaise du milieu de journée et une brise légère se levait, leur caressant délicieusement le visage. Son nouvel environnement aurait dû mobiliser toute l'attention de la journaliste qu'elle était, mais elle ne voyait qu'Ali. Il avait si fière allure sur son destrier noir ! Monté sur l'animal, sa djellaba blanche flottant au vent, il semblait en parfaite harmonie avec ce décor, que les derniers rayons du soleil flamboyant rendaient encore plus magique.

Comme il se tournait vers elle, elle s'empressa de baisser les yeux, pour qu'il ne lût pas l'admiration dans son regard. C'est alors qu'elle aperçut l'étrange bâtiment qu'elle avait repéré du ciel. Il était encore plus étrange de près. Chacune de ses fenêtres était munie de barreaux. Dans le soleil couchant qui l'éclairait de ses feux, il possédait une certaine élégance, mais faisait irrémédiablement songer à une prison.

— Ainsi, vous admirez mon harem ! lança Ali qui avait suivi la direction de son regard. Ce lieu retiré du monde est l'endroit idéal pour me livrer à mes activités favorites. Mes cavaliers parcourent le pays afin d'y kidnapper de jeunes beautés que je garde prisonnières derrière ces barreaux, attendant mon bon plaisir.

— C'est monstrueux ! s'exclama Frances, horrifiée.

C'est alors qu'elle vit son sourire. De toute évidence, il se moquait d'elle !

— N'est-ce pas la rumeur que font circuler les journalistes occidentaux ? demanda-t-il.

— Si ! reconnut-elle, honnête. Mais si vous n'aviez rien à cacher... pourquoi avoir toujours refusé la visite de la presse ?

— Je n'ai de comptes à rendre à personne, surtout pas aux journalistes. Ce que je fais dans mon pays ne les regarde pas.

— Mais ce... ce bâtiment...

— ... appartient à la Water Extraction Company, que j'ai créée. A Wadi Sita, l'eau est particulièrement riche en minéraux et en soufre. Elle possède des propriétés uniques, capables de guérir de nombreuses maladies. Derrière ces barreaux se cache l'un des laboratoires de recherche les plus perfectionnés du monde. Le résultat de nos recherches excite la convoitise de ceux qui cherchent à s'enrichir aux dépens des malades. Nous avons une tout autre politique, ici, et nous pensons que les malades doivent pouvoir se soigner au moindre coût.

Il la défia du regard.

— Vous ne prenez pas de notes ? Ces informations seraient-elles donc moins intéressantes que celles concernant le prince dépravé qui honorait cinquante femmes en une seule nuit ?

— Seulement cinquante ! s'exclama Frances, les sourcils en arc de cercle. On m'avait dit une centaine…

Ensemble, ils éclatèrent de rire et Frances apprécia cet instant de complicité. Quelques minutes plus tard, le soleil disparut à l'horizon et la nuit tomba brutalement. Comme ils s'approchaient de l'endroit où se dressaient les tentes, des hommes, tenant à bout de bras de lourdes torches, les escortèrent, et Frances sentit une vive émotion lui étreindre le cœur.

Lorsqu'ils arrivèrent devant la tente réservée à la favorite, Ali tint à l'aider lui-même à descendre de cheval. Il la prit dans ses bras, la serra contre lui, l'embrassa devant tous, et tous applaudirent.

La tente était un palais miniature avec ses épais tapis, ses rideaux de soie brodée d'or et ses voluptueux coussins. Les rideaux divisaient la tente en trois parties : une pour les repas, une pour le repos, une pour les ablutions. Tous ses domestiques étaient là, arrivés avant elle, afin de tout préparer et l'accueillir avec les honneurs dus à son rang.

Après un délicieux bain rafraîchissant et un massage aux huiles parfumées donné par Leena, vint le moment de choisir son vêtement pour la soirée. Leena lui en présenta plusieurs tout en dirigeant son choix vers l'un d'eux, une merveille couleur safran qui mettrait sa carnation en valeur, affirma-t-elle.

Lorsque Ali se présenta pour la conduire à la fête donnée en son honneur, il sembla approuver ce choix. L'enveloppant d'un long regard admiratif, il s'inclina devant elle.

— Vous serez sans conteste la reine de la fête, dit-il d'une voix rauque. Ce soir, nous allons dîner sous les étoiles, et parce que cet endroit est tout à fait privé, vous n'aurez pas besoin de vous cacher le visage. Les chefs de différentes tribus vont venir ce soir. Ce sont mes amis. Ils auront parcouru de longues distances dans le désert pour le plaisir de vous voir.

— Mais… nous avons décidé de venir ici seulement hier soir… Comment ont-ils su…

Il se mit à rire.

— La technologie moderne n'est pas un domaine réservé aux Occidentaux. Nous avons installé des relais et le téléphone portable permet désormais de communiquer n'importe où dans le désert.

S'emparant de sa main, il l'entraîna hors de la tente. Frances battit des paupières, croyant tout d'abord que l'oasis était en feu. Aussi loin que le regard pouvait porter, se dressaient des hommes, une torche à la main. Dans un ensemble parfait, ils la levèrent bien haut et crièrent en arabe des mots qu'elle ne comprit pas mais qui sonnaient comme des paroles de bienvenue et de respect. L'espace d'un instant, elle se sentit en parfaite communion avec cette foule.

Ali la conduisit vers deux énormes coussins sur lesquels ils prirent place, assis en tailleur, pour présider à la fête. Les mets les plus délicats avaient été préparés en quantité suffisante pour nourrir tous les participants, qui se régalèrent.

Un spectacle suivit le repas. Une troupe de cavaliers au galop apparut soudain et se livra aux acrobaties les plus extraordinaires. Ali lui expliqua que ces hommes vivaient dans le désert, passaient leur vie à cheval, fiers de cette habileté héritée de leurs ancêtres.

Jamais Frances n'avait assisté à pareil spectacle ! Elle admira sans réserve ces acrobates surgis d'un autre temps. Se présenta alors un dernier cavalier, seul et masqué, aux vêtements incontestablement plus luxueux. A l'évidence, il n'avait pas le talent des précédents mais la foule l'applaudit à tout rompre. Frances comprit pourquoi quand, à la fin de son show, il atterrit à ses pieds et ôta son masque. Il s'agissait du prince Yasir.

— Que fais-tu ici ? demanda Ali, amusé.

— Je tenais, moi aussi, à venir présenter mes respects à la reine de la fête, répondit Yasir en s'inclinant devant Frances.

Cette dernière lui sourit, l'applaudit, et il disparut dans la foule. A un signe d'Ali, un jeune homme s'approcha, une lyre à la main, dont il s'accompagna pour chanter. Frances se laissa bercer par la délicieuse musique qui semblait lui parler d'amour.

Soudain, Ali se pencha et murmura à son oreille :

— C'est un vieux poème arabe mis en musique.

— Et que dit-il ?

— A peu près ceci :

Mon cœur chevauche la brise légère,
merveilleux et rapide destrier,
et la femme qui est à mon côté…

— Comme c'est romantique !

— *Tout comme le vent et le sable sont éternels,*
ainsi sera notre amour.

Soudain, la voix du chanteur se fit plus mélancolique et Ali continua à traduire :

— *Celle que j'aime est partie loin de moi,*
mais mon cœur et son cœur
chevaucheront pour toujours
les rayons argentés de la lune.

Brusquement, Ali prit sa main dans la sienne et dit :

— C'est trop triste ! Venez, allons nous promener !

La foule les laissa passer et se garda de les suivre, comme si tous comprenaient leur besoin d'intimité. Frances se laissa entraîner vers les jardins et ils marchèrent en silence, accompagnés par le bruissement des feuilles des palmiers sous la brise et le murmure de l'eau dans les fontaines.

— Cet endroit est magique, murmura Frances, fascinée.

— J'espérais que vous penseriez ainsi. Le jardin d'Eden ressemble à cet endroit, j'en suis certain.

— Où se trouve-t-il ?

— Il se trouve là où se rencontrent deux êtres pour s'aimer loin de la fureur et des bruits de la foule. Mon père a bâti ce jardin pour ma mère. Nous avons tous notre jardin d'Eden. Le mien sera toujours là où vous vous trouverez.

La prenant dans ses bras, il l'embrassa avec une tendresse qu'elle ne lui avait pas connue jusqu'alors, puis il la conduisit jusqu'aux confins du jardin, là où commençait le désert. Les dunes ondoyaient à l'infini sous les rayons de la lune.

— Voici le désert qui peuplait vos rêves d'adolescente. Demain, je vous le ferai découvrir. Nous partirons à l'aube, alors que l'air est encore frais et plaisant et reviendrons avant que le soleil ne soit trop haut dans le ciel. L'après-midi, vous prendrez un peu de repos et le soir, nous l'explorerons de nouveau. Qui sait ? Peut-être chevaucherons-nous sans nous arrêter et disparaîtrons-nous aux yeux du monde, ajoutant ainsi une nouvelle légende à celles qui peuplent déjà ce lieu qui n'a cessé de fasciner les hommes.

— Jamais je ne pourrai assez vous remercier de me le faire connaître.

— Le désert est pour moi le plus bel endroit du monde, mais vous êtes plus belle encore.

Il l'enlaça, et elle s'ouvrit à lui comme une fleur s'ouvre au printemps.

— Ali…, murmura-t-elle dans un souffle.

— Prononcez mon nom une fois encore, supplia-t-il. Il sonne comme une musique céleste sur vos lèvres.

Elle le répéta encore et encore jusqu'à ce qu'il lui ferme la bouche d'un baiser. Il la souleva alors de terre et la porta jusqu'à sa tente. Avec un soupir de bonheur, elle noua ses bras autour de son cou et ferma les yeux afin qu'aucune autre image ne vienne perturber le rêve qu'elle était en train de vivre. Il l'allongea sur les coussins. Ils étaient seuls. Frances leva sa main et effleura la joue d'Ali du bout de ses doigts, prête à se donner à lui. Mais, au lieu de s'allonger près d'elle, ce dernier se leva brusquement.

— Soyez prête à l'aube. Je viendrai vous chercher sur mon tapis volant afin de vous transporter dans une contrée magique. En attendant, que la nuit vous soit douce…

Sur ces mots, il tourna les talons et sortit rapidement de la tente, laissant Frances seule avec sa frustration.

Il tint parole. Aux premières lueurs de l'aube, il se présenta à la porte de sa tente en tenue de cavalier.

Frances était prête. Enfourchant chacun un fier destrier, ils s'élancèrent à la conquête du désert et bientôt, l'oasis ne fut plus qu'un point derrière eux.

Le soleil monta rapidement dans le ciel, embrasant le sable, le faisant briller de mille feux. Frances éperonna son cheval qui s'envola littéralement.

— Savez-vous où nous sommes ? demanda Ali, la rejoignant.

La jeune femme regarda autour d'elle. Aussi loin que son regard puisse porter, ne s'étendaient que des dunes.

— Nous sommes perdus ! s'écria-t-elle, alarmée.

— Non ! Nous avons galopé dans la direction opposée au soleil. Pour revenir à notre point de départ, il nous suffira de galoper dans sa direction. Mais, pour quelques minutes, nous voici seuls au monde, avec pour seul univers le sable, le soleil et le ciel. Un univers où les lignes se rejoignent pour ne faire plus qu'une. Un univers si dépouillé qu'il ne reste plus que l'essentiel. Je rêve que nous puissions galoper ainsi pour l'éternité, vers un univers de paix, de silence et de sérénité, oubliant le reste du monde et ses contraintes, murmura-t-il.

— Un rêve que j'aimerais partager, soupira Frances. Hélas, nous ne pouvons fuir le monde auquel nous appartenons !

— Est-ce donc si difficile ?

— C'est plus facile pour vous…

— Comme vous vous trompez ! Croyez-vous qu'il me soit facile de vous côtoyer chaque jour alors que vous ne cessez de me rappeler ce qui nous sépare ?

— Mais je…

Il posa ses doigts sur ses lèvres pour la faire taire.

— Déjà, le soleil monte à l'horizon et nous devons rentrer, expliqua-t-il. Mais nous reviendrons ce soir. Je veux vous montrer le désert sous toutes ses facettes, car quelque chose me dit que vous faites partie de ceux qui peuvent le comprendre et l'aimer.

Frances avait pensé que rien ne pourrait jamais égaler la splendeur du désert au lever du soleil mais, le soir même, elle comprit qu'elle s'était trompée.

Comme ils se dirigeaient vers l'endroit où les chevaux les attendaient, Ali lui confia :

— Enfant, je venais souvent à Wadi Sita, avec mes parents. J'étais trop jeune alors pour comprendre les choses de l'amour mais déjà, à cet âge-là, je percevais le lien magique qui unissait deux êtres. Je me souviens qu'un soir, mes parents m'avaient laissé aux soins de ma nourrice. Jaloux de leur complicité, qui m'excluait, je me fis alors la promesse que, moi aussi, un jour, je galoperais au clair de lune avec celle que j'aime.

Frances s'apprêtait à répondre mais, une fois encore, il mit son doigt sur ses lèvres comme si les mots ne devaient pas gâcher la magie du moment.

Haut dans le ciel, la pleine lune brillait telle une énorme

boule argentée, accentuant encore le mystère des dunes, qui baignaient dans un voile d'irréalité. Ils galopèrent à perdre haleine, la brise leur caressant le visage.

Lorsque, quelques instants plus tard, ils s'arrêtèrent, Frances sut que jamais jusqu'alors elle n'avait entendu un tel silence.

— Cela ressemble-t-il à vos rêves ? lui demanda-t-il.

Elle hocha la tête.

— En mille fois plus fascinant, oui..., assura-t-elle.

Il ne répondit pas. Dans l'obscurité, elle ne voyait pas l'expression de son visage mais il n'avait nul besoin de parler. Les mots étaient devenus inutiles. Ils étaient en communion totale. Quoi qu'il arrive dans le futur, jamais Frances n'oublierait cet instant.

— Merci ! murmura-t-elle dans un souffle.

Quand elle rentra, Leena l'attendait avec un bain rafraîchissant. Ensuite, tel un automate, Frances marcha vers son lit, perdue dans ses rêves.

— Je vais vous masser, lui proposa alors sa suivante. J'ai de nouvelles huiles...

Après cette chevauchée sauvage, un massage était exactement ce qu'il lui fallait. Frances laissa tomber la serviette qu'elle avait nouée autour d'elle et s'allongea sur son lit. Un délicieux parfum remplit aussitôt l'atmosphère, un parfum enivrant qu'elle n'avait, en effet, encore jamais senti jusqu'alors.

Ses pensées s'envolèrent vers Ali. Tout son corps était douloureux tant était fort son désir d'être dans ses bras. Après ces deux chevauchées dans le désert, jamais ils n'avaient été aussi proches, aussi complices. Allongée sur le ventre, les mains sous son menton, elle ferma les yeux et regretta amèrement qu'il ne fût pas à son côté.

Elle sentit des mains expertes lui masser les épaules, faisant pénétrer l'huile dans sa peau afin de détendre ses muscles. C'était divin… Peu à peu, elle s'abandonna au plaisir de ce massage et laissa échapper un soupir de contentement.

— Je suis heureux que cela vous plaise ! murmura alors une voix reconnaissable entre toutes.

— Ali !

Elle voulut se relever, mais la pression sur ses épaules se fit plus forte, l'obligeant à rester allongée.

— Depuis quand êtes-vous ici ? demanda-t-elle.

— Depuis quelques minutes seulement. Je me suis glissé sans bruit dans votre tente et j'ai renvoyé Leena.

Il était nu jusqu'à la taille, n'ayant gardé que son pantalon. Elle-même était entièrement nue. Elle aurait dû s'indigner, mais le plaisir qu'elle ressentait l'en empêcha.

— Vous n'aviez pas le droit…

— Je sais ! Je suis un ignoble individu. Pourrez-vous jamais me pardonner ?

— Seulement si vous partez sur-le-champ.

— Si c'est ce que vous désirez…

— Vous… vous allez le faire ? balbutia-t-elle.

— Evidemment ! Dès que j'aurai terminé. Vos désirs sont des ordres, Diamond. En attendant, ne bougez plus et laissez-moi finir mon travail.

Elle n'avait plus aucun désir d'argumenter. C'était un bonheur suprême d'être allongée et de sentir ses mains sur son dos, ses épaules…

— Vous êtes si belle ! murmura-t-il d'une voix rauque. Plus belle encore que dans mes rêves ! Si proche de la perfection !

Ecartant ses cheveux, il déposa un baiser sur sa nuque. Elle ignorait combien elle était sensible en ce point particulier, mais Ali, lui, le comprit, et se mit à déposer de petits baisers tout le long de son dos, jusqu'à ses reins. Le plaisir qu'elle éprouva alors anéantit ses défenses, la préparant à ce qui allait suivre. Très lentement, sans doute pour ne pas l'effaroucher, il la retourna.

— J'ai tellement rêvé de cet instant où je vous verrais nue, où vous auriez enfin rendu les armes, où vous me désireriez comme je vous désire !

Les mots coulaient comme du miel à ses oreilles, et elle s'abandonna à leur musique. Bientôt, elle reprendrait les armes, mais pas ce soir. Ce soir, elle était prête à se donner à lui, à se soumettre à sa volonté, vaincue par la passion qui la submergeait. Sans doute regretterait-elle son geste dès le lendemain mais, pour l'instant, seul l'instant présent comptait.

Ali se débarrassa du reste de ses vêtements et, à la clarté des lampes, elle put alors admirer la beauté de ce corps bronzé, ce corps d'athlète aux proportions si harmonieuses. Ses muscles saillaient sous la peau. Il était l'image même de la force et, de toute évidence, éprouvait pour elle un désir violent.

Il s'allongea contre elle et elle retint son souffle. Sa peau contre la sienne procura à Frances une sensation délicieuse. Il l'embrassa longuement, comme si la nuit leur appartenait…

Ali possédait un art consommé de l'amour. Avant de la posséder, il prenait le temps de lui révéler qu'elle avait un corps et qu'elle ne le connaissait pas. Tel un musicien, il en jouait comme d'un instrument de musique, en tirant une délicieuse mélodie. Bientôt, folle de désir, elle le supplia :

— Prenez-moi ! Oh… Ali… prenez-moi !

— Ma Diamond… enfin !

Tout comme lui, Frances avait rêvé de cet instant, mais rien ne l'avait préparée à ce qu'elle éprouva. Lorsque leurs deux corps s'unirent, elle sut que c'était la chose qu'elle attendait depuis toujours. Cet homme était incontestablement celui qui lui était destiné. Il murmurait des mots tendres à son oreille, qu'elle comprenait d'instinct. Des mots d'adoration, de passion. D'amour ?

Elle aussi aurait voulu dire ces mots, mais aucun son ne sortait de sa bouche. Elle ne pouvait émettre que des soupirs et des gémissements de plaisir. Au moment de l'extase finale, des larmes de bonheur coulèrent sur ses joues et elle s'endormit, vaincue, entre ses bras.

Frances s'éveilla aux premières lueurs de l'aube. Le silence était total. Ali était allongé, nu, à côté d'elle, le front sur une de ses mains et l'autre passée autour de sa taille dans un geste ultime de possession. Sur son visage se lisait l'expression d'un bonheur total.

Mille pensées envahirent alors l'esprit de Frances. Cette nuit, elle avait découvert sa vraie nature et s'en trouvait totalement déstabilisée. La femme calme, posée, raisonnable qu'elle pensait être s'était révélée une amante passionnée dans les bras de cet homme dont les caresses, les baisers lui avaient fait perdre la tête au point de lui faire oublier le monde réel et ses contraintes. Ce matin, les feux de la passion apaisés, elle prenait conscience d'un fait plus grave encore : elle aimait cet homme non seulement de tout son corps, mais de toute son âme.

A ce moment, Ali s'éveilla et s'étira voluptueusement. Leurs yeux se cherchèrent, se rencontrèrent et ce qu'elle vit dans les siens fit s'évanouir aussitôt ses peurs. Levant la main vers son visage, il lui caressa la joue de ses longs doigts effilés.

— Tout va bien, ma lady Almas Faiza ?

— Beaucoup trop bien ! soupira-t-elle.

— Comment cela ?

— L'excès de bonheur me fait peur.

— Pourquoi ? Le bonheur n'est-il pas le plus merveilleux des cadeaux ?

Elle aurait dû alors lui réclamer sa liberté, mais elle ne le fit pas, de peur de gâcher ce moment magique. Il la prit dans ses bras et dans l'ardeur de leur étreinte, elle oublia tout ce qui n'était pas lui. Cette nouvelle exploration mutuelle de leurs corps leur apporta plus de bonheur encore que la veille…

— Que voulez-vous faire aujourd'hui ? lui demanda Ali, quand ils eurent pris quelque repos. Explorer de nouveau le désert ?

— Non !

— Alors quoi, mon amour ?

— Laissez-moi rentrer dans mon pays, je vous en supplie !

Le visage d'Ali se ferma.

— Vous laisser partir ! Alors que nous venons juste de nous trouver ! Vous n'y pensez pas !

— Je ne peux pas vous aimer alors que vous me retenez prisonnière !

— Lorsqu'on aime vraiment, le reste importe peu.

— Il m'importe, à moi !

— Maintenant que je vous ai trouvée, jamais plus je ne vous laisserai repartir !

— Mais…

— Taisez-vous ! dit-il en la prenant dans ses bras et en lui fermant la bouche d'un baiser.

Elle était bien en sa compagnie, et encore mieux quand il l'embrassait, la serrait contre lui à l'étouffer. Mais son esprit d'indépendance se révoltait et lui commandait de ne pas céder. Rassemblant ses forces, elle se libéra de son étreinte.

— Revenez dans mes bras ! dit-il, croyant à un jeu et tentant de la rattraper.

— Non ! Ali, écoutez-moi, je vous en prie, je suis sérieuse. Ce qui nous arrive est merveilleux, mais ce n'est qu'un rêve.

— Un rêve qui vaut la peine d'être vécu ! Afin de vous prouver qu'il est tout de même ancré dans la réalité, vous allez recevoir l'autorisation de visiter la Water Extraction Company, ce que nul autre avant vous n'a jamais obtenu. Je vais donner des ordres afin que l'on réponde à toutes vos questions.

Frances sentit soudain le doute l'envahir.

— N'essayeriez-vous pas, une fois encore, de m'acheter ? demanda-t-elle.

— Ne désiriez-vous pas découvrir les secrets qui se cachaient à Wadi Sita ?

— Si. Mais apprenez que je ne me laisse pas facilement circonvenir.

— Et, vous, n'oubliez pas que ceci est mon pays et que c'est moi qui dicte les lois.

Frances perçut la menace que cachait ce ton badin. Une fois de plus, il avait réussi à brouiller les cartes. En tant que journaliste, elle aurait vendu son âme au diable pour découvrir ce qui se cachait derrière les mystérieux bâtiments de Wadi Sita, et voilà qu'il lui en ouvrait les portes ! Comment résister à pareille invite ? D'autre part, s'il lui permettait ainsi de se documenter pour son article, n'était-ce pas avec l'intention de la libérer pour qu'elle puisse le publier ? Elle ne put résister à l'envie de le provoquer.

— Ne craignez-vous pas que pendant que je mène mon enquête, j'en profite pour m'évader ?

Il la repoussa brusquement loin de lui. Lorsqu'il se retourna vers elle, le changement d'expression de son visage l'effraya.

— Si vous tentez de vous échapper, dit-il d'une voix glaciale, jamais je ne vous pardonnerai !

Se levant, il s'habilla et quitta la tente sans un regard en arrière.

9

En n'importe quelle autre occasion, la visite de la Water Extraction Company de Wadi Sita aurait enchanté Frances. Comme Ali l'avait promis, chacun avait reçu l'ordre de répondre à ses questions et ce qu'elle apprit sur l'activité de recherche de la compagnie la fascina. A sa grande surprise, de nombreuses femmes y travaillaient. L'une d'elles, plus spécialement chargée de l'accompagner, lui parut particulièrement au fait de la situation économique actuelle, et Frances l'écouta avec attention.

Elle quitta le bâtiment en fin d'après-midi pour rejoindre le jardin afin d'y rédiger ses notes. Cela fait, elle rangea son carnet dans son sac et flâna le long des allées, à l'écoute du son de l'eau jaillissant des fontaines. Quelle serait la suite des événements ? se demanda-t-elle. Au lieu d'accepter d'en discuter avec elle, ce matin, après leur merveilleuse nuit d'amour, Ali s'était de nouveau conduit en dictateur et était parti, la menaçant de ne jamais lui pardonner si elle s'avisait de chercher à s'enfuir. Un frisson la parcourut à ce souvenir.

Elle s'assit sur le rebord d'une des fontaines et contempla son reflet dans l'eau. Soudain, un deuxième reflet s'ajouta au sien. Se retournant, elle découvrit Yasir.

— Que se passe-t-il ? demanda-t-il. Quelle est donc la cause de cette tristesse qui ternit votre visage ? Ali ne vous traiterait-il pas comme il le devrait ? La rumeur dit pourtant qu'il vous couvre de bijoux…

— Hélas, ce n'est pas de bijoux dont j'ai besoin, mais de liberté !

Les sourcils froncés, Yasir regarda autour d'eux.

— Vous semblez pourtant tout à fait libre, dit-il. Je ne vois aucun garde à proximité.

— Qui a besoin d'être gardé au milieu du désert ? Où pourrais-je me réfugier ?

— Ainsi, votre désir est de fuir mon cousin !

— Euh… ce n'est pas aussi simple ! reconnut-elle. S'il me rendait ma liberté, sans doute l'utiliserais-je pour revenir auprès de lui.

— Ce serait alors votre choix et cela changerait beaucoup de choses, n'est-ce pas ?

— Exactement ! s'exclama-t-elle, étonnée et heureuse qu'il la comprenne.

— Mon cousin a pour habitude de voir chacun céder au moindre de ses désirs. Peut-être le moment est-il venu pour lui d'apprendre qu'il ne peut en être toujours ainsi. Je ne supporte pas l'idée que vous soyez malheureuse. Il se trouve que je possède une petite maison non loin d'ici, équipée d'un téléphone. Vous pourriez prendre contact avec votre ambassade…

— Vous… vous seriez prêt à m'aider ?

— C'est la seule chose raisonnable à faire, non ? Partons tout de suite !

Sans plus se poser de questions, Frances le suivit, bénissant le ciel de lui offrir cette aide inespérée.

La petite maison annoncée par Yasir se révéla être, en fait, un palace miniature outrageusement décoré. Mais seul importait à Frances qu'il soit équipé d'un téléphone.

— C'est au premier étage ! indiqua Yasir en l'entraînant vers une pièce en haut d'un escalier.

Elle pénétra dans une chambre aux murs ornés de poignards et d'épées de toutes sortes. Un parfum exotique flottait dans l'air que Frances trouva particulièrement écœurant mais, sans perdre une seconde, elle se dirigea vers le téléphone posé sur la table de nuit et souleva le combiné.

— Comment puis-je entrer en contact avec l'ambassadeur ? demanda-t-elle en se tournant vers son hôte.

C'est alors qu'elle vit un sourire narquois naître sur les lèvres de ce dernier. Saisie d'une soudaine appréhension, elle porta le combiné à son oreille, mais n'entendit aucune tonalité. Lui montrant le fil du téléphone qu'il tenait à la main et qu'il avait arraché du mur, Yasir se dirigea vers la porte dont il tourna la clé.

— Que signifie…

— Tu n'as donc pas encore compris, ma toute belle ? Je vais t'avoir à moi sans débourser un centime. Ali pourra te récupérer lorsque j'en aurai fini avec toi… s'il veut encore de toi, ce dont je doute !

Frances le regarda s'avancer vers elle, atterrée. Comment avait-elle pu, une seule seconde, faire confiance à cet homme dont les yeux n'exprimaient plus désormais que concupiscence et cruauté ?

— Vous avez perdu la tête ! s'exclama-t-elle en reculant. Ali vous châtiera si vous osez toucher à un seul de mes cheveux.

— Oh ! il sera en colère, c'est certain ! Mais je disparaîtrai pendant quelque temps et il finira par oublier. Les femmes ont si peu d'importance ! Cela m'ennuyait de le voir montrer autant d'intérêt pour l'une d'elles.

— Vous avez toujours désiré ce qui lui appartient, n'est-ce pas ?

Yasir eut une moue d'enfant capricieux.

— Il a passé sa vie à obtenir ce que je désirais. Il occupe le trône qui me revient de droit. Mais, enfin, aujourd'hui, je tiens ma revanche. Je me suis approprié ce qu'il vénère et je compte bien en tirer le plus grand plaisir…

Il s'avança vers elle et Frances, pour la première fois de sa vie, éprouva une peur réelle. Elle maudissait la stupidité qui l'avait fait tomber dans un piège aussi grossier. Yasir s'était montré beaucoup trop aimable pour être honnête, et son regard, à présent, n'était plus que haine. Une haine qu'il allait retourner contre elle…

Yasir sourit de nouveau comme s'il se délectait à l'avance du combat à venir. Hypnotisé, il tenait son regard fixé sur la poitrine de sa victime qui frémissait sous l'emprise de la peur.

Frances s'efforça de recouvrer son calme et, au moment où il allait l'étreindre, elle lui lança un violent coup de pied dans le tibia. Comme il poussait un cri et se courbait en deux sous l'effet de la douleur, elle saisit l'un des poignards qui ornaient le mur, derrière elle. Lorsque Yasir se redressa, elle lui fit face et, brandissant la lame effilée, lança :

— Je n'hésiterai pas à m'en servir si vous vous approchez encore !

Il ricana.

— Je suis un prince, le cousin du tout-puissant Ali Ben Saleem. Versez une seule goutte de mon sang et je ne donne pas cher de votre peau.

Sans doute avait-il raison, mais Frances ne baissa pas la garde. Au contraire, elle avança vers lui et, comme elle l'avait espéré, il recula…

C'est alors que des bruits leur parvinrent de l'escalier, puis on entendit le son d'une voix reconnaissable entre toutes.

— Ali ! cria Frances.

Yasir eut alors un rictus mauvais. Avant qu'elle ait le temps de réagir, il se jeta sur la lame. Le sang se mit à couler de son bras. Poussant un cri, il se laissa tomber sur le sol au moment même où, enfonçant la porte, Ali pénétrait dans la pièce. Derrière lui se tenaient deux gardes du corps.

— Arrêtez cette femme ! hurla Yasir. Elle a tenté de me tuer ! Je perds mon sang !

Les gardes voulurent lui obéir mais Ali les arrêta d'un geste de la main et ils restèrent derrière lui. Dans un silence oppressant, le regard du souverain alla de son cousin blessé, étendu sur le sol, à Frances, qui tenait toujours le poignard à la main.

— Donnez-moi ça ! ordonna-t-il.

— Laissez-moi vous expliquer…

— Donnez-moi ça ! répéta-t-il d'une voix impérative.

Désespérée, Frances lui tendit le poignard. Se penchant vers Yasir, il examina attentivement sa blessure, puis il se releva.

— Gardes, ordonna-t-il, arrêtez cet homme !

— Mais elle a tenté de me tuer ! protesta Yasir.

— Dommage qu'elle ne l'ait pas fait car tu n'aurais alors eu que ce que tu mérites. Estime-toi heureux que je ne le fasse pas moi-même. Gardes, emmenez-le ! Faites soigner sa blessure et mettez-le aux arrêts !

Yasir tempêta mais les deux colosses le saisirent et le traînèrent dehors. Frances s'appuya au mur, épuisée.

— J'ai… j'ai cru que vous alliez me faire arrêter.

— Décidément, vous me connaissez bien mal ! Ne restons pas là, venez !

Lui entourant les épaules d'un bras protecteur, il la guida hors de la maison jusqu'à sa tente.

— Il… il voulait posséder ce qu'il pensait vous appartenir, dit Frances d'une voix hachée. Je voulais l'empêcher de m'approcher, pas le tuer. Mais, lorsqu'il vous a entendu, il s'est délibérément jeté sur la lame.

— Je vous crois. Il sera puni comme il le mérite.

— Comment avez-vous su où je me trouvais ?

— Par bonheur, Leena vous a vue lui parler dans le jardin et a perçu le danger. Elle est accourue me chercher. Mais… vous tremblez ?

La tension avait été extrême et, le danger passé, Frances tremblait effectivement comme une feuille. Ali emprisonna son visage dans ses mains.

— Je suis près de vous et vous n'avez plus rien à craindre.

C'était pure folie de suivre ce triste individu jusqu'ici mais, par la suite, vous avez été sublime. Je suis très fier de vous.

— Vous… vous auriez pu me faire mettre aux arrêts !

— Pas une seconde je n'ai douté de vous !

Cette déclaration la bouleversa jusqu'au plus profond d'elle-même.

— Ali, je… je dois vous faire un aveu. J'ai suivi Yasir chez lui parce que…

Les mots s'étranglèrent dans sa gorge. Il la regarda, inquiet soudain.

— Parlez, je vous en supplie !

— Je l'ai suivi… parce qu'il m'avait offert de me laisser téléphoner à mon ambassade. Ne me regardez pas comme cela, je vous en supplie ! Vous savez le prix que j'attache à ma liberté et…

— Vous vouliez me quitter, vous enfuir avec l'aide de ce traître !

— J'ignorais alors ses intentions. Que pouvais-je faire ? Je ne puis rester votre prisonnière, Ali ! Je dois impérativement rentrer dans mon pays !

— Après ce qui s'est passé entre nous, la nuit dernière ?

— A cause de cela, précisément.

— Que voulez-vous dire ? Me serais-je trompé ? Me ferais-je des illusions en croyant que notre relation est unique ?

— Non ! Ce qui nous arrive est magique, je le reconnais. Mais je n'appartiens pas à cette catégorie de femmes pour qui le luxe est un but dans l'existence. Vous m'avez installée dans une prison dorée, en me privant du seul bien qui m'importe vraiment : ma liberté. Sans elle, je n'ai rien à vous offrir !

Dans les yeux de son interlocuteur, elle lut la stupeur, et comprit que sa belle tirade ne signifiait rien pour lui. Un monde les séparait…

— Ali, essayez de comprendre ! supplia-t-elle. Il est temps pour moi de rentrer en Angleterre.

L'expression de son visage se durcit.

— C'est à moi et à moi seul d'en décider ! Je vous ai offert la place de favorite. Vous êtes honorée par tous mes sujets, y compris par moi-même. C'est un statut des plus enviables. Mais permettez-moi de vous donner un conseil : n'abusez pas de ma patience, car il n'est pire statut que celui de favorite déchue. Oublions ce qui vient de se passer. Votre place est dans mes bras…

— Non, Ali, non !

— Vous caresser est un tel plaisir, Diamond, ne me l'enlevez pas !

Elle voulut protester mais il la fit taire en posant son doigt sur ses lèvres. Ce simple contact l'électrisa, et elle fit une ultime tentative.

— Ali… non ! Il nous reste encore tellement de choses à dire !

— Mais nous les disons, affirma-t-il en l'entraînant vers le lit. Laissons parler nos corps. Eux savent trouver les mots qu'il faut.

Il ôta ses vêtements et les siens et, vaincue, Frances le laissa faire. Elle avait une telle soif de ses caresses, de ses baisers ! Comment lutter contre le sentiment dévastateur qui la submergeait, annihilant toute volonté ? Elle aimait cet homme comme jamais encore elle n'avait aimé et comme jamais plus elle n'aimerait.

Quand il posa ses lèvres sur le bout de ses seins gorgés de désir, tout son corps se cambra, à la recherche de cette bouche qui faisait naître en elle de si sublimes sensations. Elle se donna à lui sans réserve. Au moment suprême, elle poussa un cri, dont elle n'aurait su dire s'il était de plaisir ou de désespoir.

Lorsqu'ils retombèrent, épuisés, dans les bras l'un de l'autre, il la contempla avec une infinie tendresse.

— Un jour, je vous ai déclaré que je ne serais pleinement satisfait que lorsque vous vous donneriez à moi totalement, lui rappela-t-il. Dites-moi que vous êtes mienne, Diamond.

Dites-moi que vous m'appartenez corps et âme. Je veux entendre ces mots sur vos lèvres.

Elle se raidit.

— En tant que prisonnière, jamais je ne pourrai vous appartenir ! dit-elle, au comble du désespoir. Laissez-moi partir !

Ali eut l'impression qu'un poignard lui transperçait le cœur. Elle voulait le quitter ! Il la repoussa, se leva et lui tourna le dos afin de lui cacher l'expression de son visage. Jamais cette femme ne devait deviner le pouvoir qu'elle exerçait sur lui. Jamais elle ne devait deviner sa souffrance. Sa fierté, sa dignité d'homme étaient en jeu.

Soudain, il y eut une sorte d'effervescence devant la tente. Ali se revêtit prestement et sortit. Frances l'entendit donner des ordres en arabe et, quelques instants plus tard, il était de retour.

— Nous rentrons à Kamar, l'avertit-il. Ma mère revient de New York et je souhaite être là pour l'accueillir.

Le vol de retour se déroula dans le plus profond silence. L'hélicoptère se posa sur le toit du palais et Frances fut escortée jusqu'à son appartement par une garde d'honneur, plus importante encore que la dernière fois.

Son secrétaire ayant averti Ali que la princesse Elise était arrivée, celui-ci se dirigea aussitôt vers ses appartements, où elle l'accueillit avec chaleur.

— Quel bonheur de te revoir, mon fils ! dit-elle en lui ouvrant ses bras.

Il la serra contre lui.

— Mère, vous êtes plus éblouissante que jamais ! Avez-vous fait bon voyage ?

— Tout s'est merveilleusement bien passé.

Elle indiqua un dossier sur son bureau.

— Tu trouveras les résultats de mes démarches dans ce dossier préparé à ton intention. J'espère que tu approuveras mes initiatives.

— Ai-je jamais contesté vos décisions, mère ? Mais arrêtons de parler affaires et laissez-moi vous regarder. Vous m'avez beaucoup manqué.

Il recula d'un pas et la contempla longuement avec, au fond des yeux, une immense tendresse.

— Vous semblez en pleine forme pour quelqu'un qui arrive de New York ! dit-il, admiratif.

— En fait, je me suis arrêtée à Londres. J'y suis d'ailleurs arrivée juste après ton départ, pour entendre raconter d'étranges histoires à ton sujet !

Il rit et prit place sur le divan à côté d'elle, acceptant la boisson qu'elle lui offrait.

— Mes gens parlent trop, reconnut-il. Je ne m'en préoccupe guère.

— Mmm… cette fois, il semble pourtant que ce soit sérieux. Parle-moi donc de cette jeune Anglaise que tu as soi-disant *invitée* à Kamar.

Ali haussa les épaules. Jouant l'indifférence, sous le regard inquisiteur de sa mère, qu'il vénérait, il se sentait en réalité terriblement mal à l'aise. Avec son intransigeance et sa détermination, la princesse Elise lui faisait irrémédiablement penser à une autre femme qui était encore à son côté quelques instants auparavant…

— Mlle Frances Callam est effectivement mon invitée pour un certain temps, expliqua-t-il. Mais parlez-moi plus en détail de votre voyage…

— Nous aurons tout le temps pour cela plus tard, mon fils. J'ai dû jouer les détectives pour essayer de comprendre une histoire dans laquelle étaient impliquées une agence de placement et une domestique mystérieusement disparue en même temps que toi. Par l'intermédiaire de l'agence, j'ai pu entrer en contact avec un certain Joey, très inquiet de la soudaine disparition de Mlle Callam, une journaliste dont il est sans nouvelles. Evidemment, je me suis empressée de le rassurer lui affirmant que, si elle était ton invitée, elle serait bien traitée. J'espère ne pas m'être trompée.

— Non, mère. Frances a été, effectivement, on ne peut mieux traitée ici.

Elise lui lança un regard perçant et il rougit.

— Mon fils, apprends qu'il existe des lois que, même toi, tu ne peux transgresser. Peut-être vaut-il mieux que j'ignore quelle a été vraiment ta conduite, mais j'exige que tu me présentes cette jeune femme dès demain matin !

— Oui, mère ! acquiesça-t-il en s'inclinant.

10

L'appartement de la princesse Elise était un savant mélange de luxe oriental et de confort anglais. Dès que Frances y fit son entrée, escortée par Ali, elle se leva pour l'accueillir chaleureusement.

— J'étais très impatiente de vous rencontrer, mademoiselle Callam, dit-elle, car ce que l'on m'a rapporté sur vous avait fortement aiguisé ma curiosité. Il semble que vous ayez impressionné les Kamari dans leur ensemble !

Frances se demanda quel type d'informations étaient parvenues à ses oreilles et se contenta de sourire. Autour d'un thé, les deux femmes échangèrent quelques politesses ponctuées par des interventions d'Ali jusqu'à ce que la princesse déclare d'une voix ferme :

— Mon fils, je suis certaine que les devoirs de ta charge t'appellent.

Par expérience, Ali savait qu'il était inutile d'essayer de s'opposer à la volonté de sa mère. Avec un haussement d'épaules, il quitta la pièce.

Une fois son fils parti, Elise sourit à Frances.

— Je m'attendais que vous soyez d'une grande beauté, mais vous êtes beaucoup plus que cela, dit-elle. Répondez-moi franchement, êtes-vous ici par choix ?

— Non ! répondit Frances.

Le visage de la princesse se fit soudain plus sombre.

— Nous reparlerons de cela plus tard. Racontez-moi tout d'abord comment tout cela a commencé.

Frances s'exécuta. Lorsqu'elle parla du chèque, Elise s'exclama :

— Ah, voilà enfin l'explication d'un point qui m'intriguait fortement ! Venez avec moi.

Saisissant la main de Frances, elle l'entraîna dans la pièce attenante. La jeune femme s'arrêta, stupéfaite, sur le seuil. Il s'agissait d'un bureau équipé des tout derniers modèles d'ordinateurs. A leur arrivée, deux jeunes femmes, assises devant des écrans, se levèrent et s'inclinèrent devant la princesse. Cette dernière prit la place de l'une d'elles devant un écran sur lequel elle afficha un tableau.

— Comme vous pouvez le voir, chaque année, mon fils offre un chèque d'un million de livres à des organisations caritatives, dit la princesse. Qu'il leur donne, soudain, un chèque supplémentaire de cent mille livres m'a étonnée. Il ne fait jamais ce genre de choses sans me consulter auparavant.

— Un... un million ! bredouilla Frances, abasourdie. Et il... il vous consulte !

— Bien entendu. C'est moi qui gère tous les dons faits aux organismes de charité.

— Tous les dons...

— A peu près vingt millions de livres par an.

L'évidente stupéfaction de son interlocutrice amena un sourire sur les lèvres d'Elise.

— J'espère que vous n'avez pas cru à cette réputation de play-boy dépensant tout son argent sur les tapis des casinos que les journalistes ont faite à mon fils ! Ali mène un train de vie inhérent à sa fonction, mais les revenus du pétrole sont d'abord dépensés pour le bien-être et le confort de ses sujets. Nos hôpitaux sont parmi les mieux équipés du monde.

— Pourquoi ne m'a-t-il pas détrompée, alors ?

La princesse sourit.

— Il se méfie des journalistes comme de la peste. Il n'a pas tort, car certains racontent vraiment n'importe quoi !

— Il a refusé de parler affaires avec moi, sous le simple prétexte que je suis une femme !

La princesse éclata de rire.

— Je reconnais bien là mon fils ! *L'intelligence des affaires ne peut être laissée qu'entre les mains expertes des hommes.* Il lui reste encore beaucoup de choses à apprendre ! Je m'y emploie et il fait quelques progrès, croyez-moi…

Elle désigna les ordinateurs et ses collaboratrices.

— Il me laisse l'entière responsabilité de la gestion d'une partie importante des revenus de Kamar. Je parcours le monde et lui fais des rapports sur les souffrances que l'on peut soulager et il écoute mes conseils. Je profite aussi de ces voyages, pour faire quelques achats !

— Je… je n'arrive pas à croire…

— Suivez-moi. Il est important que vous voyiez les choses par vous-même.

La princesse appuya sur un bouton et parla dans l'Interphone.

— Veuillez faire avancer ma voiture devant le perron, s'il vous plaît.

Dix minutes plus tard, assises à l'arrière de la limousine personnelle de la princesse Elise, les deux femmes traversaient la ville. La voiture s'arrêta devant un vaste building peint en blanc.

— Voici l'hôpital, expliqua la princesse. Nous visiterons tout d'abord la partie privée, mais ce n'est pas la plus intéressante.

La section privée de l'hôpital ressemblait, en effet, à celle de tous les hôpitaux modernes du monde. Lorsqu'elles pénétrèrent dans la deuxième section, Elise expliqua :

— Ici sont soignés gratuitement tous ceux qui ne peuvent payer. Le fonctionnement est entièrement financé par l'Etat. Ali a décidé qu'il en serait ainsi.

L'œil exercé de la journaliste constata que les équipements ainsi que le personnel, n'étaient pas moins nombreux que dans la partie précédente.

— Est-ce que l'argent alloué provient du pétrole ? demanda Frances.

— Pas seulement. Les casinos sont également très rentables.

— *Les* casinos ?

— Kamar en possède un dans la plupart des grandes villes du monde et plusieurs à Las Vegas. Avec ces ressources, il compte financer un grand projet d'irrigation d'une partie du désert.

Frances se mordit la lèvre, honteuse de la fausse opinion qu'elle s'était forgée sur son hôte, puis tourna son regard vers le Sahar Palace.

— Il vous intéresse ?

— Ali m'a confié qu'il était abandonné car mal adapté aux besoins actuels. N'est-ce pas un terrible gaspillage ?

— Ainsi, il a omis de vous informer de son usage actuel ! Vraiment, il exagère ! s'exclama-t-elle, exaspérée.

Elles regagnèrent la limousine et, sur un ordre de la princesse, le chauffeur la remit en route. Quelques minutes plus tard, ils franchissaient le porche du palace pour s'arrêter au milieu d'une cour. A la vue de la voiture royale, deux femmes s'avancèrent aussitôt suivies par une ribambelle d'enfants qui se précipitèrent dans les bras de la princesse. L'une des femmes expliqua à Frances, dans un anglais parfait :

— Les enfants adorent la princesse Elise. Ils n'ont plus de maman, et dans leur cœur, elle la remplace.

— Le palais est donc devenu… un orphelinat ! balbutia Frances.

— Oui, intervint alors Elise. Ali a souhaité que le Sahar Palace soit utile au pays. Et quel meilleur usage aurait-on pu en faire que d'assurer l'avenir de ces enfants ? Suivez-moi à l'intérieur. Je pense que vous allez y voir des choses qui risquent de vous surprendre.

L'orphelinat était un modèle du genre. Non seulement il était bien entretenu, superbement équipé, mais il y régnait une atmosphère des plus chaleureuses. De toute évidence, les enfants y étaient heureux. A l'arrière du bâtiment d'habitation, se trouvaient les salles de classe dans lesquelles les filles apprenaient, séparées des garçons. Cependant, Frances put vérifier que les unes n'étaient pas moins bien équipées que les autres.

— Mon mari était un homme éclairé, il m'écoutait ! expliqua Elise avec un sourire malicieux. J'ai réussi à lui faire comprendre que, pour prendre sa place dans le monde moderne, Kamar aurait besoin de femmes tout aussi éduquées et compétentes que les hommes. J'espère qu'à son tour, mon fils — très attaché aux traditions — saura trouver la compagne capable de lui faire comprendre la nécessité de cette évolution…

Ce n'est qu'à leur retour au palais que la princesse Elise demanda à Frances les raisons de sa présence à Kamar. Elle écouta avec la plus grande attention la réponse de la jeune femme et ne fit aucun commentaire. Seul le pli barrant son front laissa deviner son mécontentement. Elle déclara alors être fatiguée et vouloir prendre un peu de repos. Mais à peine Frances l'avait-elle quittée qu'elle se précipitait sur le téléphone, exigeant la venue immédiate de son fils. Ce dernier la trouva occupée à faire les cent pas dans son salon.

— Aurais-tu perdu la raison ? lança-t-elle dès qu'il se présenta devant elle. Cette jeune femme est une journaliste qui travaille pour un journal jouissant d'une réputation internationale et tu la retiens ici contre son gré ! Désires-tu provoquer un incident diplomatique ?

— Il n'est aucun incident que je ne puisse résoudre ! répondit Ali. Ils ont besoin de notre pétrole.

— Ces paroles sont indignes de toi ! s'insurgea-t-elle.

Il rougit.

— Je ne sais ce que vous a raconté cette jeune femme, mère, mais sachez qu'entre elle et moi, il y a quelque chose de… magique !

Sans qu'il s'en rende compte, ses yeux s'étaient mis à briller de mille étoiles, et la princesse se fit plus attentive encore.

— J'aimerais connaître ta version des faits.

Le visage d'Ali se crispa.

— Elle s'est jouée de moi ! Alors que je la croyais tombée sous mon charme, je découvris qu'elle était en fait une journaliste décidée à tout pour m'extorquer des informations pour un article ! Elle méritait une leçon !

— Alors, tu l'as enlevée, tout simplement !

— Pas du tout ! C'est elle qui s'est introduite chez moi sous une fausse identité. Il ne me restait plus qu'à lui accorder la fameuse interview dont elle rêvait pour l'amener jusqu'ici. Elle m'a suivi de son plein gré ! Tout est sa faute. Elle méritait une leçon !

— Peut-être, mais avoue que tu es tombé follement amoureux d'elle et que tu ne veux plus la laisser partir !

— Euh… c'est-à-dire… Jamais je n'ai rencontré une femme comme elle, mère ! C'est vrai, je l'avoue, je ne peux plus me passer d'elle !

— C'est bien ce que je pensais ! Seulement… il y a un problème. Je te crois effectivement capable d'éviter un incident diplomatique mais… que vas-tu faire de M. Howard Marks ?

Ali fronça les sourcils.

— Qui est cet homme dont je n'ai jamais entendu parler ?

— Le fiancé de Mlle Callam.

— Impossible ! Si elle avait un fiancé, jamais elle n'aurait…

La princesse leva à son tour ses sourcils.

— Oui…

— Rien !

— Très bien. Il se trouve que j'ai pris le temps de poser certaines questions à cette jeune femme, ce que de toute évidence tu n'as pas fait. M. Marks est un banquier. Lui et Mlle Callam se connaissent depuis longtemps et il est clair qu'il a l'intention de l'épouser. C'est un excellent parti.

— Pourquoi ne m'en a-t-elle pas parlé ?

— Sans doute parce que tu ne lui en as pas laissé le temps !

— Eh bien, je vais le lui donner ! dit-il, en se levant, le visage crispé par la rage.

Frances se tenait allongée sur le sofa, les mains derrière la tête, réfléchissant à ce qu'elle avait appris dans la journée. L'image du prince Ali Ben Saleem, riche play-boy oisif, avait volé en éclats. En fait, Ali était un souverain responsable, soucieux du bien-être de ses sujets. Pouvoir penser à lui de cette façon la comblait d'aise, et elle espérait avoir très vite l'occasion de lui dire tout le bien qu'elle pensait de sa façon de conduire les affaires du pays. Mais sans doute allait-il consacrer beaucoup de son temps à la princesse, sa mère…

Elle en était là de ses pensées lorsque, soudain, elle reconnut le bruit de ses pas. Elle se redressa, le cœur battant. Quelques secondes plus tard, il se présentait devant elle.

— Pourquoi ne m'avez-vous pas dit…

Avec un bel ensemble, ils avaient prononcé la même phrase en même temps.

— Après vous, Majesté, dit alors Frances avec un sourire.

Mais Ali ne souriait pas.

— Je viens de m'entretenir avec ma mère, l'informa-t-il, ses yeux lançant des éclairs. Pourquoi ne m'avez-vous jamais parlé de ce Howard Marks ?

L'espace d'un instant, Frances le fixa sans comprendre, tant Howard lui était sorti de l'esprit.

— De qui ?

— De Howard Marks, l'homme qui — d'après ma mère — veut vous épouser. Comment avez-vous pu me cacher une chose aussi importante ?

Alors que la seconde précédente, elle n'était que tendresse, son attitude autoritaire et impérieuse la mit de nouveau hors d'elle.

— Enfin ! s'exclama-t-elle. Vous vous préoccupez de savoir si quelqu'un pourrait s'inquiéter de ma disparition !

Elle n'avait pas mentionné Howard pour la bonne raison que, dans les bras d'Ali, elle avait totalement oublié le reste du monde.

— Dois-je vous rappeler que vous me retenez prisonnière ? poursuivit-elle. Je ne me souviens pas vous avoir entendu me demander s'il y avait un homme dans ma vie.

— Y en a-t-il un ?

— Cela vous ferait-il agir différemment ?

Ils se défiaient, aussi furieux l'un que l'autre.

— Est-ce l'homme qui vous accompagnait au Golden Choice ?

— Non ! Lui s'appelait Joey. Jamais Howard ne m'accompagnerait sur une mission.

— En connaissait-il l'objectif : me séduire afin de m'arracher une interview…

— Il ne s'agissait nullement de vous séduire ! s'indigna-t-elle. C'est vous qui…

— Vous vous êtes pourtant montrée à certains moments fort convaincante !

Frances rougit jusqu'à la racine de ses cheveux.

— Quel genre d'homme est donc ce Howard pour vous permettre de prendre de tels risques ? poursuivit Ali, une moue de mépris sur les lèvres.

— Howard n'a pas à me permettre ou à m'interdire quoi que ce soit. Je suis un être libre. Libre de prendre ses propres décisions. Je ne reçois d'ordres de personne.

Le visage d'Ali se crispa.

— Pensez-vous une seconde que je puisse vous permettre de rejoindre votre pays avec les secrets que vous avez découverts ?

— Quels secrets ?

La lueur au fond des yeux sombres lui révéla, mieux que des mots, de quels secrets il voulait parler. Les secrets d'alcôve… Ceux qui révèlent la personne intime et que nul ne désire voir livrer en pâture à la curiosité malsaine du grand public. Comment pouvait-il imaginer un seul instant qu'elle puisse faire une chose aussi sordide ? C'était bien mal la connaître ! Ces secrets lui appartenaient tout autant qu'à lui, après tout !

Mais, alors qu'elle se préparait à le rassurer sur ce point, il poursuivit :

— Ma mère affirme que je vous ai compromise, vous privant ainsi de faire un bon mariage. Bien ! J'ai donc un devoir envers vous. En tant qu'épouse du prince de Kamar, il n'est pas un désir que vous ne pourrez satisfaire.

— En tant qu'*épouse*…, répéta-t-elle, stupéfaite.

— Notre mariage aura lieu le plus rapidement possible.

— Mais… un mariage se décide à deux ! se révolta-t-elle, ivre de rage. Vous ne pouvez disposer de moi selon votre bon vouloir !

— Vous ne pouvez rejoindre ce Howard Marks ! Vous resterez ici et deviendrez ma femme. Et notre union sera une réussite. Je vais donner mes instructions pour que le mariage ait lieu dans trois jours.

— Non ! cria Frances. Ali, je vous en prie, soyez raisonnable ! Ce mariage ne peut avoir lieu ! Ni dans trois jours, ni jamais !

— Ma décision est prise. Il en sera fait selon mon bon vouloir.

Sur ces mots, il la quitta, la laissant anéantie.

Le mariage de celui qui présidait à la destinée de Kamar était une affaire compliquée. Officiellement, Kamar était un

Etat laïc mais trois des plus importantes religions y cohabitaient et le chef de l'Etat ne pouvait en privilégier aucune.

Il y aurait donc quatre mariages. Le premier, civil, se déroulerait dans une des salles du palais. Puis le souverain et son épouse se présenteraient devant chaque congrégation religieuse afin d'y prononcer leurs vœux, une occasion pour leurs membres d'acclamer et d'ovationner les époux royaux.

Aussitôt après avoir donné les ordres nécessaires pour le mariage, Ali quitta Kamar pour le nord du pays où une affaire urgente l'appelait et Frances se retrouva accaparée par les préparatifs. Il lui incombait de veiller à la confection de la robe de mariée et de la nouvelle garde-robe royale. Elle s'acquitta de sa tâche sans aucun enthousiasme. Pourquoi se sentait-elle donc aussi malheureuse alors qu'elle allait épouser l'homme qu'elle aimait ?

Lorsque la princesse Elise lui demanda la permission de venir passer la soirée en sa compagnie, Frances accepta volontiers.

— J'ai une bonne nouvelle, lui confia alors Elise. Yasir ne vous importunera plus. Sa blessure était superficielle. Il devra quitter le pays avant le mariage et ne pourra y revenir avant cinq ans. Tels ont été les ordres d'Ali.

— C'est bien…

Son apathie alerta la princesse qui l'examina d'un œil critique.

— Que se passe-t-il, Frances ? La préparation de votre mariage ne semble guère vous enthousiasmer… On pourrait même croire que vous vous préparez pour un enterrement.

Frances laissa échapper un long soupir.

— Je n'ai jamais su cacher ce que j'éprouve.

— Pourquoi cette tristesse ? Votre sort est des plus enviables. Mon fils se prépare à faire de vous la princesse d'un royaume riche et prospère. Vous n'aurez qu'à ordonner pour être servie.

— Est-ce la raison pour laquelle vous vous êtes mariée ?

demanda Frances en regardant son interlocutrice dans les yeux.

— Certainement pas ! répondit spontanément Elise. J'ai épousé l'homme que j'aimais le plus au monde et qui m'aimait tout autant.

— Vous avez eu de la chance que ce soit aussi facile.

La princesse se mit à rire.

— *Facile !* Cela a été tout sauf facile, vous pouvez me croire ! Nous avions d'interminables querelles, surtout la première année. Mais nous sommes parvenus à les surmonter. Nous ne pouvions nous passer l'un de l'autre. Nous étions comme les deux moitiés d'une même orange.

Un silence pesant s'ensuivit, bientôt rompu par la princesse.

— Vous aimez mon fils, n'est-ce pas ?

— Comment en être certaine ? répondit Frances, désespérée. Il me prive de mon libre arbitre et m'oblige à l'épouser.

— Je vois. Mon fils sait-il lui-même ce qu'il éprouve pour vous ? Se conduire en tyran est le plus sûr moyen d'éviter d'avoir à se poser des questions. Nous ne devons pas laisser ce stupide mariage avoir lieu !

— Je... je croyais que vous approuviez son choix, balbutia Frances.

— Et vous aviez raison ! Vous êtes sans conteste la femme qu'il lui faut. Vous l'avez déstabilisé et il en avait besoin. Il a toujours obtenu tout ce qu'il voulait et il était temps qu'il rencontre enfin quelqu'un qui ne se plie pas à sa volonté. Mon désir le plus cher est de vous voir épouser mon fils, ma chère Frances, mais pas de cette façon !

— Le lui avez-vous dit ?

— Bien entendu ! Mais j'aurais pu tout aussi bien m'adresser à un mur. Les hommes de la famille ont la réputation d'être particulièrement têtus. Mon fils ne déroge pas à la règle. Vos fils seront têtus, eux aussi.

— Mes... mes fils !

— Ceux que vous ne manquerez pas d'avoir avec Ali si

nous agissons avec intelligence. L'aimez-vous suffisamment pour le quitter ?

Un étau de glace étreignit le cœur de Frances. Le *quitter*, peut-être pour toujours, ne plus chevaucher à son côté, ne plus jamais être dans ses bras ? Etait-elle vraiment capable de faire cela ?

— Oui, je l'aime suffisamment pour le quitter ! énonça-t-elle d'une voix ferme.

— Alors, du travail nous attend !

Il n'était pas dans la nature de la princesse Elise d'agir impulsivement. Aussi, lorsqu'elle annonça son départ immédiat, tout le monde fut pris de court, mais nul n'osa faire le moindre commentaire. Seul le secrétaire particulier d'Ali, totalement acquis à son maître, suggéra que ce dernier préférerait sans doute qu'elle ne quitte pas le palais avant son retour. La princesse le gratifia d'un tel regard impérieux qu'il comprit qu'il valait mieux ne pas contrarier son projet. Il lui rappela toutefois que le mariage avait lieu dans deux jours. Avec un large sourire, la princesse lui assura qu'elle serait de retour bien avant.

Un mécanisme bien huilé se mit alors en marche. La limousine personnelle de la princesse Elise vint se ranger devant les marches du palais. Quelques instants plus tard, la princesse — accompagnée d'une servante voilée — s'installait à l'arrière. La voiture fonça alors à grande vitesse vers l'aéroport où les attendait l'avion royal qui s'envola aussitôt pour Londres.

Une autre limousine les y attendait afin de les conduire jusqu'à la somptueuse résidence d'Ali. Après une pause des plus brèves, elle repartait vers l'appartement de Frances où elle déposa *sa servante* débarrassée de ses vêtements orientaux. Les opérations n'avaient pas duré plus de huit heures.

11

A peine rentré au palais, Ali se dirigea immédiatement vers les appartements de sa mère, le bruit de ses bottes sur le carrelage provoquant, sur son passage, une sorte de minitremblement de terre.

Mais il en fallait beaucoup plus pour impressionner la princesse Elise qui se tenait tranquillement assise à son bureau, attendant l'arrivée de son fils. Lorsqu'il entra, faisant claquer la porte, elle leva les yeux, puis retourna à sa tâche, sans prononcer un mot.

Ali se mit à faire les cent pas dans la pièce. Après l'avoir arpentée à plusieurs reprises de long en large, il lança :

— Mon grand-père vous aurait fait dévorer par les alligators pour vous punir de ce que vous avez fait !

— Ton grand-père était un homme qui agissait sans réfléchir et je crains que tu n'aies hérité de son tempérament, répondit calmement Elise. Oui, j'ai aidé Mlle Callam à regagner son pays. Croyais-tu que j'allais te laisser te conduire comme un imbécile sans réagir ?

— Elle est l'épouse que j'ai choisie !

— Certes ! Mais l'as-tu laissée te choisir ? La forcer à t'épouser ne t'aurait pas permis de savoir ce qu'elle éprouve vraiment pour toi.

— Je connais ses sentiments ! Il y a entre nous une sorte de magie quand nous... Je ne puis vous en dire plus, mais...

Sous le regard perçant de sa mère, le prince rougit et détourna les yeux.

— Croyez-moi, mère, dit-il, je sais parfaitement ce qu'elle ressent, ce que *nous* ressentons.

— Non, mon fils. Tu sais seulement ce que vous ressentez sous l'emprise de la passion. Que restera-t-il lorsque celle-ci s'éteindra ?

— Cela n'arrivera jamais !

— Pour toi, peut-être. Mais une femme réagit différemment. La passion n'est rien sans amour. Comment peut-elle savoir que tu l'aimes alors que tu te conduis avec elle en tyran ?

— Tout ce que je possède lui appartient. Que veut-elle de plus ?

— La liberté. La liberté de te choisir ou de te rejeter.

Il pâlit.

— *Me rejeter* !

— C'est une possibilité, en effet. L'amour ne s'impose pas, il se gagne. Tu dois lui permettre de te choisir.

— Et si elle ne le fait pas ?

— Alors, tu devras respecter son choix. Son bonheur doit passer avant le tien. Tu n'as jamais eu à demander pour obtenir. Tu ne sais que prendre. Il est temps que tu apprennes !

— Et si je ne puis m'y résoudre ?

— Alors, jamais elle ne sera à toi.

La princesse Elise sentit son cœur de mère se serrer. Comme il était dur d'infliger à la chair de sa chair cette dure leçon ! Mais seul l'espoir que cela lui apporterait le bonheur la guidait dans cette démarche.

Quand, enfin, il parla, sa voix tremblait.

— Je ne puis croire qu'elle soit partie sans me laisser un mot…

— As-tu bien cherché ?

Il la dévisagea fixement, puis se précipita hors de la pièce. A la vue de l'expression de son visage, les domestiques de Frances, toujours en place, s'envolèrent telle une volée de moineaux. Ali parcourut les pièces d'un pas rageur. Quelque part, certainement, se trouvait le mot qu'elle lui avait laissé.

Il le trouva, enfin, sous une boîte incrustée de pierres précieuses. Il eut du mal à déplier la feuille de papier tant ses mains tremblaient. Ses yeux parcoururent avidement la missive.

Mon amour,

Tu vas sans doute ressentir mon départ comme une trahison mais, hélas, tu ne m'as pas laissé le choix ! Aucune femme, aujourd'hui, ne peut être contrainte au mariage, en tout cas pas moi. Jamais nous n'aurions connu la paix. Peut-être même aurions-nous fini par nous détester...

J'avais souvent rêvé qu'un tapis volant m'emporterait au pays des Mille et Une Nuits et c'est exactement ce qui s'est produit. Un prince charmant m'est apparu et m'a enlevée. Il était beau, riche, puissant, et il m'a fait découvrir des choses merveilleuses que je n'oublierai jamais.

Ce fut un beau rêve, le plus beau que j'aie jamais fait, mais hélas, ce n'était qu'un rêve et le tapis volant m'a ramenée à la réalité !

Adieu, mon amour. Je ne sais où se fera notre nouvelle rencontre. Au jardin d'Eden, peut-être... à moins que, lui non plus n'existe pas.

Je me suis demandé de quel nom j'allais signer cette lettre. Tu m'en as donné de si nombreux ! C'était amusant de faire semblant d'être tous ces personnages. Mais ils n'étaient qu'illusions et je ne puis vivre d'illusions. Si tu ne peux aimer la femme que je suis vraiment, alors oublions que nous nous sommes rencontrés.

Ou plutôt, non, n'oublions pas, jamais ! Mais rangeons le beau rêve dans le tiroir aux souvenirs comme une chose trop belle pour être vraie. Je vais signer cette lettre du seul nom que tu ne m'aies jamais donné mais qui est le seul véritable. J'espère que tu me pardonneras. Frances.

Lorsqu'il eut terminé sa lecture, Ali prit conscience du calme qui régnait dans l'appartement. Là où retentissait autrefois le rire de sa bien-aimée régnait aujourd'hui le silence. Sa façon de le défier l'avait rendu fou de rage mais il aurait donné des années de sa vie pour qu'elle soit de nouveau devant lui, prête à l'affronter. Soudain, il prit conscience qu'un autre son manquait également : le roucoulement des tourterelles, les deux fidèles volatiles qui ne la quittaient jamais. Il comprit alors qu'elle était vraiment partie.

Comme son cœur lui faisait mal ! songeait Frances. La pensée d'Ali ne la quittait pas une seconde, la nuit, le jour, jusqu'à devenir une obsession. Elle en venait à oublier que le reste du monde existait autour d'elle.

Et, pourtant, elle l'avait quitté, certaine que c'était la seule chose à faire. Il lui fallait désormais lutter contre la tentation de reprendre le premier avion pour Kamar afin de se jeter dans ses bras.

Les premiers jours, à chaque appel téléphonique, elle se précipitait vers l'appareil, persuadée que ce serait Ali. Elle aurait accepté sa colère légitime tout en espérant qu'il la comprenne enfin. Mais il n'y eut ni appel téléphonique, ni télégramme, ni lettre, et personne n'avait sonné à sa porte. Comme l'angoisse étreignait son cœur, les pensées les plus noires vinrent tarauder son esprit enfiévré : il avait décidé de l'épouser par devoir, parce qu'il l'avait compromise. Son départ l'avait dégagé de cette responsabilité. La belle histoire était terminée !

C'est Barney, le rédacteur en chef de la *Financial Review*, un être bienveillant et chaleureux, qui l'avait accueillie à bras ouverts.

— L'enfant prodigue est de retour ! s'était-il exclamé lorsqu'elle s'était présentée à son bureau. Enfin ! Une folle rumeur circulait que tu t'apprêtais à épouser le cheikh Ali Ben Saleem.

— Ridicule ! Tu devrais cesser de prêter attention aux ragots, Barney ! Mais il est vrai que je reviens de Kamar.

— Super ! Alors, que fait le séduisant cheikh de tout son argent ?

— Il le dépense pour le bien de son peuple.

Barney la fixa, les yeux ronds.

— Tu plaisantes ! L'histoire est plus croustillante que ça !

— Non, c'est la stricte vérité. Il ne tient pas à ce qu'on en fasse les gros titres des journaux parce qu'il estime que sa façon de gouverner ne regarde personne d'autre que lui.

Les sourcils froncés, le rédacteur en chef insista :

— Tu n'as rien trouvé qui mérite un article dans le journal, tu en es certaine ?

— En tout cas, rien que je puisse écrire. Je suis désolée.

— Alors, je vais désigner quelqu'un d'autre.

— Je lui souhaite bien du plaisir !

Un peu plus tard, Howard l'appela. Après l'épopée de ces derniers jours, sa voix calme, un rien solennelle, la rassura, et elle accepta son invitation à dîner.

Fort heureusement, Howard était un être peu imaginatif, et accepta son histoire sans poser la moindre question : elle s'était rendue à Kamar pour son travail, tout simplement.

— Tu aurais tout de même pu me donner de tes nouvelles ! remarqua-t-il toutefois après avoir passé commande des meilleurs plats figurant à la carte.

Howard prenait un plaisir certain à dîner dans les restaurants les plus chic de la capitale, convaincu que son image l'exigeait.

— J'aurais dû t'appeler, c'est vrai, reconnut Frances, mais tant de choses étaient en jeu que…

— Tout cela n'a aucune importance ! J'ai été, moi-même,

très occupé. De grands changements se préparent à la banque. Un des chefs de service va prendre sa retraite et... il se pourrait que je sois choisi pour le remplacer. Mais... je suis en compétition avec un autre candidat !

— L'autre n'a aucune chance, j'en suis certaine.

Il lui sourit.

— Tu m'as manqué, ma chérie ! Sortir avec toi est un vrai plaisir. Tu es très belle et je suis fier d'être vu en ta compagnie.

« Vos cheveux sont comme une rivière d'or fondu... Vos yeux m'ensorcellent... »

Frances ferma les yeux. Les mots d'Ali glorifiant sa beauté résonnaient encore à ses oreilles. Quand ces souvenirs cesseraient-ils de la tourmenter ?

— J'espère que ton long séjour là-bas en a valu la peine ! dit Howard en remplissant son verre de vin.

— La peine ? répéta-t-elle, les sourcils froncés.

— Tu as dû recueillir des informations intéressantes.

— Euh... c'est-à-dire...

— Toutes les informations concernant Kamar m'intéressent. Ce cheikh Ali Ben Saleem est un gros poisson que j'aimerais bien ferrer. Nul doute que cela me propulserait au sommet !

Frances frémit de dégoût mais répéta à Howard les informations déjà transmises à son rédacteur en chef : le souverain avait à cœur le bien-être de ses sujets et dépensait beaucoup d'argent pour les satisfaire. Howard écouta attentivement, les yeux brillants, prenant mentalement des notes.

A la fin du repas, Howard la reconduisit jusque devant sa porte, lui donna un baiser sur la joue et elle s'enfuit avant qu'il ne lui en demande davantage...

Elle était de retour depuis une semaine lorsque, un matin, Barney lui téléphona, tout excité.

— Je viens de recevoir un appel du secrétaire particulier du prince Ali Ben Saleem. Il accepte de confier cette fameuse interview à notre journal.

— Je suis heureuse pour toi, Barney.

— C'est toi, chérie, qui vas mener l'interview…

— Impossible, Barney. Je te l'ai déjà dit, je ne peux pas.

— Tu n'as pas le choix ! Le prince a posé une condition. Ce sera toi et personne d'autre.

Frances faillit s'étrangler de rage. Ainsi Ali n'avait rien compris, rien appris !

— Je n'ai pas à exécuter ses ordres ! Je ne ferai pas cette interview !

— Refuser de traiter un tel scoop n'est pas digne d'une journaliste, Frances !

La voix chaleureuse de Barney était devenue aussi glaciale qu'un iceberg. Frances comprit que son avenir au journal était en jeu.

— Très bien, dit-elle, subitement calmée. Tu peux compter sur moi.

Dans les heures qui suivirent son accord, on apporta chez Frances un dossier complet comprenant toutes les fiches d'information nécessaires à la préparation de l'interview. On lui accordait vingt-quatre heures pour l'étudier, après quoi le secrétaire particulier de Sa Majesté la recevrait pour répondre à ses questions.

Frances subodora qu'il s'agissait sans doute là du cadeau d'adieu d'Ali. Ensuite, elle n'entendrait plus parler de lui. N'était-ce pas ce qu'elle avait voulu ? Cependant, elle avait beaucoup de mal à se persuader que tout était pour le mieux.

Alors qu'elle étudiait le dossier préparé, elle éprouva la curieuse impression que quelqu'un la guidait dans ce qui ressemblait à la caverne d'Ali Baba. Toutes les portes s'ouvraient devant elle comme par magie, et ce qu'elle avait vu de ses propres yeux à Kamar lui offrait la matière d'un fabuleux article.

Elle rédigea une liste de questions et, le jour prévu, se présenta pour l'interview. Avant même qu'elle ne sonne, la lourde porte s'ouvrit, livrant passage au secrétaire particulier d'Ali qui s'inclina devant elle.

— Son Altesse regrette de ne pouvoir être présent, dit-il, mais il m'a donné ses instructions pour que vous puissiez avoir toutes les informations que vous désirez.

En effet, tout se déroula le plus facilement du monde. Le secrétaire répondit à sa longue liste de questions et la laissa même étudier les bilans sur l'ordinateur. Lorsqu'elle affirma être entièrement satisfaite, il s'inclina de nouveau.

— Je vais donner des ordres pour que l'on vous serve un thé.

Il s'éclipsa discrètement tandis qu'elle étudiait le dernier bilan sur l'écran.

— J'espère que vous avez obtenu tout ce que vous désiriez, énonça soudain une voix derrière elle.

Elle se retourna. Entré discrètement dans la pièce, Ali se tenait debout derrière elle et l'observait, les bras croisés. Aux battements désordonnés de son cœur, Frances comprit qu'elle avait toujours espéré secrètement cette rencontre.

— Vo... votre secrétaire m'a annoncé que vous ne pourriez être présent, balbutia-t-elle.

— Ce sont, en effet, les instructions qu'il a reçues. Je craignais que ma présence ne vous fasse fuir.

— Toujours aussi manipulateur !

Il eut un sourire triste et amer.

— On ne se débarrasse pas facilement de ses habitudes.

— J'ai essayé de vous expliquer, dans ma lettre...

— Oh ! oui... votre lettre... Je préférerais ne pas en parler !

— Vous n'avez donc pas changé ! Vous ordonnez et je dois obéir !

— Pourquoi réagissez-vous ainsi ? En vous enfuyant à quelques heures du mariage, vous m'avez ridiculisé aux yeux de mon peuple. En récompense, je vous offre la matière de cet article tant désiré et…

— Vous ne savez qu'imposer, commander ! A mon rédacteur en chef, vous avez ordonné que ce soit moi et personne d'autre !

— Mais cet article vous importait, non ! Vous avez déployé de tels trésors de ruse pour l'obtenir ! Puis, après ce qui s'est passé entre nous, vous vous enfuyez, me laissant pour toute explication une lettre, comme si cela pouvait suffire ! Aujourd'hui, je vous offre l'occasion de vous expliquer autrement que sur du papier !

— M'expliquer ! Combien de fois encore devrai-je le faire ? Comment échapper à un kidnapping sinon par la fuite ?

— Je vous ai offert un mariage honorable.

— Vous ne m'avez rien offert du tout ! Vous me l'avez imposé ! J'ai refusé, mais vous n'avez pas voulu m'écouter.

— Comment aurais-je pu accepter l'idée que vous puissiez me préférer cet Anglais froid comme un glaçon ?

— Howard a la retenue d'un parfait gentleman. Il me respecte.

— Il vous respecte ! répéta Ali, un rictus de mépris déformant ses lèvres. Cette forme de respect n'est qu'hypocrisie. Il vous respecte tant qu'il a mis des jours avant de s'apercevoir que vous aviez disparu.

— Howard n'exige pas que je lui rende des comptes sur mon emploi du temps. Il ne me traite pas comme un objet qui lui appartient.

— Un objet ! Vous n'avez donc rien compris, vous les Occidentaux ! Je viens d'une région du monde où, lorsqu'un homme aime une femme, elle est tout pour lui. Elle est le centre du monde, la prunelle de ses yeux, sa raison de vivre. Chez nous, lorsqu'un homme aime une femme, il veut tout d'elle. Son cœur, son corps, son âme. Il veut que son cœur ne batte que pour lui, que ses pensées n'aillent que vers lui, que son corps ne vibre que pour lui. Si elle trahit sa confiance, si elle n'est plus là lorsqu'il la cherche, il devient fou…

Les yeux sombres brûlaient d'un feu intérieur.

— … Mais pour vous ces mots ne signifient rien, n'est-ce pas ? Votre plus grand plaisir consiste à faire perdre la raison à un homme, puis à l'abandonner lâchement en le ridiculisant.

— Je n'ai jamais…

— Vous aimez exercer votre pouvoir, n'est-ce pas ? Faire souffrir vous importe peu.

— Si c'est l'opinion que vous avez de moi, lança-t-elle, désespérée, alors jamais nous ne pourrons nous comprendre.

Soudain, il s'approcha et voulut la prendre dans ses bras.

— Revenez vers moi et je ferai de vous la femme la plus enviée de Kamar. Nous pouvons oublier tout cela et retrouver la magie qui nous unit. Revenez, je vous en supplie, Diamond…

— Ne m'appelez pas ainsi ! Diamond n'a jamais vraiment existé. Cette femme-là n'a rien à voir avec moi. Mon nom est Frances et je me fiche comme d'une guigne d'être couverte de bijoux. Vous, vous voulez Diamond, mais vous n'êtes pas intéressé par Frances. Comprenez que, dans ces conditions, nous ne pouvons avoir aucun avenir en commun. Nous nous rendrions bien trop malheureux !

Il tituba comme un boxeur qui vient de recevoir un uppercut. Il la repoussa et recula d'un pas.

— Vous voulez dire que je vous rendrais malheureuse ! dit-il, visiblement sous le choc.

— Oui, reconnut-elle tristement. Je ne puis envisager une telle vie à vos côtés. Vous, évidemment, vous pourriez toujours vous consoler dans les bras de vos nombreuses concubines !

— Vous croyez tout savoir mais vous ne savez rien ! Jamais il n'y aurait eu d'autre femme que vous dans ma vie. Aucune concubine, aucune favorite. C'est ainsi que mon père a traité ma mère. C'est ainsi que je vous aurais traitée. Souvenez-vous du jour où je vous ai trouvée, penchée sur mon cousin, un poignard sanglant à la main. J'ai fait arrêter Yasir sur-le-champ car je savais, quelles que soient les apparences, que vous étiez innocente. J'ai une totale confiance en vous. Pour moi, vous et moi ne faisons qu'un. Si vous n'avez pas compris cela, alors, c'est certain, nous n'avons aucun avenir possible en commun. Allez rejoindre votre banquier. Vous avez la même conception du monde que lui. Ma mère avait raison. Il est vraiment un bon parti pour vous…

Elle se raidit.

— Howard est effectivement un excellent banquier, promu à un brillant avenir au sein de Henderson et Carver, l'une des meilleures banques de Londres. Il ne lui manque plus qu'un contrat important pour accéder au poste le plus élevé.

Il était étrange de s'entendre parler d'une façon aussi froide et détachée alors que son cœur était au supplice. Un gouffre s'ouvrait à leurs pieds, qui les séparerait à jamais.

— Mes félicitations, dit Ali, vous avez vraiment fait le bon choix !

— Epargnez-moi vos sarcasmes, je vous en prie. Je sais qu'il n'a pas le centième de votre pouvoir.

— Mais il est tout mon contraire et c'est pourquoi vous l'avez choisi, n'est-ce pas ?

— Que j'épouse Howard est une hypothèse, pas une certitude.

— Ne me dites pas qu'il hésite ! s'écria-t-il, furieux. Cet homme a l'esprit dérangé !

— Non. Il est tout simplement prudent.

— Prudent ! Un homme pourvu ne serait-ce que d'une once d'intelligence saisirait la chance qui lui est offerte sans…

— Saisir ! Vous n'avez que ce mot à la bouche !

Soudain, elle prit conscience du risque qu'elle avait pris en se rendant seule dans la demeure princière. Sur son territoire, Ali était le maître. Lorsque ses yeux croisèrent les siens, elle vit se confirmer ses pires craintes.

Attrapant son sac, elle se précipita vers la porte, l'ouvrit et traversa le hall en courant.

Le gardien, le même que le premier soir, avait appris sa leçon. Il se dressa devant elle, les bras croisés, lui interdisant l'accès à la porte.

Frances se retourna vers Ali, le regard accusateur.

— Laisse-la passer ! ordonna-t-il.

Le portier le fixa sans comprendre.

— *Laisse-la passer !* répéta Ali.

La porte s'ouvrit et, la seconde suivante, Frances était dans la rue, libre !

12

La sonnerie du téléphone retentit sur le bureau de Howard Marks.

— Un visiteur pour vous, monsieur Marks, annonça la voix de sa secrétaire.

— Je vous prie de bien vouloir m'excuser de me présenter à vous d'une façon aussi impromptue, monsieur, lança alors un homme apparaissant sur le seuil de la porte, mais l'affaire que je viens vous proposer est urgente.

— Votre Altesse ! s'exclama Howard en se levant aussitôt de son siège. C'est un grand honneur pour moi de vous recevoir.

Tandis qu'il s'approchait du bureau de Howard et ouvrait son attaché-case, Ali poursuivit :

— Des événements récents m'obligent à changer les dispositions que j'avais prises quant à la gestion de mon portefeuille londonien, dit-il. Des hommes en qui j'avais toute confiance l'ont trahie. Cette découverte, je la dois à Mlle Frances Callam dont la visite dans mon pays s'est révélée extrêmement bénéfique.

— J'ai en effet appris qu'elle s'était rendue à Kamar.

Comme Howard restait silencieux, Ali reprit :

— Transgressant mes règles de secret absolu, je lui ai permis d'accéder à de nombreuses informations. Je n'ai pas eu à le regretter. J'ai désormais une entière confiance dans son jugement.

— J'ai toujours eu, moi-même, une grande admiration pour l'intelligence de Mlle Callam, déclara Howard.

— C'est donc sur ses recommandations que je me permets aujourd'hui de frapper à votre porte pour vous confier la gestion d'une partie des richesses de Kamar. Mlle Callam m'a appris que vous étiez sur le point d'obtenir une promotion.

— Votre proposition va certainement m'aider considérablement, dit Howard en regardant avec une convoitise non dissimulée les papiers que le prince disposait devant lui.

— Je l'espère, dit Ali. Votre mariage est imminent, n'est-ce pas ?

— C'est ce qu'elle vous a dit ? demanda Howard, étonné.

— Elle m'a parlé de vous avec une admiration évidente.

— Ah oui ! Il n'est pas toujours facile de comprendre ce qu'éprouve Mlle Callam. Elle est très secrète.

— Ce n'est pas l'impression qu'elle m'a donnée. Mais je ne suis pas ici pour parler de cela ! Sachez que je serais infiniment heureux que ma visite et mon offre puissent contribuer à votre promotion, monsieur Marks. Ce sera, en quelque sorte, mon cadeau de mariage. Je rentre à Kamar, mais nous resterons en contact…

Puis, prenant rapidement congé, il quitta la pièce.

L'appartement de Frances paraissait étrangement petit comparé aux fastes de celui qu'elle occupait à Kamar, mais elle s'y sentait bien. Situé au rez-de-chaussée, ses portes-fenêtres donnant sur un jardin, il lui permettait, les soirs d'été, de s'asseoir sur la pelouse, d'écouter de la musique et de rêver.

C'est là que le coup de téléphone de Howard la surprit. Ce dernier lui raconta la visite qu'il avait eue et elle sentit son cœur s'emballer dans sa poitrine.

— Il… il est venu te voir ? demanda-t-elle, au comble de la stupéfaction.

— Et je voudrais que tu voies ce qu'il m'a confié ! déclara Howard, surexcité. Toutes les banques de Londres rêvent de gérer le portefeuille du souverain de Kamar et voilà qu'il me l'apporte sur un plateau ! Nul doute que cela m'aidera à obtenir ma promotion.

Howard l'entretint avec enthousiasme des perspectives que lui ouvrait la visite inattendue du prince Ali Ben Saleem. Frances l'écouta en silence, tentant vainement de comprendre ce qui se tramait derrière ce nouvel événement.

— Tu sembles lui avoir fait une très grande impression, déclara Howard avec emphase. Je ne suis pas certain d'avoir tout compris mais je te dois sa visite. Il m'a d'ailleurs laissé entendre qu'il me confiait la gestion de son portefeuille comme… comme cadeau de mariage, en quelque sorte.

— Comme cadeau de mariage !

— Oui. Il nous a souhaité tout le bonheur possible. Il semblait craindre que ta réputation n'ait été compromise et il tenait à s'assurer qu'il n'en était rien. C'est bien de sa part, non ?

— Très bien, en effet !

— Il ne nous reste donc plus qu'à fixer la date. Dînons ensemble demain soir !

Frances donna son accord et raccrocha.

Dans l'avion qui le ramenait à Kamar, le prince s'assit à l'écart, perdu dans ses pensées, et ne dit pas un mot de tout le voyage.

— Tu as fait ce qu'il fallait, mon fils, déclara la princesse Elise à qui il raconta ses démarches une fois rentré au palais.

— Sera-t-elle heureuse ? demanda-t-il.

— Qui peut le dire ? L'était-elle avec toi ?

— Je le pensais… parfois. Mais je me berçais d'illusions. Je ne voyais que ce que je voulais voir. Parce que je la voulais, je pensais qu'elle me voulait, elle aussi. J'ai enfin compris que ce n'était pas aussi simple.

Il parlait avec une sorte de détachement qui aurait pu abuser n'importe quel interlocuteur, mais pas sa propre mère. Elle devina la souffrance dans ses yeux, le désespoir derrière les mots, et sut que son fils était terriblement malheureux.

— Je me sens fatiguée, dit-elle.

Il fut instantanément à son côté.

— Avez-vous consulté un médecin ?

Elle éclata de rire.

— J'ai dit *fatiguée*, pas *malade*.

— Prenez soin de vous, mère. Vous êtes désormais tout ce qu'il me reste.

— Et il est temps que cela change ! Tu n'as que trop attendu pour avoir un héritier et nous devons préparer ton mariage.

Il sursauta.

— Comment pouvez-vous… ?

— Je parle de mariage, pas d'amour. Tes peines de cœur ne concernent que toi. Ton mariage concerne l'avenir du pays.

Il baissa la tête, accablé.

— Vous avez raison ! Choisissez-moi une épouse et présentez-la-moi le jour du mariage. Puisque je ne peux choisir celle que j'aime, peu m'importe qui elle est !

Il vint près d'elle et posa un genou à terre.

— Plaignez celle qui deviendra ma femme, mère. Elle fera une très mauvaise affaire en s'unissant à un homme qui a perdu son cœur.

— Le temps apporte l'oubli…

— Jamais ! Jamais le temps ne me guérira de cet amour. Frances était la femme de ma vie. Nulle autre ne pourra jamais la remplacer. J'essayerai cependant d'accomplir le devoir qui incombe à ma charge.

— Accomplis un autre devoir vis-à-vis de ta mère, veux-tu ? Emmène-moi à Wadi Sita. Cela fait très longtemps que je ne m'y suis pas rendue et j'aimerais y retrouver les souvenirs des jours heureux, lorsque tu n'étais encore qu'un enfant et que nous allions là-bas avec ton père.

— Moi aussi, j'ai gardé le souvenir de ces jours heureux. La vie était si simple, alors. Quand veux-tu que nous partions ?

— Demain.

Le lendemain, à bord de l'hélicoptère, ils s'envolèrent pour Wadi Sita, atterrissant alors que le soleil se couchait à l'horizon. La princesse Elise se retira dans sa tente, et veilla personnellement à ce que la nourriture préférée de son fils lui soit servie le soir même. Mais, au dîner, Ali toucha à peine aux différents plats.

Quand, à la fin du repas, un jeune homme apparut et commença à chanter le poème intitulé *Mon cœur chevauche le vent*, Ali baissa la tête afin de cacher sa douleur. Il s'était sacrifié mais n'avait pas encore appris à maîtriser la souffrance qui lui rongeait le cœur. Y parviendrait-il un jour ? Il en doutait, car il avait perdu à jamais la seule femme capable de donner un sens à sa vie.

Comme la chanson s'achevait, il se leva.

— Excusez-moi, dit-il à sa mère.

Et il se retira afin que personne ne puisse voir les larmes qui lui brûlaient les paupières.

Ses pas le conduisirent presque automatiquement vers l'endroit où Frances s'était arrêtée afin d'admirer le désert. Comme pour accentuer encore sa peine, la pleine lune illuminait le paysage, comme elle l'avait fait ce soir-là. Mais, aujourd'hui, il était seul et il avait mal.

Après quelques minutes, la princesse Elise le rejoignit.

— Je suis désolé, mère, dit-il, c'était une erreur de venir ici, où elle est venue avec moi.

— L'erreur était peut-être de la laisser partir aussi facilement, suggéra Elise. Pourquoi ne retournes-tu pas en Angleterre pour aller la chercher ?

— Non, je ne puis faire cela.

— Et pourquoi ?

— Jamais plus je ne la forcerai à faire ce qu'elle ne veut pas faire. Elle doit venir à moi de son plein gré ou pas du tout. Hélas, elle a choisi la seconde solution !

Il ne vit pas le sourire de satisfaction fleurir sur les lèvres de sa mère.

— Que vas-tu faire alors ? lui demanda-t-elle.

— Continuer à vivre en essayant d'appliquer les principes qu'elle m'a enseignés. Elle ne sera pas venue jusqu'ici pour rien. Elle m'a enseigné des choses qui désormais font partie de moi.

— Voilà qui est bien parlé, mon fils. C'est ainsi que les choses doivent être. Il est temps, maintenant, de nous retirer sous nos tentes pour la nuit. Dans la tienne, tu trouveras un cadeau.

— Un cadeau !

Il lui sourit.

— Vos cadeaux ont toujours été les plus beaux et les mieux choisis. De quoi s'agit-il ?

— D'une surprise. D'un cadeau très spécial…

Intrigué, Ali se dirigea vers sa tente dans laquelle il pénétra sans tarder. Bien trop préoccupé, il ne remarqua pas les deux tourterelles venues se poser juste au-dessus de l'entrée de la tente.

A l'intérieur, il faisait sombre. Une seule lampe à huile éclairait l'endroit. Il ne sut tout d'abord où regarder. Puis il aperçut l'élégante silhouette d'une femme et son cœur se serra. Comment sa mère avait-elle pu lui faire ça ? Le pensait-elle donc si inconstant pour croire qu'il pouvait oublier la femme de sa vie dans les bras d'une étrangère ?

A son entrée, la jeune femme se retourna et inclina gracieusement la tête. Elle était voilée, et Ali s'arrêta à quelques pas d'elle.

— Mon Seigneur, murmura la femme d'une voix à peine audible.

Il était trop perturbé pour s'étonner qu'elle parlât anglais, et répondit dans la même langue.

— Est-ce ma mère qui vous envoie ?

— Oui, Maître.

— C'est très gentil à elle, articula-t-il avec difficulté mais... mais elle n'a pas compris. Ce n'est pas ce que je veux...

Il s'arrêta, puis poursuivit :

— Je veux dire... Vous êtes élégante, et vous devez être très belle. Vous rendrez certainement un homme heureux, mais cela ne peut être moi.

La jeune femme se prit le visage dans les mains.

— Ne soyez pas triste, je vous en supplie ! Je ne puis accepter le cadeau de ma mère parce que ce serait trahir la femme que j'aime. Même le jour de mon mariage, je lui resterai fidèle dans mon cœur. Toujours elle l'ignorera, et cela n'aura aucune importance pour elle, mais, moi, je lui resterai fidèle toute ma vie.

Quand la jeune femme ôta ses mains de son visage, il vit qu'elle tremblait. Soudain, elle se voûta, comme si elle était en proie à une vive émotion.

— Je me demande pourquoi je vous raconte tout cela, poursuivit Ali. Sans doute parce que j'ai besoin d'ouvrir mon cœur. Oui, je l'aimais comme on n'aime qu'une fois dans sa vie et je n'ai pas su la garder. Lorsqu'elle était à mon côté, j'ai refusé de la comprendre. Maintenant, il est trop tard. Je l'ai perdue. Elle m'a quitté et jamais plus...

Sa voix sembla se casser.

— ... jamais plus je ne la reverrai. Mais elle continuera à habiter mon cœur et mes pensées jusqu'à mon dernier souffle. Elle est avec moi, à chaque instant, présente dans chaque murmure de la brise. La nuit, elle dort dans mes bras et le matin, ses baisers me réveillent.

Dans la faible lueur de la lampe, à travers l'épaisseur des voiles, Ali vit une larme briller sur la joue de la jeune femme.

— Pourquoi pleurez-vous ? Pas pour elle. Elle est enfin délivrée d'un homme qu'elle ne pouvait aimer. Pas pour moi, car j'aurai toujours le bonheur infini de l'aimer.

— Toujours ?

— Oui, toujours ! Jusqu'à ce que je repose dans ma tombe et qu'elle repose dans la sienne, que le vent pousse le sable vers l'infini et qu'il ne reste plus rien de nos vies. Peut-être existe-t-il quelque part un jardin où nous nous retrouverons enfin.

La jeune femme releva enfin la tête.

— Je ne suis pas venue pour prendre mais pour offrir, déclara-t-elle, faisant soudain tomber son voile.

Ali sembla brusquement transformé en statue, puis il poussa un cri qui déchira la nuit.

— Frances !

La seconde suivante, elle était dans ses bras, et il l'embrassait avec passion.

— Frances ! répéta-t-il. Tu étais là ! Tu es revenue librement vers moi. Mais comment…

Cette fois, ce fut le tour de Frances de lui fermer la bouche d'un baiser qui, mieux que des mots, disait le plaisir qu'elle éprouvait de le retrouver.

— Comment aurais-je pu ne pas revenir vers toi ? dit-elle enfin. Tu m'as libérée afin que je puisse épouser Howard car tu pensais que c'était ce que je voulais. J'ai compris alors que tu m'aimais vraiment.

— Je t'ai toujours aimée, avoua-t-il humblement, mais je n'avais pas appris à demander. Je ne savais que prendre. Sans ta persévérance, j'aurais continué à vivre en ignorant qu'on ne possède pas quelqu'un contre son gré. Je ne te remercierai jamais assez de m'avoir ouvert les yeux. Mais tu es revenue vers moi et c'est le plus beau jour de ma vie. Cela signifie-t-il que tu veux bien m'épouser et partager chaque jour de cette vie qui, sans toi, ne vaut pas la peine d'être vécue ?

— Ta mère est déjà en train de préparer notre mariage.

— Ma mère !

— Je lui ai téléphoné après ta visite en Angleterre. Elle m'a conseillé de sauter dans le premier avion et a tout organisé.

— Tu… tu m'aimes donc vraiment ? murmura-t-il, ébloui. Même après tout ce que je t'ai fait ?

— Oui, de tout mon cœur et de toute mon âme, mais ce n'est que maintenant que je puis en être certaine, car je reviens vers toi en toute liberté. Il me reste toutefois une question à te poser. Tu m'as dit que tu aimais une femme, mais tu ne l'as pas nommée. Comment s'appelle-t-elle donc ?

— Frances. C'est Frances que j'aime. Quant aux autres…

Il eut un sourire contrit.

— … peut-être reviendront-elles de temps à autre, car tu m'étonnes sans cesse. Mais c'est vraiment Frances que j'aime et que j'aimerai jusqu'à la fin de mes jours. Sois toi-même, mon amour, c'est ainsi que je te préfère…

Son visage se crispa, comme s'il lui était difficile d'exprimer ce qui allait suivre.

— Je sais qu'il t'arrivera encore de vouloir retourner dans ton pays mais que, toujours, tu reviendras vers moi.

— Toujours, oui, mon amour. Car là où tu es se trouve le paradis terrestre, et nulle part ailleurs…

SHARON KENDRICK

Les secrets du palais

Traduction française de
MARIANNE IUBIRE

HARLEQUIN

Titre original :
THE SHEIKH'S ENGLISH BRIDE

Ce roman a déjà été publié en 2018.

1

Sourcils froncés en signe d'interrogation, Xavier ramassa du bout des doigts le string de dentelle et regarda la jeune femme blonde qui se trouvait dans son bureau.

— Tu es sûre de ne rien oublier, ma belle ? murmura-t-il d'une voix grave, une voix si sexy que les gens lui demandaient souvent s'il ne faisait pas de la radio.

Xavier de Maistre n'avait bien sûr pas besoin de cela pour compléter ses revenus déjà élevés. Une fois seulement, il avait utilisé son beau visage ténébreux et son corps musclé pour gagner de l'argent : lorsqu'il était adolescent, il avait en effet été repéré par une agence de mannequins sur les Champs-Elysées. On l'avait payé une fortune pour devenir l'égérie d'un parfum.

Il avait cependant étonné tout le monde en refusant de poursuivre cette carrière, malgré les offres alléchantes qui avaient suivi le succès phénoménal de la campagne d'affichage. Il avait préféré investir son cachet dans l'immobilier. Finalement, grâce à d'ingénieux placements, il se trouvait aujourd'hui à la tête d'un empire immobilier comptant parmi les plus importants dans le monde.

La jeune femme fit une moue.

— Tu ne veux plus jouer ? demanda-t-elle d'une voix coquine.

S'imaginait-elle que rien n'avait changé depuis la fin de leur liaison, l'année précédente ? se demanda Xavier en la regardant avec froideur. Qu'il n'était pas passé à autre chose ? Qu'il allait perdre la tête en la voyant arriver, soi-disant « juste pour prendre un petit café » ? Qu'il suffisait qu'elle laisse négligemment tomber un petit morceau de dentelle sur le parquet de son appartement ?

Il esquissa un sourire cynique. Ses ex-maîtresses étaient parfois assommantes. Quoi de moins excitant que de coucher avec une femme dont on s'était déjà lassé ?

Pourtant, quand elle lui avait téléphoné la veille, il avait volontiers accepté de la voir. Une année s'était écoulée, il avait donc estimé qu'ils pouvaient boire un verre ensemble comme des personnes civilisées.

Mais dès qu'il l'avait vue, à l'éclat de ses yeux, à sa façon provocante de croiser les jambes et de porter sa tasse de café à ses lèvres, il avait deviné ce qu'elle voulait.

Il soupira. Certaines femmes n'abandonnaient jamais…

— Il me semble que nous avons épuisé toutes les possibilités de ce jeu depuis longtemps, non ? Jolie tentative, ma belle, mais tu devrais tenter ta chance avec un homme qui saura t'apprécier à ta juste valeur.

— Xavier…

Il l'arrêta par un léger mouvement de tête.

— Ne m'as-tu pas dit que tu avais un avion à prendre ?

Xavier lut l'indécision sur le joli visage de la jeune femme. Visiblement, elle se demandait s'il était vraiment en train de refuser ses faveurs. Mais elle était assez intelligente pour comprendre qu'il était inutile d'insister. Il valait parfois mieux ne pas prononcer certains mots, afin de pouvoir partir la tête haute.

Elle haussa les épaules et récupéra son string qu'elle enfila sous sa jupe. Devant ce spectacle, Xavier faillit changer d'avis et lui demander de rester. Après tout, cela aurait été si facile… Il y avait en effet une chambre au bout du couloir, avec un grand lit et une vue imprenable sur la Seine. Xavier possédait tout l'immeuble, un hôtel particulier où il avait installé le siège de son empire ainsi qu'un luxueux appartement au dernier étage. Ses réunions de travail duraient parfois jusque tard dans la nuit, il avait donc besoin d'un endroit pour dormir et n'aimait pas vraiment les hôtels.

Il était de notoriété publique que cette « garçonnière » voyait défiler ses nombreuses conquêtes, ce qui ne faisait que renforcer sa réputation légendaire de don Juan. Mais il aimait les plaisirs de la vie et il estimait qu'il avait travaillé dur pour pouvoir se les permettre et arriver là où il était.

Il se tourna vers la fenêtre et admira la Seine étincelante sous le soleil de l'après-midi.

Des bateaux glissaient sur la surface paisible de l'eau, pleins de touristes impressionnés par la multitude de monuments qui bordaient les quais de la Seine. Paris faisait cet effet. Xavier, lui, avait cette ville dans le sang, il la portait dans son cœur et dans son âme, plus lié à elle qu'à n'importe quelle femme.

Il fronça les sourcils, se demandant quand il avait fait l'amour pour la dernière fois.

Alors, pourquoi ne pas profiter de cette occasion ? souffla une petite voix tentatrice dans sa tête.

Sans doute parce que c'était trop facile. Et il n'appréciait pas ce qu'il pouvait obtenir trop facilement.

— Je suppose que je ne suis pas près de te revoir, n'est-ce pas, Xavier ?

La voix de la jeune femme interrompit ses pensées et il se retourna lentement vers elle, constatant que ses charmes ne lui faisaient à présent plus aucun effet. C'était toujours ainsi. Quelles que soient la beauté et la sensualité de ses maîtresses, il s'en lassait toujours rapidement. Peut-être son intérêt disparaissait-il une fois qu'elles étaient conquises ? Ce qui lui plaisait, c'était le défi. Et il en trouvait toujours de nouveaux à relever.

— Qui sait ? murmura-t-il en haussant les épaules. Je

vais parfois à New York, nous pourrions peut-être dîner ensemble lors de mon prochain passage ?

Ils se regardèrent, sachant tous deux pertinemment que c'était la dernière fois qu'ils se voyaient.

Elle se mordit la lèvre.

— Bien sûr… Tu es un salaud, mais tu le sais déjà, n'est-ce pas ?

— Vraiment ?

C'est alors que le téléphone sonna. Xavier tourna le dos à son interlocutrice pour répondre et fronça les sourcils en écoutant ce que lui disait son assistante.

— Une personne souhaiterait vous voir, monsieur.

Xavier se figea. Cette personne n'avait pas rendez-vous et il n'aimait pas les surprises. A quoi cela servait-il qu'il paie des agents de sécurité ?

— C'est encore un de ces satanés journalistes ?

Son immeuble avait été assiégé pendant deux semaines après qu'un magazine people avait publié des photos de lui près de sa fenêtre, torse nu, mal réveillé, en train de boutonner son jean. Les clichés avaient fait sensation, et les images avaient été visionnées sur Internet par toutes les Françaises. L'affaire était à présent devant la justice.

— Non, répondit son assistante.

— Eh bien, de qui s'agit-il, alors ? Que veut-il ? demanda-t-il, agacé.

— *Elle* ne veut rien dire. Elle veut vous parler en personne.

— Ah oui ? demanda-t-il en baissant la voix. Est-ce que je la connais ?

— Elle dit que non.

— Je vois.

Le fait que son assistante n'ait pas mis l'inconnue à la porte n'était pas anodin. En effet, Xavier n'employait que des personnes en qui il estimait pouvoir avoir entièrement confiance.

Son regard se posa sur la jeune femme blonde qui arborait

toujours une moue boudeuse et il se demanda comment il allait pouvoir se débarrasser d'elle. Cette mystérieuse inconnue était peut-être le prétexte rêvé pour se sortir de cette situation gênante.

— Dites-lui d'attendre, je descends dans un instant, dit-il avant de raccrocher.

— Tu as quelqu'un d'autre, bien sûr. Que je suis bête ! Comment ai-je pu imaginer une seule seconde qu'un an plus tard tu serais toujours disponible, à m'attendre, prêt à reprendre là où nous nous étions arrêtés ? dit-elle avec un petit rire amer.

— Je ne t'ai jamais rien promis, Nancy. Je ne pensais pas que cela poserait un problème.

— C'est précisément là le problème ! Au revoir, Xavier, et merci pour les bons moments que tu as bien voulu m'accorder !

Sur ce, tête haute, elle quitta la pièce.

Xavier entendit ensuite le bruit de l'ascenseur qui descendait. Avait-il mal agi ? Non, c'eût été le cas s'il avait profité de son corps aujourd'hui avant de mettre de nouveau fin à leur relation. En réalité, il éprouvait une certaine frustration physique et se dit qu'un autre homme à sa place ne se serait sans doute pas posé tant de questions.

Mais Xavier était prudent. Il choisissait avec soin ses maîtresses, selon deux critères essentiels : elles devaient être très belles et il ne devait pas être question d'engagement ni d'attachement. Dès le début, il établissait clairement qu'il ne cherchait ni l'amour (sentiment qu'il ne connaissait pas) ni le mariage (qu'il ne voulait pas connaître). Et gare à celles qui tentaient de lui faire changer d'avis !

Se passant une main dans les cheveux, il sentit son désir s'apaiser progressivement. Il aurait vite oublié Nancy. Il allait demander à son assistante de lui apporter un café, et écouter ce que cette mystérieuse visiteuse avait à lui dire.

Ensuite, il rentrerait chez lui et prendrait une longue

douche brûlante avant de sortir dîner. Il adressa un sourire à son reflet dans le miroir.

La liberté n'était-elle pas la chose la plus délicieuse au monde ?

Juchée sur l'accoudoir d'un canapé dont le rouge écarlate contrastait avec le tailleur qu'elle portait et auquel elle n'était pas encore habituée, Laura regardait autour d'elle.

Ces dernières semaines, elle avait mis le pied pour la première fois dans le monde du luxe, allant jusqu'à faire un séjour dans un palais au cœur d'un pays digne des *Mille et Une Nuits*. Elle avait cru qu'une telle opulence était inégalable, mais les bureaux de Xavier de Maistre soutenaient la comparaison.

L'immense espace ressemblait plus à une luxueuse habitation qu'au siège d'une compagnie florissante, avec ses murs couleur crème et son somptueux mobilier. Un grand chandelier étincelant au plafond et des peintures à l'huile d'un style très classique représentant des chevaux et des paysages de rivières créaient une atmosphère traditionnelle et masculine.

Laura lissa sa jupe de soie sur ses cuisses, peu habituée au contact sensuel de cette matière sur sa peau.

Elle se sentait nerveuse, même si elle se savait prête pour cet entretien. Une bonne préparation était la règle numéro un dans sa profession. Elle avait connu peu de succès dans les autres domaines de sa vie, mais elle avait travaillé dur et était devenue une bonne avocate.

Elle passa en revue ce qu'elle savait sur Xavier de Maistre. C'était un homme d'affaires international et un play-boy notoire. C'était aussi un homme puissant avec une solide réputation dans le monde de la finance. Il possédait un important parc immobilier dans Paris ainsi qu'à Londres et à New York. Les journaux évoquaient même le possible rachat, prochainement, d'une compagnie aérienne.

Il ne serait donc pas forcément intéressé par ce qu'elle avait à lui annoncer et par le bénéfice financier qui pouvait en découler. L'argent n'avait d'importance que lorsqu'on en manquait, songea-t-elle.

Elle entendit les portes de l'ascenseur s'ouvrir et se redressa. Ce ne fut pas Xavier de Maistre qui apparut mais une jolie jeune femme blonde qui lança à Laura un regard de compassion mêlé de jalousie.

— Je vous donne un conseil, ma chère, lui lança l'inconnue. Xavier est un très bon amant mais n'espérez rien d'autre de lui !

— J'en prends bonne note, répondit poliment Laura, tout en essayant de dissimuler sa nervosité.

L'assistante qui avait téléphoné pour annoncer sa présence se leva aussitôt de son siège et sembla sur le point de sauter à la gorge de la jeune femme blonde, mais celle-ci passait déjà la porte à tambour. L'employée leva les yeux au ciel d'un air indigné et se rassit.

Laura cligna des yeux. Elle n'était pas habituée à ce monde où les femmes sortaient en furie de bureaux luxueux en donnant leur opinion sur les prouesses sexuelles du propriétaire des lieux !

— Je tombe peut-être à un mauvais moment ? demanda-t-elle, gênée, à l'assistante.

— J'imagine que cela n'a pas vraiment d'importance à vos yeux, fit une voix suave derrière elle, puisque vous débarquez sans prévenir et que vous exigez de me voir, comme si j'étais à votre disposition.

Laura se leva et fit volte-face, ouvrant la bouche pour prononcer les excuses qu'elle avait préparées. Mais aucun mot ne passa ses lèvres. Bien sûr, les play-boys légendaires étaient toujours beaux à tomber par terre, et la réputation de celui-ci était connue, mais voir Xavier de Maistre en chair et en os était stupéfiant… Elle cligna des yeux, comme si elle n'avait jamais vu un homme auparavant. Aucun homme comme lui, en tout cas !

Les jambes légèrement écartées, les mains posées avec arrogance sur les hanches, tout en lui exprimait l'assurance, le sex-appeal et l'autorité.

Elle avait vu une série de photos de lui et avait remarqué son nez droit et sa bouche à la fois sensuelle et cruelle, ainsi que sa peau mate. Mais elle ne s'était pas attendue à une présence aussi troublante.

Il était vêtu avec élégance d'une chemise blanche mettant en valeur son teint mat, d'un costume à la coupe impeccable assorti à une cravate de soie. Mais il se mouvait avec une telle aisance naturelle que son corps puissant semblait presque trop sauvage pour être dissimulé par des vêtements. Il aurait dû porter quelque chose de plus dépouillé ou bien même…

Laura découvrit avec effroi qu'elle était en train de l'imaginer nu.

Mais comment en était-elle arrivée là ? Elle n'était pas du genre à se laisser aller à de telles pulsions ! Elle était choquée par ses propres pensées mais incapable de détourner le regard.

Xavier de Maistre semblait dominer l'espace de tout son être, mais c'étaient surtout ses yeux noirs brillants qui la clouaient sur place… Les yeux les plus froids et les plus cruels qu'elle ait jamais vus.

— Vous ne répondez pas ? J'aurais pensé que quelqu'un qui fait preuve d'autant de témérité aurait une multitude d'arguments convaincants à déployer.

« Mais vous êtes trop occupée à me dévorer des yeux », ajouta intérieurement Xavier, amusé.

Laura fit un effort pour ramener son esprit au but de sa visite.

— Je reconnais que mon approche est un peu incongrue…

Xavier perçut son accent britannique.

— Ce genre d'euphémisme est typique de votre pays, observa-t-il. Qu'avez-vous à me vendre ?

Laura n'en revenait pas. Avait-elle l'air d'une représentante dans ce tailleur qui avait coûté plus cher que ce qu'elle gagnait d'ordinaire en un mois ?

— Rien.

Xavier l'observait d'un air narquois, tout en se demandant s'il l'avait déjà vue quelque part. Non, il s'en serait souvenu. Il la détailla de la tête aux pieds. Pourtant, quelque chose en elle le rendait perplexe. Elle était… différente.

Ses cheveux peut-être, masse sombre aux reflets roux qui rendait son teint presque diaphane ? Ou bien ses yeux, sans doute les plus beaux qu'il ait jamais vus ? De grands yeux verts semblables aux émeraudes que l'on pouvait admirer dans les vitrines des joailliers de l'avenue George-V, à deux pas de son hôtel particulier.

Sa silhouette était élancée mais d'une féminité intemporelle, avec une poitrine ronde et une taille fine qui soulignait la courbe de ses hanches. Elle savait manifestement s'habiller pour se mettre en valeur. Elle portait un tailleur champagne qui n'avait rien de strict, avec de délicats escarpins en daim dont les hauts talons attirèrent son regard sur ses fines chevilles. Il se surprit à imaginer ses longues jambes enroulées autour de son dos nu…

Il déglutit et se reprocha de ne pas avoir satisfait son désir sexuel tout à l'heure, quand il en avait eu l'occasion. Mais ne s'était-il pas toujours targué de ne pas être à la merci de ses pulsions ?

— Vous n'avez donc pas entendu parler du téléphone ? dit-il d'un ton railleur. Ne vous est-il pas venu à l'esprit de respecter la procédure normale pour obtenir un rendez-vous avec moi ?

— Si, bien sûr, mais j'avais de bonnes raisons pour préférer cette approche inhabituelle.

— Vraiment ? Comme c'est intrigant.

Il plissa les yeux. Quelque chose dans l'attitude de la jeune femme le perturbait. Peut-être parce qu'elle ne posait pas sur lui un regard plein d'adoration comme le faisaient les femmes d'ordinaire ? Parce qu'elle ne faisait pas preuve de la déférence à laquelle il était habitué ?

— Qui êtes-vous ? demanda-t-il.

Son regard noir semblait passer sur Laura comme une traînée de feu et, soudain, elle se mit à douter. Son esprit si bien entraîné à analyser et compartimenter les informations n'était plus qu'un amas confus de pensées.

Elle était sous l'emprise de son regard magnétique, de la puissance que dégageait son corps et de l'effet qu'il semblait produire sur elle, lui donnant envie de…

Mais elle était là pour affaires.

Enfin… pas tout à fait. Car elle savait que ce qu'elle était sur le point de faire aurait un impact plus personnel que professionnel sur la vie de cet homme.

Ce qu'elle allait révéler à Xavier de Maistre n'allait-il pas changer son existence ? Elle savait qu'elle devait agir avec précaution car le sujet était aussi délicat à manipuler que de la dynamite.

Elle lui tendit la main en affichant un sourire engageant, espérant ainsi dissimuler son trouble et ses craintes.

— Je m'appelle Laura Cottingham.

— Laura, répéta-t-il de sa voix suave, donnant à son prénom une connotation incroyablement érotique.

Il serra sa main et son pouce vint glisser sur son poignet.

— Est-ce que je vous connais ? Votre visage ne m'est pas familier, or je n'oublie jamais un beau visage.

« Belle », elle ? Le relooking qu'on lui avait offert préalablement à cette mission inhabituelle la mettait certes à son avantage, mais elle ne s'était jamais considérée comme

« belle ». Elle avait passé sa vie à s'efforcer de devenir quelqu'un, jusqu'à ce qu'une histoire d'amour ratée achève de lui faire perdre le peu de confiance qu'elle avait en elle.

Elle sentait la chaleur de sa peau, la caresse subtile de ses doigts sur sa main. Elle retira celle-ci précipitamment.

— Non, répondit-elle dans un souffle. Nous ne nous sommes jamais rencontrés.

— Alors, que faites-vous ici ? Pourquoi hésitez-vous à m'exposer votre cas alors que la plupart des gens auraient déjà tout déballé de peur que je ne les fasse jeter dehors par un des vigiles ? Vous m'intriguez, miss Cottingham, et cela n'arrive pas souvent à un homme comme moi.

« Un homme comme moi » : décidément, il était l'arrogance en personne ! pensa Laura. Certes, il possédait suffisamment de charisme pour se le permettre. On devait tout pardonner à ces yeux noirs brûlants…

Laura jeta un regard en direction de l'assistante qui ne perdait pas un détail de la scène, tout en faisant semblant de vaquer à ses occupations.

Bien, surtout ne pas se laisser déconcentrer…

— Je préférerais vous parler en privé, dit-elle.

Et pourquoi donc ? se demanda Xavier. Pensait-elle que sa beauté l'autorisait à imposer ses conditions ? Une autre éventualité, plus désagréable, lui vint alors à l'esprit. Si c'était ce à quoi il pensait, elle n'était pas la première à essayer.

— S'agit-il d'une demande de reconnaissance de paternité ? Etes-vous ici de la part d'une de mes ex ?

— Non, non, pas du tout ! répondit précipitamment Laura, en secouant la tête.

Xavier de Maistre n'était pourtant pas si loin de la vérité, songea-t-elle, gênée.

— Je pense simplement qu'il vaut mieux que nous ayons cette conversation en privé, insista-t-elle.

Il l'étudia longuement, comme pour essayer de décrypter

ses pensées. Quand il détourna enfin le regard, Laura avait l'impression qu'il venait de la déshabiller.

— Très bien, allons dans mon bureau. Mais j'espère pour vous que cela en vaut la peine, car je déteste qu'on me fasse perdre mon temps.

Il se dirigea vers une porte à l'extrémité du vaste hall. Laura saisit sa serviette en cuir et le suivit, au comble de la nervosité.

— Fermez la porte, dit Xavier en se retournant pour admirer le balancement des hanches de la jeune femme.

Avait-elle délibérément choisi cette jupe aussi serrée et ces talons hauts, sachant que cela lui donnerait une démarche à laquelle aucun homme normalement constitué n'aurait pu résister ?

Laura poussa la porte et lui fit face, soudain intimidée par le fait qu'elle se trouvait *seule* avec lui. Il ne lui avait pas proposé de s'asseoir, elle resta donc debout dans la grande pièce, tenant sa serviette comme une voyageuse qui aurait manqué son train.

— C'est très aimable à vous de me recevoir aussi rapidement, monsieur de Maistre.

— Je vous assure qu'il ne s'agit pas d'amabilité mais de commodité. Voyez-vous, miss Cottingham, vous m'avez fourni un prétexte pour échapper à une situation qui devenait assez... ennuyeuse.

Il s'attendait qu'elle montre de la curiosité, comme toute femme ayant l'occasion de marquer des points sur une rivale. Mais elle ne releva pas son sous-entendu. Elle lui accorda juste un sourire froid, presque glacial, attitude à laquelle il était peu habitué.

Laura savait qu'elle n'était pas en position de faire un quelconque commentaire sur son arrogance ou sur la « délicatesse » avec laquelle il s'était débarrassé de la jeune femme blonde. Cependant, elle éprouvait soudain de la compassion pour cette inconnue qui était sortie en trombe du bureau de Xavier de Maistre. Il était sûrement facile pour une femme de le désirer et tout aussi difficile de le quitter quand il décidait de mettre un terme à la relation.

— J'aurais pris rendez-vous à une autre date si vous n'aviez pas pu me recevoir aujourd'hui, dit-elle d'une voix calme en ouvrant sa serviette. Mais j'ai reçu pour instruction de vous parler en personne.

Son ton et ses mots éveillèrent la méfiance de Xavier. Sa première impression se confirmait : quelque chose dans le comportement de cette jeune femme était suspect.

D'ordinaire, les gens venaient vers lui parce qu'ils voulaient quelque chose. Or, Laura Cottingham était certes aimable mais professionnelle et efficace, froide même, comme quelqu'un qui n'avait pas besoin d'obtenir une faveur mais qui au contraire se trouvait en position de force.

— Vous avez reçu des instructions ? demanda-t-il.

— Oui.

— Seriez-vous avocate ?

— Oui.

— Je ne fais pas confiance aux avocats, sauf s'ils travaillent pour moi.

— C'est sans aucun doute un réflexe très sain.

Elle s'attendait sans doute qu'il rie, mais Xavier n'en fit rien. Il riait rarement, et de façon toujours contrôlée. Selon lui, le rire était une preuve de vulnérabilité.

— Pourquoi n'avez-vous pas contacté mes avocats s'il s'agit d'une question juridique ?

— Parce que… parce qu'il s'agit d'une affaire délicate qui ne regarde que vous.

— Que de mystères ! Dites-moi, vous aimez jouer ? Au lit aussi ? Allez-vous enfin cesser de minauder et m'en dire plus ?

Laura rougit à cette allusion ouvertement sexuelle, mais elle ne pouvait pas se permettre de s'en aller en claquant la porte. La meilleure attitude était donc de l'ignorer.

— Certainement, monsieur de Maistre, répondit-elle sèchement. Je suis ici pour représenter les intérêts de mon client, le cheikh Zahir du Kharastan.

Xavier se figea. Il se laissait rarement surprendre, mais cette femme y était parvenue. Un cheikh ? Sa société n'avait pourtant aucun intérêt financier dans cette région du monde.

— Je ne comprends pas.

— C'est normal. Mais je vais essayer de vous expliquer, dit-elle en prenant une profonde inspiration. Vous avez peut-être entendu parler du Kharastan ?

— Je connais de nom la plupart des pays, en effet, dit-il, peu décidé à se montrer coopérant.

— Savez-vous que c'est un Etat montagneux extrêmement riche qui jouxte le Marhaban ?

— Je n'ai pas besoin d'une leçon de géographie, merci. Je vous accorde un peu de mon précieux temps, ne le gaspillez pas ! Soit vous me dites ce que vous faites ici, soit vous prenez la porte.

Laura avait prévu d'aborder le sujet en douceur, mais devant l'impatience dont Xavier de Maistre faisait preuve, elle comprit qu'elle n'en avait plus le temps.

— Je suis ici pour vous parler de votre père.

A ces mots, Xavier se raidit, et Laura sentit qu'elle venait de s'aventurer sur un terrain interdit. Il fit un pas vers elle.

— Comment osez-vous aborder un sujet aussi personnel ? murmura-t-il d'un ton menaçant. Vous, qui n'êtes qu'une étrangère ! Comment osez-vous ?

Laura ne broncha pas devant l'accusation. Il avait le droit d'être en colère, n'importe qui l'eût été à sa place.

— Je ne fais qu'exécuter des ordres, répondit-elle, consciente de la responsabilité qui pesait sur elle.

— Quels ordres ? Dites-moi ce que vous savez !

A cet instant, Laura se rendit compte qu'il n'existait aucun moyen d'adoucir la vérité. Xavier de Maistre avait besoin d'entendre les faits dans toute leur simplicité implacable.

— Je suis ici car nous avons de fortes raisons de croire que vous êtes le fils du cheikh du Kharastan.

2

Xavier entendit la dernière phrase de Laura comme si elle venait de très loin. Ses oreilles bourdonnaient.

Il avait effacé tout ce qui relevait de l'émotion dans sa vie. N'était-ce pas ce qui lui avait permis de survivre ? Mais à présent, il se sentait déstabilisé par des sentiments confus qui menaçaient dangereusement son équilibre. Les mots résonnaient dans sa tête : « Nous avons de fortes raisons de croire que vous êtes le fils du cheikh du Kharastan. »

— Vous mentez ! dit-il dans un souffle.

— Pourquoi mentirais-je sur un tel sujet ?

Son esprit logique lui répétait qu'il s'agissait juste d'une invention fantaisiste, mais un doute s'immisçait en lui et refusait de se taire.

Ne s'était-il pas toujours senti différent ?

Il avait grandi dans des conditions modestes dans le Marais, avant que ce quartier ne devienne l'un des endroits les plus branchés de Paris. Quand il était jeune, il n'y avait que des vieilles maisons délabrées où vivaient et travaillaient des artisans, avec de petits restaurants, des ruelles étroites et quelques magasins.

Sa mère et lui habitaient une minuscule chambre de bonne mansardée dans un immeuble à l'aspect extérieur maussade, mais elle avait réussi à transformer cet endroit en un foyer chaleureux, en lessivant les murs et en mettant de jolis rideaux à la fenêtre. Elle veillait à ce qu'il y ait toujours de la soupe et un ragoût à mijoter sur le feu, ainsi qu'un bouquet de fleurs sur la table.

Mais Xavier s'échappait fréquemment de l'atmosphère souvent triste qui régnait chez eux pour se promener dans la capitale. Il pouvait passer des heures à se promener sur l'île de la Cité, admirant la grandeur de Notre-Dame et la splendeur des vitraux de la Sainte-Chapelle, rêvant de sortir un jour de sa pauvreté pour vivre dans la beauté.

Sa mère l'avait encouragé à lire le plus possible, lui répétant que l'éducation était le seul moyen de s'en sortir et l'avait très tôt dissuadé de traîner dans les rues avec les garçons de son âge.

Mais Xavier n'avait jamais vraiment recherché la compagnie de ses camarades de classe, qui le considéraient avec une certaine méfiance. Son attitude hautaine et ambitieuse, son physique hors du commun le démarquaient, le mettaient à part. Les autres garçons lui demandaient souvent d'un ton moqueur où était son père, s'il savait même qui il était, mais Xavier ne répondait jamais, car il ne l'avait jamais su.

Il se souvenait encore précisément de l'expression d'effroi de sa mère lorsqu'il s'était aventuré à lui poser des questions sur lui.

— C'est un homme puissant et dangereux qui essaiera de t'éloigner de moi. Oublie-le, Xavier !

C'était tout ce qu'il avait pu obtenir. Il n'avait peur de personne mais comment aurait-il pu aller à l'encontre de la volonté de la femme qui lui avait donné la vie et avait abandonné toutes ses ambitions pour l'élever ? Il avait espéré qu'avec l'âge, elle consentirait à lui donner plus d'informations, mais elle était morte voilà cinq années, ne laissant derrière elle qu'un ruban rose et une bague en or sertie de rubis. Xavier avait voulu honorer sa mémoire en laissant son secret disparaître avec elle.

Par la suite, il s'était convaincu que certaines choses

gagnaient à être oubliées et que ne pas connaître l'identité de son père biologique lui épargnait bien des complications.

Et voilà que cette jeune Anglaise arrivait en prétendant savoir qui il était !

Il sentit soudain la colère monter en lui. Sans prévenir il saisit la jeune femme par les bras. Il la tenait suffisamment près pour sentir son parfum léger au lilas.

— Comment mon père pourrait-il être cheikh alors que je suis cent pour cent français ? Quel conte de fées avez-vous inventé ?

Laura se crispa. Elle sentait le souffle chaud de Xavier de Maistre sur son visage. Ses yeux lui lançaient des éclairs.

Troublée par cette proximité, elle secoua la tête.

— Ce n'est pas un conte de fées, je vous le jure !

— Votre parole n'a aucune valeur à mes yeux. Pourquoi vous croirais-je ?

Mais au fond de lui, Xavier était déjà en train d'envisager qu'elle puisse dire la vérité.

— Qui vous envoie ? demanda-t-il en l'attirant encore plus près.

— J'agis pour le compte du cheikh, qui m'a fait connaître son souhait par un tiers, bredouilla-t-elle.

— Un tiers ?

Laura acquiesça, regrettant que son habituelle capacité à penser avec acuité l'ait désertée. Mais comment aurait-elle pu se concentrer quand le magnétisme viril de cet homme la déstabilisait à ce point ?

— Oui. Le cheikh est âgé et sa santé fragile, c'est pourquoi j'ai eu affaire à un de ses hommes de confiance, expliqua-t-elle. Son état est l'une des raisons pour lesquelles il souhaite entrer en contact avec vous.

Xavier se moquait bien de l'état de santé de ce cheikh, mais le mot « père » lui avait poignardé le cœur.

— Vous mentez ! Cet homme n'est pas mon père, c'est impossible !

Laura sentit ses doigts s'enfoncer dans la chair de son bras.

— C'est la vérité. S'il vous plaît, lâchez-moi.

— Pas encore.

Xavier desserra un peu son étreinte mais ne libéra pas la jeune femme. Il remarqua le tremblement de sa lèvre inférieure. Il avait tellement de mal à contenir le flot d'émotions qui l'envahissait qu'il eut envie de tout oublier en l'embrassant violemment.

Sentant l'excitation le gagner, il se demanda pendant une fraction de seconde combien de temps il lui faudrait pour éveiller le désir de la jeune femme et la posséder, là, dans son bureau, et noyer ces questions douloureuses dans le soulagement du plaisir physique.

Mais il réprima aussitôt cette réaction primitive. Un rapport sexuel le rendrait vulnérable en le plaçant sous l'emprise de cette jeune femme envoûtante et il ne voulait pas prendre ce risque tant qu'il n'en aurait pas appris davantage.

— Dites-moi ce que vous savez, asséna-t-il d'une voix froide.

Laura était consciente qu'elle devait rétablir une distance décente entre eux : cette proximité était trop perturbante. Elle eut l'impression de recevoir une gifle quand elle comprit que le danger était surtout sexuel, qu'elle ressentait du désir alors qu'elle se trouvait dans une situation professionnelle, et qu'elle mettait en péril tout le travail qu'elle avait effectué jusqu'ici. Il fallait absolument qu'elle mette fin à cette situation !

Elle releva le menton.

— A condition que vous me lâchiez.

— Comme vous voudrez, répondit-il, la mâchoire crispée.

Il ôta ses mains si brusquement que Laura faillit perdre l'équilibre. Sa respiration était courte et haletante, comme si elle venait de courir un cent mètres. Mais elle savait que la course ne faisait que commencer…

— Allez-y, je vous écoute ! ordonna-t-il.

Des pensées contradictoires se bousculaient dans l'esprit de Xavier. Cette femme allait-elle apporter des réponses à toutes les questions qui l'avaient harcelé toutes ces années ? Mais ne valait-il pas mieux en rester là ? En ce moment, sa vie était exactement comme il l'aimait. C'est lui qui prenait les initiatives et qui contrôlait tout. Mais à présent, cette Anglaise menaçait d'ouvrir une dangereuse boîte de Pandore…

— Votre père est…

— Non ! la coupa-t-il brutalement. Ne faites pas référence à lui en l'appelant « mon père ». Je n'ai jamais eu de père, vous comprenez ?

Laura acquiesça. Elle était habituée à ce genre de comportement : le déni. Les gens passaient toujours par là, préférant ignorer la vérité plutôt que de l'affronter, de peur de souffrir.

N'était-ce d'ailleurs pas ce qu'elle-même avait fait avec son ex-petit ami infidèle, alors que tout lui disait de manière criante qu'il ne voulait plus d'elle, qu'il avait eu ce qu'il voulait et qu'elle ne lui était plus indispensable ? N'était-elle pas allée jusqu'à s'excuser alors qu'il l'avait lentement écartée de sa vie et qu'il avait fait d'elle la risée de leur entourage en la trompant ouvertement ? Oh oui, elle savait ce qu'était le déni !

— Très bien, dit-elle d'une voix calme. Par quoi voulez-vous que je commence ?

Xavier plissa les yeux, suspicieux. Se moquait-elle de lui ? Non, il apercevait une lueur de compassion dans ses magnifiques yeux verts… Il se crispa aussitôt : il refusait d'être l'objet de sa pitié.

— Répondez simplement à mes questions. Pour qui travaillez-vous ?

Laura acquiesça. Que lui avait dit Malik ? « Ramenez le Français au Kharastan avec vous, quel qu'en soit le prix. »

— Je travaille pour le cheikh Zahir du Kharastan.

— Etes-vous une courtisane ? Une de ces femmes attirées par les grands bruns ténébreux, qui espèrent en secret être un jour enlevées et conduites de force dans une tente au milieu du désert ? C'est ça qui vous fait fantasmer ?

Ses propos étaient délibérément insultants, mais à sa grande honte, Laura les trouvait aussi terriblement érotiques… Seigneur, comment avait-elle pu croire que cette mission serait un jeu d'enfant ? Dire qu'elle avait cru que Xavier de Maistre sauterait dans le premier avion pour constater de lui-même l'étendue de son immense héritage !

— Vous ne répondez rien, railla-t-il. Et vous ne m'avez rien dit sur la place que vous occupez dans cette étrange hiérarchie du désert.

— Je n'occupe aucune place. Je travaille pour la famille royale du Kharastan, voilà tout. Je suis temporairement liée à eux par un contrat, et je n'ai aucun intérêt personnel dans cette affaire.

— Vraiment ? Tout le monde a des intérêts à défendre.

Xavier n'avait jamais rencontré personne qui ne cherche, d'une façon ou d'une autre, à obtenir quelque chose de lui.

— Dites-moi, avez-vous été engagée pour vos compétences juridiques ou bien pour votre jolie poitrine et vos yeux de biche ? demanda-t-il encore.

Laura le fusilla du regard. La prenait-il pour une prostituée ?

— Je n'ai pas à subir de telles insultes, dit-elle d'une voix tremblante.

— Vous trouvez insultant d'être admirée pour vos attributs physiques ? Mais vous avez raison, vous n'êtes pas obligée de rester et de subir quelque chose qui vous offense. Vous n'aimez pas ce que je vous dis ? Alors allez-vous-en, je ne vous retiens pas !

Tous deux savaient qu'elle ne le ferait pas. Elle ne pouvait pas prendre ce risque.

Ce que Xavier de Maistre pouvait penser ou dire d'elle ne comptait pas. Elle était là pour remplir une mission, et le ton devait donc rester professionnel entre eux.

Elle lui adressa un sourire forcé.

— Aimeriez-vous voir le portrait que l'on m'a remis ?

A cet instant, Xavier aurait voulu plus que tout échapper à cette situation, mais il était déjà trop tard. Il était impossible de remonter dans le temps.

Ne recevant aucune réponse, Laura ouvrit sa serviette d'une main un peu tremblante et en sortit une enveloppe qu'elle tendit à Xavier de Maistre.

Celui-ci la prit sans un mot et retint sa respiration en regardant la photo.

Il s'agissait d'un portrait réalisé en studio par un professionnel. L'homme photographié était coiffé d'un keffieh blanc retenu par un cordon doré, les cheveux aussi noirs que ceux de Xavier, le nez droit et cruel et les lèvres charnues.

Il sentit sa gorge se serrer : la ressemblance était indéniable.

— D'accord, il me ressemble un peu. Nous avons tous les deux les yeux et les cheveux noirs, dit-il en haussant les épaules.

Il reposa la photo sur son bureau et s'approcha de la chaise où Laura s'était assise.

Celle-ci se leva d'un bond pour lui faire face.

— Où avez-vous eu cette photo ? demanda-t-il.

— Je vous l'ai dit, dit-elle en passant sa langue sur ses lèvres sèches, intimidée par son regard. C'est votre… c'est l'homme qui affirme être votre père qui me l'a donnée.

Xavier saisit la jeune femme par les bras et l'attira contre lui, enregistrant avec satisfaction la dilatation de ses pupilles et la tension visible du bout de ses seins sous le fin tissu de sa veste.

— Qu'est-ce que vous attendez de moi ? demanda-t-il en glissant une main autour de sa taille.

Le souffle coupé, Laura le dévisageait, fascinée, tandis

qu'il caressait ses reins. Elle sentait une chaleur se blottir au creux de son ventre et ses seins se tendre. Cette situation était scandaleuse ! Et pourtant, cette proximité était complètement désarmante. Elle émit un petit gémissement. Sa gorge était tellement serrée qu'elle ne pouvait prononcer un mot… Jamais elle n'avait éprouvé un tel désir.

— Je n'arrive pas à me concentrer quand vous…

— Quand je vous caresse ? murmura-t-il à son oreille. Mais vous aimez ça. Vous aimeriez que je vous caresse de façon encore plus indécente, je crois…

— Arrêtez, dit-elle dans un souffle. Arrêtez ça tout de suite !

Le désir de Xavier était palpable, et Laura se sentait comme un morceau de cire à proximité d'une flamme, fondant au contact de son corps brûlant.

Xavier s'écarta et se réjouit de voir les yeux verts de la jeune femme s'assombrir, sa difficulté à déglutir et la légère rougeur qui colorait ses joues.

Elle était prête à lui céder, il n'en doutait pas. Mais l'heure n'était pas encore venue…

— Vous ne m'avez toujours pas dit ce que vous vouliez, dit-il d'une voix neutre.

Laura prit le temps de retrouver une contenance et de se débarrasser des images érotiques qui s'imposaient à son esprit.

— J'ai pour ordre de vous emmener au Kharastan, dit-elle lentement.

— Un ordre ?

— Excusez-moi. J'ai choisi un mauvais terme.

— Ça, vous pouvez le dire ! Pensez-vous vraiment que l'on peut ainsi me convoquer ? Que l'on peut m'emmener dans un pays perdu pour rencontrer un homme dont je ne crois même pas qu'il puisse être mon père ?

Libérée de l'emprise sensuelle de son contact, Laura

avait repris ses esprits. Il lui fallait juste convaincre cet homme de monter dans l'avion et elle aurait gagné sa prime.

Alors, elle n'aurait plus à affronter son regard si dangereusement séduisant…

Les mots de Malik lui revinrent de nouveau à l'esprit : « Ramenez le Français au Kharastan, quel qu'en soit le prix. »

Justement, quel serait le prix ? se demanda-t-elle en regardant le décor luxueux de la pièce. L'argent n'y ferait rien, c'était certain. Alors, à quoi un homme aussi puissant que Xavier de Maistre pouvait-il accorder de la valeur ? A la vérité, peut-être ? D'ailleurs, qu'avait-elle d'autre à lui offrir ?

— Je pense que vous pourriez éprouver des regrets si vous refusiez de m'accompagner.

Ces mots semblèrent le surprendre.

— Je vous assure que le mot « regret » ne fait pas partie de mon vocabulaire.

— Peut-être qu'il s'agit ici de l'exception qui confirme la règle, insista-t-elle.

Elle ne connaissait pas vraiment cet homme et elle n'aimait pas particulièrement ce qu'elle savait de lui, mais elle savait qu'il risquait de laisser passer une occasion qui ne se représenterait peut-être jamais. Sans qu'elle sache pourquoi, cette situation l'émouvait.

— Le cheikh est âgé et sa santé fragile, dit-elle doucement. Il se peut que vous ayez raison, que tout ceci ne soit qu'une série de malentendus. Mais si vous n'y allez pas, vous ne le saurez jamais. Quand vous connaîtrez la vérité, vous pourrez toujours la refuser, si vous le souhaitez. Mais qu'éprouveriez-vous s'il s'agissait bien de votre père et que vous ayez manqué cette opportunité ? Si vous voulez avoir une chance de le rencontrer, je vous conseille d'agir maintenant, avant qu'il ne soit trop tard. Il peut mourir à tout moment, monsieur de Maistre.

3

L'atmosphère de la pièce devint électrique, comme si le fait d'évoquer la mort l'avait chargée de tension.

Xavier entendait les battements sourds de son propre cœur tandis qu'il observait la jeune femme aux cheveux auburn. Une douleur inexplicable s'immisça en lui, qu'il tenta d'écarter d'un geste de la main.

— Vous vouliez ajouter quelque chose ? demanda-t-il avec insolence.

Laura secoua la tête. N'en avait-elle pas déjà assez dit ?

— Non ? poursuivit-il. Vous n'allez pas m'annoncer que vous travaillez pour la télé et que vous avez une caméra sur vous pour me piéger dans mon bureau ?

Elle allait lui demander pourquoi il était aussi méfiant lorsqu'elle se souvint des photos de lui qui avaient récemment fait la une d'un magazine à scandale.

— Sortez, dit-il froidement.

Ce n'était pas ainsi que leur rencontre était censée se conclure, pensa Laura avec affolement.

— Mais vous voulez certainement…

— N'essayez pas de deviner ce que je pense ! Allez-vous-en !

Laura comprit qu'il était inutile d'ajouter quoi que ce soit. Elle acquiesça et ramassa son sac dont elle sortit une carte de visite qu'elle posa sur le bureau.

— Voici mon numéro de portable. Je séjourne à l'hôtel *Paradis*, si vous souhaitez me joindre.

Elle allait récupérer le portrait mais la voix de Xavier retentit dans la pièce :

— Laissez ça, ordonna-t-il. S'il s'agit comme vous dites d'une photo de mon père, elle m'appartient.

— Mais…

— J'ai dit, laissez-la ! Et allez-vous-en.

Laura traversa la pièce et parvint à sortir la tête haute. Mais quand elle fut dehors sur le trottoir, elle se rendit compte que ses mains tremblaient.

Son hôtel se situait non loin de là, mais ses jolis escarpins n'étaient décidément pas des chaussures de marche. Elle héla donc un taxi.

Venait-elle vraiment d'échouer dans sa mission au premier obstacle ?

Elle prit l'ascenseur jusqu'à l'immense suite que le bras droit du cheikh avait tenu à lui réserver. Il avait également insisté pour mettre à son service une styliste qui lui avait fait faire le tour des grandes boutiques de Paris dès son arrivée. En effet, si elle possédait l'intelligence, la discrétion et les compétences juridiques nécessaires à cette mission particulière, Laura ne possédait pas une garde-robe qui lui permette d'évoluer avec aisance dans la haute société.

Même si son tailleur bleu marine et ses chemisiers crème convenaient parfaitement dans sa profession d'avocate d'une petite ville, elle avait été heureuse de pouvoir porter aujourd'hui des vêtements de grands couturiers. C'était comme une armure qui la protégeait. Ces vêtements l'avaient aidée à rentrer dans le rôle qu'elle devait jouer, à simuler une assurance qu'elle n'avait pas, dans ce monde où elle ne connaissait personne.

Une fois dans sa suite, elle ôta ses escarpins et s'allongea sur l'immense lit, se demandant ce qu'elle allait faire du reste de la journée. Devait-elle rester près du téléphone, au cas où Xavier de Maistre daignerait l'appeler ? Et s'il n'en faisait rien ?

Alors, elle aurait laissé passer l'occasion rêvée d'explorer une ville qu'elle ne connaissait pas. Et puis, le temps ne passerait pas vite si elle restait à attendre. Elle saurait bien assez tôt si elle allait ou non recevoir l'importante somme d'argent promise en cas de succès dans sa mission.

Elle enleva avec précaution son nouveau tailleur et le rangea dans la penderie, où elle prit le temps de regarder tout ce qu'elle avait à sa disposition. Elle opta pour une robe en cachemire couleur rouille qui allait parfaitement avec ses cheveux. Elle compléta sa tenue par une ceinture dorée et des bottes plates en nubuck marron foncé et sortit se promener.

Comme il eût été facile de s'habituer à ce train de vie !

En passant, elle demanda à la réception si elle avait des messages, mais on lui répondit poliment par la négative.

Il y avait tant de choses à voir dans cette ville !

Laura s'émerveilla devant la tour Eiffel qui enjambait le Trocadéro, puis visita la Sainte-Chapelle dont les vitraux lui donnèrent l'impression de se trouver à l'intérieur d'un coffret à bijoux.

Malgré ces plaisirs touristiques, Laura n'oubliait pas son entrevue avec Xavier de Maistre.

Tout avait semblé si simple quand son patron l'avait fait venir dans son bureau pour lui demander si un petit congé sabbatique l'intéresserait, en plus d'une coquette somme d'argent… En fait, une somme assez importante pour rembourser une bonne partie de l'emprunt que son petit ami lui avait laissé assumer seule quand il était parti.

Ce jour-là, elle avait eu du mal à croire à sa chance.

— Travailler pour une famille royale ? Cela signifie que je devrai me rendre au Kharastan ?

— Tout à fait, avait répondu son patron en souriant. Tous

frais payés. Jets privés, vêtements de grands couturiers… Vous mèneriez la grande vie.

— Arrêtez ! Cela semble trop beau pour être vrai.

— Tout est parfaitement légal. J'ai été contacté par l'ami d'un ami — c'est ainsi que cela fonctionne. Ils veulent quelqu'un de jeune, d'enthousiaste, de discret et surtout… Ils veulent une femme.

— Pourquoi cela ?

— Les femmes ont certains atouts dans des affaires susceptibles de déclencher de fortes réactions émotionnelles, ce qui est le cas ici.

— Mais… est-ce sans risque ?

Il avait éclaté de rire.

— Bien sûr que oui ! En tant que femme seule, vous serez placée sous la protection du cheikh, dans un pays réputé pour l'austérité de ses mœurs. Vous ne pourriez pas être plus en sécurité !

Cela avait semblé facile… Trop facile, découvrait-elle à présent.

En rentrant à son hôtel, Laura se demanda ce qu'elle allait faire. Devait-elle appeler le cheikh et lui faire un compte rendu de la situation ? Ou bien laisser du temps à Xavier de Maistre pour digérer ce qu'elle venait de lui apprendre ?

Plongée dans ses pensées, elle entra dans le hall et ne remarqua même pas l'homme assis dans l'ombre qui l'observait d'un regard brillant.

Laura entra dans sa suite. Elle allait refermer la porte mais quelque chose l'en empêcha. Son effroi ne fut pas atténué lorsqu'elle reconnut Xavier de Maistre.

— Que faites-vous ? s'écria-t-elle en le voyant refermer la porte derrière lui d'un air décidé.

— A votre avis ? Vous vouliez parler, n'est-ce pas ? Eh

bien, je suis là, poursuivit-il d'une voix de velours. Tout à vous…

— J'aurais préféré que vous me préveniez de votre visite, souffla-t-elle, troublée par son sous-entendu. Je n'aime pas vraiment qu'on me saute dessus de cette façon.

— Vraiment ? Alors vous manquez d'expérience. Mais je pensais que vous aimiez les surprises. N'est-ce pas ainsi que vous vous y êtes prise avec moi ?

Laura tenta de sourire. Toutes les femmes avaient-elles l'impression que leurs vêtements fondaient sous le regard sombre de cet homme ?

Il fallait qu'elle se reprenne, qu'elle retrouve un ton professionnel. Elle n'avait qu'à imaginer qu'il venait d'entrer dans son bureau.

— Voulez-vous vous asseoir ?

Il parcourut la pièce du regard et s'arrêta sur le grand lit à baldaquin.

— Et où pourrions-nous nous asseoir ? Là, peut-être ? Mais cela ne va-t-il pas nous distraire ? Je ne sais pas pour vous, mais moi, j'aurais du mal à ne pas m'allonger en me retrouvant sur un lit avec une femme aussi belle que vous.

— Ne soyez pas dégoûtant.

— Dégoûtant ? Je ne fais que dire la vérité. Vous êtes toujours aussi tendue ?

Il remarqua avec satisfaction que le corps de Laura la trahissait. Les pointes de ses seins s'étaient dressées pendant qu'il parlait et la maille fine de sa robe ne faisait rien pour dissimuler ce détail.

— Mais laissons de côté cette délicieuse possibilité pour nous concentrer sur notre affaire. Je veux des réponses.

Laura acquiesça avec soulagement.

— Je suis là pour ça. Je vous écoute.

— Vous croyez que, même si je le voulais, je pourrais tout laisser en plan pour partir avec vous ?

— Bien sûr ! Vous êtes votre propre patron, un homme puissant qui fait ce qu'il veut.

— Vous me flattez.

— Ce n'était pas intentionnel.

— Non ? Vous ignorez donc que tous les hommes aiment la flatterie ?

— Je ne me suis pas particulièrement penchée sur la question, répondit-elle d'un ton hautain. Peut-être certains hommes en reçoivent-ils trop durant leur vie. Je vous soupçonne d'en faire partie, monsieur de Maistre.

Xavier lui adressa un sourire narquois. Avec sa méfiance, elle venait de sceller son destin : aucune conquête n'était plus excitante que celle d'une femme qui s'efforçait de ne pas s'intéresser à lui.

Pourquoi l'avait-on choisie pour cette mission ? se demanda-t-il. Etait-elle un appât pour l'attirer jusqu'au cheikh ?

Et s'il la mettait à l'épreuve ? S'il l'embrassait ? S'il enfouissait sa colère dans la douceur de ses lèvres ?

Mais lui faire l'amour risquait de le distraire et de l'empêcher de prendre une décision face au dilemme dans lequel il se trouvait.

Depuis qu'il l'avait mise à la porte de son bureau, son esprit n'avait pas connu de repos. Il détestait être ainsi à la merci de ses émotions, mais c'était comme si un conflit silencieux et inéluctable s'était installé en lui.

Une part de lui, froide et calculatrice, lui disait qu'il était inutile de se découvrir un père à ce stade de sa vie — si et seulement si cette Anglaise disait la vérité, ce dont il doutait. Il n'avait pas besoin d'un père. Il avait réussi dans la vie et cela en fixant ses propres conditions. Il ne voyait dans ces éventuelles retrouvailles qu'une source de complications.

Pourtant, cette révélation avait éveillé une certaine curiosité en lui et il savait que s'il laissait passer cette occasion d'en savoir plus, il le regretterait. Et puis, ce voyage ne présentait-il pas un intérêt indéniable, celui de faire céder la belle Laura Cottingham à ses avances ?

Il esquissa un petit sourire en anticipant le plaisir qu'il éprouverait à ce moment-là.

— Vous avez raison, dit-il calmement. Je fais ce que je veux. De ma vie, je n'ai jamais reçu une invitation aussi intrigante, délivrée par une femme aussi irrésistible… Comment un homme pourrait-il refuser ? Vous pouvez quitter cet air nerveux qui pince ces jolies lèvres, je pars au Kharastan avec vous.

Laura eut du mal à en croire ses oreilles.

— Je… J'en suis ravie, dit-elle, consciente que ce mot n'était pas approprié.

— Je n'en doute pas, répondit froidement Xavier. Mais nous ne sommes pas encore au Kharastan, je vous conseille donc de modérer votre enthousiasme.

Il avait besoin de garder le contrôle sur la situation et refusait de lui donner l'impression qu'il cédait.

— Une voiture viendra vous chercher à 9 h 30 demain matin et vous conduira à l'aéroport, si cela vous convient, dit-elle.

— Non.

— Comment cela ?

Xavier lui adressa un sourire cynique.

— Je crois que vous ne comprenez pas comment je fonctionne, mademoiselle. Ce n'est pas à vous de me dire quand, où, et comment je dois voyager. Vous vous adapterez à *mes* exigences.

— Je… je ne suis pas sûre de comprendre.

— C'est simple. C'est moi qui organiserai mon voyage pour le Kharastan.

— Mais c'est de la folie ! protesta Laura. Le cheikh possède un jet de luxe prêt à décoller dès que vous en aurez besoin.

— Vous pensez qu'un « jet de luxe » est un argument suffisant ?

— Non, bien sûr que non. Je ne voulais pas…

— Je ne veux pas être redevable au cheikh de quoi que ce soit. Ce sont mes conditions. Soit vous les acceptez, soit vous repartez bredouille. Je ne ferai aucun compromis.

— Mais il n'existe aucun vol direct pour le Kharastan, objecta-t-elle. Vous aurez peut-être besoin de prendre plusieurs correspondances.

— Je ferai appel à ma compagnie habituelle. Au moins, je sais que je peux leur faire confiance.

— Que sous-entendez-vous ?

— Réfléchissez : si je suis, comme vous le dites, le fils du cheikh, d'autres membres de sa famille doivent avoir des raisons de me vouloir du mal.

Il étudia le visage pâle, si pur, de la jeune femme. Elle semblait inquiète, tout à coup.

— Que se passe-t-il ? se moqua-t-il doucement. Vous semblez nerveuse.

— Pourquoi le serais-je, monsieur de Maistre ?

— Je pense que nous le savons tous les deux. Par ailleurs, vous pourriez peut-être commencer à m'appeler Xavier à partir de maintenant.

Laura tressaillit. Il lui suggérait juste de l'appeler par son prénom, et pourtant, son ton laissait deviner qu'il envisageait une intimité bien plus profonde.

Elle leva les yeux vers lui et soudain, elle eut peur.

4

— Nous atterrirons dans une heure, monsieur.

Xavier leva les yeux des documents qu'il étudiait pour répondre à l'hôtesse de l'air.

— Merci, dit-il avant de reporter son regard sur Laura qui lisait en face de lui.

La cabine de l'avion dans lequel ils se trouvaient ressemblait à un confortable salon.

Il s'était attendu que Laura soit plus bavarde pendant le vol, qu'elle remplisse le silence par une conversation sur tout et rien, comme le faisaient les femmes en général. Mais elle avait juste sorti un roman qui semblait très sérieux et s'était mise à le lire.

Ironie du sort, pour une fois, il aurait aimé parler pour ne rien dire afin d'oublier ses pensées troubles.

La nuit précédente avait été hantée par des rêves étranges et perturbants dont il s'était éveillé en sursaut. Il s'était retrouvé assis sur son lit, nu dans ses draps froissés, le regard perdu dans l'obscurité. Cette jeune Anglaise l'avait obligé à repenser à une partie de sa vie qui avait toujours été un mystère pour lui. Il n'était pas sûr de vouloir en savoir plus. Alors, pourquoi s'être imposé ce voyage ?

Pour un homme habitué à tout contrôler, la situation était pour le moins déstabilisante.

S'efforçant d'écarter ses doutes et ses questions, il avait emporté des dossiers de travail pour les étudier dans l'avion.

Mais à présent qu'il avait terminé, il se retrouvait livré à des pensées qu'il aurait préféré ne pas avoir. Quant à cette jolie avocate qui semblait ne lui accorder aucune attention, elle ne faisait qu'attiser son désir.

Il était bien plus facile et rassurant de maîtriser son désir que de faire face au mystère de son identité, songea-t-il. Le désir avait un début et une fin : une fois qu'il aurait séduit Laura Cottingham, il se lasserait d'elle.

— Vous voulez manger ou boire quelque chose ? demanda-t-il.

Laura leva les yeux de son livre et se demanda s'il avait remarqué qu'elle lisait la même ligne depuis un moment sans en comprendre le sens. Près de lui, elle n'arrivait pas à se concentrer.

— Non merci, je n'ai pas faim.

— Mais vous avez à peine touché à votre déjeuner.

C'était vrai. Le poisson grillé et les petits légumes sautés ne l'avaient pas tentée, pas plus que le gâteau mousseux au chocolat.

Elle réprima un soupir. Leur voyage se déroulait calmement et sans bruit, avec seulement une légère perturbation lorsqu'ils avaient survolé la zone montagneuse du Dashabhi. Son manque d'appétit et sa nervosité n'avaient qu'une cause : l'homme assis en face d'elle.

— Les femmes ne mangent pas autant que les hommes, répondit-elle.

Il contempla ses longues jambes croisées.

— Les Anglaises ne savent pas manger correctement, ironisa-t-il. Elles sautent le petit déjeuner et mangent des chips à midi. Pourtant, vous êtes loin d'avoir des kilos en trop.

— Il se trouve que je ne mange jamais de chips. Je ne pourrais pas travailler tout l'après-midi si je mangeais n'importe quoi. Outre le fait qu'il s'agit de généralités erronées, je doute que mes habitudes alimentaires soient un sujet de conversation intéressant.

— Au contraire ! protesta-t-il. Si vous ne voulez pas qu'un homme fasse des remarques sur votre corps superbe, vous ne devriez pas l'exposer ainsi.

Laura ne put s'empêcher de vérifier ses vêtements de peur que ceux-ci aient été remplacés à son insu par un Bikini pendant qu'elle lisait.

La styliste lui avait constitué une garde-robe pour Paris et une autre pour le Kharastan, l'une très glamour et l'autre bien plus raisonnable. Aujourd'hui, elle s'était habillée selon les circonstances, avec la sobriété que l'on attendait d'une femme au pays du cheikh.

Elle était vêtue d'une robe à manches longues de soie jaune pâle à l'encolure sage, et qui descendait jusqu'à ses chevilles. Une fente ouvrait le tissu jusqu'à son genou, pour faciliter les mouvements plus que pour révéler ses jambes. Des sandales dorées brillaient à ses pieds nus et la seule extravagance de sa tenue résidait dans une paire de boucles d'oreilles en argent aux motifs complexes et serties de pierres vertes.

— Mais je ne suis pas habillée de façon provocante !

— Ah non ? Il ne fait pourtant aucun doute que cette robe est faite pour souligner vos courbes féminines. La coupe est faussement raisonnable mais produit un effet indéniable, vous ne pouvez l'ignorer. Je salue votre bon goût.

A l'entendre, elle n'était qu'une aguicheuse qui avait tout mis en œuvre pour le séduire ! Devait-elle lui dire qu'elle ne s'habillait jamais ainsi d'habitude ? Qu'elle avait été relookée par une styliste engagée par le cheikh Zahir ? Mais avait-il vraiment besoin de le savoir ? Il ne manquerait probablement pas de lui demander comment elle avait l'habitude de s'habiller et alors, ses yeux noirs se plisseraient, il se mettrait à lui poser des questions de plus en plus intimes de sa voix chaude et sexy…

Or, il n'était pas question qu'elle se laisse entraîner sur ce terrain. Par le passé, elle avait eu le tort d'ignorer son instinct. Mais plus maintenant. Elle ne se raconterait plus d'histoires.

Après avoir téléphoné au bras droit du cheikh pour lui annoncer que Xavier de Maistre insistait pour voyager par ses propres moyens, ce qui avait semblé beaucoup le contrarier, elle avait pris le temps de réfléchir. Xavier avait manifestement l'intention de flirter sans vergogne avec elle. Il était beau et il possédait une réputation d'amant expérimenté…

Mais Laura n'était pas habituée à ces jeux de séduction. On croisait peu d'hommes comme lui dans les rues de sa petite ville de Dolchester. Elle n'avait donc pas eu l'occasion de s'armer contre ce genre d'attaques déplacées. Tout simplement, elle manquait d'expérience.

Mais ce n'était pas parce qu'elle était payée pour l'accompagner jusqu'au Kharastan qu'elle devait supporter ses regards chargés de sous-entendus et ses remarques délibérément provocatrices. Ne s'était-elle pas promis, après sa relation catastrophique avec Josh, qu'elle ne laisserait plus jamais un homme profiter de ses faiblesses ?

La voix du pilote annonça qu'ils volaient à altitude constante et qu'ils amorceraient bientôt leur descente. Dans quelques instants, elle poserait le pied sur le tarmac de Kamush Ay, la capitale du Kharastan, et sa mission serait accomplie.

Cela ne voulait pas dire qu'elle deviendrait désagréable avec Xavier de Maistre, bien sûr, mais elle pourrait lui ouvrir les yeux sur la façon dont les femmes aimaient être considérées. Cela lui ferait le plus grand bien.

— Monsieur de Maistre…, soupira-t-elle.

— Je ne cesse de vous répéter que vous pouvez m'appeler Xavier.

— Xavier, concéda-t-elle. Je ne trouve pas opportun que vous fassiez des commentaires sur mon apparence physique ou sur mes choix vestimentaires.

— Mais vous êtes une femme ! N'aimez-vous pas être admirée ?

Laura se redressa sur son siège et le regarda droit dans les yeux.

— Cela peut être agréable, si je me trouve dans une situation adaptée.

— Comme ?

— Comme lors d'une soirée ou d'une réception quelconque.

— Vous pensez vraiment que les hommes et les femmes ne jouent ensemble que lors de « réceptions » ?

« Jouer ensemble… » Des images s'imposèrent à son esprit malgré elle. Elle se souvint comme son sang s'était mis à battre dans ses veines quand il l'avait saisie par les bras. Elle s'était sentie fondre. A présent, vu le regard dont il la couvrait, il menaçait de recommencer si elle ne l'arrêtait pas.

— Pourquoi déformez-vous tout ce que je dis ? Pensez-vous que toutes les femmes sont prêtes à se jeter dans votre lit ?

Il y eut un silence. Quand il prit la parole, ses yeux étincelaient malicieusement.

— Qui a parlé de se jeter dans un lit, Laura ?

Elle lui jeta un regard assassin.

Cela allait trop loin. Il fallait absolument qu'elle se reprenne avant qu'ils n'atterrissent. Malik avait laissé entendre qu'il aurait peut-être encore du travail à lui confier quand elle aurait mené à bien cette mission, mais elle risquait de lui faire une piètre impression si elle était dans tous ses états à leur arrivée.

— Je crois que je vais boire quelque chose, finalement, dit-elle.

— Je vous accompagne, dit-il en appuyant sur un bouton près de son siège pour appeler l'hôtesse.

Celle-ci apparut aussitôt et Xavier lui passa commande rapidement en français.

Laura ne put s'empêcher de remarquer sa chemise entrouverte qui révélait sa peau et un duvet noir irrésistible.

— C'est peut-être votre dernier verre avant un moment, dit-elle pour dissimuler son trouble. Vous savez que l'alcool est très mal vu au Kharastan ?

— C'est très gentil à vous de m'informer des coutumes locales, ironisa-t-il. Moi qui pensais pouvoir m'enivrer du matin au soir !

Laura se retint de sourire. Montrer qu'elle le trouvait drôle serait admettre sa faiblesse face à son charme.

— Vous parlez étonnamment bien l'anglais, observa-t-elle. Vous l'avez appris étant petit ?

Le visage de Xavier se referma aussitôt.

— Ma vie ne doit pourtant pas avoir de secret pour vous ! Votre employeur ne vous a-t-il pas fait rédiger un rapport sur moi ?

— Euh… Si, en effet, bredouilla-t-elle en rougissant.

— Montrez-le-moi.

Laura hésita une seconde seulement. Pourquoi essayer de lui dire non quand il affichait une telle détermination ? Elle sortit un dossier de sa serviette en cuir et le lui tendit, répondant à son regard interrogateur par un haussement d'épaules.

— Je n'ai fait que mon travail.

Xavier nota avec plaisir son ton défensif. Il aurait aimé la prendre de haut en lui reprochant l'immoralité de son travail. Mais ne se montrait-il pas lui-même sans scrupule en affaires, ce qui lui valait l'admiration et la crainte de ses adversaires ?

Il parcourut le rapport, d'une concision exemplaire. On y trouvait son adresse dans le Marais, ses bulletins scolaires, ainsi qu'une liste incomplète des emplois qu'avait occupés sa mère — celle-ci avait en effet souvent travaillé au noir.

Il comprenait à présent pourquoi les journaux avaient révélé si peu d'éléments sur son passé. En effet, à part quelques fades articles sur ses camarades de classe, qui le décrivaient comme un garçon solitaire et populaire auprès des filles, les journalistes n'avaient, comme Laura, rien trouvé.

— Il n'y a pas grand-chose, remarqua-t-il.

— Non, c'en est même étonnant, lui accorda-t-elle.

La volonté de sa mère avait donc été respectée, songea-t-il. Elle s'était battue toute sa vie pour protéger ses secrets. Peut-être cela avait-il contribué à construire son caractère détaché, presque glacial, dont ses partenaires féminines se plaignaient tant...

— A-t-il des fils ? demanda-t-il soudain. Je veux dire, des enfants légitimes ?

— Non.

— Alors peut-être qu'il se raccroche à son dernier espoir de trouver un héritier. Quel est au juste le but de ce voyage ?

— N'est-ce pas évident ?

— Je me demande s'il s'agit de retrouvailles sentimentales ou pragmatiques. Un homme puissant veut-il voir sa progéniture avant de quitter ce monde, ou bien veut-il transmettre ses richesses ? Vous pensez que je vais hériter d'une grosse fortune ?

— Vous êtes très cynique.

— Vous trouvez ? Non, je suis juste rationnel. Pensez-vous qu'il serait plus approprié que j'écarquille les yeux de surprise, s'il me faisait une telle proposition ?

— C'est ainsi que la plupart des gens réagiraient, répondit Laura, songeant aux lectures de testament auxquelles elle avait assisté dans sa carrière, et aux instincts les plus vils qui se révélaient alors chez les gens.

— Eh bien, je n'ai que faire de son argent ! poursuivit-il comme s'il ne l'avait pas entendue. Même les cheikhs devraient savoir que la loyauté et l'affection ne peuvent pas s'acheter.

Laura fronça les sourcils. Son attitude était étonnamment moralisatrice pour un play-boy de sa réputation, et révélait une personnalité bien plus complexe qu'elle ne l'avait soupçonné.

L'hôtesse choisit ce moment pour arriver avec deux verres de vin et Laura fut soulagée d'avoir quelque chose à tenir dans ses mains pour se donner une contenance. Elle but une gorgée.

— Ça va mieux ? demanda-t-il doucement.

— Beaucoup mieux. Ce bourgogne est excellent.

Xavier but son verre en la regardant pensivement. Cette jeune femme en savait plus sur lui, que lui sur elle. Il était temps de rétablir ce déséquilibre.

— Dites-moi quel est votre lien avec la famille royale du Kharastan.

C'était un ordre plus qu'une question..., songea Laura.

— Je suis employée par la famille Ak Atyn depuis un mois.

— Seulement ? C'est peu pour se voir confier une mission aussi privée.

— Le cheikh m'a embauchée spécialement pour ce travail.

— Pour que vous m'ameniez à lui ?

— En effet. Je suis spécialisée en droit de la famille. Et il se trouve que tous les documents légaux du Kharastan sont rédigés en anglais.

— Cela ne dérange pas votre petit ami que vous partiez ainsi en mission pour prendre au piège des Français inconnus ?

— Pourquoi cela le dérangerait-il ? Etes-vous de ceux qui pensent qu'une femme doit demander la permission pour respirer ?

— Vous avez donc un petit ami ?

— En réalité, non, avoua Laura à contrecœur. Mais quel est le rapport avec ma vie privée ?

— Pourquoi les avocats ne répondent-ils jamais directement aux questions ?

— Peut-être parce que nous sommes payés pour les

poser, pas pour y répondre. Je suis conseillère juridique pour le cheikh, c'est tout ce que vous avez besoin de savoir.

— C'est moi qui en jugerai.

Laura rencontra son regard sombre et étincelant et perdit une partie de sa contenance.

— Nous… nous allons bientôt atterrir.

Et il était temps ! Etre enfermée là avec lui, avec cette tension qui montait de seconde en seconde, était un véritable cauchemar.

Elle défit sa ceinture de sécurité et se leva pour échapper à son regard et à ses questions déstabilisantes.

Sentant qu'il suivait des yeux chacun de ses mouvements, elle alla jusqu'à un hublot et contempla les sommets enneigés qu'ils étaient en train de survoler. Elle avait tellement hâte d'arriver !

— Dites-moi, quel est le talent particulier qui vous a distinguée parmi les autres candidats ? continua Xavier de Maistre. Laissez-moi deviner…

— Je vous l'ai dit, l'interrompit-elle. Je suis avocate. Mon rôle est de m'assurer de l'authenticité de certains documents.

Xavier s'était levé à son tour et son regard était menaçant.

— Ne faites pas l'innocente, ça ne vous va pas. Il existe un million d'avocats qui auraient pu avoir ce poste, mais aucun qui ait vos atouts physiques. A votre avis, avez-vous été choisie pour votre beauté ou pour votre sex-appeal ?

Certes, la styliste l'avait métamorphosée, mais de là à parler de sex-appeal… Laura ne s'était jamais vraiment sentie sexy et s'était battue contre son manque de confiance toute sa vie.

Elle avait été élevée par sa mère dans des conditions très modestes puis s'était consacrée avec sérieux à ses études de droit. Plus tard, Josh lui avait donné d'elle l'image d'une jeune femme frigide et inhibée. Profiter d'elle financièrement avait été pour lui un jeu d'enfant. Puis il l'avait rejetée.

Certes, les vêtements qu'elle portait en ce moment valaient une fortune, mais de là à dire qu'elle était sexy ? Jamais ! Elle ne l'aurait pas été aux yeux de Josh, en tout cas.

— J'ai peut-être été choisie parce que les femmes ont d'autres qualités que les hommes… Quant à la question de mon sex-appeal, elle est non seulement hors de propos mais surtout inconvenante dans un pays comme le Kharastan.

Avait-elle vraiment la naïveté de croire cela ? se demanda Xavier. Il marcha jusqu'au hublot pour se poster à côté d'elle et plongea un regard perplexe dans ses grands yeux verts qui dévoraient son visage pâle.

Au fond de lui, il avait besoin d'en vouloir à quelqu'un pour la situation dans laquelle il se trouvait malgré lui.

— Selon vous, il s'agit donc d'une simple coïncidence s'ils ont choisi une jeune femme aussi attirante pour cette mission ? demanda-t-il d'une voix qui trahissait son désir.

— Je ne sais pas, murmura Laura, qui se sentit soudain prise au piège, seule dans cet avion avec un homme dont la puissante stature dégageait une virilité primitive.

Tout son être irradiait d'une telle sensualité que, tout en sachant qu'elle aurait dû s'éloigner ou appeler l'hôtesse, elle se trouvait incapable de bouger ou de penser.

— Vraiment ? demanda-t-il en effleurant son menton du bout de l'index avant de la forcer à le regarder. Je crois au contraire que vous le savez. Tout comme je pense que quelqu'un dans l'entourage du cheikh vous a choisie pour ces lèvres en bouton de rose, sachant très bien que j'aurais envie de…

Il approcha son visage du sien et Laura se figea. La bouche de Xavier effleura alors ses lèvres tremblantes.

S'il lui avait imposé un baiser dur et autoritaire, elle aurait peut-être eu la force de le repousser et de se débattre. Mais c'était un baiser infiniment délicat, suggestif, ensorcelant, qui éveilla un désir impérieux en elle. Ce fut elle qui entrouvrit les lèvres et laissa sa langue jouer avec la sienne.

Il eut un rire sensuel de triomphe et de plaisir anticipé en plaçant les mains sur la taille de la jeune femme avant de descendre lentement sur ses fesses. Il l'attira à lui tout en approfondissant son baiser avec une adresse maîtrisée.

— Xavier ! murmura-t-elle.

— Vous aimez ?

— Oh, oui… Oui !

Xavier rit encore, tenté de caresser ses seins ou de remonter la longue robe de soie sur ses jambes pour explorer ses trésors les plus intimes. Mais un rapide calcul lui fit comprendre qu'il n'aurait pas le temps de savourer ce jeu. Ils risquaient d'être interrompus par l'hôtesse leur annonçant l'atterrissage imminent.

Non, il n'avait pas le temps d'aller jusqu'au bout. Mais il avait largement le temps de jouer avec leur désir. Et cela présentait beaucoup plus d'intérêt à ses yeux que de s'inquiéter de ce qui l'attendait au Kharastan. Il savait quelle valeur les femmes accordaient à un baiser, comment elles se le remémoraient pendant des jours entiers…

Qu'à cela ne tienne, il lui donnerait de quoi satisfaire ses fantasmes de romantisme !

Tel un virtuose, il continua d'explorer ses lèvres en lui prodiguant des caresses douces et provocantes jusqu'à ce que Laura, gémissante, se hausse sur la pointe des pieds pour s'agripper à ses épaules et se laisse aller contre lui. Leur baiser se faisait plus intense et plus profond.

Laura avait déjà connu des baisers, mais jamais comme en cet instant. Sous l'emprise du désir, elle avait envie qu'il…

Xavier s'écarta et sourit en entendant son petit gémissement de protestation. Il observa ses yeux devenus presque noirs tellement ses pupilles étaient dilatées, ses joues et sa bouche rosies par ses baisers. Si le vol avait duré plus longtemps, il lui aurait fait l'amour.

— Hélas, murmura-t-il à regret, se sentant prêt à exploser tellement il la désirait, nous n'avons pas le temps.

Pour Laura, ce fut comme si elle redescendait brutalement sur terre. Elle fit un pas chancelant en arrière, horrifiée, portant la main à sa gorge.

— Que… qu'est-ce qui vous a pris ? souffla-t-elle. Ou plutôt, qu'est-ce qui m'a pris ?

Il éclata de rire.

— Vous voulez une leçon de biologie ?

— Je… Non, je… Mon Dieu, comment ai-je pu être aussi stupide ?

— Ne vous blâmez pas. Ce n'est pas un crime d'éprouver du désir pour moi. C'est le cas de la plupart des femmes, vous savez, ajouta-t-il en haussant les épaules. Et quelle meilleure façon de passer les longues nuits à venir dans le désert ? Nous ferons l'amour dès que nous en aurons l'occasion.

Cette utilisation incongrue du mot « amour » fit l'effet d'une douche froide à Laura et la ramena à la réalité.

Elle porta sa main à ses cheveux. Seigneur, il fallait absolument qu'elle répare les dégâts avant qu'ils n'atterrissent ! Il était indispensable qu'elle lui fasse clairement comprendre que cela ne se reproduirait pas. Non, elle ne le laisserait pas recommencer !

— C'était une grave erreur de jugement de ma part, dit-elle d'une voix plus posée. Et je ne la commettrai pas une seconde fois. Lorsque je vous aurai introduit auprès du cheikh, nous n'aurons plus à traiter ensemble et je vous dirai au revoir.

Xavier se retint de la contredire. Quelle innocente ! Il n'allait sûrement pas laisser les choses se passer ainsi. Elle ne lui dirait au revoir que lorsqu'il se serait lassé d'elle, pas avant.

Et cela ne se produirait pas avant qu'il ne l'ait fait céder.

Mais son appétit sexuel fut bientôt remplacé par une autre tension lorsque le jet amorça son atterrissage sur le sol du Kharastan.

5

A peine un mois plus tôt, Laura avait atterri sur cette même piste entourée de hautes montagnes enneigées. Elle se souvenait qu'elle avait eu le souffle coupé par la beauté du paysage. Pleine d'espoir et d'appréhension à la fois, elle avait ressenti cette excitation qu'on éprouve lorsqu'on se prépare à découvrir un monde très éloigné de ce que l'on connaît d'ordinaire.

Elle avait appréhendé la rencontre avec le bras droit du cheikh, tout en se sentant également prête à tout affronter. La douleur qu'elle avait ressentie après sa rupture avec Josh l'avait en quelque sorte endurcie. Elle avait désormais plus de répondant et d'audace. Surtout, elle avait tout fait pour se sortir de cette situation la tête haute.

Elle avait trop souvent vu sa mère dans des situations financières délicates à cause des hommes qui étaient passés dans sa vie : elle était bien décidée à ne pas reproduire ses erreurs.

Oui, un mois plus tôt, la vie semblait pleine de promesses, songea-t-elle avec amertume. Mais à présent ?

L'appréhension était toujours là, mais elle ne se sentait plus aussi forte. Tout cela à cause de cet homme séduisant qui l'avait embrassée avec une douceur insupportable et une passion contenue dans l'avion, la laissant pantelante de désir. Elle qui s'était promis de conserver une attitude professionnelle en toutes circonstances !

Laura lança un regard dans la direction de Xavier. Il respirait pour la première fois l'air du Kharastan, qui enveloppait leurs corps d'une chaleur moite. Des images troublantes naquirent aussitôt dans son esprit. Non, elle ne devait pas se laisser aller à de telles pensées, cela la mènerait trop loin.

Mieux valait ne retenir que son insupportable arrogance ! Mais ce n'était pas si facile…

Xavier plissait les yeux, observant avec attention ce qui l'entourait et pendant un court instant, on eût dit qu'il avait baissé sa garde. Laura ne put s'empêcher de voir en lui un petit garçon à la recherche de son père et de ses racines, et elle oublia le play-boy manipulateur qui savait comment embrasser une femme pour la mettre à ses pieds.

— Prêt ? demanda-t-elle doucement.

— Attendez.

Le soleil avait commencé sa lente descente dans le bleu pur du ciel, disque de feu immense qui allumait des reflets roses dans les neiges éternelles couvrant les sommets des montagnes qu'on apercevait au loin.

Un grand oiseau de proie planait au-dessus d'eux. Xavier sentit la poussière, l'air sec et la chaleur pénétrer les pores de sa peau.

Ce monde étrange l'avait comme envoûté…

Il avait toujours vécu à Paris. N'ayant connu que la ville depuis sa naissance, il adorait cet environnement urbain. Certes, il avait voyagé, mais surtout dans les grandes capitales occidentales. Cet endroit isolé et sauvage faisait vibrer quelque chose au fond de lui.

— C'est magnifique, murmura-t-il.

Laura elle aussi admirait ce paysage… ainsi que le profil de Xavier qui semblait fait pour ce décor. Comme s'il appartenait à cet endroit. Etait-ce ce qu'il ressentait ? Ou n'était-ce qu'un effet de son imagination ?

Xavier reporta son regard sur les bâtiments ultramodernes de l'aéroport. Il aperçut alors des soldats armés le long de la piste, ainsi qu'un convoi de véhicules sombres et plusieurs motos.

Un groupe de personnes venait vers eux. Ils étaient tous vêtus de tuniques de soie et de turbans aux couleurs chatoyantes. Xavier se demanda s'il n'était pas en train de rêver. Peut-être s'agissait-il d'un décor de film ?

— Qui est le bras droit du cheikh ? demanda-t-il brusquement à Laura.

— Le plus grand d'entre eux, avec la tunique blanche. Il s'appelle Malik.

— Et vous disiez qu'ils ont un lien de parenté ?

— Ce sont des parents éloignés, je crois, mais il a toute la confiance du cheikh. Il n'a aucun secret pour lui.

En entendant ces confidences, Xavier ressentit une bouffée de satisfaction : visiblement, lui avait toute la confiance de Laura. Il avait eu raison, comme d'habitude : le baiser qu'ils avaient échangé dans l'avion lui assurerait la loyauté de la jeune avocate.

— Venez, ordonna-t-il, décidé à prendre le contrôle de la situation. Allons les saluer.

Troublée, Laura crut voir une étincelle d'hostilité dans les yeux de Malik quand celui-ci s'approcha et s'inclina devant eux.

— Bonsoir, dit-il d'une voix solennelle. Son Altesse Sérénissime le cheikh Zahir du Kharastan me charge de vous souhaiter la bienvenue.

Xavier serra les dents. Quelque chose en lui avait envie d'exiger des réponses, de demander des preuves de ce qui avait été avancé pour le faire venir ici. Quelque chose de plus convaincant qu'un portrait flatteur pris dans les années cinquante ! Mais ce n'était pas à Malik qu'il devait s'adresser.

— Je vous remercie pour cet accueil en grande pompe, répondit-il d'une voix doucereuse en inclinant sa tête sombre.

— Vous devez être fatigué après votre voyage. Une

voiture va nous conduire au palais. Vous prendrez la première voiture, dit-il en s'adressant à Laura. Sidonia, votre femme de chambre, vous y attend. Monsieur de Maistre et moi monterons dans l'autre.

Il avait parlé d'une voix froide qui fit comprendre à Laura que les deux hommes n'avaient pas besoin d'elle. A présent qu'elle avait accompli sa mission, sa présence était-elle devenue superflue ? se demanda-t-elle, un peu vexée.

Elle n'avait aucune envie de voyager seule avec une femme de chambre ! Elle se tourna vers Xavier mais le visage de celui-ci ne trahissait aucune émotion.

Qui eût pu croire que cet homme l'avait embrassée avec passion quelques instants plus tôt ? Allait-il s'opposer à cette mesure qu'elle jugeait sexiste ?

Xavier croisa son regard. Il savait qu'elle aurait voulu rester avec lui. Lui aussi aurait préféré qu'elle demeure à ses côtés, mais sa beauté l'aurait distrait. Or, il voulait garder l'esprit clair. En outre, il devinait que cet isolement la ferait revenir plus vite dans ses bras. Après s'être sentie rejetée, elle ne demanderait qu'à accéder à tous ses désirs !

— Allez-y, murmura-t-il. Vous voyez bien que tout le monde est prêt à partir.

Laura ne riposta pas mais ce ton condescendant lui fit l'effet d'une gifle. Elle était pourtant déjà venue ici seule et elle s'en était très bien sortie. Tout simplement parce qu'elle était restée professionnelle et ne s'était pas sentie déstabilisée par un baiser volé… Il fallait qu'elle garde en tête qu'elle était là pour son travail et rien d'autre.

Elle acquiesça donc en souriant.

— Oui, bien sûr. Vous devez avoir plein de choses à vous dire. A plus tard au palais.

En silence, Xavier la regarda s'éloigner. Puis un garde du corps lui ouvrit la portière du véhicule blindé.

— Elle est belle, n'est-ce pas ? remarqua Malik.

Xavier se tourna vers le bras droit du cheikh et lui adressa un regard glacial. Cet homme connaissait-il intimement la superbe avocate aux cheveux flamboyants ? Il ne put réprimer une pointe de jalousie.

— Laura ?

— Bien sûr, répondit Malik. C'est votre maîtresse, je suppose ?

Xavier fronça les sourcils.

— Est-ce une coutume au Kharastan de parler des femmes de cette manière ?

— Vous venez de l'Occident, répondit Malik avec un haussement d'épaules, où la sexualité n'est pas un tabou... et où vous-même possédez une réputation légendaire auprès des femmes.

— Et où seuls les adolescents se vantent entre eux de leurs conquêtes, répliqua Xavier.

— Je ne cherchais pas à flatter votre orgueil, je me demandais juste si miss Cottingham avait rejoint la longue liste de vos maîtresses.

— Il ne faut pas croire tout ce qui se dit. Si j'avais couché avec toutes les femmes qui se sont offertes à moi, je n'aurais pas eu le temps de faire grand-chose d'autre de ma vie.

— C'est donc un oui ou un non ? insista Malik.

Etait-ce la fierté masculine qui empêchait Xavier d'admettre que Laura ne lui avait pas encore cédé ? Craignait-il qu'elle lui oppose un refus ? Non, c'était inconcevable ! Aucune femme ne lui avait jamais résisté.

Il songea avec satisfaction à la réaction de Laura lorsqu'il l'avait embrassée dans l'avion et aux délices futures que cela laissait présager.

— Vous faites preuve d'une curiosité qui frôle le mauvais goût.

— Ma question concernait simplement la distribution des chambres.

— A moins que vous ne la vouliez pour vous ? demanda Xavier d'un ton de défi. Dites-moi, avez-vous vraiment besoin d'embaucher une femme pour pouvoir la mettre dans votre lit ?

Il y eut un lourd silence.

— Vos propos pourraient être pris pour une insulte, monsieur de Maistre. Ce n'est pas raisonnable.

Mais Xavier refusait de se laisser intimider par le ton menaçant de Malik. Après tout, il n'avait aucune obligation envers cet homme.

— Si j'avais été raisonnable, je n'aurais jamais accepté de venir ici !

— Alors pourquoi l'avez-vous fait ?

— Je souhaite parler au cheikh, répondit Xavier avec un sourire glacial, et non à un de ses sbires.

Le visage de Malik s'altéra sous l'effet de la colère. Mais il se reprit très vite et fit signe à Xavier de monter dans la voiture.

Xavier se sentit soudain exalté, comme s'il venait de boire une gorgée d'eau fraîche après une longue période de soif. Devant lui s'étalait une voie dorée vers l'inconnu. Il avait connu la liberté et le succès, mais sa vie n'avait-elle pas été jusque-là terriblement prévisible ? Il connaissait le luxe, les mets les plus raffinés, les vins les plus rares, les étoffes les plus recherchées, les femmes les plus désirables… mais n'avait-il pas perdu quelque chose de son instinct primitif de chasseur ?

Pour la première fois depuis longtemps, l'excitation faisait bouillir son sang, tandis que la voiture empruntait une large avenue. Plusieurs rangées de gardes saluèrent leur passage. Puis Xavier aperçut un imposant portail en fer forgé, et derrière les grilles, une fontaine aux immenses jets d'eau, des arbres qui projetaient leurs ombres sur des allées immaculées.

A l'approche de l'enceinte du palais, il distingua un dôme couvert de mosaïque dans toutes les nuances imaginables de bleu et d'or. Il avait le sentiment étrange et puissant de vivre son destin, d'être précisément là où il devait être.

— Nous y sommes, murmura-t-il.

Malik l'observait en silence, une expression indéchiffrable planant dans ses yeux sombres.

— En effet. Le Palais bleu est d'une grande beauté, n'est-ce pas ? dit-il fièrement. C'est là que Zahir le Grand vous attend.

Zahir le Grand… L'homme qui prétendait être son père. Et si tout ceci était faux ? Si ce décor étrange et fantastique n'était qu'un rêve ?

Car, malgré sa fortune, son pouvoir et ses relations, Zahir avait pu commettre une erreur. Que se passerait-il alors ?

Xavier songea qu'il lui faudrait garder un masque de neutralité, conserver une attitude distante, surtout ne laisser transparaître aucune faiblesse.

— Quand le verrai-je ? demanda-t-il.

— Cela n'a pas encore été décidé.

Malik était en train de réaffirmer son autorité, mais Xavier n'était pas décidé à se laisser faire. Il gardait en tête qu'on l'avait prié de venir ici : il était donc en position de force.

— Venir jusqu'ici présentait beaucoup d'inconvénients pour moi, déclara-t-il. Je n'ai pas l'intention de rester sagement dans un coin à attendre que l'on daigne m'appeler. Si le cheikh Zahir veut me voir, très bien, mais que ce soit le plus vite possible. Je ne suis pas habitué à me plier aux caprices des autres.

— Il ne s'agit pas d'un jeu, répondit sèchement Malik. Zahir est âgé et malade. Le moment de votre rencontre sera décidé en fonction de son état de santé.

Xavier perçut l'émotion dans la voix de son interlocuteur. Etait-il vraiment très attaché à son maître ? Ou bien Malik s'inquiétait-il seulement pour son propre avenir ? Non, le chagrin qu'il lisait dans ses yeux paraissait sincère.

— Je ne cherchais pas à vous faire de la peine, s'excusa-t-il.

Malik inclina la tête et recouvra sa contenance.

— Bien sûr, l'entretien aura lieu dès que possible.

Mille questions se bousculaient dans l'esprit de Xavier mais ce n'était pas le moment de les poser.

La voix de Malik interrompit ses pensées.

— Le dîner sera servi à 21 heures. Miss Cottingham et vous pouvez aller vous rafraîchir en attendant. J'espère que cela vous convient ?

Soudain, Xavier éprouva le besoin de s'imposer dans un autre domaine : il fallait qu'il aille plus loin que ce baiser prometteur avec la belle Anglaise. Après tout, qu'y avait-il d'autre à faire en attendant que le cheikh le reçoive ?

— J'espère surtout que la distribution des chambres me conviendra.

— Cela dépend de ce que vous entendez par…

— Nous savons tous les deux de quoi je veux parler.

Il y eut un silence.

— Il serait considéré comme une offense au Kharastan que deux personnes non mariées partagent la même chambre, mais… je suis certain que nous pourrons trouver une solution.

— Je me félicite que nous nous soyons compris.

6

— C'est forcément une erreur ! s'exclama Laura.

Elle considérait la pièce avec un mélange de colère, de peur et d'excitation.

— Une erreur ? fit Xavier d'une voix innocente tandis que deux domestiques apportaient leurs bagages. Quelle erreur ?

— Il n'est pas question que je partage une suite avec *vous* !

Elle le regardait comme s'il était le diable en personne, constata-t-il avec satisfaction.

— Il ne s'agit pas vraiment de partager. Nous n'avons que le salon en commun, vous pourrez bien supporter ça quelques nuits, n'est-ce pas ? N'avez-vous jamais cohabité avec des garçons lorsque vous étiez à la fac de droit ?

— Ce n'était pas la même chose !

— En quoi est-ce différent, Laura ?

— Cela ne vous va pas de jouer les innocents, Xavier. C'est vous, n'est-ce pas ?

— Comment cela ?

— C'est vous qui avez demandé à ce que nous soyons dans la même suite !

— Vous pensez, parce que je suis *peut-être* le fils illégitime du cheikh, que je peux exercer un contrôle sur la situation ? Qu'imaginez-vous, que j'ai réussi à obtenir une ligne directe avec Zahir pour lui demander de me rapprocher de vous ?

— Ce qui signifie que vous n'y êtes pour rien ?

Cette femme était intelligente, Xavier devait l'admettre. Sans doute sa formation d'avocate lui avait-elle appris à détecter le bluff et à insister jusqu'à ce qu'elle ait obtenu des réponses à ses questions.

— Ça vous gêne vraiment ? Cette pièce est suffisamment grande et nous avons deux chambres séparées. Que vous faut-il de plus ?

Ils se trouvaient dans une pièce à la fraîcheur agréable, dallée de pierre et couverte de tapis de soie multicolores. Un bouquet de roses odorantes était posé sur une commode en marqueterie.

— Sauf qu'il n'y a pas de clé dans les serrures, fit remarquer Laura, notant que Xavier n'avait toujours pas répondu à sa question.

— Vraiment ? Je n'ai pas eu le temps de m'en rendre compte. Mais croyez-vous sincèrement qu'une simple porte fermée à clé pourrait m'empêcher d'entrer dans votre chambre si j'en avais vraiment envie ? demanda-t-il avec un rire narquois.

— Vous ne défonceriez tout de même pas la porte ? demanda-t-elle d'une voix faible.

— Pourquoi ? Ça fait partie de vos fantasmes ?

— Non ! s'écria-t-elle avec effroi.

— Ce que je voulais dire, c'est que si j'en avais envie, vous tourneriez vous-même la clé pour me laisser entrer, précisa-t-il.

— Vous avez perdu la tête ? Vivez-vous dans un monde où les femmes se plient au moindre de vos caprices ?

— On peut dire ça comme ça.

— Vous traitez les femmes comme des objets sexuels !

— Ce qu'elles sont.

— Je n'arrive pas à y croire !

— C'est pourtant la vérité. Quand un homme voit une belle femme, il pense au sexe. Il en va de même pour les femmes, mais elles n'ont pas le courage de l'admettre, dit-il en la gratifiant d'un regard provocateur. N'est-ce pas à cela que vous pensiez dans l'avion tout à l'heure ?

Laura se retrouva un instant sans voix.

— Bien, dit-elle enfin. Je vais demander à Malik de me changer de chambre.

— Vous pouvez essayer, mais c'est peut-être une perte de temps. Et le temps est précieux, vous ne trouvez pas ?

Leurs regards se croisèrent et Laura comprit tout à coup qu'elle ne s'était pas trompée.

— Je vois, dit-elle avec colère. J'avais donc raison : c'est vous qui êtes derrière tout ça !

Avec un sourire ironique, Xavier laissa son regard errer sur la silhouette de la jeune femme. La soie ivoire de sa robe mettait en valeur sa beauté naturelle. Elle avait ramassé ses cheveux auburn en une tresse sophistiquée, révélant l'ovale parfait de son visage. La sobriété de sa tenue contrastait avec les formes sensuelles qu'il devinait sous l'étoffe souple. Sans qu'il puisse le réprimer, il sentit monter en lui un désir qui lui fit oublier toutes les questions qui le tourmentaient.

Combien d'hommes avaient connu ce corps exquis ? se demanda-t-il avec une pointe de jalousie, se rappelant les sous-entendus de Malik dans la voiture. Il fallait impérativement qu'il la possède pour qu'elle cesse de l'obséder…

— Vous ne détachez jamais vos cheveux ? demanda-t-il d'une voix rauque.

Laura ne s'attendait pas à une telle question. Elle s'était préparée à une raillerie de sa part, pas à une phrase prononcée avec autant de sensualité.

— Cela m'arrive, répondit-elle avec prudence.

— Au lit ?

Non, elle ne devait pas se laisser déstabiliser. Ne surtout pas laisser paraître qu'elle se souvenait encore de la douceur de son baiser…

En apercevant la lueur qui brillait dans son regard sombre, elle sut qu'il s'en souvenait lui aussi.

— Bien sûr que je détache mes cheveux au lit, répondit-elle sèchement. Mais vous ne le verrez jamais, Xavier.

— Ne savez-vous donc pas qu'un homme comme moi ne résiste jamais à un défi ? murmura-t-il avant de jeter un œil à sa montre. Hum… vous êtes délicieuse comme vous êtes, mais vous souhaitez peut-être vous changer avant le dîner ?

Là-dessus, il regagna sa chambre et en ferma la porte, laissant Laura seule et frustrée, avec l'impression qu'il avait eu ce qu'il voulait d'elle et que cela lui suffisait — pour l'instant…

Dehors, les étoiles étincelaient dans le velours du ciel indigo. Un air doux et tiède soufflait dans la pièce, apportant des effluves délicats de rose, de jasmin et de santal dans la pièce.

A son tour, elle s'enferma dans sa chambre. En cet instant, elle aurait dû sauter de joie, se féliciter d'avoir réussi sa mission, et pourtant, elle était si nerveuse qu'elle en avait mal au ventre. Etait-ce parce que Xavier arrivait à la déstabiliser ? Ou bien parce qu'elle était terrifiée par ce qu'il lui avait fait ressentir et par ce qui pouvait arriver ?

Elle soupira. Elle devait tirer le meilleur parti de la situation, bannir cet homme de son esprit et profiter au maximum de son séjour dans ce palais digne d'un conte de fées. Peu de femmes occidentales avaient cette chance. Sa mère aurait été ravie de la voir en ce moment… Sa pauvre mère, si douce, qui s'était toujours attiré les ennuis et n'avait jamais eu un sou en poche sans le dépenser aussitôt.

Une heure plus tard, Laura se sentait beaucoup mieux.

Le palais datait peut-être du XIVe siècle, mais la salle de bains attenante à sa chambre était ultramoderne, avec des jets multiples et une baignoire dans laquelle elle aurait presque pu nager.

Après un bain relaxant, elle s'était maquillée légèrement et avait enfilé une robe longue de soie couleur jade, qui faisait ressortir le vert de ses yeux. Puis elle avait relevé ses cheveux en un chignon pour se donner plus d'assurance.

Inspirant profondément, elle ouvrit la porte donnant sur le salon commun de la suite et y trouva Xavier qui contemplait l'immense croissant de lune. Il se retourna en l'entendant. Pendant quelques secondes qui lui parurent interminables, ils se dévisagèrent.

Infiniment troublé, Xavier pouvait entendre les battements sourds de son propre cœur. Laura ne laissait rien voir de sa peau et pourtant, il n'avait jamais vu une femme aussi sexy. Comment réussissait-elle à paraître à la fois intouchable et terriblement sensuelle ? La douche froide qu'il venait de prendre n'avait hélas pas suffi à apaiser son ardeur.

— Vous êtes sublime, dit-il enfin.

Laura ne put retenir le tremblement de ses lèvres.

— Xavier, je vous en prie, arrêtez…

— Arrêter quoi ?

— De dire ce genre de choses.

— Tous les hommes disent ces choses.

— Non.

— Vous préféreriez que je vous mente ? Je ne le ferai pas. Je le répète : vous êtes sublime.

Laura se sentit rougir. Quand il la regardait ainsi, qu'il posait son regard sensuel sur elle, elle se sentait réellement belle. Et c'était pour elle un sentiment tout aussi nouveau que déstabilisant.

Mais il n'était pas question de flirter avec cet homme, encore moins dans ce contexte.

Laura était convaincue que le cheikh était bien le père de Xavier. Leurs deux mondes étaient déjà très éloignés : il était un riche play-boy et elle n'était qu'une avocate dans une petite ville d'Angleterre. Mais si en plus, il avait du sang royal, alors il lui devenait totalement inaccessible. Il fallait donc continuer à lui résister, à se protéger de son charme ténébreux… A tout prix.

Soudain, une cloche retentit au loin, produisant un son grave et vibrant. Au même instant, on frappa à la porte et un domestique vêtu de blanc apparut sur le seuil. Il s'inclina devant eux et leur demanda de le suivre.

Instinctivement, Laura leva les yeux vers Xavier.

— Etes-vous nerveux ? demanda-t-elle sans réfléchir.

En temps normal, Xavier se serait montré froidement indigné qu'elle puisse suggérer une telle chose. Mais pas ce soir. Ce soir, il se sentait différent. Il était peut-être sous l'emprise de l'air embaumant le santal, ou de la magie du croissant de lune dans le ciel.

— Pas du tout, murmura-t-il.

Ils passèrent devant de grandes colonnes de marbre éclairées par des lanternes en métal ciselé, sous un plafond couvert d'une fresque aux couleurs vives.

— J'ai l'impression que cette situation devait arriver, ajouta-t-il d'un ton mystérieux, mais en même temps, que cela n'a rien à voir avec moi.

— J'ai peur de ne pas comprendre.

— Rien de tout ceci n'a d'importance, dit-il lentement comme s'il réfléchissait à voix haute. Si, ce dont je doute, le cheikh s'avérait être mon père, il ne s'agirait que d'un accident. La loterie de la nature. Mais il ne fait pas partie de ma vie et n'en fera jamais partie.

— Vous en êtes sûr ?

Sa question resta sans réponse car ils arrivaient devant une double porte de bois sculpté qui s'ouvrit devant eux.

A l'intérieur, des torches éclairaient une vaste pièce avec, au centre, une table richement ornée de cristal étincelant, d'argenterie et de bougies ivoire, de fruits et de fleurs.

— Eh bien, regardez-moi ça ! murmura Xavier, impressionné malgré lui par ce faste.

Laura, remarqua-t-il, n'était pas en train d'admirer la table. Au lieu de cela, elle le regardait d'un air interrogateur, ses grands yeux verts pleins de curiosité, clairs et apaisants comme l'eau d'un lac... Un lac dans lequel il aurait aimé plonger et se noyer.

— Votre mère vous a-t-elle déjà parlé de votre père ? demanda-t-elle soudain.

Cette nuit orientale l'avait-elle définitivement ensorcelé ? se demanda Xavier. Etait-ce pour cela qu'il ne la remettait pas vertement à sa place pour son impertinence ?

— Vous n'avez pas le droit de me poser une telle question, Laura.

— Non ? rétorqua-t-elle doucement. Le fait que nous partagions la même suite me donne certains droits, il me semble.

Bon sang, elle était tenace ! Il reconnaissait qu'il fallait du cran pour aborder un tel sujet. Mais lui, aurait-il le cran de lui répondre ? Il était étrange de mettre des mots sur des pensées qu'il avait toujours refoulées, en partie parce qu'il n'avait jamais eu personne à qui se confier. Mais puisque Laura connaissait presque toute l'histoire, pourquoi ne pas lui répondre ?

— Ma mère ne m'a presque rien dit sur mon père, dit-il sombrement. Elle a toujours gardé le secret sur son identité. Tout ce que je sais, c'est qu'il était riche, puissant et avide. Mais nous n'en parlions jamais. C'était comme s'il était mort pour elle, comme s'il n'avait jamais existé.

Ils restèrent tous deux silencieux pendant un moment.

— Peut-être le détesterez-vous..., dit pensivement Laura.

Le parfum du jasmin leur caressa les narines tandis qu'ils entraient dans la salle.

— Peut-être, fit Xavier d'une voix étrange.

7

— Prendrez-vous encore un peu de dessert ? proposa aimablement Malik.

Laura secoua la tête devant le plateau doré garni de grappes de raisins et de grenades qu'un des serviteurs silencieux lui présentait.

C'était la première réception officielle à laquelle Laura assistait au Kharastan et la soirée se révélait beaucoup moins pénible qu'elle ne l'avait imaginée. Elle était assise à côté de l'impassible Malik, et Xavier se trouvait en face d'elle.

— Non, merci… Je crois que je ne pourrais plus rien avaler !

— Est-ce que ce repas vous a plu ? J'imagine que votre palais occidental est habitué à des mets beaucoup plus sophistiqués.

— Vous plaisantez ? Si vous saviez ce que l'on mange dans l'unique restaurant de ma petite ville ! J'ai adoré tout ce que j'ai goûté. Et les danseuses étaient impressionnantes. Bien sûr, je n'ai pas compris le texte des poèmes mais j'en ai aimé le rythme. La musique qui les accompagnait était envoûtante.

— Oui, répondit Malik, visiblement ravi par les commentaires de la jeune femme. La vraie poésie se comprend dans toutes les langues. La flûte que vous avez appréciée reproduit exactement le chant du vent qui souffle dans le désert, vous ne trouvez pas ? Ah, je vous vois froncer les sourcils… N'êtes-vous jamais allée dans le désert, miss Cottingham ?

— Non, avoua-t-elle en regardant de l'autre côté de la table, où Xavier discutait avec une femme sublime vêtue d'une tunique richement brodée et portant des boucles d'oreilles en or filigrané et saphirs.

La trouvait-il attirante ? se demanda-t-elle avec une pointe de jalousie.

Xavier choisit ce moment précis pour lever les yeux vers elle. Peut-être avait-il senti qu'elle le regardait ?

Il lui adressa un petit sourire moqueur et une étincelle pleine de promesses s'alluma dans ses yeux tandis qu'il la dévisageait. Laura sentit sa gorge se serrer. Elle cacha ses mains tremblantes sous la table en se demandant comment elle allait s'en sortir quand ils se retrouveraient seuls tout à l'heure…

Malik avait suivi son regard.

— Les invités présents ce soir sont tous des proches de la famille royale. Fallalah est l'épouse de l'un des filleuls du cheikh. Je vous le précise au cas où sa conversation avec le Français vous contrarierait, ajouta-t-il tandis qu'on leur servait du thé dans de petits verres.

— Me contrarier ? répéta Laura en s'éclaircissant la gorge et en détournant le regard de Xavier. Pourquoi donc ?

— Pardonnez-moi, je croyais que vous et lui étiez…

Malik haussa les épaules et laissa sa phrase en suspens. C'était une manière intelligente d'obtenir des informations, mais Laura ne tenait absolument pas à parler de sa relation avec Xavier. De toute façon, pouvait-on parler de « relation » entre un homme qui ne cachait pas son désir et une femme qui se répétait que ce serait une erreur de céder, malgré les réactions impérieuses de son corps ?

— Vous parlez par énigmes, Malik.

— Ah oui ? Pardonnez-moi.

Laura acquiesça mais ne répondit rien.

— Vous êtes si discrète et si loyale, ajouta-t-il.

— N'est-ce pas pour ces qualités que vous m'avez embauchée ? demanda-t-elle en pliant consciencieusement sa serviette sur la table pour occuper ses mains. D'ailleurs, il est peut-être temps que nous abordions ce sujet. Je sais que vous voulez que je sois présente à la signature de certains documents : cela peut se faire dès demain. Après quoi, je suppose que ma mission sera terminée ?

Malik saisit un grain de raisin et le fit tourner entre ses doigts d'un air pensif.

— Si je me souviens bien, lors de votre entretien d'embauche, on vous a dit qu'il y aurait encore du travail pour vous à la fin de cette mission, en fonction de son issue.

— Mais ma mission est presque terminée.

— Non, pas tant que le cheikh ne l'aura pas déclarée accomplie.

— Dans combien de temps ? Plusieurs jours, plusieurs semaines ?

En le regardant dans les yeux, Laura s'avisa que Malik était aussi impitoyable que Xavier : quand il voulait quelque chose, il l'obtenait. Derrière la courtoisie qu'il affichait ce soir, elle lisait une détermination implacable. Elle devrait rester ici jusqu'à ce qu'on la laisse partir, c'était aussi simple que cela.

A cet instant, Malik tourna la tête en direction de la porte. Une jeune femme se tenait dans l'encadrement. Elle était vêtue d'une robe bleu ciel et d'un voile. Laura remarqua ses cheveux blonds et sa peau claire. Quand ses yeux bleus croisèrent ceux de Malik, l'inconnue lui fit un léger signe de tête et ressortit discrètement par la même porte.

— Qui est-ce ?

— Elle s'appelle Sorrel.

— Elle ne ressemble pas à une Kharastane.

— Non, elle est anglaise. C'est ma pupille. Vous semblez étonnée… Dans notre pays, nous avons pour coutume — en tant qu'Occidentale vous la trouverez sans doute démodée — de protéger nos femmes. Ses parents sont décédés mais sa famille est liée depuis des années au Kharastan. Elle est très proche du cheikh. Elle vient d'ailleurs de me prévenir que Son Altesse Sérénissime va pouvoir recevoir le Français.

Malik se leva et fit signe à un des domestiques d'approcher. Il lui parla dans une langue que Laura ne comprit pas.

Le domestique alla ensuite s'adresser à Xavier.

— Je vous prie de m'excuser, dit Malik en se levant. Quelqu'un va vous raccompagner jusqu'à votre suite.

— Merci, acquiesça Laura.

Il inclina la tête et parla d'une voix si basse qu'elle dut tendre l'oreille.

— Au cas où vous en auriez besoin, il existe une clé pour votre porte. Vous la trouverez dans une petite boîte de bois de ronce dans votre dressing. Vous trouverez également des boissons alcoolisées dans la grande commode du salon. Vous voyez, nous satisfaisons les goûts de nos invités occidentaux, même si nous ne les partageons pas. Je vous souhaite une bonne nuit, miss Cottingham.

— Bonne nuit, répondit-elle, un peu surprise.

Malik venait-il de lui offrir le moyen de préserver son honneur ? « Nous protégeons nos femmes », avait-il dit.

Xavier se leva à son tour, le visage impénétrable, la bouche sévère et le regard froid.

Pourtant, elle sentit son cœur battre pour lui. En cet instant solennel, il éprouvait sûrement de l'appréhension. Il avait beau être un play-boy plusieurs fois millionnaire, il n'en était pas moins humain. Qui ne se serait pas senti ému en allant à la rencontre d'un puissant monarque pour découvrir s'il était vraiment son père ?

Xavier quitta la pièce en compagnie de Malik. Laura ne put s'empêcher de remarquer la ressemblance troublante entre les deux hommes. Etrangement, la tension qui avait régné plus tôt entre eux semblait avoir disparu.

Malik lui avait-il parlé de l'existence de la clé uniquement pour compliquer la tâche de Xavier ? se demanda Laura, qui se mordit la lèvre en repensant aux paroles de ce dernier : « Croyez-vous qu'une porte fermée à clé pourrait m'empêcher d'entrer ? »

De retour dans sa chambre, Laura se déshabilla à la lueur d'une lampe qui dessinait des ombres légères sur les tapis de soie. Elle retira ensuite une à une les épingles qui retenaient son épaisse chevelure, pour la laisser retomber sur ses épaules. Puis elle enfila une nuisette en satin.

Mais elle ne parvint pas à trouver le sommeil, malgré le confort de son lit et la fraîcheur des draps. Elle ne cessait de penser à Xavier et de se demander ce qui se passait entre Zahir et lui. Finalement, elle renonça à dormir et se leva pour ouvrir les volets de sa fenêtre qui donnait sur les jardins du palais. Elle eut le souffle coupé par la beauté des lieux.

Une large allée aux reflets argentés sous les rayons de la lune descendait vers un lac bordé d'arbustes soigneusement taillés. Elle distinguait les parfums de fleurs inconnues et sentait la brise légère qui jouait avec les feuilles et avec ses cheveux. L'ombre d'un oiseau de proie passant de temps en temps rappelait cependant que cet endroit raffiné, en apparence sous la domination de l'homme, était beaucoup plus sauvage que ce à quoi elle était habituée.

Les minutes s'égrenèrent tandis qu'elle restait assise là. Finalement, elle entendit une porte s'ouvrir et se refermer. Elle retint sa respiration. Mais qu'attendait-elle au juste ? se reprocha-t-elle. De voir si Xavier allait frapper à sa porte ?

Mais elle entendit juste des volets qu'on ouvrait doucement pour ne pas faire de bruit, puis le silence.

Xavier avait dû aller se coucher et elle allait en faire autant. Mais elle avait la gorge sèche à cause de l'air conditionné. Elle enfila donc le peignoir en satin assorti à sa nuisette et se glissa dans le salon pour se servir une boisson fraîche.

Elle ne remarqua pas tout de suite la sombre silhouette qui se détachait sur le ciel étoilé, aussi silencieuse et immobile qu'une statue. Elle poussa un petit cri lorsque la silhouette bougea.

Xavier se retourna mais il était impossible de voir son expression dans l'obscurité. D'ailleurs, même en plein jour, aurait-elle été capable de deviner ses états d'âme ? Ses traits étaient-ils aussi fermés que lorsqu'il avait quitté le banquet en compagnie de Malik ?

La vue de Laura légèrement vêtue, la rondeur troublante d'une poitrine à peine dissimulée par la soie de son peignoir… Il n'en fallait pas plus pour accélérer le pouls de Xavier et affoler ses pensées déjà confuses après sa rencontre avec le cheikh.

— Mais que faites-vous là ?

— Je n'arrivais pas à dormir.

Il s'éloigna de la fenêtre et la lumière de la lampe révéla la dureté de son regard.

— Eh bien, essayez encore. Ce n'est pas en restant à me regarder que vous y arriverez.

« Surtout dans cette tenue », songea-t-il. Elle était l'incarnation du fantasme de tout homme.

— Que faites-vous ? ajouta-t-il sèchement. Après la comédie que vous avez faite à propos de cette suite, avez-vous décidé de venir me tourmenter au beau milieu de la nuit, dans une tenue qui frise l'indécence ?

— D'abord, ma tenue n'est pas indécente. Ensuite, je ne savais pas que vous étiez encore debout ! Je voulais boire un verre d'eau, c'est tout.

— Eh bien prenez-le !

Il avait l'impression de n'être plus lui-même. Chacun

de ses muscles était crispé. Toute cette pression qui s'était accumulée en lui semblait sur le point d'exploser.

Devinant sa détresse, Laura eut envie de passer une main dans ses cheveux noirs afin de l'apaiser. Pour être aussi agressif, il devait être bouleversé par ce qu'il avait entendu ce soir. Elle voyait bien que, malgré son immense fortune et toutes les femmes qui lui tournaient autour, Xavier de Maistre, le play-boy, était complètement seul au monde.

— Vous voulez boire quelque chose ? proposa-t-elle.

— J'ai bu assez d'eau et de ce satané cocktail au melon pendant le dîner, merci. J'aurais besoin de quelque chose de plus fort, si vous voulez savoir. Que faites-vous ? demanda-t-il en la voyant traverser la pièce jusqu'à un meuble en noyer verni.

— Je vous sers un verre.

— Je viens de vous le dire, je n'en veux pas.

— Malik m'a dit qu'il y avait de l'alcool ici, expliqua-t-elle.

Elle trouva un assortiment de bouteilles ainsi que des verres de toutes tailles.

— Qu'aimeriez-vous boire ? Du vin, de la bière, du champagne ?

— Pas de champagne, répondit-il d'un ton catégorique.

Il ne tenait apparemment pas à fêter ses retrouvailles avec son père, se dit Laura. Elle sortit donc une bouteille de vin du Kharastan.

— Que diriez-vous de goûter ce vin ? demanda-t-elle en lui montrant la bouteille.

— Si vous voulez.

Il lui prit la bouteille des mains et versa l'épais liquide rouge sombre, presque noir, dans deux verres à pied en cristal.

Laura prit le verre qu'il lui tendit et but une gorgée.

— Ouh ! Il est fort.

C'était sans doute ce qu'il fallait à Xavier, songea-t-elle. Et à elle aussi, sans doute.

— Qu'en pensez-vous ? demanda-t-il.

— Je sens un goût sucré et de réglisse… Mais assez parlé du vin. Allez-vous me raconter ce que le cheikh vous a dit ?

En effet, elle brûlait d'envie de savoir si le cheikh était bien le père de Xavier, comme il le prétendait, et si celui-ci avait accepté cette réalité.

— Je suppose qu'à votre place je serais curieux, moi aussi.

Laura s'assit sur un des divans.

— Comment est-il ?

— Il est vieux, répondit Xavier après un moment.

Il leva les yeux vers la jeune femme. Elle le regardait calmement, pleine d'une compassion qui semblait sincère.

— Vous l'auriez voulu fort et puissant, dans la fleur de l'âge, un homme à qui vous auriez pu vous identifier ? demanda-t-elle.

— Non, bien sûr que non. Je me doutais qu'il serait âgé, mais pas à ce point. J'ai trente-trois ans et lui en a plus de quatre-vingts. Il avait presque trente ans de plus que ma mère !

— Cela arrive souvent.

— Sans doute, admit Xavier. Mais c'est plus difficile à accepter maintenant qu'il est si vieux.

C'était comme s'il était en train de prendre conscience de son âge, de la vitesse à laquelle le temps passait.

— Vous êtes en colère, dit-elle d'une voix douce.

— Oui, je suis en colère. Et alors ? répondit-il vivement.

— Vous devriez chercher à savoir pourquoi.

— Depuis quand les avocats se spécialisent-ils en psychologie de bazar ?

— Est-ce que tout le monde est toujours d'accord avec vous, Xavier ? Ou bien ne pouvez-vous simplement pas supporter que quelqu'un d'autre puisse avoir raison ?

Il se sentit dérouté par sa franchise et plus touché qu'il ne l'aurait voulu par la compassion qu'il lisait dans ses yeux émeraude. Lui qui pensait être immunisé contre les sentiments… Pourquoi ne pas admettre que cette rencontre l'avait ému ?

— Peut-être, concéda-t-il. C'est une histoire tristement banale. Ma mère était une jeune actrice à Paris quand le cheikh l'a vue pour la première fois. Selon Zahir, elle avait le cœur plein de feu, de passion et d'ambition. C'est sans doute ce qui l'a attiré chez elle.

— Elle était sans doute aussi très jolie ?

— Oh, oui. Elle était belle. Magnifique.

— Et qu'est-il arrivé ?

— Ils ont eu une aventure.

— En secret, j'imagine ?

— Oui, bien entendu. Il était marié et mondialement connu.

— Et que s'est-il passé ensuite ?

Contrairement à son habitude, Xavier hésita. Il repensa à ce qui s'était passé.

Les yeux du cheikh lui avaient semblé pleins de regrets. Mais s'agissait-il simplement de la nostalgie d'un homme arrivant à la fin de sa vie et se remémorant les plaisirs du passé ? Ou bien éprouvait-il vraiment des remords pour avoir abandonné une femme qui l'aimait, sans même penser aux éventuelles conséquences de leur aventure ?

— Zahir est rentré au Kharastan, dit-il lentement. Et il ne l'a plus jamais revue.

— Il a donc refusé de vous reconnaître comme son fils ?

— C'est ça le plus étrange. Il prétend n'avoir jamais été au courant de mon existence. Il l'aurait découverte il y a seulement quelques années, quand il a commencé à mettre de l'ordre dans ses affaires. Son bras droit a vu une photo de moi dans un journal français et la ressemblance l'a frappé. Quelle ironie ! Quant à moi, une simple photo n'a pas suffi à me convaincre.

— Alors, qu'est-ce qui vous a convaincu qu'il est vraiment votre père ?

Xavier aurait pu répondre qu'il avait ressenti quelque chose de viscéral, d'instinctif, mais il refusait de l'admettre, lui qui d'habitude ne se fiait qu'aux faits et aux preuves.

Il enfonça une main dans la poche de son pantalon et en sortit un petit objet étincelant.

— J'ai emporté ça dans mes bagages. C'est tout ce que ma mère m'a laissé, ça et un morceau de ruban délavé.

— Qu'est-ce que c'est ? demanda Laura dans un murmure.

Xavier avança vers le divan et lui tendit l'objet. D'une main tremblante, la jeune femme saisit une bague en or sertie d'une pierre qui devait être un rubis, taillée en étoile.

— Zahir porte la même à son doigt. La valeur de cette bague est inestimable.

— Ce qui signifie qu'il devait beaucoup tenir à votre mère. Vous pensez qu'elle le savait ?

— Qui sait ? répondit-il en haussant les épaules.

Mais il en doutait. Sa mère avait été trop occupée à se battre pour gagner de quoi vivre et à essayer de cacher son fils à un homme qui aurait pourtant pu l'aider. C'était probablement d'elle qu'il avait hérité sa méfiance envers les autres…

— C'était peut-être plus facile pour elle ainsi. Si elle avait pensé qu'il tenait à elle, elle aurait continué à espérer, en vain.

Laura reposa son verre.

— N'a-t-elle jamais essayé de le lui dire ?

Xavier secoua la tête, conscient qu'il eût été aisé de rejeter la faute sur sa mère qui, par son comportement, l'avait privé d'un père. Avec l'âge et l'expérience, il voyait pourquoi elle avait agi ainsi.

— Zahir n'avait aucun héritier dans son pays… Peut-être craignait-elle qu'il n'exerce son pouvoir pour lui prendre son enfant s'il venait à apprendre mon existence ? C'est sans doute la raison pour laquelle elle n'avait rien dit non plus à sa famille, de peur que quelqu'un parle. C'est pour cela qu'elle avait tout simplement disparu et que nous vivions dans des conditions très modestes.

— « Modestes » ?

— Oui. Je ne suis pas né avec une cuillère en argent dans la bouche, vous savez. Mais nous avons toujours eu de quoi manger et nous chauffer.

Xavier se demanda alors si ce n'était pas ce qui l'avait poussé, une fois adulte, à acquérir une immense fortune, sans se laisser atteindre par des émotions encombrantes.

— Mais pourquoi a-t-il voulu vous voir, maintenant ? demanda Laura.

— Parce que sa femme est décédée l'année dernière, ce qui l'a autorisé à mettre de l'ordre dans sa vie. Tant qu'elle était vivante, il ne voulait pas lui infliger l'épreuve d'un enfant illégitime. Il semble donc capable de respect, à défaut de fidélité.

— Va-t-il… faire de vous son héritier ?

— Il a évoqué le sujet en termes assez obscurs, disant qu'on ne choisit pas la couronne, mais qu'on en hérite.

— Qu'est-ce que cela signifie ?

Xavier fronça les sourcils. Il lui en avait déjà trop dit. Elle semblait très intéressée par le fait qu'il puisse un jour devenir cheikh à son tour. Une question cynique lui vint à l'esprit : cela lui permettrait-il de la mettre dans son lit plus facilement ?

Mais que lui arrivait-il ? Il se trouvait seul dans une pièce sombre avec une femme superbe, et que faisait-il ? Il lui parlait, il lui ouvrait son cœur, au lieu de la séduire et de la posséder. Son pouls s'accéléra.

— Vous avez détaché vos cheveux, dit-il soudain.

Aussitôt, Laura sentit que l'atmosphère entre eux avait changé. Les yeux noirs de Xavier avaient pris une expression séductrice, passant en une seconde de la dureté à la douceur.

— Vos cheveux tombent en cascade de feu sur vos épaules, poursuivit-il d'une voix rauque.

L'érotisme de cette image fit perdre ses moyens à la jeune femme.

— Venez, murmura-t-il avec un geste lent de la main.

Il eût été facile de dire non. Un peu plus tôt, c'est ce que Laura aurait fait. Mais les révélations qu'il lui avait faites l'avaient rendue vulnérable, sans défense face au désir sourd qui coulait dans son corps. Il l'avait touchée comme personne ne l'avait jamais fait. Après ses confidences, elle se sentait liée à lui d'une manière qui dépassait l'attraction physique qu'elle avait ressentie dès le premier regard. Elle avait envie de le prendre dans ses bras et de le réconforter, de poser sa tête contre sa poitrine et de caresser ses cheveux sombres. Mais oserait-elle céder à ce désir ?

Xavier haussa les sourcils. Jamais il n'avait eu à le proposer plus d'une fois à une femme.

— Vous hésitez ?

Laura le dévisageait, tandis qu'une bataille se déroulait dans son esprit. Serait-ce si mal de céder ? Une certaine intimité s'était installée entre eux après ce qu'il lui avait confié… Peut-être qu'en cédant à un homme qui semblait être tout ce dont une femme pouvait rêver, elle pourrait effacer les souvenirs de sa désastreuse relation avec Josh ?

Les hommes pouvaient se faire plaisir sans s'impliquer sentimentalement, alors pourquoi pas elle ? Après tout, beaucoup de ses amies le faisaient.

Ignorant les doutes qui surgissaient de nouveau dans son esprit, Laura céda au désir de son cœur. Elle se leva et avança vers Xavier.

8

Le visage dissimulé par la pénombre, Xavier esquissa un sourire triomphant en accueillant Laura dans ses bras.

Cependant, malgré le frisson qui le parcourut, il ressentit une pointe de déception.

Cela avait été aussi facile que d'habitude ! Ah, si seulement elle avait su combien son hésitation avait excité son désir ! L'attente l'avait tellement stimulé… N'aurait-elle pas pu la faire durer, en résistant encore un peu ?

Son pouce frôla son sein et il la sentit frissonner.

— Savez-vous depuis combien de temps j'ai envie de toucher votre poitrine ?

Laura ferma les yeux de plaisir.

— Non…

— Vous devriez. Depuis le moment où vous êtes entrée dans mon bureau, j'ai envie de vous déshabiller.

— Vous… vous avez ces pensées avec toutes les femmes ? demanda Laura d'une voix tremblante.

— Toutes les femmes ? Non ! Mais avec une femme aussi belle que vous… oui, certainement !

Laura se raidit. Cela lui apprendrait à poser des questions dont elle ne voulait pas entendre la réponse !

— Détendez-vous. Ne pensez pas aux autres. C'est avec vous que je suis maintenant, dit-il avant de se pencher sur son oreille, son souffle chaud caressant son cou. Savez-vous que je pourrais continuer à vous effleurer ainsi jusqu'à la fin des temps ?

Telle une plume, son pouce glissa sur la pointe de son sein, traçant une ligne de plaisir si intense qu'elle oublia vite ses pensées désagréables. Elle s'attendait à un rapport sexuel agréable, mais elle se sentait déjà au paradis !

— Xavier…, gémit-elle, quand sa main vint prendre possession de son autre sein.

Quel contraste, songea Xavier, entre la sévère avocate et la sirène sensuelle qui s'abandonnait tout entière à son plaisir ! Il pencha la tête pour effleurer de ses lèvres sa poitrine gonflée de désir, sa langue jouant à dessiner le contour de son mamelon.

— Je pourrais vous faire crier de plaisir rien qu'avec ma bouche. Avez-vous déjà connu ça avec un autre homme ?

Malgré son envie de profiter du moment sans se poser de questions, Laura se sentit agacée par la façon qu'il avait d'évoquer ses prouesses. Xavier avait dû connaître les maîtresses les plus sophistiquées, comment pourrait-elle rivaliser ?

— Alors ? insista-t-il d'une voix chaude.

Soudain, elle eut peur. Xavier semblait résolu à lui donner du plaisir, mais comment pourrait-elle le lui rendre ? La croyait-il plus expérimentée qu'elle ne l'était en réalité ? Comment allait-il réagir lorsqu'il découvrirait sa relative ignorance ?

— Embrassez-moi, Xavier, murmura-t-elle nerveusement en s'agrippant à ses épaules. Embrassez-moi !

Surpris par la franchise de sa demande, Xavier se redressa pour la regarder en face, relevant son menton du bout du doigt. Ses yeux verts étaient semblables à deux immenses émeraudes au milieu de son visage pâle en forme de cœur. Quant à sa luxuriante chevelure auburn…

Ebloui par sa beauté sauvage, il prit possession de sa bouche avec avidité. Mais quelque chose dans ce baiser le toucha… Il était différent de ce qu'il attendait. D'abord avide, il devint doux et caressant, jusqu'à devenir très intime, fusionnel.

Ce baiser ne s'arrêtait plus. Elle enroula les bras autour de lui comme une liane et il fut troublé par l'intensité de cette étreinte.

— Laura…, gronda-t-il contre sa bouche.

— Qu'y a-t-il ?

Il aurait voulu lui dire de ne pas l'embrasser ainsi. Qu'elle ne soit pas aussi…

— Comment puis-je jouer avec vous si vous me donnez envie d'arracher cette délicieuse nuisette, de vous plaquer contre le mur et de vous prendre brutalement ? Dites-moi, vous aimez que ce soit rapide et intense ? Ou bien lent et doux ?

— Je ne sais pas, murmura-t-elle, se demandant ce qu'un homme comme lui préférait.

Dans d'autres circonstances, cette réponse soumise aurait été la chose la plus érotique qu'on lui ait jamais dite. Mais après la soirée qu'il venait de passer, Xavier se sentait différent, presque vulnérable.

— Vous ne savez pas ? répéta-t-il d'un ton sarcastique.

Elle allait tout gâcher, Laura le pressentait. Josh avait raison…

— Montrez-moi, dit-elle.

— Mon Dieu, fit-il, décontenancé. Vous n'êtes tout de même pas vierge ?

C'était donc l'impression qu'elle donnait ? Gauche et maladroite comme si elle n'avait jamais connu d'homme ?

— Bien sûr que non !

Où avait-il la tête ? se reprit intérieurement Xavier. Poser une question aussi ridicule ! Depuis qu'il avait atterri dans ce pays exotique, il s'était mis à inventer des contes de fées. Comme si une jeune femme de son âge, avec un tel physique, pouvait encore être vierge…

Fort bien, il allait lui montrer !

Il remonta le pan de soie de son peignoir sur sa jambe et glissa sa main entre ses cuisses. Elle poussa un gémissement.

— Déboutonnez ma chemise, ordonna-t-il.

Laura obéit, les doigts tremblants tellement elle était dévorée par l'excitation.

— Xavier ! gémit-elle lorsque sa bouche vint embrasser le creux de son cou, tandis que sa main glissait entre ses jambes jusqu'au cœur brûlant de son intimité.

Il guida alors sa main pour lui montrer combien il la désirait. Cela acheva de lui faire perdre la tête. Si elle ne devait passer qu'une nuit avec lui, autant se laisser aller à ses fantasmes, se dit-elle.

— Je veux vous sentir en moi, maintenant ! murmura-t-elle.

— Vous me rendez fou, Laura. Cette façon que vous avez de me toucher, de me parler comme…

Pas comme une vierge, non. Mais d'une façon différente, comme si elle parlait avec son cœur.

Il était habitué à ce que ses maîtresses déploient un savoir-faire impressionnant pour le satisfaire, mais Laura se comportait sans artifice, avec sincérité, comme si cela avait vraiment de l'importance. Il se crispa. Pourtant, cela n'en avait pas pour elle, il en était certain.

Qu'importe si elle n'avait que peu d'expérience ? Quelques minutes plus tôt, il avait été assez imprudent pour se confier à elle, mais il était trop tard pour le regretter. Il disposait à présent du meilleur moyen de balayer ses sombres pensées et de passer à autre chose.

Il était temps de montrer de quoi il était capable, de lui faire l'amour d'une façon telle qu'aucun homme ne pourrait ensuite égaler le plaisir qu'il allait lui donner.

Sans prévenir, il la souleva dans ses bras.

— Que faites-vous ?

— A votre avis ? Je vous emmène dans ma chambre. Je veux profiter de vous dans des conditions confortables.

Laura n'arriva pas à décider si ces paroles étaient sexy ou insultantes. Mais son corps en feu lui disait qu'il était trop tard pour reculer. Elle se laissa donc aller dans ses bras tandis qu'il la portait jusqu'à son lit.

En entrant, sa première pensée fut que sa chambre était bien plus luxueuse que la sienne, mais quand il la posa sur le lit et qu'il se tint devant elle, imposant comme une sombre statue, ses yeux étincelants la détaillant de la tête aux pieds, elle ne pensa plus à rien.

— Je crois que je suis un peu trop habillé, vous ne trouvez pas ? dit-il en enlevant sa chemise avant de la jeter au sol.

Laura déglutit avec difficulté. Son torse était puissamment musclé et couvert d'un duvet sombre qui formait une ligne troublante jusqu'à sa ceinture, qu'il était en train de défaire.

Xavier vit ses yeux émeraude s'écarquiller et il sourit. Il aimait que les choses se passent ainsi. Il contrôlait la situation. Il allait donner du plaisir à une femme et s'en aller, comme il le faisait toujours. Peut-être pas le jour même, ni le lendemain, mais il finirait par s'en aller, sans un regard en arrière ni un seul regret.

— Xavier…, murmura Laura, impressionnée par la magnificence de son corps, de ses cuisses musclées, de ses hanches étroites et de…

Elle ferma les yeux.

— Ouvrez les yeux, dit-il en la rejoignant sur le lit et en l'attirant à lui. Pourquoi tremblez-vous ainsi ? Vous avez peur ?

— Je suis intimidée.

Il rit.

— Toujours cette précision d'avocate dans les termes ! Mais assez parlé, vous aussi êtes trop habillée.

Il fit glisser son peignoir de soie, puis sa nuisette, et Laura se retrouva bientôt aussi nue que lui.

— Plus tard, je prendrai le temps de vous regarder et ce sera un véritable festin pour mes yeux. Mais là, je ne peux plus attendre.

Il pencha la tête pour prendre la pointe rosée de son sein dans sa bouche.

Laura fut traversée par une décharge aiguë de plaisir.

— Oh ! gémit-elle en renversant la tête en arrière sur l'oreiller. Xavier…

Il releva la tête et admira sa chevelure de feu tombant en cascade sur son dos. Il fit glisser sa langue entre ses seins, joua avec son nombril, puis continua sa descente inexorable entre ses cuisses.

Laura saisit ses épaules.

— Non ! s'écria-t-elle. Xavier, je vous en prie.

Il releva la tête aussitôt. Il avait entendu la détresse de sa voix et ne savait plus que penser.

— Vous n'aimez pas ?

Elle n'en savait trop rien, Josh ne faisait pas ce genre de choses. Mais elle ne voulait pas en discuter maintenant et gâcher l'érotisme du moment.

Elle s'était persuadée que ce ne serait rien d'autre qu'un moment de plaisir sexuel, mais elle n'en restait pas moins humaine. N'y avait-il pas une part de romantisme qu'aucune femme ne pouvait jamais supprimer totalement ? Cette faiblesse qui la faisait rêver de fleurs, de mots tendres et de promesses de bonheur pour toujours… Même sans le penser vraiment, ne pouvait-on pas faire semblant le temps d'une étreinte ?

— De quoi avez-vous envie ? demanda-t-il, sentant son hésitation.

— De vous, simplement.

Elle ne voulait pas qu'il exécute une des mille variations qu'il connaissait sur ce thème, car elle craignait de ne pas savoir comment réagir. Elle ne voulait pas qu'il la compare aux autres partenaires qu'il avait eues.

— Dites-moi, murmura-t-il tout contre son visage. Que voulez-vous, mademoiselle l'avocate ?

— Je vous veux en moi…

Xavier la vit rougir et il en fut plus que troublé. Une femme ne pouvait pas simuler ça, il le savait. Laura était donc gênée de faire cette demande si délicieuse à ses oreilles.

— Vos désirs sont des ordres…

Il vint s'allonger au-dessus d'elle et l'embrassa en entrant en elle doucement. Il adorait emmener ses partenaires jusqu'aux sommets du plaisir, jusqu'à ce qu'elles le supplient d'arrêter la délicieuse torture de ses va-et-vient.

Mais Laura était différente.

Elle l'embrassait, caressait son visage, passait les doigts dans ses cheveux et traçait des arabesques sur sa peau, du bout des doigts, le faisant frissonner sans qu'il comprenne pourquoi. Elle faisait l'amour comme s'il s'agissait de quelque chose d'important.

Si bien que pour la première fois, ce fut lui qui se sentit perdu, gagné par une vague de plaisir étrange et délicieuse.

Plus tard, allongé à regarder le plafond où les reflets de la lune créaient un effet surnaturel, Xavier se rassura en se disant qu'il s'agissait juste d'un incroyable orgasme.

Laura avait niché sa tête au creux de son bras et ses cheveux auburn étaient étalés sur son torse, et il s'endormit avec un sentiment de bonheur auquel il n'était pas habitué.

9

Le soleil, tel un disque d'or, déversait ses rayons sur la peau nue de Laura qui cligna des yeux pour s'adapter à la lumière. Quelqu'un avait dû ouvrir les volets. Elle bâilla, l'esprit embrumé après une nuit passée à…

Elle tourna la tête et écarquilla les yeux en voyant l'espace vide et les draps froissés à côté d'elle.

Une nuit passée à faire l'amour avec Xavier de Maistre !

— Bonjour, fit une voix chaude depuis l'autre bout de la pièce.

Xavier était vêtu d'une simple serviette de bain enroulée autour de ses hanches, les cheveux encore mouillés. Elle avait l'impression qu'il la regardait comme un biologiste observe une espèce nouvelle.

— Bien dormi ?

— Je…

Elle croisa son regard. Il l'avait réveillée trois fois durant la nuit pour lui faire l'amour. C'était d'ailleurs la plus belle nuit de sa vie et elle croyait même le lui avoir dit à un moment… Avait-il tout oublié ou bien les choses que l'on se disait pendant l'acte ne comptaient-elles pas ? Etait-ce la règle des amants expérimentés, de faire comme si rien ne s'était passé le lendemain matin ? Ou bien utilisait-il un code subtil pour la mettre en garde, afin qu'elle ne se monte pas la tête et qu'elle lui épargne des banalités sur sa façon exceptionnelle de faire l'amour — ou pire, qu'elle lui dise qu'il serait facile de tomber amoureuse de lui ?

Eh bien, elle allait prendre exemple sur lui. Ils étaient tous les deux adultes, elle n'allait pas se montrer timide, rougir ou émettre des regrets. Elle avait apprécié chaque seconde de cette nuit, et lui aussi, manifestement.

— Non. Mais cela n'empêche pas que je me sente très bien ce matin, murmura-t-elle.

Il avança vers le lit et embrassa ses cheveux.

— Tu sens bon, dit-il.

— Toi… toi aussi.

Leurs regards se rencontrèrent et il glissa une main entre ses jambes. Soudain, sans la pénombre qui dissimulait les expressions et les signes de vulnérabilité, Laura retrouva sa pudeur.

— Xavier…

— Oui ?

— Je crois que je devrais me lever.

— Chut ! Enlève-moi ma serviette, ordonna-t-il d'une voix rauque.

Elle n'eut bientôt plus besoin de l'obscurité pour se sentir libérée. Submergée de désir sous les caresses de Xavier, elle tira sur la serviette et la jeta au sol.

— Comme ça ?

Il frémit et ferma les yeux quand elle saisit son sexe entre ses mains.

— Mmm… c'est bon !

Encouragée, Laura commença à le caresser d'une façon qui lui semblait à la fois étrangère et naturelle. Etait-ce l'effet que Xavier lui faisait, la transformant en amante audacieuse ?

— Vraiment bon ?

— *Trop* bon ! gémit-il en saisissant sa main pour l'écarter.

Xavier la prit par les hanches, la souleva et la déposa au-dessus de lui pour la pénétrer. Le spectacle de sa peau claire contrastant avec l'épaisse chevelure auburn qui tombait sur ses seins était incroyablement érotique.

Mais elle fermait les yeux.

— Regarde-moi, murmura-t-il.

Laura ouvrit les yeux, soudain gênée. Il lui semblait qu'il n'y avait rien de plus intime que de regarder Xavier dans les yeux quand il la pénétrait.

Elle sentit tout à coup le plaisir monter en elle de manière incontrôlable. Tout son corps se contracta et fut happé par une vague de plaisir.

— Je ne peux plus attendre ! s'écria-t-elle tandis que des spasmes commençaient à la secouer.

Xavier la sentit se resserrer autour de lui.

— Alors n'attends pas, dit-il, lui-même emporté.

Quelques secondes plus tard, il céda lui aussi à la jouissance et connut un orgasme d'une telle intensité que son cœur sembla s'arrêter pendant un bref instant.

Quand les vagues de plaisir se furent estompées, il fut troublé de ressentir de nouveau cette impression de profond bien-être qui transformait les minutes en heures.

Il dut s'endormir.

Quand il se réveilla, il trouva Laura allongée près de lui à le regarder. Il s'étira voluptueusement.

— Re-bonjour, dit-il.

Laura savait qu'il fallait qu'elle se reprenne. Elle était restée à le regarder tout le temps qu'il avait dormi, savourant simplement l'instant, heureuse.

Dans son sommeil, il semblait moins dur, presque vulnérable. N'avait-elle pas perçu cette même vulnérabilité lorsqu'il lui avait parlé de sa première rencontre avec l'homme qui était son père ? A moins que ce ne soit juste ce qu'elle avait envie de voir en lui ?

— Bonjour, répondit-elle.

Puis son esprit rationnel reprit le pas sur son corps dévoré de désir et elle se força à regarder la situation en face. Elle devait se concentrer sur les faits : ils venaient de passer la nuit ensemble mais Xavier était là pour passer du temps avec son père et non au lit avec son avocate !

Que ferait une autre femme à sa place ? Elle le remercierait avec un sourire poli pour les bons moments passés en sa compagnie et sortirait sans plus attendre, la tête haute et le cœur intact.

— Il faut que j'y aille, murmura-t-elle en se penchant pour déposer un baiser rapide sur son nez.

Xavier secoua la tête.

— Téléphonons plutôt pour commander du café, dit-il en bâillant.

— Je ne préfère pas. Je ne veux pas qu'on sache que j'ai passé la nuit avec toi.

— Pourquoi ? Malik ne t'a tout de même pas fait signer une clause de chasteté à ton arrivée ?

— C'est juste que je ne tiens pas à mettre tout le monde au courant de ce qui s'est passé, si tu n'y vois pas d'inconvénient.

— Allons, dit-il avec un sourire cynique. Il serait très naïf de ta part de croire que ce qui se passe entre les murs de ce palais échappe à la surveillance de Malik et de ses espions.

Il y avait quelque chose dans le ton qu'il avait employé qu'elle n'appréciait pas et qui lui faisait soudain regretter amèrement ce qui s'était passé.

Pourtant, décidée à ne pas faire d'histoires, elle se glissa hors du lit sans répondre. Elle ramassa sa nuisette et son peignoir sur le sol, en s'efforçant d'avoir l'air le plus décontracté possible, ce qui n'était pas facile lorsqu'une paire d'yeux suivait chacun de ses mouvements.

Ce n'est que lorsqu'elle eut terminé de s'habiller et qu'elle eut affiché une expression détachée sur son visage qu'elle osa le regarder de nouveau.

— Alors, qu'as-tu décidé ? demanda-t-elle.

« Elle s'est refermée sur elle-même », songea Xavier. Elle mettait de la distance entre elle et lui, et il n'était pas habitué à cette attitude. Il plissa les yeux. Pourquoi se comportait-elle ainsi ?

— Je suppose que tu ne parles pas du petit déjeuner ?

— Non.

Laura avait du mal à conserver son expression détachée. Elle était partagée entre l'envie de disparaître de cette pièce comme par enchantement et celle de retourner dans le lit et dans ses bras.

— Je voulais dire : combien de temps penses-tu rester au Kharastan ?

Xavier s'étira et croisa les bras derrière sa tête, ne cherchant aucunement à dissimuler sa nudité provocante. Le fait de la regarder enfiler sa nuisette avait suffi à raviver son désir. Il avait envie d'elle, mais il était hors de question pour lui de la supplier de rester. Ses partenaires ne quittaient jamais le lit avant qu'il ne le leur ait demandé ou ordonné. D'habitude, c'était toujours lui qui partait en premier !

Sa frustration était sur le point de céder le pas à la colère, mais il se contint.

— Poses-tu cette question par intérêt personnel ou professionnel ?

Laura perçut l'agacement dans sa voix. Craignait-il qu'elle s'attache à lui et qu'elle devienne possessive ? Etait-il en train de la mettre en garde ?

— Professionnel, bien sûr, répondit-elle sèchement.

— Je n'ai pas encore pris de décision à ce sujet.

Elle revit son visage troublé, au milieu de la nuit, et sentit son cœur se serrer.

— Pourquoi ne pas rester ? demanda-t-elle doucement. Cela te permettrait d'apprendre à connaître ton père.

— Tu crois que je devrais ?

Son opinion avait-elle vraiment de l'importance à ses yeux ?

— C'est certain !

Xavier la regarda avec méfiance. Il commençait à comprendre… Laura était passée subitement de la froideur à la passion, puis se montrait détachée. Oui, il comprenait pourquoi elle était apparue devant lui cette nuit, comme par magie, dans une tenue si sexy !

Pendant qu'il se rendait des appartements du cheikh à sa chambre, Malik avait certainement dû aller trouver Laura et lui dire que leur hôte était d'humeur sombre et imprévisible et qu'elle devait le détendre comme seule une femme pouvait le faire.

— Tu es très persuasive, dit-il avec une colère contenue. Dis-moi, est-ce que cela fait également partie de ton travail, de me convaincre par tous les moyens de rester ?

Laura comprit soudain ce que Xavier sous-entendait. Et en voyant son regard froid, elle découvrit qu'elle le connaissait à peine. Comment, après l'intimité physique et même émotionnelle qu'ils avaient partagée cette nuit, pouvait-il en revenir à une telle méfiance ?

— Je te l'ai dit, répondit-elle sèchement. Mon travail consistait juste à t'amener ici.

— Et à coucher avec moi ? Selon toi, ça fait partie des avantages ou des inconvénients du métier ?

Laura se figea.

— Tu mériterais que je te gifle pour ces mots, dit-elle, furieuse.

— Mais tu as aimé faire ça… J'irais même jusqu'à dire que tu as *adoré* ça. Donc, je rangerais ça dans la catégorie des avantages, tu n'es pas d'accord ?

Malgré elle, elle se rappela la façon dont elle s'était cambrée sous ses caresses, comment elle avait enroulé les jambes autour de lui et comment son corps s'était arqué au moment de l'extase. Elle aurait aimé lui dire qu'il n'était pas un bon amant, qu'elle avait fait semblant d'apprécier, mais il savait aussi bien qu'elle que ce serait un mensonge éhonté.

— Oui, tu as raison, j'ai adoré. C'était très bien. Mais j'imagine que c'est toujours le cas avec toi. On n'obtient pas une réputation d'amant exceptionnel sans raison.

— Merci pour le compliment.

— Ça n'en était pas un ! Si tu veux savoir, je trouve qu'à force de passer ton temps à séduire tout ce qui bouge autour de toi, tu dois avoir une vie bien triste et vide.

— Alors que séduire des hommes pour le compte de riches et puissants clients orientaux, c'est évidemment beaucoup mieux !

Laura ouvrit la bouche pour répliquer que son luxueux ensemble en satin de soie n'avait rien à voir avec ce qu'elle portait d'habitude, mais elle se retint. En admettant que sa garde-robe avait été payée par le palais, elle lui aurait donné en partie raison. Elle ne pouvait pas vraiment plaider l'innocence, puisqu'elle avait accepté tous ces cadeaux sans difficulté.

Parce qu'elle voulait cet emploi et parce qu'elle avait voulu correspondre au rôle, avait-elle été la complice des plans de Malik ?

Quoi qu'il en soit, rien ne l'avait obligée à céder aux avances de Xavier !

Elle releva la tête.

— Tu sais, la longue série de femmes qui passent dans ta vie montre bien que tu sais comment éviter toute intimité ou tout engagement, et tant mieux pour toi, c'est ton choix. Il y aura toujours des femmes disponibles et consentantes pour un homme comme toi. Mais tu n'as qu'un père, souviens-t'en, même s'il ne correspond pas exactement à l'idée que tu t'en faisais.

— De quoi parles-tu ?

— Peut-être que cela te convient d'avoir un père riche que tu n'as jamais connu, toi qui as dû grandir dans la pauvreté. Paradoxalement, c'est sans doute ce qui explique ton succès. Peut-être que tu fais partie de ces gens qui traversent la vie avec une raison d'être en colère, et qui pensent que cela rend leur comportement acceptable.

— Comment oses-tu me parler de la sorte ?

— Il est temps que quelqu'un ait le courage de le faire !

— Va-t'en ! rugit-il, furieux.

— Je crois que tu oublies une chose, Xavier : je ne travaille pas pour toi et par conséquent je n'ai pas d'ordre à recevoir de toi. De toute façon, j'allais partir, tu te souviens ? J'ai des documents à rédiger, après quoi je demanderai à Malik de me réserver une place sur le prochain vol !

Sur ce, elle partit, sentant les yeux de Xavier qui la fusillaient.

C'était sans doute la sortie la plus théâtrale qu'elle ait jamais faite, mais cela ne soulageait en rien la douleur qui étreignait son cœur.

10

— Savez-vous dans combien de temps Malik pourra me recevoir ? demanda Laura, s'efforçant de ne pas perdre son sang-froid.

— Vous serez informée dès qu'il sera disponible, répondit poliment le secrétaire.

Laura regarda l'homme disparaître derrière la porte du bureau de Malik. Cela faisait près de quarante minutes qu'elle attendait devant cette porte et sa colère était de plus en plus grande. Il n'était pas question pour elle de retourner dans sa chambre car elle risquait de croiser Xavier dans la suite et elle ne tenait vraiment pas à le voir.

Mais elle ne pouvait pas non plus faire ses bagages et s'en aller. Elle était venue ici en jet privé et en tant qu'invitée spéciale du cheikh, il lui serait difficile d'organiser seule son retour. Elle n'était même pas certaine qu'il existe des vols réguliers vers l'Angleterre. Ils ne seraient sûrement pas directs et coûteraient sans doute très cher.

Elle avait accepté cette mission pour pouvoir rembourser son emprunt, il serait stupide de dépenser une grande partie de l'argent gagné dans un billet d'avion parce qu'elle s'était sentie utilisée et blessée dans sa fierté.

Le plus raisonnable était de patienter, de parler à Malik et de lui rappeler gentiment, si nécessaire, qu'il était contractuellement obligé de la payer et de la ramener chez elle.

La porte du bureau s'ouvrit et un autre secrétaire apparut. Il s'inclina devant elle.

— Miss Cottingham, Malik vous demande de le rejoindre dans le Jardin parfumé. Si vous voulez bien me suivre.

Laura fronça les sourcils. Malik était-il sorti de son bureau par une porte dérobée ? ou lui avait-on menti en lui faisant croire qu'il était là pendant tout ce temps ?

Inutile de poser la question à son secrétaire qui lui vouait une loyauté sans faille, songea-t-elle en sortant sous le soleil éblouissant.

Elle se concentra donc sur la splendeur des jardins du palais et essaya d'effacer de son esprit la beauté du visage et du corps de Xavier. Car on ne pouvait pas dire d'un homme qu'il était beau quand il avait une âme aussi sombre et un esprit aussi méfiant et qu'il cueillait les femmes comme des fleurs avant de les piétiner.

Ses pensées tourmentées furent momentanément apaisées par le mélange de fragrances qui émanaient du Jardin parfumé. Elle inspira profondément cet air enivrant en suivant le secrétaire jusqu'à une tonnelle où le chèvrefeuille poussait à profusion.

Malik était là, lui tournant le dos. Il cueillit une rose blanche. Il avait dû reconnaître ses pas car il se retourna et dit quelque chose dans sa langue à son secrétaire, qui fit une profonde révérence avant de disparaître.

Malik tendit la rose à Laura.

— Accepterez-vous cette fleur ?

— Seulement si c'est un cadeau sans contrepartie.

Malik haussa les sourcils, surpris.

— Peut-être allez-vous me dire pourquoi vous avez autant insisté pour me rencontrer aujourd'hui ?

— Parce que je veux finir le travail qui pourrait éventuellement rester, et rentrer chez moi, en Angleterre.

— Je crains que cela soit impossible.

Le sang de Laura se figea dans ses veines.

— Comment cela, « impossible » ? Mon patron sait que je suis ici, il va s'inquiéter si je ne lui donne pas de nouvelles, car je dois retourner travailler pour lui. Vous ne pouvez pas me retenir ici contre ma volonté !

Malik eut un rire bref.

— Ma chère miss Cottingham ! Nous traitons beaucoup avec l'Angleterre et je ne pense pas que le gouvernement de votre pays nous considérerait avec bienveillance si nous nous mettions à kidnapper ses jeunes ressortissantes !

Laura lui lança un regard méfiant.

— Alors, pourquoi ne voulez-vous pas me laisser rentrer chez moi ?

— Il pourrait être un peu plus… *pratique* que vous restiez. Juste pour quelques jours, vous comprenez ?

Laura comprit qu'il s'agissait d'un ordre et non d'une demande polie.

— C'est Xavier, c'est cela ? C'est lui qui l'a exigé ?

Malik ne montra aucune réaction.

— N'est-ce pas ? insista-t-elle.

Il haussa les épaules.

— Vous ne pouvez pas lui reprocher de vouloir que vous restiez ici pour… lui tenir compagnie — pas après ce qui s'est passé.

La pointe de réprobation dans sa voix était-elle un effet de son imagination, avait-elle les nerfs trop à vif ?

— Je ne saisis pas, dit-elle.

Mais au regard qu'il lui lança, elle sut exactement ce qu'il voulait dire.

Il savait qu'elle avait passé la nuit avec Xavier. Ce dernier s'en était-il vanté ou bien l'un des domestiques avait-il parlé ? Elle sentit qu'elle rougissait et sut qu'il eût été vain d'essayer de se défendre. Cela ne ferait que rendre la situation encore plus embarrassante pour elle.

Quelle raison, quelle excuse aurait-elle pu donner pour justifier son comportement dans un pays où l'honneur d'une femme était plus précieux qu'un rubis ? Elle ne pouvait même pas l'expliquer par les sentiments qu'elle éprouvait...

Qui l'aurait crue alors qu'elle connaissait Xavier depuis quelques jours à peine ?

Pourtant, il y avait bien eu des sentiments, du moins de son côté. Et elle avait aussi cherché à le réconforter en faisant l'amour avec lui. Elle avait voulu le toucher, pas seulement physiquement. Le plus triste, c'est qu'elle avait cru y arriver, par moments. Elle avait ressenti quelque chose de fort, de puissant, quelque chose de rare qu'elle n'avait jamais approché en vingt-six ans.

Mais à présent ?

Laura se mordit la lèvre, se demandant si elle n'avait pas été complètement stupide. Avait-elle vraiment décidé ce qui s'était passé ou avait-elle été manipulée ?

En tout cas, si Xavier croyait qu'elle allait poursuivre cette relation, il se trompait. Elle ne pouvait pas lui reprocher d'avoir pris ce qu'elle lui avait offert sans condition, mais il était temps à présent qu'elle pense à elle.

— Ceci est intolérable, Malik, dit-elle d'une voix basse.

Mais celui-ci secouait la tête.

— Seulement si vous le décidez, objecta-t-il.

— Mais nous avons des chambres qui communiquent !

— Vous avez une clé.

Il n'ajouta pas : « Et vous auriez peut-être dû vous en servir », mais ce n'était pas nécessaire, elle avait compris le message.

— Je suppose que si je proteste, vous ne me réglerez pas mon salaire, prenant pour prétexte la complexité des transferts internationaux, et ce pendant une durée indéterminée ?

Malik fit une moue de dégoût, comme si une question aussi vulgaire que celle de l'argent ne devait pas être évoquée dans l'enceinte du palais, mais Laura s'en moquait.

Contrairement à lui, elle ne vivait pas en permanence dans le luxe et l'abondance.

— Je dois veiller à ce que tout le monde soit satisfait, dit-il.

— Tout le monde, sauf moi !

Ses craintes s'avéraient justifiées : elle n'avait pas d'autre choix que de rester. Mais elle pouvait encore faire comme s'il s'agissait de sa propre décision, afin de garder la tête haute.

— Eh bien, je resterai aussi longtemps que nécessaire, mais pas plus. Je ne suis pas prête à sacrifier mon salaire simplement parce que j'ai fait une erreur de jugement personnel.

— Tout n'est pas aussi noir que vous le pensez, miss Cottingham. Le Palais bleu a beau être très ancien, il est doté de toutes les commodités pour que vous y passiez un agréable séjour : piscine olympique, salle de sport, cinéma diffusant les films les plus récents... Et Sidonia est à votre disposition pour répondre à tous vos besoins.

— Une cage dorée, en somme.

— Il y a plusieurs façons de considérer une situation. Vous pourriez également passer un bon moment.

— Puisque vous le dites.

Mais ce n'était pas si facile. Sans la présence de Xavier, elle aurait pu profiter avec bonheur de ces vacances forcées dans un endroit de rêve, mais comment serait-ce possible si elle devait passer son temps à lutter contre ses avances ? Ou pire, contre sa propre attirance pour lui ?

Elle tourna les talons, ne sachant pas si elle devait attendre que Malik prenne d'abord congé. Après tout, elle s'en moquait. Puisqu'ils ne respectaient pas leurs engagements, elle n'avait aucune raison de respecter les règles non plus !

Elle aperçut Sidonia qui arrivait du palais et venait à sa rencontre. Soudain, Laura fut heureuse de voir le visage avenant et amical de la servante.

— Bonjour, Sidonia.

— Bonjour, répondit celle-ci en joignant les mains sous le menton et en inclinant la tête pour la saluer selon la tradition kharastane. Vous souhaitez peut-être prendre votre petit déjeuner ?

— Non, pas encore. J'aimerais beaucoup faire un peu d'exercice d'abord. Pensez-vous que vous pourriez me trouver un maillot de bain quelque part ?

Sidonia acquiesça puis parla en anglais avec son doux accent.

— Bien sûr. La piscine est équipée de tout ce dont vous pouvez avoir besoin.

— Rien que pour moi ? se demanda Laura à voix haute tandis qu'elles marchaient vers le complexe sportif.

— Pour tous nos invités. Le cheikh reçoit fréquemment des dignitaires qui s'attendent à trouver un confort très rudimentaire ici. Cela le réjouit de leur montrer que nous sommes à la pointe de la modernité au palais.

Laura lança un regard curieux à la servante tandis qu'elles passaient devant de ravissants parterres de fleurs, organisés selon une symétrie parfaite, mêlant diverses nuances de rouge, de jaune et de bleu. La fierté que Sidonia éprouvait pour son palais et son monarque était touchante.

— Vus du ciel, ces parterres de fleurs représentent le drapeau du Kharastan. Voyez-vous la forme de la tête du faucon ?

— Oui, en effet, répondit Laura en lui souriant. Vous parlez très bien anglais, Sidonia.

— Je suis heureuse d'avoir fait des progrès, grâce à l'aide de Sorrel.

Laura se souvint alors de la jeune femme blonde qui avait fait une discrète apparition lors du banquet pour convoquer Xavier dans les appartements du cheikh.

— Il s'agit de la pupille de Malik ?

— Oui. Ses parents étaient des diplomates anglais au Kharastan, tous deux excellents connaisseurs du Moyen-

Orient. Quand ils sont morts dans un accident d'avion au-dessus des montagnes de Marhaban, tout le monde pensait que Sorrel allait rentrer dans son pays. Mais elle a grandi ici et c'est au Kharastan qu'elle se sent chez elle. Elle a fait ses études ici — très peu de femmes occidentales maîtrisent notre langue. Un jour, elle retournera en Angleterre, mais pas tant que le cheikh sera en vie.

Laura se demanda ce que Sorrel et Sidonia savaient sur Xavier, si elles savaient qu'il était le fils du cheikh et qu'il pouvait légitimement revendiquer l'accès au trône.

Que se passerait-il si Xavier ne le revendiquait pas, ou si le cheikh ne lui donnait pas son approbation ? Qui régnerait alors sur le Kharastan ?

Le visage de Malik lui vint à l'esprit.

Mais elles venaient d'arriver devant le complexe sportif et Laura fut éblouie. Le bassin de la piscine formait un rectangle immense d'eau parfaitement claire, bordé d'une mosaïque bleu et or qui représentait des scènes traditionnelles du Kharastan. Les bâtiments attenants comportaient tout le luxe dont on pouvait rêver, dont un hammam et un sauna.

— Vous trouverez tout ce dont vous avez besoin ici, indiqua Sidonia.

— Merci, répondit Laura en contemplant les lieux avec ravissement. Puis-je vous demander de m'apporter des vêtements ?

— Certainement.

Après le départ de Sidonia, Laura choisit un maillot de bain noir très simple et plongea dans l'eau, émergeant à la moitié du bassin avant de se mettre à nager. Elle avait fait beaucoup de natation quand elle était enfant. Souvent, quand leur mère travaillait tard le soir, Laura allait directement à la piscine après l'école pour enchaîner les longueurs dans un crawl régulier.

Nager lui avait toujours fait du bien. En sortant de l'eau, elle se sentait prête à affronter n'importe quoi.

Quand elle eut fini, elle prit une douche et mit le pantalon en lin et le chemisier de soie que Sidonia lui avait apportés. Elle attacha ses cheveux avec un ruban vert assorti à son collier de jade et d'argent. De fines sandales complétèrent sa tenue.

Elle se sentait bien, détendue, sophistiquée et élégante dans ses vêtements bien coupés.

Elle comprenait à présent que si le cheikh avait insisté pour qu'elle porte des vêtements de créateurs, ce n'était pas uniquement pour convaincre Xavier de la suivre jusqu'ici, comme ce dernier l'en avait accusée, mais pour qu'elle ne se sente pas mal à l'aise dans ce décor luxueux.

— J'aimerais prendre mon petit déjeuner à présent, Sidonia. Est-ce possible de manger dehors ?

— Mais bien sûr !

Une table fut dressée pour elle à l'ombre d'un arbre exotique aux larges feuilles. Laura était sur le point de plonger une cuillère dans de la gelée de mûre lorsque quelqu'un s'approcha. Elle leva les yeux et son cœur se mit à battre plus fort.

— Tu te cachais ? demanda Xavier.

Elle était la première femme à l'avoir fui et elle était là, tranquille, élégante, belle. Le soleil jouait dans ses cheveux magnifiques et un collier de jade mettait en valeur ses yeux verts.

— C'est l'impression que tu as ? Je me cacherais si j'avais peur ! Or, même si je suis apparemment retenue prisonnière ici, la dernière chose que je ressente est bien la peur, en particulier de toi.

Xavier sourit. Son ton bagarreur était comme une bouffée d'oxygène après le tumulte de ce qu'il avait vécu hier soir. Car sa rencontre avec le cheikh l'avait affecté plus qu'il ne l'avait prévu. Il avait cru qu'une nuit avec Laura aurait tout effacé, aussi bien ses sentiments troublés que son désir pour elle, mais il n'en était rien à son réveil ce matin.

Il était donc venu trouver Laura, s'attendant à…

A quoi ? A la trouver les yeux rougis par les larmes, pleine de regrets ? Certainement pas en train de prendre tranquillement son petit déjeuner dehors !

— Alors pourquoi es-tu partie ?

— Parce que tu t'es montré insultant.

— On ne t'a donc pas demandé de me séduire pour me convaincre de rester ?

A présent, en plein jour, son accusation lui semblait ridiculement absurde.

— Je suis avocate, Xavier, pas dame de compagnie ! Dis-moi, les femmes que tu fréquentes ont-elles aussi peu de scrupules pour faire des choses pareilles ?

Il haussa les épaules.

— Parfois.

— Alors c'est que tu ne dois pas fréquenter les bonnes personnes.

Leurs regards se croisèrent un long moment.

— Peut-être, en effet, dit-il lentement.

Laura vit ses pupilles noires se dilater comme celles d'un chat et un frisson parcourut son dos.

Elle secoua la tête, rassemblant ses forces.

— Non, Xavier. Ne me regarde pas comme ça. Je ne plaisante pas.

— Non ?

Son arrogance était inouïe ! Ainsi, il pensait qu'il pouvait se permettre de lui dire n'importe quoi, et qu'elle retomberait tout de même dans ses bras ?

— Tu es incroyable ! Afin qu'il n'y ait aucun malentendu, je préfère te dire les choses clairement. Cette nuit avec toi a été fantastique, comme tu dois t'en douter. Mais une relation pour une femme, pour la plupart des femmes, implique plus que ça. Le respect et l'estime de soi jouent un rôle important dans l'équation. Si tu me crois vraiment capable de coucher avec des hommes sur ordre du cheikh, alors tu ne peux t'en prendre qu'à toi si je garde mes distances, malgré tes talents au lit.

— Je te présente mes excuses pour ce que je t'ai dit, je retire tout.

Secouant la tête, Laura recula sa chaise et se leva.

— Tu n'as pas l'air de comprendre, Xavier. Il ne suffit pas de t'excuser avec un petit sourire sexy pour tout effacer.

Il sentait l'odeur de ses cheveux qu'elle venait de laver, l'odeur délicate de sa peau. Il ne connaissait rien de plus troublant que sa fraîcheur innocente.

— Mais j'ai envie de toi, Laura, maintenant !

— Tu ne comprends vraiment pas ? Il n'y aura plus aucune intimité entre nous désormais, déclara-t-elle d'un ton catégorique. Mais nous pouvons toujours être amis.

— « Amis » ?

— Ce n'est pas la peine de prononcer ce mot comme s'il s'agissait de quelque chose d'obscène. Tu as bien des amis, j'imagine ?

Bien sûr qu'il avait des amis, mais aucune *amie* proche. Et jamais aucune de ses maîtresses n'était devenue une amie, parce qu'elles voulaient toujours continuer leurs relations intimes. Laura serait-elle différente ?

Son sang pulsait dans ses veines tandis qu'il fixait les lèvres entrouvertes de Laura et son expression déterminée.

Aucune intimité ?

C'est ce qu'on allait voir !

11

— J'admire la force de ta résolution, reconnut Xavier à contrecœur. Mais je pense que tes efforts pour résister à ce dont tu as vraiment envie commencent à faiblir, n'est-ce pas, Laura ? Tu es pâle, malgré le soleil, et regarde comme tu trembles chaque fois que j'approche. Et puis, tu as maigri.

Laura se félicita de porter un chapeau à large bord qui ne la protégeait pas seulement de la chaleur écrasante du désert mais qui dissimulait également son visage au regard perçant de Xavier. Car s'il avait eu l'occasion de la voir de près, il aurait su qu'il avait raison : elle avait *beaucoup* de mal à résister à son charme.

Neuf jours s'étaient écoulés depuis la nuit qu'ils avaient passée ensemble, neuf jours durant lesquels Laura avait pris conscience d'un fait aussi surprenant qu'embarrassant.

Naïvement, elle avait supposé que les femmes ne pouvaient pas ressentir la même frustration que les hommes. Elle n'avait jamais connu cela auparavant. Sa rupture avec Josh avait eu pour elle des répercussions financières terribles, mais elle avait été profondément soulagée de ne plus avoir à supporter l'intimité qu'ils avaient partagée. En effet, Josh lui faisait l'amour sans vraiment se préoccuper de son plaisir à elle.

Mais là, c'était différent.

Etre allongée dans son lit la nuit, en sachant que le corps magnifique de Xavier était étendu nu de l'autre côté de la porte qu'elle fermait désormais à clé… C'eût été une véritable torture pour n'importe quelle femme, surtout pour une femme qui avait déjà goûté à la sensualité de ses caresses…

Elle songea à la dernière remarque qu'il venait de lui faire. Il était vrai qu'elle avait perdu du poids, son pantalon était devenu un peu trop large à la taille.

— Tout le monde perd du poids quand il fait chaud, argua-t-elle.

— Mais tout le monde ne dévore pas des yeux l'objet de ses désirs au lieu d'y céder. Tu es une vraie tête de mule, Laura.

En réalité, elle était surtout préoccupée par le fait que son plan, qu'elle croyait intelligent, s'était retourné contre elle. Elle avait tenu Xavier à distance et avait voulu qu'ils soient amis, sans se rendre compte que l'amitié faisait tomber les barrières entre les gens tout autant que le sexe.

Quand un homme et une femme devaient cohabiter dans un même espace pendant plusieurs jours, il était probable qu'ils se parlent, surtout s'il s'agissait de deux étrangers dans un pays inconnu.

Et Laura n'avait pas perçu à quel point il lui serait facile d'apprécier Xavier…

Mais elle ne s'attendait pas non plus à lire cette lueur d'admiration dans ses yeux noirs quand elle tenait bon et résistait à ses avances à peine voilées. On eût dit qu'il avait attendu que sa résolution s'effrite et, voyant que ce n'était pas le cas, il s'était mis à la considérer autrement.

Peu à peu, la frustration désabusée qu'il affichait s'était transformée en respect. Cette attitude mettait Laura plus à l'aise. Mais au fur et à mesure qu'elle se détendait, une complicité s'installait entre eux.

Paradoxalement, en voulant se protéger, elle s'était exposée au danger de son charme, qui était presque aussi ravageur que ses baisers.

Elle passa la main sur son front pour essuyer la sueur qui y perlait. Ils se trouvaient sur un sommet surplombant la vaste plaine du désert onduleux du Kharastan. Ce pays spectaculaire, empreint d'absolu, lui devenait de plus en plus familier. Une excursion différente avait été organisée chaque jour pour les invités d'honneur du cheikh.

Ils avaient ainsi visité le souk de Kamush Ay, la capitale, et avaient été fascinés par le bruit, les merveilleuses odeurs et les couleurs vives du marché grouillant de monde. Ils avaient été conduits à l'école d'équitation et avaient assisté à une impressionnante démonstration sur des chevaux akhal-tékés. Ce matin, ils étaient venus voir Malik et un groupe de nobles kharastans pratiquer la fauconnerie.

Laura restait légèrement en retrait pour regarder. Elle sentait que sa présence était tout juste tolérée au milieu de ces hommes. Xavier, lui, semblait très concentré sur ce qui se passait.

— Aujourd'hui, nous pratiquons cet art noble en hommage à nos ancêtres qui ont survécu dans le désert, déclara Malik.

Un oiseau terrifiant au regard cruel était perché sur son bras couvert de cuir.

Xavier était heureux de ce séjour au Kharastan. On lui avait montré divers aspects de la vie locale et il en avait perçu la richesse. Mais lors des nombreux banquets, spectacles et autres étalages d'abondance, il était resté un peu à l'écart. Spectateur plutôt qu'acteur… jusqu'à ce jour. Sous ce soleil brûlant, dans ce désert rude et impitoyable, quelque chose se produisait en lui.

Il était captivé par le puissant rapace qui planait au-dessus d'eux. Virevoltant, tournoyant, l'oiseau plongea en direction du leurre lorsqu'il fut lancé. Soudain, il comprit le sens de ce sport primitif.

Ce fut comme un déclic. Pour la première fois, il ressentit

le lien entre ses ancêtres et lui, comme s'il reconnaissait ses racines.

Ses ancêtres avaient dû se tenir au même endroit, songea-t-il alors que de fins grains de sable frôlaient sa peau. Il visualisa cette époque où la survie dans le désert était une lutte de chaque jour et que la fauconnerie n'était pas un sport élégant mais un moyen de subsistance.

A cet instant, il se sentit très loin de son appartement parisien. C'était comme s'il n'était pas ce qu'il avait cru être depuis toujours. Il venait de découvrir un homme qui lui était presque étranger. Un changement s'était produit en lui et rien ne serait plus jamais comme avant, il le sentait. Comment aurait-ce été possible ? La moitié du sang qui coulait dans ses veines était kharastan !

Cette pensée le bouleversa et, comme ses ancêtres avaient dû le faire depuis la nuit des temps, il chercha refuge dans la présence apaisante d'une femme.

Il se tourna vers Laura, qui observait la démonstration avec un mélange de crainte et de fascination. C'était grâce à sa détermination à le repousser qu'il avait pu éviter de se disperser, comme un athlète avant une course importante. Etait-il en train de trouver un nouveau sens à sa vie, une identité ?

A présent, il avait envie de Laura comme il n'avait jamais désiré aucune femme.

Il lui tourna de nouveau le dos. Dans la lumière éblouissante du désert, il plissa les yeux pour essayer de distinguer la tâche sombre à l'horizon qui annoncerait le retour du faucon sacré. Le ciel était d'une limpidité parfaite qui contrastait avec le trouble que ressentait Xavier.

Il pensa au nom qu'on donnait ici au puissant oiseau de proie : *hurr*, qui signifiait « noble et libre ». La veille, Malik lui avait expliqué les règles de la fauconnerie quand ils avaient quitté les appartements du cheikh Zahir, après avoir passé la soirée en sa compagnie.

— Comment va Zahir ? demanda Laura, sa douce voix interrompant ses pensées.

Xavier la regarda et la trouva adorable avec son grand chapeau qui protégeait sa peau claire du soleil. Il avait envie de tirer sur le ruban qui retenait ses cheveux pour les libérer, et de se perdre dans ses boucles parfumées. Il avait envie de ces sensations pour oublier ses pensées perturbantes. Mais la jeune femme semblait déterminée à le maintenir à distance.

— Comme ces derniers jours, répondit-il en haussant les épaules.

— Dis-moi, de quoi parlez-vous tous les deux chaque soir ?

— Bon sang, tu joues avec ma patience ! protesta Xavier en riant malgré lui.

A ce moment, ils virent la silhouette du faucon se détacher dans le ciel et les hommes poussèrent des cris de joie. Xavier se tourna vers Laura, le visage plein d'enthousiasme pour ce rituel ancestral auquel il venait d'assister.

— Tu me tiens à distance, Laura, et en même temps tu fouilles dans mes pensées !

— Je ne cherche pas à être indiscrète, dit-elle avec sincérité. Je me demande simplement s'il est bon de tout garder pour toi, de ne pas exprimer ce que tu ressens face à ce grand changement dans ta vie. A moins que tu n'en parles avec Malik ?

Xavier secoua la tête.

Le bras droit du cheikh semblait avoir une attitude ambivalente envers lui. Parfois ils étaient à l'aise ensemble mais à d'autres moments, la tension entre eux était palpable. Une fois, Xavier avait surpris une lueur de jalousie dans son regard. Lui en voulait-il de devenir de plus en plus proche du cheikh, alors que lui, Malik, était son seul homme de confiance depuis des années ?

— Non, je ne discute pas vraiment avec lui.

— Alors, pourquoi ne pas en parler avec moi ? demanda Laura en remontant dans le 4x4 pour rentrer au palais.

Xavier s'assit à côté d'elle et la voiture démarra dans un nuage de poussière.

— Pourquoi le ferais-je ?

— Parce que je sais écouter. Parce que je suis impartiale… et que je suis suffisamment franche pour te dire ce que je pense plutôt que ce que tu veux entendre — ce qui n'est pas une mauvaise chose pour toi.

— Est-il donc possible que tu sois parfaite en tout point ? demanda-t-il d'un ton ironique.

Si elle n'avait pas appris à le connaître, Laura aurait pu croire qu'il se moquait d'elle en posant cette question. Mais elle était en train de changer de point de vue sur la situation. Elle avait tenu bon en refusant de devenir pour lui une simple partenaire sexuelle parmi tant d'autres, dont il se serait vite lassé. Elle avait recouvré sa confiance en elle en réussissant à lui résister.

Construire une amitié demandait plus d'efforts que de se laisser emporter par une alchimie sexuelle, mais elle avait l'impression qu'ils y étaient parvenus.

Pourtant, il ne s'agissait pas seulement d'elle. Xavier semblait troublé, elle le voyait aux émotions contradictoires qui défilaient dans ses yeux. En tant qu'amie, elle se sentait le devoir de l'aider à faire le point sur ce qui lui arrivait.

— C'est possible, oui, répondit-elle malicieusement en se tournant vers lui. Parle-moi seulement si tu en as envie, tu n'es pas obligé.

Xavier la contempla quelques secondes. Sa nuque formait un arc gracieux sur lequel ses cheveux tombaient comme de la soie tressée. Qu'avait-il à perdre ?

— En l'absence d'activité plus distrayante, je ne vois pas d'autre solution que de parler, dit-il. Mais tu dois respecter le secret professionnel, Laura. A moins que tu ne vendes mon histoire au journaliste le plus offrant à notre retour en Occident ?

— Tu as une bien piètre opinion des gens, soupira-t-elle sur un ton faussement désespéré.

— Elle repose sur l'expérience. Je ne compte plus les femmes qui ont vendu des interviews sur mes prouesses au lit, les concurrents qui me décrivent comme un homme d'affaires sans scrupules...

— Sans scrupules, ce n'est pas complètement faux...

Il la considéra un long moment, puis éclata de rire.

— Ah, mais tu es impertinente !

Elle lui sourit.

— Si tu ne veux pas que des femmes te trahissent pour de l'argent, tu devrais apprendre à les connaître avant de coucher avec elles !

— Comme je l'ai fait avec toi, tu veux dire ? demanda-t-il avec un regard en coin.

Elle rougit.

— C'est une attaque un peu basse.

— Oui, en effet, admit-il.

— Si tu t'inquiètes pour la confidentialité, sache que je ne trahirai jamais la confiance d'un ami.

Etait-ce à cause de sa profession qu'il avait envie de se confier à elle ? se demanda Xavier. Il était pourtant déjà sorti avec des avocates sans jamais ressentir le besoin de leur ouvrir son cœur. Mais les circonstances de leur rencontre étaient particulières. Et après tout, c'était après s'être confié une première fois qu'ils avaient passé cette nuit incroyable ensemble !

Mais il y avait plus. Avec elle, il se sentait libre, il parvenait à mettre des mots sur ce qu'il pensait, à exprimer ses émotions au lieu de les refouler dans un coin de son esprit.

— C'est étrange, dit-il pensivement. Ce sont des détails qui créent des déclics. Le cheikh est gaucher, comme moi. Il ne regarde jamais la télévision mais il lit beaucoup d'essais sur l'histoire et la géopolitique. Moi aussi. Son visage est altéré par l'âge, mais ses yeux…

Xavier se reconnaissait parfois dans son visage déterminé, et le passé et le présent se mêlaient alors de façon troublante.

— Ils ressemblent aux tiens ? devina Laura.

— Oui, nous avons exactement les mêmes yeux.

La couleur des yeux ou le fait d'être gaucher ne suffisaient pas à prouver une filiation, mais certaines choses ne s'expliquaient pas scientifiquement. Seul le lien humain importait.

— Penses-tu que cette découverte changera ta façon de vivre, désormais ?

C'était sans doute une question très pertinente, mais cela irrita Xavier sans qu'il puisse expliquer pourquoi.

— Tu sous-entends que je ne mène pas ma vie comme il faudrait ?

Elle haussa les épaules.

— C'est bien ça ? insista-t-il. Je veux savoir.

Laura se détourna. Au fond, qu'avait-elle à perdre ? Ils vivaient chacun d'un côté de la Manche et ne risquaient pas de se croiser après ce séjour.

— D'accord, alors je vais te le dire. Ta vie semble très riche, mais de façon superficielle. Tu te laisses aller sur une vague de luxe sans vraiment te lier aux gens, comme si l'argent avait plus d'importance que le reste… Voilà, c'est tout, dit-elle avec un petit haussement d'épaules.

— C'est *tout* ? Tu démolis toute mon existence et *c'est tout* ? Tu crois que ta vie est parfaite, Laura ?

— Bien sûr que non ! protesta-t-elle. Je savais que tu le prendrais mal. Je ne suis pas là pour te juger. C'est toi qui m'as posé cette question.

Xavier plissa le front. En effet, elle n'avait fait que lui répondre. Et elle l'avait fait avec une honnêteté sans faille.

Il ne connaissait personne qui aurait eu ce courage. Mais y avait-il une part de vérité dans ses paroles ?

— Pourquoi as-tu accepté ce travail ? demanda-t-il soudain.

Laura se plongea dans la contemplation de ses mains qui avaient pris une jolie couleur dorée sous le soleil. Jusqu'à quel point voulait-il qu'elle soit sincère ? Jusqu'à quel point voulait-il connaître son histoire, et qu'était-elle prête à révéler ?

Mais elle se rappela que l'amitié, la vraie, devait se fonder sur la réciprocité.

— Oh, c'est tristement classique. Un homme. Josh.

— Tu étais amoureuse de ce Josh ?

Xavier s'entendit poser cette question et se dit qu'il réagissait comme ces hommes qu'il avait toujours méprisés : il était jaloux.

— Je croyais l'être, oui. Mais c'était sans doute ce dont j'essayais de me convaincre pour justifier le fait que nous partagions le même lit, dit-elle en frissonnant.

Son petit frisson n'avait pas échappé à Xavier. Il révélait ce que des mots n'auraient pas si bien décrit sur ses rapports physiques avec cet homme.

— Mais non, à la réflexion, ce n'était pas de l'amour, reprit-elle après un moment. Il m'éblouissait. Avec lui, tout semblait excitant. J'avais travaillé dur pour obtenir mon diplôme de droit, cumulant les petits boulots pendant les vacances pour avoir de quoi vivre le reste de l'année, si bien que la vie que je menais à l'époque était plutôt austère. Quand j'ai rencontré Josh, je me suis dit que lui devait savoir s'amuser et profiter de la vie, il semblait même être un expert dans ce domaine.

— Que s'est-il passé ?

— Nous avons acheté une maison ensemble, mais Josh ne travaillant toujours pas, je devais faire de plus en plus d'heures supplémentaires pour payer seule les factures.

Quand il a commencé à profiter de son temps libre pour me tromper, j'ai su qu'il fallait qu'il sorte de ma vie, mais je n'étais pas prête à perdre la maison pour laquelle j'avais travaillé si dur. J'ai passé mon enfance dans des appartements loués et je ne voulais pas recommencer à vivre de cette manière. Alors, quand mon patron m'a fait venir dans son bureau pour m'expliquer que la famille royale du Kharastan avait besoin d'un avocat discret de toute urgence, cela m'a soudain paru être la solution à tous mes problèmes. J'allais pouvoir mettre Josh dehors, payer ma maison et être libre.

— Libre ?

— Oui.

Il y eut un silence pendant lequel Xavier songea à ce qu'elle venait de lui raconter. Il avait envie de tendre la main pour la toucher, caresser ses cheveux.

Mais il n'avait pas le droit de le faire. Lui-même n'était-il pas coupable d'essayer de lui imposer ses envies, comme Josh l'avait fait ?

Il avait demandé à Malik — ou plutôt exigé — que Laura reste au Kharastan. Mais alors, il croyait qu'elle allait changer d'avis et accepter de coucher de nouveau avec lui. Il lui paraissait inconcevable qu'une femme ne cède pas à ses avances et qu'elle ne se plie pas à ses volontés.

Mais Laura avait fermement respecté sa résolution.

Soudain, Xavier eut honte de son comportement. Sa détermination à obtenir ce qu'il voulait, qui lui servait tant dans ses affaires, avait débordé sur sa vie personnelle. Et il n'en était pas fier.

Ils étaient presque arrivés au Palais bleu. Il apercevait la large courbe de la route qui conduisait à l'entrée principale, et les grandes fontaines majestueuses.

A présent, il savait ce qu'il devait faire.

— Je ne vais plus te retenir contre ta volonté, Laura, dit-il d'un ton solennel. Je n'aurais d'ailleurs jamais dû le faire. Tu es libre de partir quand tu veux. Tu peux rentrer chez toi, en Angleterre.

Laura était en train d'observer à travers la vitre de la voiture un oiseau au ramage orangé posé sur la branche d'un superbe arbre en fleur.

Les mots de Xavier lui firent l'effet d'une douche froide.

Mais elle s'efforça de sourire pour masquer son trouble.

— Chez moi ? répéta-t-elle, décontenancée.

— Oui, aussitôt que tu le souhaiteras. Je vais parler à Malik.

L'ironie de la situation n'échappait pas à Laura. Elle avait lutté pour obtenir cette liberté, mais à présent qu'elle la détenait enfin, elle avait l'impression que son cœur se brisait en mille morceaux.

12

— Le cheikh souhaite te voir.

Laura leva les yeux de sa valise, qu'elle avait tenu à faire elle-même malgré les vives protestations de Sidonia.

Xavier se tenait dans l'encadrement de la porte de sa chambre. Il la regardait avec attention plier une nuisette en satin tandis qu'elle se demandait si elle aurait un jour l'occasion de la porter. Au moins, se concentrer sur des considérations matérielles l'empêchait de penser à Xavier.

— Il veut me voir ? demanda-t-elle. Pourquoi ça ?

— Je ne lis pas dans ses pensées. Pourquoi ne lui poses-tu pas la question toi-même ? Je dois t'accompagner jusqu'à ses appartements.

— Ce n'est pas à Malik de le faire ?

— Apparemment, non.

Leurs regards se croisèrent. Laura avait envie de lui dire qu'il allait lui manquer, qu'elle regrettait à présent de ne pas s'être autorisé une fois encore le plaisir qu'elle avait connu dans ses bras. Elle avait envie de lui dire qu'elle aurait voulu rester là, dans ce paradis enchanté, avec lui. Mais il la laissait partir sans rien faire, sans rien dire pour l'en empêcher.

Il la renvoyait chez elle.

Mais il allait lui manquer, songea-t-elle tristement en se perdant dans la nuit de ses yeux noirs.

Elle passa une main dans ses cheveux pour remettre en place une mèche.

— Suis-je présentable ?

Xavier savait que ce n'était pas de la fausse modestie, que son ex-petit ami lui avait fait perdre beaucoup de sa confiance en elle. Mais dans sa robe toute simple en lin, avec ses cheveux auburn retenus par un ruban, elle était si belle que…

— Tu es magnifique.

Laura n'osa pas lui dire qu'elle voulait juste son approbation, pas un tel compliment. Quand il utilisait de tels mots, elle avait alors envie de ce qu'elle ne pourrait jamais avoir. Non, Xavier ne serait jamais rien pour elle, ils ne sortiraient jamais ensemble comme un couple normal.

Elle avait cru que l'amitié était la solution, mais manifestement, elle avait eu tort. L'amitié était presque aussi périlleuse que le sexe, car elle les avait rapprochés intimement. La nuit qu'elle avait passée avec Xavier avait été la meilleure de sa vie et même si elle avait peu de moyens de comparaison, elle savait au fond d'elle-même qu'elle ne connaîtrait jamais un amant comme lui.

Mais leur amitié avait quelque chose de spécial. Il s'était ouvert à elle comme il ne l'avait jamais fait, en raison des circonstances particulières qui les avaient forcés à se rencontrer.

Aujourd'hui, tout cela se terminait, et même si Laura se répétait qu'il s'agissait juste d'une mission menée à bien, son cœur était lourd.

— Je me demande ce qu'il veut, se demanda-t-elle à voix haute tandis que Xavier lui emboîtait le pas. Tu sais, c'est la première fois que je vais le rencontrer. J'avais toujours eu affaire à Malik jusqu'à présent.

— Je suppose qu'il veut te dire au revoir.

— Je déteste les adieux.

D'habitude, Xavier prenait plaisir à prendre congé.

C'était pour lui l'occasion de rompre des liens, de passer à autre chose et de tout recommencer. Mais aujourd'hui, Laura partait et il n'en ressentait aucun soulagement. Au contraire, il se sentait oppressé.

— As-tu… as-tu décidé combien de temps tu allais rester ? demanda-t-elle.

— Non, dit-il avec un rire bref. Pour la première fois de ma vie, je ne suis plus sûr de rien. J'ai la chance d'avoir le choix : peu de personnes peuvent prendre des congés quand elles le veulent.

— Tu as de la chance, en effet.

— Oui.

Il comprenait qu'il n'avait jamais mesuré tout ce que sa vie comportait de privilèges. Il s'était laissé happer par la frénésie de ses activités professionnelles, sans profiter de ce que l'existence lui offrait. Il se rappela la façon dont le visage de Laura s'était illuminé lorsqu'elle avait parlé d'avoir sa propre maison et d'être indépendante. Et lui ? Sa réussite en affaires l'avait-elle transformé en homme blasé, revenu de tout ? Qu'était devenu le petit gamin parisien qui savait s'émerveiller de choses simples ?

— Peut-être va-t-il faire de toi son héritier, dit Laura. Que feras-tu ?

— J'en doute, répondit-il en fronçant les sourcils. Tu oublies qu'il ne faut jamais se projeter dans l'avenir.

Il avait raison, mieux valait ne pas penser à ce qui allait advenir, pensa Laura. Elle concentra donc son attention sur les fresques qui ornaient les hauts murs des couloirs qu'ils empruntaient, leurs pas résonnant sur le marbre.

Elle songea à l'étrange contraste qu'offrait le palais, si majestueux et raffiné, avec l'extérieur, désert sauvage et impitoyable.

Le cheikh pensait-il à ce genre de choses en vieillissant ? se demanda-t-elle. Allait-il confier de lourdes responsabilités à Xavier ? S'il ne faisait pas de lui son héritier, qu'adviendrait-il du Kharastan ? Qui allait diriger le royaume ?

Elle risqua un regard sur le profil aux traits durs de Xavier. Il le sentit et son expression s'adoucit imperceptiblement.

— Tu as l'air triste, observa-t-elle.

Xavier soupira. Décidément, rien ne lui échappait. « Ça va te manquer, reconnais-le ! » lui dit une petite voix dans sa tête.

— Je le suis, un peu. C'est une sensation étrange : je viens juste de trouver mon père et je vais bientôt repartir vers mon quotidien à Paris. La vie est tellement imprévisible que c'est peut-être la dernière fois que je le vois.

— Peut-être, convint-elle. Mais au moins tu as eu l'occasion d'apprendre à le connaître.

Ils se trouvaient à présent devant les appartements du cheikh. De lourdes portes ornementées s'ouvrirent et Malik apparut, le regard sombre.

— Il va vous recevoir tous les deux, dit-il froidement.

L'éclairage de la chambre richement décorée était tamisé. La pièce était fraîche grâce à un ventilateur invisible et l'air était parfumé par des fleurs fraîchement coupées.

Se tenant entre Malik et Xavier, Laura se sentait comme une étrangère. Elle ne comprenait toujours pas ce qu'elle faisait là.

— Approchez, ordonna l'homme allongé sur un divan.

Laura oublia soudain toutes ses interrogations en voyant quel honneur lui était fait. Elle avança vers le vieux monarque et s'inclina instinctivement dans une profonde révérence. Elle maintint la position, les yeux baissés, jusqu'à ce qu'elle sente la main du cheikh sur sa tête.

— Redressez-vous, dit-il d'une voix fatiguée. Je vous remercie d'avoir conduit mon fils jusqu'à moi, miss Cottingham.

— Je vous en prie, répondit-elle, nerveuse.

Xavier s'était avancé lui aussi et Malik indiqua à Laura qu'elle devait s'asseoir sur un des sièges bas à côté du divan.

Le cheikh portait une tunique brodée d'or indiquant son haut rang. Il était vieux, certes, mais il se dégageait de lui une indéniable aura de pouvoir. Et Xavier avait raison : ses yeux étaient aussi incroyablement noirs que ceux de son fils.

Le cheikh se redressa, comme si leur présence lui redonnait de l'énergie. Un domestique apparut pour lui présenter une boisson dans un gobelet en métal serti de pierres précieuses, mais il lui fit signe de s'en aller.

— Xavier, tu es mon fils, dit-il. Plusieurs terres du Kharastan ainsi qu'une fortune importante te reviendront à ma mort. Le Kharastan est ton pays.

— Je vous remercie, mais je n'ai pas besoin de votre cadeau, dit Xavier avec fierté. Ce n'est pas pour cela que je suis venu ici.

Le cheikh acquiesça en signe d'approbation.

— Je le sais et je le comprends. Tu as établi ta propre fortune. Tu as réussi comme je m'y attendais. Je ne te fais pas ces cadeaux pour leur valeur financière, mais parce qu'ils te reviennent légitimement. Le passé ne peut pas être réécrit, mon fils, mais nous pouvons forger l'avenir. Tu dois aller là où ton destin te conduit, mais tu auras toujours une terre et des racines ici, car tu es un des fils du cheikh.

Il y eut un long silence.

— « *Un* des fils du cheikh » ? répéta Xavier en fronçant les sourcils.

Laura vit Malik et Zahir échanger un regard.

— Vous avez un autre fils ? demanda Xavier d'une voix rauque. J'ai un… frère ?

— Tu as un demi-frère, dit le cheikh. Il vit en Italie, où il est né.

— Pourquoi ? demanda Xavier en cherchant une réponse dans les yeux du vieil homme.

Laura songea que la question pouvait être interprétée

de plusieurs façons. Mais le cheikh semblait avoir parfaitement compris.

Il parcourut la pièce du regard, faisant signe aux domestiques de quitter la pièce. Laura s'attendait qu'on lui demande de sortir également, mais il n'en fut rien.

— Parce que j'ai fait un mariage dynastique pour apaiser les conflits qui agitaient mon pays. Mon peuple adorait mon épouse, tout comme moi, ajouta-t-il. C'était un mariage réussi à bien des égards, sauf dans un domaine : nous n'avons jamais eu d'enfants.

— Vous avez donc parcouru l'Europe pour assurer votre descendance, c'est bien cela ? demanda Xavier, la voix altérée par la colère.

Laura vit que Malik allait se lever, mais le cheikh lui fit signe de ne pas bouger.

— Tu as le droit d'exprimer ta colère, Xavier. Mais comme je te l'ai dit, nous ne pouvons pas réécrire le passé. Nous préparons l'avenir par la façon dont nous nous comportons aujourd'hui, dans le présent.

De nouveau, le silence retomba dans la pièce, jusqu'à ce que Xavier le rompe, d'une voix que lui-même ne reconnaissait pas.

— Et ce demi-frère ?

— Aimerais-tu le rencontrer ? Nous pourrions envoyer miss Cottingham à Naples, pour le persuader de venir au Kharastan.

Xavier serra les poings et se tourna vers Malik et Laura.

— Laissez-nous ! ordonna-t-il. Laissez-moi seul avec mon père.

Laura remarqua que c'était la première fois qu'il reconnaissait leur lien de filiation à voix haute. Elle vit aussi le regard interrogateur que Malik adressait au cheikh, qui acquiesça. Il se leva donc, et Laura le suivit jusqu'à la porte.

En rentrant dans sa chambre, Laura se sentait dépassée par tout ce qu'elle avait vu et entendu. Une nouvelle possibilité se présentait à elle de repartir à l'aventure et de trouver le second fils du cheikh. Mais elle était surtout submergée par une immense tristesse.

Etait-ce parce qu'elle devait dire adieu à l'homme qui avait pris son cœur au piège ? Etait-ce pour cela qu'elle envisageait d'accepter d'aller en Italie, pour retrouver son demi-frère, sachant que cela lui permettrait de rester encore un peu en contact avec lui ? Etait-ce vraiment ce qu'elle voulait ?

Ses bagages terminés, elle se tint devant la fenêtre, regardant l'un des gardes à cheval exécuter une ronde dans l'enceinte. Soudain, elle entendit des pas derrière elle. Elle se retourna et vit Xavier.

Son visage était aussi froid que de la pierre, mais ses yeux étaient étrangement brillants. Etait-il possible qu'il ait versé des larmes ?

— Que lui as-tu dit ? demanda-t-elle.

— Nous nous sommes dit des choses qui resteront à jamais entre lui et moi, dit-il gravement.

Laura fut bouleversée par la douleur qui se lisait dans ses yeux. A cet instant précis, elle sut qu'elle l'aimait. Elle n'ignorait pas que c'était sans espoir mais tant qu'elle garderait cela à l'esprit, tout irait bien.

Qu'est-ce que Xavier lui avait dit ? Qu'il n'était pas du genre à avoir des regrets ? Eh bien, elle ne voulait pas en avoir non plus.

Elle devait accepter la situation. Surtout, ne pas faire comme la jeune femme blonde qui était partie en claquant la porte de son bureau la première fois qu'elle l'avait vu à Paris. Elle n'était qu'une femme parmi tant d'autres dans sa vie. L'important était de rester digne en lui disant au revoir.

— Tu vas rester ici ? demanda-t-elle.

— Oui, encore un moment. Laura…

Elle leva brusquement la tête.

— Qu'y a-t-il ? demanda-t-elle dans un souffle.

— Tu ne vas pas accepter cette mission en Italie, n'est-ce pas ?

L'espoir qui avait fait bondir son cœur une seconde plus tôt retomba aussitôt.

— S'agit-il d'une demande ou d'un ordre, Xavier ?

— Les deux, peut-être.

— Tu me l'interdis alors que c'est le cheikh en personne qui me l'a demandé ?

— Je peux faire annuler cet ordre s'il ne me plaît pas.

— S'il ne te plaît pas ? Que se passe-t-il, Xavier ? Tu crois que je vais tomber dans les bras de ton demi-frère ?

— Arrête ! Très bien ! Accepte ce travail si tu en as envie !

— Merci, c'est ce que je vais faire !

— Vraiment ?

— Disons que je vais y réfléchir.

Il se renfrogna.

— As-tu fini de boucler tes valises ? Je vais t'accompagner à l'aéroport.

Pour qu'il la voie éclater en sanglots ? Certainement pas ! Qu'adviendrait-il alors de sa dignité ?

— Non merci, dit-elle calmement. Je préfère qu'un des chauffeurs m'y conduise. A présent, si tu veux bien me laisser, j'ai un avion à prendre et il faut que je me change avant de partir.

13

Quand Laura arriva chez elle à Dolchester, elle ne parvint pas à se défaire d'un sentiment de désorientation qui n'avait rien à voir avec le décalage horaire.

Cette impression n'était pas non plus due au fait qu'il pleuvait, une douce pluie d'été qui rendait les feuilles plus vertes. Non, cette pluie lui faisait même du bien après la chaleur du désert. Ce n'était pas non plus à cause du chauffe-eau qui était tombé en panne, si bien qu'elle ne pouvait pas prendre un bain.

C'était…

Xavier.

Bien sûr que c'était Xavier.

Mais, bizarrement, le fait d'être de retour dans sa petite ville l'aidait. Le contraste qu'offrait le bourg avec ce qu'elle avait laissé derrière elle au Kharastan l'aidait à voir les choses clairement. A quoi bon verser des larmes pour quelqu'un d'aussi inaccessible que le fils d'un cheikh ?

Même s'il n'avait pas eu du sang royal dans les veines, il n'était de toute façon pas fait pour elle. C'était comme si son environnement familier lui montrait combien l'emportement de son cœur avait été ridicule.

Comment aurait-elle pu sérieusement imaginer Xavier dans ce décor ? Se pencher pour pouvoir passer la porte basse, se cogner la tête à l'une des poutres du salon ? Ou encore aller au pub du coin avec elle et commander une pinte de bière ? Ou même affronter les magasins de la ville où il fallait accepter de raconter sa vie privée si on voulait acheter ne fût-ce qu'un litre de lait ?

Bien sûr, elle aurait pu imaginer le contraire : elle-même à Paris ! A remonter l'élégante avenue George-V ou à dîner dans un des restaurants étoilés que Xavier fréquentait... Elle aurait été aussi à son aise qu'un poisson hors de l'eau !

En rentrant, elle avait rangé tous les vêtements achetés pour sa mission dans le placard de la chambre d'amis. A moins qu'un restaurateur ambitieux ne s'aventure à ouvrir un restaurant oriental à Dolchester, elle n'aurait pas vraiment l'occasion de les porter. Elle se voyait mal aller à la banque dans une longue robe de soie verte rebrodée...

Pour se consoler, elle se disait qu'au moins, avec cette mission et le salaire élevé qu'elle avait touché, elle avait pu mettre un terme définitif à ses relations avec Josh. Et elle était obligée de reconnaître que c'était une grande satisfaction.

Tout d'abord, celui-ci s'était vanté d'avoir couché avec une des serveuses du pub *Le Black Dog*, mais dès qu'il avait compris que la situation financière de Laura s'était grandement améliorée, il l'avait tout à coup trouvée de nouveau très désirable.

— Bas les pattes, Josh ! lui avait-elle dit quand il s'était montré un peu trop entreprenant, après avoir signé les documents transférant la maison au nom de Laura. Je ne suis plus intéressée.

— Mais qu'est-ce qui t'arrive ? lui avait-il demandé en ricanant.

Laura avait résisté à l'envie de lui dire qu'un homme, un vrai, lui avait ouvert les yeux sur ce qui lui manquait depuis si longtemps. Mais elle ne voulait pas tomber dans ce genre de mesquinerie. Xavier resterait son secret.

Et puis, elle savait que Josh se moquerait d'elle s'il apprenait que c'était terminé.

Mais elle en avait fini avec son ex-petit ami une bonne fois pour toutes. Alors, elle n'allait pas continuer à avoir des pensées négatives. En voyant Zahir à la fin de sa vie, elle avait mesuré combien le temps était précieux et elle avait l'intention de vivre chaque minute pleinement. Elle ne pouvait pas avoir Xavier, mais cela ne signifiait pas qu'elle allait gâcher sa vie à pleurer en vain. Elle enfouirait ses merveilleux souvenirs dans un coin de sa mémoire et les ressortirait les jours de pluie. Voilà tout.

C'était durant la nuit qu'elle éprouvait le plus de difficultés. Dans un demi-sommeil, il était difficile d'ignorer certaines pensées, comme le regret de ne pas avoir été sa maîtresse pendant tout le temps qu'ils avaient été ensemble. Car qu'avait-elle gagné à lui résister, à part de la fierté et de la frustration ?

Laura se disait qu'il était naturel de pleurer, que cela finirait par la soulager. Mais certaines nuits, elle devait enfouir son visage dans son oreiller pour ne pas entendre le son de ses propres sanglots qui résonnaient dans sa chambre.

Un mois s'était écoulé depuis son retour. Elle venait de se faire à l'idée qu'elle n'entendrait plus jamais parler du Kharastan. Elle avait en effet écrit à Malik pour décliner la mission à Naples.

C'était un dimanche matin ensoleillé, elle prenait son petit déjeuner et étalait de la confiture de fraises sur une tartine quand elle entendit frapper à la porte.

Etait-ce le facteur ? se demanda-t-elle en ouvrant. Elle se figea lorsqu'elle vit l'homme qui se tenait sur le seuil, les cheveux étincelant au soleil, trop beau pour être vrai dans le minuscule jardin devant la maison.

Laura s'agrippa à la poignée de la porte et le dévisagea, comme s'il était un produit de son imagination troublée et qu'il allait soudain disparaître. Elle aurait dû ressentir de la colère ou de l'indignation. Alors, pourquoi son cœur palpitait-il ainsi, pourquoi sentait-elle monter en elle une telle joie ?

— Xavier ! s'exclama-t-elle, tentée de tendre la main pour le toucher et vérifier qu'il ne s'agissait pas d'une hallucination. Est-ce vraiment toi ? Qu'est-ce que… qu'est-ce que tu fais ici ?

Il esquissa un sourire énigmatique.

— L'hospitalité anglaise laisse fort à désirer, murmura-t-il. Tu ne m'invites pas à entrer ?

— Si, bien sûr. Entre. Attention à ta… Oh, Xavier ! Tu t'es fait mal ?

— A peine, répondit-il avec une grimace en se frottant la tête.

Laura passa une main dans ses cheveux qui tombaient sur ses épaules, priant pour qu'une bonne fée apparaisse pour la rendre présentable. Elle portait un vieux jean et un T-shirt qui datait de ses années de fac, et elle n'était pas maquillée.

— Pourquoi ne m'as-tu pas prévenue que tu venais ? J'aurais pu au moins m'habiller correctement.

— Je ne voulais pas que tu changes quoi que ce soit. Tu es très bien comme ça, dit-il en plongeant son regard dans le sien. Tu es… différente.

Lui aussi, il semblait différent, vêtu d'un jean noir qui mettait en valeur ses cuisses musclées et d'une veste en cuir noir, qu'il était d'ailleurs en train d'enlever sans qu'on l'y ait invité. Comptait-il rester ? Il n'avait sans doute pas fait tout ce voyage depuis le Kharastan, ni même depuis Paris, juste pour dire bonjour et s'en aller ! Mais combien de temps allait-il rester ? Aurait-elle le cran de lui demander pourquoi il était là ?

— Tu veux un café ? bredouilla-t-elle. Je n'ai pas de vrai café…

— Comment ça ? demanda-t-il, perplexe.

— Je n'ai que de l'instantané, répondit-elle, gênée.

Ainsi, pensa-t-elle avec tristesse, il allait voir ce qu'était la vraie Laura Cottingham, une simple petite avocate qui portait des vêtements bon marché et buvait du café instantané.

Xavier secoua la tête. Rien ne se passait comme il l'avait prévu. Laura semblait même embarrassée par sa présence. Pour la première fois de sa vie, il se sentit gagné par le doute.

Le silence pesa dans la pièce pendant un moment tandis qu'il la regardait remplir la bouilloire.

— Tu n'as pas accepté la deuxième mission ?

Elle haussa les épaules.

— Non, j'ai estimé que ce n'était pas une bonne idée, finalement.

Ils étaient au moins d'accord sur ce point. Xavier poussa un long soupir de soulagement. Mais ce n'était pas pour cela qu'il était venu.

— Aimerais-tu venir à Paris, à la place ?

Le cœur de Laura s'arrêta de battre pendant quelques secondes.

— Paris ? répéta-t-elle avec prudence. Pour quoi faire ?

Leurs regards se rencontrèrent.

— A ton avis ?

— Je ne sais pas, murmura-t-elle. Pourquoi es-tu ici, Xavier ?

— Parce qu'il m'est arrivé quelque chose… *Tu* m'as fait quelque chose. Je ne peux pas revenir en arrière, même s'il est vrai que j'ai essayé. Je croyais que la confusion de mon esprit était due à ma rencontre avec mon père, mais je me suis rendu compte que ce n'était pas ça.

— Je ne comprends pas.

Il secoua la tête, comme pour mettre de l'ordre dans ses pensées.

— J'ai réalisé que ce que tu m'avais dit était vrai, que j'étais plus attaché aux choses matérielles qu'aux gens. Et je ne veux plus vivre comme ça. Tu m'as fait voir la vie autrement. Je veux connaître ce que j'ai passé ma vie entière à fuir. Je veux retrouver ce que j'ai vécu avec toi, Laura.

— C'est-à-dire ?

Xavier ne répondit pas tout de suite.

— De l'émotion, dit-il finalement.

En voyant son air étonné, il haussa les épaules.

— Je n'arrête pas de revoir ton visage, dit-il d'une voix presque absente. Quand il se passe quelque chose qui m'amuse ou qui me met en colère, j'ai envie de le partager avec toi. Je passe des heures la nuit, allongé sur mon lit, à revivre les moments que j'ai passés avec toi, ces moments de plaisir et de tendresse, ces moments trop rares.

Laura frissonna. Les yeux de Xavier brillaient avec intensité. Elle ne les avait jamais vus aussi noirs.

— Ça me rend fou. *Tu* me rends fou. Tu m'as tellement manqué, Laura !

Le cœur de la jeune femme vacilla. Elle se sentait envahie par l'excitation, l'espoir, la peur.

— Je t'ai manqué… ? Tu veux dire que je ne te manque plus ?

— Toujours cette précision d'avocate ! Très bien, tu me manques.

Elle avait la tête qui lui tournait. Elle était encore prisonnière de ses incertitudes et elle avait peur de lui montrer combien elle avait besoin de lui, combien elle le désirait, peur d'avouer combien il la rendait vulnérable. Elle avait peur de se faire des illusions. Etait-elle prête à avoir une liaison avec lui, comme il semblait le lui proposer ?

— J'ai envie d'être avec toi, poursuivit-il.

Son visage prit alors une expression nouvelle, plus intense.

— Je t'aime, dit-il doucement.

Xavier venait de lui offrir en trois mots ce qu'elle désirait plus que tout au monde. Mais elle avait peur. Elle était même terrifiée. Elle avait l'impression de se trouver devant un lac gelé, sur lequel elle n'osait s'aventurer de peur de tomber dans un trou, et son instinct la poussait à tester la solidité de la glace avant de s'y aventurer.

— A combien de femmes as-tu déjà dit ça ?

— Aucune. Tu es la seule, Laura.

— Nous ne nous connaissons pourtant pas depuis longtemps.

— J'en suis conscient.

— Et nous ne nous sommes pas connus dans des circonstances normales.

— Je le sais aussi.

— Mais… et si jamais ça ne marchait pas ? demanda-t-elle.

Pour la première fois depuis qu'il était arrivé, il la toucha. Il tendit la main pour écarter une mèche de cheveux qui était tombée sur sa joue.

— Et si, et si… ? murmura-t-il doucement. Pourquoi ne viens-tu pas à Paris pour qu'on fasse en sorte que ça puisse marcher ?

La jeune femme qu'elle était encore quelques mois plus tôt n'aurait jamais pu envisager d'oublier sa prudence pour se lancer ainsi dans l'inconnu. Mais c'était avant le Kharastan… Cette expérience l'avait profondément transformée et Xavier avait joué un grand rôle dans cette transformation. Il avait réussi à obtenir d'elle ce qu'il voulait, mais elle avait ensuite résisté. Grâce à cette attitude, elle avait développé une nouvelle estime de soi. Elle n'était désormais plus la victime des événements, elle avait enfin pris sa vie en main.

— Mais tu as devant toi la vraie Laura, dit-elle en désignant sa tenue puis l'intérieur de sa petite maison. Je suis à des lieues de ton mode de vie sophistiqué. Cette Laura élégante que tu as connue n'existe pas.

Il rit en secouant la tête. Sa main vint caresser les joues de Laura, son nez, ses lèvres, puis se posèrent sur son cœur battant.

— Non, en effet. J'ai devant moi la vraie Laura, celle

qui a touché mon cœur, mon corps et mon âme. La femme qui m'a obligé à me regarder en face, qui m'a fait réfléchir à des choses auxquelles je refusais de penser. La femme qui hante mes nuits et mes jours. La femme que je meurs d'envie d'embrasser.

— Alors fais-le, dit-elle dans un souffle.

Il la prit dans ses bras et poussa un gémissement en posant ses lèvres sur les siennes.

— Où est ta chambre ? demanda-t-il après un long baiser.

— Tu devrais trouver facilement, il n'y en a que deux, à l'étage. Suis-moi.

Il dut pencher de nouveau la tête pour pénétrer dans la toute petite chambre. Là, il allongea la jeune femme sur le lit et lui ôta ses vêtements, puis ses sous-vêtements, avant de se déshabiller avec son aisance habituelle, indifférent à tout sauf à son besoin de se fondre en elle.

Laura eut un sanglot lorsqu'il entra en elle. Il effaça ses larmes en l'embrassant, tout en allant et venant en elle. Elle gémit de plaisir, essayant de se retenir pour ne pas céder à l'extase, pour mieux profiter des sensations et faire durer ce moment. Mais c'était une bataille perdue d'avance.

— Oh, Xavier ! cria-t-elle en le serrant dans ses bras comme si elle n'allait jamais le laisser partir.

Xavier laissa la jouissance l'emporter et il eut la sensation de planer comme le faucon sacré dans le ciel du désert. Pendant un instant, il sentit qu'il ne faisait plus qu'un avec Laura, comme le vent ne faisant qu'un avec le désert.

Il n'avait jamais connu une extase aussi longue. Les spasmes qui le parcoururent mirent longtemps à s'estomper. Il avait l'impression de se trouver dans un endroit inconnu, d'une beauté si enchanteresse qu'il ne pouvait exister... Un endroit qui lui rappelait étrangement le Kharastan.

Quand il regarda Laura dans les yeux, il vit une autre larme couler sur sa joue, qu'il essuya du bout du doigt.

Elle se mordit la lèvre.

— Oh, Xavier… Je t'aime tellement !

Il plongea dans ses yeux émeraude, si clairs et si profonds, brillants d'émotion, et son cœur chavira.

— Moi aussi, je t'aime, dit-il doucement.

Épilogue

Un mariage digne des Mille et Une Nuits pour le fils naturel du cheikh !

La presse était devenue hystérique. C'était le plus gros événement médiatique international de ces dernières années. L'appartement parisien de Xavier était assiégé de journalistes et de paparazzi, si bien qu'il dut faire appel à une agence de sécurité pour les tenir à distance.

Laura et lui avaient essayé de tenir leur mariage secret, ainsi que le lieu de la cérémonie, mais avec un événement de cette importance, les fuites étaient inévitables. Le Kharastan s'apprêtait à célébrer son premier mariage royal depuis des décennies. Son peuple s'était pris d'affection pour le fils du cheikh et adorait sa jolie fiancée, ne tarissant pas d'éloges sur « ses cheveux rappelant un coucher de soleil et ses yeux couleur de forêt ».

— Ça ne t'a pas surpris, demanda un matin Laura à Xavier, que les Kharastans t'acceptent aussi rapidement, étant donné les circonstances particulières de ta naissance ?

Il secoua la tête.

— Pendant le mois que j'ai passé là-bas après ton départ, ils ont appris à me connaître. Et avec le temps, ils devraient me connaître encore mieux, dit-il en souriant. Mais leur approbation montre surtout leur reconnaissance pour mon père, pour sa loyauté envers son épouse et pour son règne juste et équitable.

Ils étaient allongés dans leur lit, dans l'immense appartement dont les fenêtres donnaient sur la Seine baignée de lumière. Laura levait sans cesse la main devant ses yeux pour admirer la bague de fiançailles sertie d'une énorme émeraude qui étincelait à son doigt. Xavier trouvait que la pierre était exactement de la même couleur que ses yeux.

Dans un mois, quand tout serait organisé, ils partiraient tous les deux au Kharastan pour se marier, puis ils passeraient leur lune de miel dans les régions du pays qu'ils ne connaissaient pas encore.

Elle se tourna vers lui et caressa pensivement son épaule musclée.

— Est-ce que tout ça ne va pas trop vite pour toi ? demanda-t-elle.

— Non, et pour toi ?

Elle secoua la tête en souriant.

— Non, je veux être ta femme, Xavier. Plus que tout au monde.

Il sourit à son tour, effleurant ses lèvres du bout des doigts.

— Eh bien, c'est aussi ce que je veux. Je veux que tu deviennes légalement mienne, pour te garder auprès de moi jusqu'à la fin de mes jours.

Laura frissonna en entendant son ton impérieux et se blottit contre lui en se disant que la vie n'aurait pu être plus belle.

Elle était venue à Paris avec l'intention de se trouver un appartement et un travail par ses propres moyens, mais plusieurs postes s'étaient vite présentés à elle, grâce aux relations de Xavier, et elle avait accepté de profiter de ces possibilités.

Elle avait également cherché un appartement. Le quartier qu'elle préférait à Paris était le Marais, où Xavier avait grandi et qui était devenu très à la mode. Mais elle avait découvert qu'elle ne voulait pas passer ses nuits seule, et lui non plus. Elle avait envie d'être avec lui le matin, le soir, et tout le reste de la journée. Tout semblait évident entre eux.

Quand Xavier l'avait demandée en mariage, un matin ensoleillé où ils étaient sortis acheter une baguette pour leur petit déjeuner, elle avait versé des larmes de joie.

Tout allait vite, certes, ils en étaient tous deux conscients, mais il y avait une raison tacite à cela. Le cheikh était toujours en vie et Xavier voulait lui montrer qu'il allait épouser une jeune femme qu'il avait rencontrée et à qui il avait donné sa bénédiction.

Au moins, la question de l'héritage du trône ne se posait plus : Giovanni, l'autre fils du cheikh qui vivait en Italie, était plus âgé que Xavier.

— Dieu soit loué, avait murmuré Laura lorsqu'ils l'avaient appris. Je me demande s'il va répondre à notre invitation ? J'espère vraiment qu'il viendra à notre mariage, j'aimerais beaucoup le rencontrer.

A la mention de son demi-frère, Xavier sentit son cœur bondir de joie. Laura lui avait appris à ne plus avoir peur de ses émotions.

Elle lui avait appris tant d'autres choses, d'ailleurs. Mais le plus important, c'était qu'elle lui avait appris à aimer.